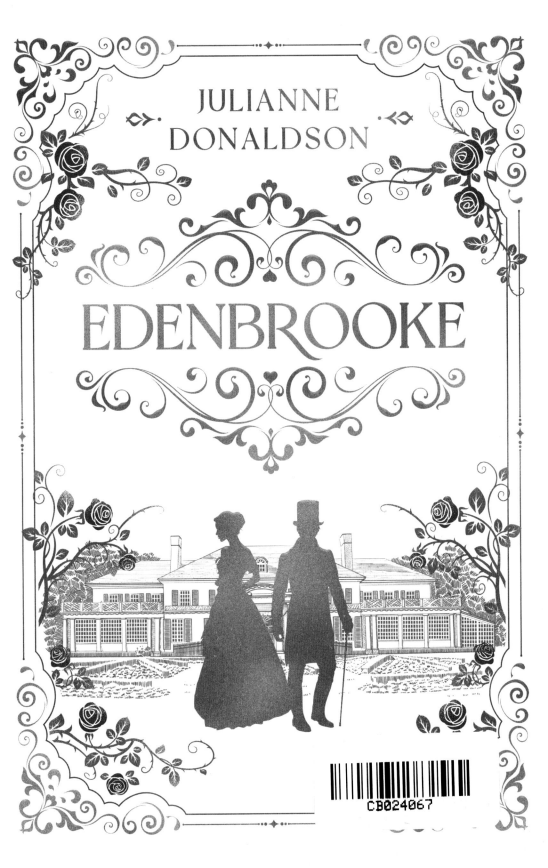

Edenbrooke © 2012 Julianne Clawson Donaldson
Heir to Edenbrooke © 2015 Julianne Clawson Donaldson
All rights reserved.

© 2025 by Universo dos Livros
Todos os direitos reservados e protegidos pela Lei 9.610 de 19/02/1998.
Nenhuma parte deste livro, sem autorização prévia por escrito da editora, poderá ser reproduzida ou transmitida sejam quais forem os meios empregados: eletrônicos, mecânicos, fotográficos, gravação ou quaisquer outros.

Diretor editorial
Luis Matos

Gerente editorial
Marcia Batista

Produção editorial
Letícia Nakamura
Raquel F. Abranches

Tradução
Monique d'Orazio

Preparação
Alline Salles (AS Edições)

Revisão
Guilherme Summa
Marina Constantino
Márcia Leme

Arte
Barbara Garoli
Renato Klisman

Capa
Renato Klisman

Diagramação
Nadine Christine

Dados Internacionais de Catalogação na Publicação (CIP)
Angélica Ilacqua CRB-8/7057

D728e

Donaldson, Julianne

Edenbrooke / Julianne Donaldson ; tradução de Monique D'Orazio. — 2. ed.— São Paulo : Universo dos Livros, 2025.

336 p.

ISBN: 978-65-5609-807-4

Título original: Edenbrooke

1. Ficção norte-americana 2. Ficção romântica
I. Título II. D'Orazio, Monique

17-0901   CDD 813

Universo dos Livros Editora Ltda.
Avenida Ordem e Progresso, 157 - 8º andar - Conj. 803
CEP 01141-030 - Barra Funda - São Paulo/SP
Telefone: (11) 3392-3336
www.universodoslivros.com.br
e-mail: editor@universodoslivros.com.br

EDENBROOKE

JULIANNE DONALDSON

São Paulo
2025

Grupo Editorial
UNIVERSO DOS LIVROS

Para espíritos afins em todos os lugares

CAPÍTULO 1

―――― BATH, INGLATERRA, 1816 ――――

Foi o carvalho que me distraiu. Olhei para cima, por acaso, enquanto caminhava sob o dossel verde e cheio da árvore. O vento brincava com as folhas, as quais rodopiavam nos ramos. Ao ver aquilo, fiquei impressionada, pois me dei conta de que fazia tempo demais que eu não rodopiava. Hesitei embaixo dos galhos e tentei me lembrar da última vez em que tinha sentido a necessidade de girar.

E foi nessa hora que o sr. Whittles me pegou de surpresa.

— Srta. Daventry! Que prazer inesperado!

Levei um susto e olhei ao meu redor, desesperada, em busca de tia Amelia, que devia ter continuado pelo caminho de cascalho enquanto eu havia parado na sombra da árvore.

— Sr. Whittles! Eu… Não ouvi o senhor se aproximar. — Geralmente fico pelo menos com um ouvido atento aos sons da perseguição dele. Porém, o carvalho tinha me distraído.

Ele abriu um sorriso radiante e fez uma mesura tão profunda que seu colete rangeu. Seu rosto largo brilhava de suor, e os cabelos ralos estavam emplastrados na cabeça. O homem tinha, no mínimo, o dobro da minha idade e era mais ridículo do que eu podia suportar. No entanto, de todos os seus traços repulsivos, era à boca que eu destinava meu fascínio horrorizado. Quando ele falava, agitava os lábios de um modo que criava uma película de saliva revestindo as beiradas dos lábios e que se acumulava nos cantos da boca.

Tentei não ficar olhando quando ele falou:

— Que manhã gloriosa, não? De fato, eu me sinto motivado a cantar: "Oh, que manhã gloriosa, oh! que dia glorioso, oh! que dama gloriosa que encontrei no meu caminho". — Ele se curvou, como se esperasse aplausos.

— Mas hoje tenho algo melhor do que essa canção para compartilhar com a senhorita. Escrevi um novo poema, só para seus olhos.

Dei um passo na direção de onde suspeitei que minha tia havia tomado.

— Minha tia ficaria muito feliz em ouvir sua poesia, sr. Whittles. Sei que ela está apenas alguns passos à nossa frente.

— Mas, srta. Daventry, é à senhorita que desejo agradar com a minha poesia. — Ele se aproximou de mim. — Meus versos lhe agradam, pois não?

Escondi as mãos atrás das costas, caso ele tentasse agarrar uma delas. O sr. Whittles já tinha feito isso no passado, o que foi muito desagradável.

— Temo não ter o mesmo apreço de minha tia pela poesia... — Olhei por cima do ombro e suspirei de alívio. Minha tia solteirona voltava às pressas pelo caminho para me encontrar. Ela era uma excelente acompanhante... um fato que eu nunca realmente tinha apreciado até aquele momento.

— Marianne! Aí está você! Oh, sr. Whittles. Não o reconheci de longe. Minha visão, o senhor sabe... — Ela sorriu para ele com um brilho de felicidade. — Veio com outro poema? Eu gosto da sua poesia. O senhor tem muito jeito com as palavras.

Minha tia seria o par perfeito para o sr. Whittles. Sua visão fraca suavizava a natureza repulsiva das feições dele. E, já que ela tinha mais cabelo do que cérebro, não ficava chocada, tal como eu, com o absurdo em pessoa que era aquele homem. Na verdade, eu tentara, por algum tempo, desviar a atenção do sr. Whittles de mim para minha tia, mas, até aquele momento, não tinha sido bem-sucedida.

— De fato, tenho mesmo um novo poema.

Ele tirou um pedaço de papel do bolso do casaco e o acariciou carinhosamente. Em seguida, lambeu os lábios, deixando uma grande gota de saliva pendurada no canto da boca. Fiquei olhando para ela, mesmo contra a minha vontade. O pingo balançou, mas não caiu, quando ele começou a ler.

— A srta. Daventry é bela e formosa, com olhos de uma cor tão maravilhosa! Não chegam a ser verdes, nem do marrom maçante; são da cor do mar, redondos e brilhantes.

Desviei o olhar à força daquela gota de saliva trêmula.

— Que ótima ideia. A cor do mar. Só que meus olhos normalmente são mais cinzentos do que azuis. Eu iria gostar de um poema sobre os meus olhos serem cinzentos. — Abri um sorriso inocente.

— S-sim, claro. Pensei, realmente, que seus olhos parecem mesmo ser cinzentos. — Ele franziu a testa por um momento. — Ah, já sei! Diria que são da cor de um mar *tempestuoso*, já que mares tempestuosos costumam parecer cinzentos, como a senhorita bem sabe. Vai ser uma mudança simples, não vou ter que reescrever o poema inteiro, como tive que fazer das últimas cinco vezes.

— Como o senhor é inteligente — murmurei.

— Concordo — disse a tia Amelia.

— Tem mais. A formosa srta. Daventry tem traços belos, eu amo a cor de seus cabelos! Cintilam à luz de velas, numa tonalidade âmbar, deveras.

— Muito bem — eu disse. — Mas nunca soube que meu cabelo era *âmbar*. — Olhei para minha tia. — A senhora pensou nisso alguma vez, tia Amelia?

Ela inclinou a cabeça para um lado.

— Não, nunca pensei.

— Está vendo? Lamento discordar, sr. Whittles, mas sinto que é importante incentivar o aprimoramento do seu trabalho.

Ele assentiu.

— A senhorita preferia quando eu comparava seu cabelo à cor do meu cavalo?

— Sim. — Suspirei. — Era infinitamente melhor. — Eu estava me cansando do meu jogo. — Talvez o senhor devesse ir para casa imediatamente e reescrever o poema.

Minha tia ergueu um dedo e me disse:

— Mas, muitas vezes, pensei que o seu cabelo fosse da cor do mel.

— Mel! Sim, é isso. — Ele limpou a garganta. — Cintila à luz de velas, num tom de *mel*, deveras. — Ele sorriu, exibindo sua boca inteira molhada.

Engoli convulsivamente. Como é que uma única pessoa produzia *tanta* saliva?

— Agora está perfeito. Lerei o poema para todos no jantar na casa dos Smith nesta sexta-feira.

Eu me encolhi.

— Oh, isso estragaria tudo, sr. Whittles. Um poema tão belo como esse é melhor resguardar no seu íntimo. — Fiz menção de pegar o papel. — Posso ficar com ele, por favor?

Ele hesitou e, em seguida, colocou-o na minha mão.

— Obrigada — eu disse com sinceridade.

Tia Amelia, então, perguntou ao sr. Whittles sobre a saúde da mãe dele. Quando ele começou a descrever a ferida purulenta no pé de sua mãe, meu estômago se revirou. Era simplesmente repugnante demais. Para me distrair, eu me afastei deles e olhei novamente para o carvalho que tinha me chamado a atenção antes.

Era uma árvore grandiosa, e me fez sentir um anseio renovado pelo campo. As folhas ainda estavam rodopiando na brisa, e refiz a pergunta que tinha me feito parar alguns momentos antes. Quando *foi* a última vez que rodopiei livremente?

Girar, outrora, tinha sido um hábito meu, embora vovó fosse considerar um mau hábito, se ficasse sabendo. Esse fazia companhia aos meus outros costumes, como ficar sentada no pomar da minha casa por horas com um livro ou percorrer todo o campo no lombo da minha égua.

Devia fazer pelo menos catorze meses que eu não rodopiava. Catorze meses desde que eu fora arrancada da minha casa, ainda de luto, e colocada na porta da minha avó, em Bath, para que meu pai debandasse para a França, a fim de viver seu próprio luto.

Catorze meses... dois meses inteiros a mais do que o período que inicialmente temi permanecer naquela cidade sufocante. Embora nunca tivesse recebido uma razão para acreditar nisso, eu tinha esperanças de que um ano de luto sozinha já seria punição suficiente. No entanto, dois meses antes, no aniversário da morte da minha mãe, eu havia esperado o dia todo pelo retorno do meu pai. Imaginara, de novo e de novo, como ouviria a batida na porta e como meu coração pularia dentro do peito. Imaginei como correria depressa para abrir a porta. Imaginei-o sorrindo para mim, anunciando que viera para me levar para casa.

Só que, a despeito disso, naquele dia, fazia dois meses, e ele não tinha vindo. Passei a noite sentada na cama com uma vela acesa, esperando ouvir a batida na porta que seria um sinal de minha libertação daquela gaiola dourada. Mas o dia amanheceu, e a batida nunca soou.

Suspirei, olhando para as folhas verdes dançando ao vento. Eu não tinha uma razão para girar havia muito tempo. E nenhum motivo de felicidade aos dezessete anos? Isso era um problema, de fato.

— Vazando. — A voz do sr. Whittles atraiu minha atenção de volta para o momento presente. — Vazando secreção.

Tia Amelia parecia um pouco esverdeada, sustentando a mão enluvada sobre a boca. Decidi que era hora de intervir. Peguei o braço dela e disse ao sr. Whittles:

— Minha avó está nos esperando. O senhor nos dê licença, por favor.

— É claro, é claro — ele disse, curvando-se novamente, de modo que seu colete rangeu alto. — Espero vê-la em breve, srta. Daventry. Talvez no Pump Room?

É claro que ele sugeriria o clube social de Bath para outro encontro "do acaso". Ele conhecia bem meus hábitos. Dei um sorriso educado e fiz uma anotação mental para evitar tomar chá no Pump Room pelo menos durante toda a semana seguinte. Em seguida, puxei tia Amelia em direção ao amplo gramado verde que separava o caminho de cascalho e o Royal Crescent. O edifício se curvava em um gracioso semicírculo de pedras douradas como manteiga, como se fosse um par de braços prontos para abraçar. O apartamento de vovó no Royal Crescent estava entre os melhores que Bath poderia oferecer, mas o luxo não compensava o fato de que a cidade estava em decadência. Sentia falta da minha vida no interior com tamanho desespero que ansiava por ela dia e noite.

Encontrei vovó na sala de estar lendo uma carta, ocupando sua poltrona como se estivesse num trono. Ela ainda vestia o preto do luto. Assim que entrei, ergueu os olhos e permitiu que seu escrutínio crítico me varresse. Seus olhos eram aguçados e cinzentos, e não deixavam nada passar.

— Por onde você andou a manhã toda? Perambulando pelo campo novamente como alguma pirralha filha de fazendeiro?

A primeira vez em que ouvi essa pergunta, eu havia tremido nas bases. Desta vez, sorri, pois conhecia esse jogo que fazíamos uma com a outra. Eu entendia que vovó adorava travar um bom combate verbal pelo menos uma vez por dia. Eu compreendia também, embora nunca fosse acusá-la disso, que seu exterior ranzinza mascarava o que ela considerava a maior de todas as suas fraquezas: um coração mole.

— Não, só faço isso em dias ímpares, vovó. Passo meus dias pares aprendendo a ordenhar as vacas. — Eu me curvei e plantei um beijo em sua testa.

Ela apertou meu braço por um momento. Era o mais próximo que chegava de afeto.

— Hunf. Suponho que se ache engraçada — ela disse.

— Na verdade, não. É preciso muita prática para aprender a ordenhar uma vaca. Eu me considero horrivelmente inapta nessa atividade.

Notei os músculos trêmulos de sua boca: significava que ela estava tentando esconder um sorriso. Ela se mexeu debaixo do xale de renda e fez um gesto para que eu me sentasse na poltrona ao seu lado.

Dei uma olhada discreta para a pilha de cartas sobre a mesa lateral.

— Recebi alguma correspondência hoje?

— Se está perguntando sobre aquele pai desalmado que você tem, não.

Desviei o olhar numa tentativa de esconder minha decepção.

— Ele provavelmente está viajando numa hora dessas. Talvez não tenha a oportunidade de escrever.

— Ou talvez ele tenha se esquecido das filhas em meio ao luto egocêntrico — ela murmurou. — Despachando as responsabilidades dele para alguém que nunca pediu por elas, especialmente numa idade avançada.

Eu me encolhi; algumas das farpas de vovó eram mais afiadas do que outras. Esse era um tópico especialmente doloroso, já que eu odiava a ideia de ser um fardo. No entanto, eu não tinha outro lugar para ir.

— A senhora quer que eu vá embora? — Não pude deixar de perguntar.

Ela me olhou feio.

— Não aja como uma tola. Já tenho que suportar tolice suficiente com Amelia. — Ela dobrou a carta que estava lendo. — Recebi mais más notícias sobre aquele meu sobrinho.

Ah, o Sobrinho Nefasto. Eu deveria ter adivinhado. Nada deixava vovó com um humor tão azedo quanto ficar sabendo sobre o mais recente escândalo que envolvia seu herdeiro, o sr. Kellet. Ele era um libertino e um patife. Tinha apostado todo o seu próprio dinheiro em jogos de azar, na esperança de herdar a fortuna considerável de vovó. Minha irmã gêmea, Cecily, o considerava galante e romântico; já eu não poderia ter uma opinião mais distinta. Era uma das muitas coisas das quais discordávamos.

— O que o sr. Kellet fez desta vez? — perguntei.

— Nada adequado para seus ouvidos inocentes. — Ela suspirou e, em seguida, falou com uma voz mais suave: — Acho que cometi um erro, Marianne. Ele chegará à ruína. O dano que ele infligiu ao nome da família é grande e irreparável. — Ela levou a mão trêmula à testa, parecendo frágil e cansada.

Olhei para ela com surpresa. Vovó nunca havia exibido tal vulnerabilidade diante de mim. Não era do seu feitio. Eu me inclinei em sua direção e peguei sua mão na minha.

— Vovó? Está passando mal? Tem alguma coisa que eu possa fazer pela senhora?

Ela se desvencilhou da minha mão.

— Não me encha de mimos, criança. Sabe que não tenho paciência para tal comportamento. Estou apenas cansada.

Engoli um sorriso. Se podia responder assim, ela estava bem o suficiente, mas sua reação era sem precedentes. Ela não costumava dar tanta importância ao mau comportamento do sr. Kellet, recordando-se de por que ele sempre tinha sido um dos favoritos dela. (Eu achava que ela gostava do sobrinho porque ele não tinha medo dela.) Mas eu nunca a tinha visto tão preocupada nem tão desanimada.

Vovó fez um gesto para a pilha de correspondências na mesa.

— Há uma carta para você aí. De Londres. Leia e me deixe em paz por alguns minutos.

Peguei a carta e caminhei até a janela, deixando a luz do sol iluminar a caligrafia familiar. Quando papai me trouxera a Bath, ele havia encontrado uma situação ainda mais adequada para minha irmã gêmea, Cecily. Ela havia partido para ficar com nossa prima Edith em Londres fazia catorze meses, e parecia ter gostado de cada momento da estadia por lá.

Para gêmeas, Cecily e eu éramos notavelmente diferentes. Ela era superior a mim em todas as artes femininas. Era muito mais bonita e refinada. Tocava piano e cantava como um anjo. Flertava com cavalheiros sem dificuldades. Ela gostava da vida de cidade e sonhava em se casar com um homem de título. Era ambiciosa.

Minhas aspirações eram bastante diferentes das suas. Eu queria viver no campo, andar a cavalo, me sentar em um pomar e pintar, cuidar do meu pai. Queria uma sensação de pertencimento, de fazer algo útil e bom com o meu tempo. Mas, acima de tudo, queria ser amada por quem eu era. Minhas ambições pareciam simples e sem graça comparadas às de Cecily. Às vezes, eu temia que *eu* parecesse simples e sem graça ao lado de Cecily.

Ultimamente, tudo que Cecily me contava era sobre sua boa amiga Louisa Wyndham e seu irmão mais velho, bonito e dono de um título, com quem Cecily estava determinada a se casar. Ela nunca tinha me dito o nome dele… ele era simplesmente "o irmão" nas cartas. Supunha que Cecily tinha medo de que as correspondências fossem vistas por alguém menos discreto do que eu. Talvez fosse com minha criada, Betsy, que ela estivesse preocupada. Afinal de contas, Betsy era a fofoqueira mais incurável que eu já tinha conhecido.

Eu não contara a Cecily, mas, recentemente, tinha perguntado a Betsy o nome do filho mais velho dos Wyndham, e ela havia descoberto que era Charles. *Sir Charles e lady Cecily soava bem*, pensei. Claro, a consequência disso era que, se minha irmã escolhesse se casar com ele, então ela iria se casar com ele. Nunca falhava em conseguir alguma coisa que realmente queria.

Antes de romper o selo da carta, fechei os olhos e fiz um pedido silencioso: *Por favor, não permita que ela esteja falando e falando sem parar sobre a querida Louisa e seu belo irmão novamente.* Eu não tinha nada contra os Wyndham… Afinal, nossas mães tinham sido amigas íntimas quando crianças, e eu poderia dizer que eles eram meus conhecidos tanto quanto de Cecily… Mas ouvira falar de muito pouca coisa além disso nos últimos dois meses e estava começando a me perguntar se eu era mesmo tão importante para ela quanto os Wyndham. Abri a carta e li.

Querida Marianne,

Lamento muito ouvir que Bath parece uma prisão para você. Eu mesma não consigo compreender o sentimento, amando Londres como amo. Talvez como gêmeas, eu tenha recebido toda a civilização em meu coração, enquanto você tenha recebido toda a natureza no seu. Certamente não fomos divididas de modo uniforme nesse quesito, não é?

(Aliás, como sua irmã, posso lhe perdoar por escrever coisas, como: "Eu preferiria ter sol e vento e céu adornando minha cabeça a ter um bonito chapéu". Mas, por favor, eu imploro, não diga essas coisas para os outros. Temo que vão considerar um tanto chocante.)

Sabendo de seu atual estado de sofrimento, não vou incomodá-la com um relato de tudo o que fiz nesta última semana. Digo apenas isto: minha primeira temporada na capital foi tão divertida quanto eu esperava. Mas não vou testar sua paciência hoje dizendo mais do que isso, senão você rasgará esta carta antes de ler a notícia importante que tenho para contar.

Minha querida amiga Louisa Wyndham me convidou para ficar com ela em sua propriedade no interior. Fui informada de que é grandiosa. Chama-se Edenbrooke e fica situada em Kent. Partiremos para o interior em duas semanas, mas aqui está a parte importante: você também foi convidada! Lady Caroline estendeu o convite a você, já que somos ambas filhas de sua "queridíssima amiga" de infância.

Oh, diga que virá, e vamos nos divertir mais do que seria imaginável. Posso precisar de sua ajuda na minha missão de me tornar "lady Cecily" (não é elegante?) pois, é claro, o irmão vai estar lá, e esta é minha chance de fisgá-lo. Além do mais, isso lhe dará a oportunidade de conhecer minha futura família.

Com devoção,
Cecily

Uma esperança tomou conta de mim com tanta força que me deixou sem fôlego. Estar em contato com o campo novamente! Deixar Bath e seus confins horríveis! Ficar com minha irmã depois de tanto tempo separadas! Era demais para eu assimilar. Reli a carta, lentamente dessa vez, saboreando cada palavra. Claro que Cecily não precisava de verdade da minha ajuda para fisgar os afetos de sir Charles. Eu não poderia lhe oferecer nada que ela não pudesse fazer melhor quando o assunto era cortejar. Mas a carta era a prova de que eu ainda era importante para ela... de que ela não tinha me esquecido. Ah, que irmã! Essa poderia ser a solução para todos os meus problemas. Isso poderia me dar uma razão para girar novamente.

— E então? O que diz a sua irmã? — perguntou vovó.

Ansiosa, virei-me na direção dela.

— Ela me convidou para acompanhá-la à propriedade dos Wyndham em Kent. Partirá de Londres em duas semanas.

Vovó franziu os lábios enrugados, observando-me com um olhar especulativo, mas não disse nada. Meu coração afundou no peito. Ela não se recusaria a me deixar partir, recusaria? Não quando sabia o que isso significava para mim...

Pressionei a carta ao peito, sentindo meu coração doer diante do pensamento de receber uma negação a tal bênção inesperada.

— A senhora me dá sua permissão?

Ela olhou para a carta que ainda segurava — a que trazia más notícias sobre o sr. Kellet. Em seguida, jogou a carta sobre a mesa e sentou-se ereta na poltrona.

— Você pode ir, mas só com uma condição. Deve mudar seus modos selvagens. Nada de correr ao ar livre por aí o dia todo. Deve aprender a se comportar como uma jovem dama elegante. Ter aulas com sua irmã; ela sabe como se comportar bem na sociedade. Não posso ter uma herdeira que se comporta como uma criança selvagem. Não vou admitir ser envergonhada por você, como fui por aquele meu sobrinho.

Eu a fitei. Sua herdeira?

— Como assim?

— Exatamente o que você acha que quero dizer. Estou deserdando o sr. Kellet e outorgando a maior parte da minha fortuna a você. Neste momento, sua porção equivale a cerca de quarenta mil libras.

CAPÍTULO 2

Eu sabia que minha boca estava aberta, mas não conseguia encontrar forças para fechá-la. Quarenta mil libras! Não fazia ideia de que vovó era *tão* rica assim.

— É claro — ela continuou —, não há nenhuma propriedade em conjunto com essa quantia, mas espero que se case e consiga uma. O mínimo que poderia fazer com minha fortuna é tentar encontrar um casamento afortunado. — Ela se levantou e caminhou até a escrivaninha. — Conheço os Wyndham. Eu mesma vou escrever a lady Caroline e aceitar o convite em seu nome. Duas semanas não vão nos dar tempo suficiente para mandar fazer vestidos novos para você. Temos de começar os preparativos imediatamente.

Ela se sentou à escrivaninha e puxou um pedaço de papel em sua direção. Eu parecia incapaz de me mexer. O curso da minha vida acabava de mudar sem aviso prévio e sem pausa.

Ela olhou para cima.

— E então? O que você tem a dizer?

Engoli em seco.

— Eu... Não sei o que dizer.

— Poderia começar com "obrigada".

Dei um sorriso pálido.

— Claro que sou grata, vovó. Só estou... emocionada. Não sei se sou adequada para essa responsabilidade.

— Este é o objetivo da sua ida a Edenbrooke... tornar-se adequada. Os Wyndham são uma família muito respeitada. Você poderia aprender muito com eles. Na verdade, essa é minha condição. Exijo que se torne uma dama de verdade, Marianne. Vai escrever para mim quando estiver lá e me contar o que está aprendendo ou então vou chamá-la de volta aqui e treiná-la eu mesma.

Meus pensamentos estavam girando. Eu mal conseguia agarrar um deles por tempo o bastante para compreendê-lo.

— Você está pálida — disse vovó. — Suba e se deite. Vai se recuperar logo, logo. Mas não mencione uma palavra dessa herança para aquela sua criada! Não é o tipo de informação que vai querer que outros fiquem sabendo por enquanto. Se não consegue desencorajar um simplório como o sr. Whittles, será indefesa contra outros homens mais espertos que virão atrás da sua fortuna. Deixe-me decidir quando tornar essa notícia pública. Ainda tenho que notificar aquele meu sobrinho.

Balancei a cabeça.

— É claro que não vou contar a ninguém. — Mordi o lábio inferior. — Mas e quanto à herança de tia Amelia? E a de Cecily?

Ela acenou a mão com desdém.

— A porção de Amelia é independente da sua. Não se preocupe com ela. E Cecily não necessita de fortuna para encontrar um casamento afortunado... você precisa.

Essa herança nascia da piedade? Porque vovó achava que eu não conseguiria me casar sem ela? Senti que deveria me envergonhar com aquela revelação, porém eu me senti singularmente impassível, como se um canal de comunicação importante entre minha mente e meu coração tivesse sido cortado. Caminhei devagar em direção à porta. Talvez precisasse descansar um pouco.

Abri a porta e quase trombei com o sr. Whittles. Ele devia estar apoiado na porta, pois tropeçou, sem equilíbrio, para dentro da sala.

— Perdoe-me! — ele exclamou.

— Sr. Whittles! — Recuei depressa para evitar o contato com ele.

— Eu... Voltei para buscar meu poema. Para que possa fazer as alterações que a senhorita sugeriu.

Olhei para além dele e vi tia Amelia esperando no corredor. Pelo menos explicava a presença dele na casa. Tirei seu poema do bolso e lhe entreguei, tomando cuidado para não tocar sua mão. Ele se curvou e me agradeceu quatro vezes ao sair do cômodo caminhando de costas e depois pegou o corredor até a porta da frente. O homem era absolutamente ridículo.

Mas, ao vê-lo, um sentimento de entusiasmo correu por mim, criando uma ponte sobre o estranho vão que eu sentia entre minha mente e meu coração. A herança não era importante... Eu pensaria sobre ela mais tarde. Em breve, poderia sair de Bath, e esperava que nunca mais fosse ver o sr. Whittles outra vez. Sorri e me virei para correr escada acima. Eu tinha uma carta para escrever.

Escrevi para Cecily aceitando seu convite, mas não mencionei a herança. Apesar das afirmações de vovó, eu acreditava que minha irmã não permaneceria tão indiferente sobre não herdar uma fortuna, como vovó pensava, ao não lhe deixar nada. Era certo que eu não poderia ficar com quarenta mil libras para mim enquanto minha irmã gêmea gozava apenas de um pequeno dote. Eu não aceitaria tranquilamente levar uma vantagem tão injusta.

Contudo, decidi, depois de alguns dias preocupada sobre isso, que haveria tempo suficiente para resolver o assunto com Cecily no futuro. Afinal de contas, a fortuna nem era minha por enquanto. E vovó ainda estava muito viva. Poderia levar anos até que o dinheiro passasse para minha posse. De minha parte, eu não contaria a ninguém até que, de fato, isso se tornasse realidade.

As duas semanas seguintes passaram em um borrão de visitas frenéticas a costureiras e a lojas de chapéus. Era para eu gostar de todas as compras, mas o pensamento de estar em exibição em Edenbrooke transformou meu prazer em ansiedade. E se eu envergonhasse Cecily diante de sua futura família? Talvez ela se arrependesse de ter me convidado. E será que haveria jeito de eu me comportar com o decoro que minha avó esperava de mim? Fiquei preocupada com essas questões até chegar a hora de sair de Bath.

Na manhã da minha partida, vovó olhou para mim durante o desjejum e declarou:

— Você parece meio verde, criança. O que se passa?

Forcei um pequeno sorriso e disse:

— Estou bem. Só um pouco nervosa, eu acho.

— Era melhor você não comer nada. Parece o tipo de gente que passa mal em longas viagens de carruagem.

Eu me lembrava bem da viagem a Bath. Tivera enjoos três vezes durante o caminho, sendo que uma delas resultou nas minhas botas sujas. Eu definitivamente não queria chegar a uma casa estranha naquele estado.

— Talvez a senhora esteja certa — eu disse, afastando meu prato. De qualquer forma, eu estava sem apetite.

— Antes de sair, há algo que quero lhe dar — disse vovó.

Ela levou a mão trêmula para debaixo do xale de renda que usava e tirou um medalhão de ouro. Então o entregou para mim.

Cuidadosamente o abri e perdi o fôlego quando vi o que havia dentro. Na moldura oval delicada estava um pequeno retrato pintado da minha mãe.

— Oh, vovó — sussurrei. — Nunca vi isso antes! Quantos anos minha mãe tinha aqui?

— Dezoito. Foi feito pouco antes de ela se casar com seu pai.

Então era assim que minha mãe era quando tinha a minha idade. Eu não tinha problemas em imaginar o furor que ela devia ter provocado em Londres, pois era de uma rara beleza. Era o único retrato que eu tinha dela, já que os outros ainda estavam pendurados nos corredores silenciosos da minha casa em Surrey. Prendi a corrente em volta do pescoço, sentindo o medalhão pousar sobre minha pele com um peso reconfortante. Imediatamente meu nervosismo diminuiu, e eu consegui respirar com mais facilidade.

Um criado anunciou que o carro estava pronto. Eu me levantei, e vovó me lançou um olhar crítico da cabeça aos pés antes de finalmente balançar a cabeça com aprovação.

— Veja, quero que se lembre do que deve ao nome de sua família. Não faça nada para me desgraçar. Lembre-se de usar chapéu cada vez que sair, ou se encherá de sardas. E mais uma coisa... — Ela apontou um dedo retorcido e de nós salientes para mim e acenou, seu rosto assumiu um semblante de seriedade absoluta. — Nunca, nunca... cante na frente de uma plateia.

Pressionei os lábios... e olhei para ela.

— Eu nem precisava desse último conselho.

Ela riu.

— Não, eu não imaginei que precisasse. Quem poderia esquecer o horror da última vez em que se apresentou?

Eu me senti corar com o relembrado constrangimento. Apesar de quatro anos terem se passado desde a noite de meu primeiro recital público, eu ainda me sentia envergonhada cada vez que pensava nele.

Dei adeus à vovó e à tia Amelia, ansiosa para seguir caminho, mas quando pisei fora da casa, uma voz familiar chamou o meu nome. Eu me encolhi. Será que teria de suportar o sr. Whittles ainda uma última vez?

Ele veio em minha direção, apressado, acenando um pedaço de papel no ar.

— Trouxe o poema revisto para a senhorita. Não está saindo agora, está?

— Receio que estou, sim. Então isso é um adeus, sr. Whittles.

— Mas… mas meu sobrinho chega hoje e manifestou interesse em conhecê-la. Na verdade, ele veio a Bath com esse propósito.

Eu não estava interessada em conhecer nenhum parente do sr. Whittles. Eu queria era deixar aquele lugar e nunca mais ver aquele homem.

— Lamento. — Fiz um gesto para a carruagem, onde estava um lacaio, segurando a porta aberta para mim. — Não posso esperar.

Seu rosto perdeu o entusiasmo e, por um instante, algo como uma profunda decepção reluziu em seus olhos. Então ele agarrou minha mão e a levou à boca. O beijo que plantou em minha mão foi tão molhado que chegou a deixar marca na minha luva. Eu me virei para esconder um arrepio de repulsa. Um cocheiro desconhecido me cumprimentou com um aceno da cabeça assim que subi na carruagem, onde Betsy me aguardava com pelo menos uma hora de fofocas para contar, eu tinha certeza.

— Onde está o cocheiro de vovó? — perguntei a Betsy.

— Ele está de repouso esta semana por causa da gota, por isso sua avó contratou este outro. — Ela apontou com o queixo para a frente da carruagem. — James é o nome dele.

Fiquei bastante aliviada, na verdade, ao ver que não seria um velho frágil a conduzir a carruagem por doze horas. O cocheiro parecia muito mais robusto e, provavelmente, nos levaria até lá mais depressa. Porém, Betsy pressionou seus lábios para demonstrar desaprovação.

— Qual o problema? — perguntei.

— Não quero falar mal dos seus parentes, srta. Marianne, mas sua avó não deveria ter sido tão sovina nesta viagem. Na minha opinião, ela deveria ter contratado mais um cocheiro além deste.

Dei de ombros. Não havia nada que eu pudesse fazer quanto ao arranjo de minha avó e, desde que chegássemos a nosso destino em segurança, eu ficaria satisfeita. Afinal, iríamos viajar pelo interior, não pegar uma das estradas principais, onde poderíamos esperar perigos.

À medida que a carruagem prosseguia pelas ruas, eu olhava pela janela em busca de uma última imagem da cidade. Agora que eu estava indo embora, poderia admitir com relutância que Bath tinha sua beleza, especialmente com todos os edifícios construídos com a mesma pedra dourada extraída das montanhas próximas. As rodas de carruagem giravam pelas ruas de paralelepípedos, conforme passávamos pelos primeiros banhistas da manhã, a caminho de experimentar as águas.

Betsy, de repente, inclinou-se para a frente.

— Aquele é o sr. Kellet?

Era, de fato, o Sobrinho Nefasto passando em frente ao Pump Room com sua atitude lânguida e despreocupada. Por acaso, ele nos olhou quando passávamos e, embora eu tivesse me apressado para virar a cabeça para o outro lado, era evidente que ele tinha me visto, pois ergueu o chapéu e sorriu na minha direção, o que era seu método habitual de me cumprimentar.

Graças a Deus ele chegara naquele dia, e não no anterior, quando eu teria que testemunhar sua reação à notícia de que minha avó o tirara de seu testamento. Eu havia escapado bem a tempo. Apesar disso, não pude escapar da conversa de Betsy.

— A senhorita não imagina o quanto estou ansiosa para visitar Edenbrooke! Ouvi dizer que é uma propriedade enorme, e juro que vou ficar feliz em deixar Bath, pois não há ninguém com quem valha a pena conversar por aqui, e ouso dizer que teremos uma estadia maravilhosa em Kent.

Ela continuou falando de seu modo incansável, à medida que deixávamos Bath e seguíamos para as colinas do interior. Fiquei aliviada ao saber que o segredo de minha herança ainda era, evidentemente, secreto, pois, se Betsy tivesse ouvido falar a respeito, não conseguiria tocar em mais nenhum outro assunto.

Enquanto tagarelava sobre as últimas fofocas das quais tinha se inteirado e sobre suas expectativas para aquela "aventura maravilhosa" ocasionalmente olhava para o assento à direita. Parava toda vez que olhava, o que era algo tão raro para ela fazer que me perguntei distraidamente qual era a parte da carruagem que lhe interessava. Apesar disso, eu não conseguia encontrar energia para interrogá-la, pois meu estômago se encontrava em um estado constante de transtorno.

Paramos em uma pousada por volta do meio-dia, mas continuei achando imprudente comer. A etapa seguinte de nossa jornada nos desviou da estrada principal e, à medida que a tarde avançava, meu estômago continuava a revirar. A carruagem de vovó era velha e não tinha um bom amortecimento, de modo que eu sentia cada saliência e buraco da estrada.

Naquela tarde, o clima mudou de ensolarado para nublado, e o céu ficou cinzento como a tampa de uma panela de ferro. Meu humor se alterou refletindo o tempo, e um sentimento de mal-estar tomou conta de mim. Toquei meu medalhão, lembrando-me de não ficar nervosa. Era uma aventura emocionante. E não importava como fossem os Wyndham, Cecily estaria lá, por isso não havia nada com que se preocupar. A tagarelice de Betsy fluiu para um leve ronco quando ela adormeceu no banco da frente. Olhei pela janela e pensei sobre rever Cecily.

Antes do acidente que levara minha mãe, minha vida poderia ter sido um conto de fadas. Foi assim que começou: era uma vez meninas gêmeas nascidas de um homem e uma mulher que desejaram filhos durante anos. Essas meninas eram o sol e a lua para eles.

Cecily era o sol, e eu era a lua. Embora gêmeas, só tínhamos semelhanças como irmãs comuns às vezes têm. Ficou claro, desde o início, que Cecily recebera mais do que seu quinhão de beleza, portanto ela recebeu mais do que seu quinhão de atenção. E, se por um lado, eu às vezes desejasse ter uma luz própria para brilhar, estava acostumada ao jeito das coisas... a refletir a luz de Cecily. Cresci sendo apequenada por seu brilho. E se eu nem sempre gostava do meu papel como a luz menor, pelo menos sabia como interpretá-lo bem. Sabia como deixar Cecily brilhar. Sabia meu lugar no meu mundo.

Mas tudo o que eu sabia sobre mim e sobre meu lugar se alterou e perdeu o prumo na grande reviravolta após a morte da minha mãe. Cecily foi para Londres depois do funeral; ela sempre quis viver na capital, e Edith a recebeu de braços abertos. Eu nunca deixaria meu pai. A partida de Cecily não me pareceu nada menos do que uma deserção.

Pouco tempo depois, meu pai abruptamente anunciou que eu viveria em Bath com minha avó. Nenhum dos meus protestos teve sucesso. Ele deixou o país rumo à França e permanecia lá desde então. Nossa família estava quebrada em pedaços, mas eu esperava que essa viagem a Edenbrooke pudesse ser uma oportunidade para resolver tudo. Ficaria novamente com minha irmã, e talvez nós duas pudéssemos persuadir papai a voltar para casa.

Pressionei o medalhão perto do coração e senti uma onda maior de esperança. Certamente, o retrato de minha mãe tinha poderes mágicos sobre meus sentimentos. Talvez também sobre o meu estômago, pois logo o senti se acalmar e se assentar. Logo depois, também adormeci com o jogar da carruagem.

Não sei por quanto tempo dormi, mas acordei com um solavanco, desorientada por um momento na penumbra. Olhei em volta, tentando discernir o que havia me acordado. Betsy estava roncando bem alto, mas, como já estava roncando antes de eu adormecer, não poderia ser isso que me acordara. Foi então que percebi que o carro tinha parado. Olhei pela janela, perguntando-me se tínhamos chegado a Edenbrooke. Não vi luzes, nenhuma mansão, nem mesmo uma estalagem. Notei, porém, que o céu tinha se aberto, e que uma lua cheia brilhante iluminava a paisagem.

Um tiro alto irrompeu no silêncio. Assustada, dei um salto. Um homem gritou, e a carruagem deu um solavanco para a frente, depois parou novamente.

Betsy se mexeu.

— O que foi isso? — ela sussurrou.

Pressionei o rosto na janela. Dois olhos me encararam por trás do vidro. Eu gritei. A porta do carro foi escancarada, e uma grande sombra escura encheu a abertura da porta.

— Renda-se e se entregue! — A voz era profunda e abafada.

Eu já tinha ouvido falar de salteadores e sabia o que fazer. Era para sair da carruagem e entregar todas as minhas joias e meu dinheiro. No entanto, ao som da voz ameaçadora, algum instinto me avisou que seria insensato deixar a proteção da carruagem.

Eu me atrapalhei para encontrar minha bolsinha e a joguei porta afora.

— Pronto. Lá está meu dinheiro. Pegue-o e vá embora.

Mas o homem mascarado ignorou o dinheiro. Em vez disso, agarrou meu pescoço.

Dei um grito agudo, me afastei e ouvi um estalo. Vi um brilho de corrente de metal dependurada nos dedos do ladrão antes que ele fechasse os dedos num punho cerrado. Meu colar. Meu medalhão. A única foto que eu tinha da minha mãe. Avancei para pegar o colar, mas ele o segurou fora do alcance, rindo levemente.

E então vi o que ele segurava na outra mão. Uma pistola.

— Agora saia da carruagem.

Ele falava com uma voz tão suave que me deixou gelada até os ossos. Suor frio escorreu entre minhas omoplatas. Arrastei-me para trás, tentando ficar no canto mais afastado da carruagem. Se ele me queria fora, teria de me puxar.

Evidentemente, ele teve o mesmo pensamento. Então, agarrou meu tornozelo e o torceu com força. Senti uma dor disparar pela minha perna. Caí no assoalho do carro, de frente, e fui puxada para trás. Engatinhei no chão, meus dedos tentando segurar qualquer coisa, mas sem conseguir encontrar nada. Gritei. O grito prosseguiu e prosseguiu... horrível, terrível. Finalmente, percebi que não era eu quem estava gritando. Era Betsy.

Eu tinha me esquecido dela, mas agora o grito enchia o ar da noite com um som horrível e arrepiante que fazia meu coração disparar. Ela parecia uma louca. Em questão de segundos, percebi que ela não tinha visto a pistola do salteador. Abri a boca para avisá-la quando, acima da minha cabeça, irrompeu um barulho acentuado e ensurdecedor.

O som dos gritos se transformou em arquejos, unido a uma alta sequência de blasfêmias e o relinchar de cavalos em pânico. Fumaça encheu o ar. A carruagem chacoalhou e a porta se fechou no meu tornozelo. Dei um gritinho ao sentir a dor aguda e me coloquei de joelhos.

— Betsy! Você está ferida?

Eu me coloquei em pé com dificuldade e a agarrei pelos ombros, esforçando-me para vê-la claramente. Ela negou com a cabeça, ainda ofegante segurando algo em minha direção. O luar refletia na pistola prateada que sua mão trêmula segurava. Fitei-a boquiaberta e, em seguida, peguei a pistola e a coloquei cuidadosamente sobre o assento.

O som do tropel de cascos chamou minha atenção, e eu olhei pela janela para ver um homem indo embora a galope. Parecia que nosso salteador tinha fugido.

Betsy desabou no assento, e eu afundei ao seu lado, curvada para a frente com a cabeça nas mãos.

Seus suspiros se transformaram em soluços.

— Oh, não! A-acabei de atirar em um homem. E se o m-matei? O q-que vai acontecer comigo?

Minha cabeça estava girando. Tentei respirar fundo, mas engasguei com a fumaça que ainda permanecia ali.

— Não, com certeza você não o matou. Eu o vi ir embora a cavalo. Mas como diabos você conseguiu a pistola dele?

— Eu n-não — ela disse, ainda soluçando. — U-usei a que estava e-escondida no assento.

Levantei a cabeça quando ela disse isso.

— Havia uma pistola aqui dentro? O tempo todo? Como você sabia?

— Eu d-descobri enquanto a senhorita estava c-conversando com o sr. Whittles.

Quase ri de alívio. Betsy tinha nos salvado! Abracei-a até seus soluços fazerem nossas cabeças baterem uma na outra. Quando me afastei, um pensamento me ocorreu.

— Espere. Onde está James? Por que ele não veio ao nosso resgate?

De repente lembrei-me do primeiro som de tiro logo depois que a carruagem tinha parado. Um homem havia gritado. Meu coração se encheu de temor.

Virei-me e, através da janela quebrada, vi uma figura deitada no chão. Era nosso cocheiro, James.

CAPÍTULO 3

Pulei da carruagem e corri até ele. Chamei seu nome e sacudi seus ombros, mas não houve resposta. Tirei o chapéu e o arremessei longe antes de baixar meu rosto ao encontro dele. Uma respiração fraca roçou minha face, e eu relaxei o corpo com alívio. Ele estava vivo. Minhas mãos vibraram sobre todo ele, em busca de um ferimento. Congelei quando senti uma umidade pegajosa sobre seu ombro. Ele tinha sido baleado.

— Betsy! Preciso de sua ajuda! Rápido.

Eu tinha uma vaga lembrança do cão de caça do meu pai levando um tiro por acidente. Meu pai tirara a gravata e a pressionara sobre o ferimento que estava sangrando; ele me disse que era para estancar o fluxo de sangue. Se funcionava para um cão, certamente funcionaria para um homem.

Sacudi os ombros para tirar meu bolero e o dobrei até parecer uma compressa volumosa. Era tudo o que eu tinha em mãos que poderia ser usado facilmente. Com toda certeza, eu não tentaria remover minhas anáguas num momento terrível como aquele. Apalpei para sentir o ponto mais úmido no casaco de James e coloquei o bolero dobrado por cima, dizendo a Betsy para pressionar.

Então me levantei e me virei para a carruagem. Na comoção, os cavalos tinham se assustado e a arrastado por vários metros de onde James caíra. Tive um apressado debate interno. Deveríamos levar o cocheiro até a carruagem ou trazer a carruagem até ele? Olhei em dúvida para James. Eu tinha certeza de que não conseguiria levantar nem metade do peso dele, e Betsy era quase tão pequena quanto eu. Ou seja, a carruagem teria que ir até ele.

Os cavalos ainda estavam assustados e ameaçavam empinar a qualquer momento quando apanhei as rédeas. Não foi fácil convencê-los a se mover, que dirá caminhar para trás e, em dado momento, temi que fôssemos passar por cima de James e Betsy. No fim, demorou muito tempo para posicionar a carruagem.

Eu estava suando, minhas mãos tremiam. Tentei me apressar e tropecei em alguma coisa. Desabei com força na lama, arranhei as mãos sobre as pedrinhas na estrada e bati o rosto no chão. Eu me esforcei para me levantar, minhas saias entravam no caminho, e encontrei minha bolsinha a meus pés. O salteador não queria meu dinheiro? Enfiei a bolsinha no vestido e me voltei para a tarefa que teria pela frente. Agora vinha a parte difícil — mover James até a porta da carruagem e o levantar para dentro.

Peguei-o pelos ombros; Betsy, pelos pés, e nós o arrastamos, de uma forma dolorosamente lenta, centímetro a centímetro, pausando frequentemente para colocá-lo no chão e recuperar o fôlego. Quando, enfim, estávamos com ele à porta da carruagem, olhei a distância do chão até o degrau e quase chorei. Meus braços tremiam pela fadiga, e ainda tínhamos que encontrar uma maneira de erguer o homem.

Apoiei os ombros dele de volta no chão e olhei melancolicamente para Betsy. Ela esmoreceu encostada na carruagem.

— Temos que conseguir, Betsy. Não sei como, mas temos que conseguir.

Ela assentiu, e cada uma de nós pegou uma bota e a empurrou para dentro do carro. Então subimos por cima dele e entramos na cabine. Nós puxamos e puxamos as pernas até que seus quadris atravessassem a entrada. Arrastei-me de volta para a porta e desci com um pulo, certa de que, se ele ainda estivesse vivo, devia estar sangrando em profusão depois de nós o termos empurrado e arrastado tanto como estávamos fazendo. Levantei os ombros dele e empurrei meu corpo contra o homem, enquanto Betsy o puxava pelos braços. Finalmente, conseguimos enfiá-lo, um tanto amontoado, no espaço da cabine. Fechei a porta às pressas, antes que James pudesse se esticar de novo e desabar no chão.

— Continue pressionando a ferida! — exclamei através da janela quebrada.

— Como posso fazer isso? Ele está todo dobrado.

— Apenas tente! — Subi no assento do motorista, oscilando ao perceber quanto era alto, e agarrei as rédeas. Pelo menos eu sabia como conduzir uma carruagem, graças ao treinamento de meu pai. Os cavalos moviam-se inquietos sob meu contato não familiar. — Eu queria que James estivesse na condução tanto quanto vocês — murmurei, estalando as rédeas no lombo dos animais.

Parecíamos estar no meio do nada. Dirigi até que meus braços e ombros começassem a queimar com a fadiga. Não era fácil manter quatro cavalos assustados sob controle.

Quando, finalmente, vi uma luz ao longe foi a visão mais linda da minha vida. À medida que nos aproximávamos, fiquei ainda mais aliviada ao encontrar as marcas inconfundíveis de uma estalagem. "A Rosa e a Coroa" estava escrito em uma placa rústica de madeira pendurada acima da porta. Estacionei no pátio e desci da carruagem. Minhas pernas tremiam debaixo de mim.

Corri para a porta, mas, na minha urgência, abri-a com mais força do que era necessário. Ela bateu ruidosamente contra a parede oposta. Um cavalheiro alto no bar olhou em minha direção, tendo sido alertado, sem dúvida, pelo estrondo da minha entrada.

Andei tão depressa quanto minhas pernas fracas poderiam me levar.

— Preciso de ajuda no pátio. Imediatamente. — Meu tom era autoritário a ponto de grosseria, mas eu estava tão ansiosa pelo estado de James que não me importava.

O cavalheiro arqueou uma sobrancelha quando seu olhar passou por mim, observando-me do meu cabelo despenteado (onde eu deixara meu chapéu?) às minhas botas enlameadas.

— Receio que tenha se enganado quanto à minha identidade. — As palavras dele eram abruptas; o tom era calmo. — Creio que vai encontrar o estalajadeiro na cozinha.

Corei diante de seu olhar desdenhoso e, então, meus nervos, tão tensos depois de tudo o que tinha acontecido, de repente vieram à flor da pele. Como ele se atrevia a falar assim comigo? A raiva inflamou-se duramente em meu peito, e meu orgulho despertou. Naquele momento, senti-me tão forte e altiva como vovó.

Empinei o queixo e disse:

— Perdoe-me. Estava sob a impressão de que me dirigia a um cavalheiro. Posso ver agora que estava, como o senhor disse, enganada.

Registrei brevemente seu semblante de choque antes de virar em direção à porta aberta atrás do bar.

— Olá! Estalajadeiro!

Um homem corpulento e careca apareceu, limpando as mãos na camisa.

— Preciso de ajuda no pátio imediatamente!

— Sim, claro — disse ele, seguindo-me porta afora.

Abri a porta da carruagem e não houve necessidade de explicar. A cena era horrível: James estava dobrado no chão, Betsy olhando para cima, com seu rosto pálido como gesso, e a mancha de sangue era visível em ambos. Fiquei horrorizada, mesmo preparada como estava para a visão.

Fiquei, instantaneamente, grata pelo fato de o estalajadeiro ser um homem de ação, além de ter grande estatura. Ele curvou o corpo dentro da carruagem, levantou James nos braços e o levou para a estalagem. Quase chorei ao vê-lo fazer tão facilmente o que tinha exigido um longo e torturante esforço de mim e Betsy.

Ela desceu da carruagem um pouco trêmula. Passei o braço em volta de sua cintura, dando-lhe equilíbrio na caminhada atrás do estalajadeiro e depois subindo as escadas. Pelo canto do olho, vi aquele cavalheiro arrogante por perto, mas o ignorei.

As escadas pareciam quase exigir demais do meu corpo cansado e trêmulo. O estalajadeiro atingiu o patamar à nossa frente e virou-se para um cômodo à esquerda. Eu só queria encontrar uma cama para Betsy e depois ver como James estava. Porém, assim que chegamos ao patamar, uma mulher robusta plantou-se diante de nós.

— Que é toda essa algazarra? — ela perguntou, mãos nos quadris amplos. — Esta é uma estalagem respeitável; pois sim, e não vou admitir nenhuma ocorrência estranha.

Empinei o queixo.

— Meu cocheiro foi ferido e minha criada está à beira de um colapso. Por favor, faça a gentileza de nos levar a um quarto.

Ela fechou a boca no mesmo instante e, com um olhar alarmado, fez uma reverência.

— Perdoe-me, senhorita — disse. — Eu não estava ciente... Sim, claro. — Então ela me indicou um quarto à direita do patamar da escada.

Percebi, por sua reação, que ela não havia me reconhecido como uma dama até o momento em que falei. O pensamento era irritante.

Foi só depois de eu ajudar Betsy a se sentar na cama que notei como ela parecia apavorada. Ela sofrera um choque e tanto; primeiro, disparando uma pistola e, depois, segurando um homem ensanguentado enquanto eu conduzia a carruagem.

— Deite-se — falei.

Fiquei aliviada que ela não sentisse nenhuma necessidade de falar sobre o acontecido, mas apenas desabasse na cama, com um braço jogado sobre o rosto. Eu fiquei de olho nela, com alguma preocupação, até que a mulher do estalajadeiro (pois eu imaginava que ela o fosse) entrasse toda atarefada com uma bacia, sabão e uma toalha.

— Caso a senhorita queira se lavar — disse ela com um olhar aguçado para as minhas mãos.

Olhei para elas. Sim, pareciam quase tão deploráveis quanto as de Betsy.

Ela hesitou na porta e disse:

— Parece que a senhorita faria bom uso de uma agradável refeição quentinha. Desça para o salão, e eu vou ter algo preparado para a senhorita. É uma verdadeira agrura suportar tais coisas com o estômago vazio.

Assenti com a cabeça e lhe agradeci calmamente, aliviada ao descobrir que ela era útil, afinal.

Quando submergi as palmas na bacia de água, senti cada vergão vermelho e arranhão aberto. Silvei, sentindo as mãos arderem enquanto eu as ensaboava e depois lavava até a altura dos cotovelos. A água na bacia ficou vermelha, e meu estômago vazio se revirou diante da visão. Fechei os olhos e respirei fundo, enfrentando a onda de náusea que tomou conta de mim.

Deixei Betsy roncando na cama, de boca aberta como um portão pendurado nas dobradiças, e cruzei o corredor até o quarto onde eu vira o estalajadeiro entrar com James.

Ele estava na cama, de olhos fechados. Vi que o estalajadeiro lhe cortava a camisa. Ele se movia com destreza, limpando o ferimento. Seu rosto era sereno e impassível, suas mãos, embora ásperas pelo trabalho, estavam limpas. Eu me senti infinitamente melhor sabendo que James estava nas mãos grandes e capazes daquele homem.

— O médico estará aqui em breve, senhorita — ele disse. — Já vi ferimentos piores que esse. Parece que o tiro entrou e saiu. Não consigo ver um projétil alojado aqui.

Ao som de sua voz gentil e rouca, senti uma onda de alívio me inundar com tamanha força que meus joelhos fraquejaram.

— Obrigada — eu disse, minhas palavras embargadas pela emoção.

O estalajadeiro lançou-me um olhar atento.

— É melhor se sentar. A senhorita não parece nada bem.

— Não, não, estou bem — respondi, mas eu realmente notava que o chão parecia instável e que meus joelhos tremiam.

— Vá se aquecer perto da lareira. Não há nada que possa fazer aqui.

Concordei, sentindo minha cabeça flutuar de forma estranha, desconexa do corpo. A poltrona perto da lareira parecia o paraíso. Dei as costas para o quarto e comecei a descer as escadas sem fazer objeção. Porém, em algum ponto do caminho, minhas pernas tremeram e meus joelhos cederam debaixo de mim. Sentei-me com força no degrau, desejando não desabar escada abaixo. As paredes começaram a vacilar, o chão começou a subir. Cobri os olhos com uma das mãos; apoiei a outra na parede e me esforcei para manter meu senso de equilíbrio.

Uma forte mão subitamente agarrou meu braço acima do cotovelo. Meus olhos se abriram com surpresa. Era aquele homem detestável e arrogante de antes, que estava a apenas alguns degraus abaixo de mim. Ele me olhou com uma estranha expressão no rosto. Quase pareceu... preocupação. O que ele queria? Tentei lhe perguntar, mas as paredes já estavam desabando sobre mim novamente. Fechei os olhos com força.

— Acho que a senhorita está prestes a desmaiar — disse uma voz baixa.

A quem pertenceria? Era muito gentil para pertencer àquele homem. Balancei a cabeça e disse fracamente:

— Eu não desmaio. — E então a escuridão subiu e eu desabei. Nós nos encontramos no meio do caminho e eu fui consumida por inteiro. Fiquei aliviada por não ter doído.

CAPÍTULO 4

Acordei devagar, primeiro ciente de algo macio embaixo de mim, e então de um baixo murmúrio de vozes nas proximidades. Eu não conseguia compreender onde estava. Não era minha casa; não tinha o cheiro de casa. Eu sabia que deveria abrir os olhos, mas, de alguma forma, não consegui. Então fiquei imóvel e prestei atenção ao murmúrio. Era muito agradável. Lembrava-me de algo da minha infância — quando adormecia na carruagem à noite e ouvia meus pais conversando baixinho perto de mim.

A carruagem.

A lembrança veio como uma inundação sobre mim de uma só vez, tão vívida que soltei uma exclamação. O murmúrio parou, e eu senti alguém se curvar sobre mim.

— E então? Está recobrando a consciência, enfim?

A voz abrasiva soava vagamente familiar. Ergui as pálpebras com força e olhei bem para o rosto da esposa do estalajadeiro, que não estava ali para bobagens. Perto como ela estava, eu sentia o cheiro de alho em sua respiração e pude contar quatro pelos compridos em uma verruga sobre sua bochecha. Ambos serviram para despertar meus sentidos imediatamente.

— Achei que a senhorita fosse desmaiar — ela disse — e, com certeza, foi o que aconteceu.

Ao me sentar, senti uma dor de cabeça excruciante crescer atrás dos meus olhos. Coloquei a mão na testa e olhei em volta com cuidado, tentando não mexer muito a cabeça. Eu podia ver agora que estava numa espécie de sala de estar. Uma mesa no meio da sala estava posta com comida. Havia uma lareira em uma extremidade e janelas encobertas por cortinas ao longo da parede comprida.

As mãos carnudas da mulher circularam meus braços e ela me colocou em pé. Em seguida, levou-me até a mesa.

— Sente-se e coma — ela comandou.

Obedeci sua primeira ordem, grata por não estar mais apoiada nas minhas pernas bambas. Ela lançou um olhar atrás de mim e perguntou:

— Algo mais, senhor?

Apressei-me a olhar por cima do ombro e, imediatamente, lamentei a ação, pois fez minha cabeça girar e aumentou a sensação de latejamento. Pressionei as mãos sobre minha fronte. O homem detestável disse algo para a mulher — mal ouvi do que se tratava — e ela saiu do cômodo sem olhar para trás, fechando a porta com firmeza.

O cavalheiro — não, ele não era um cavalheiro; não havia nada cavalheiresco a seu respeito, ele era apenas um homem comum — não saiu com ela, mas se aproximou da mesa, de forma que eu não precisava mais virar a cabeça para encará-lo. Olhei-o de relance pelo canto do olho. Ele estava me observando, era enervante. Só me restava conjecturar como devia estar minha aparência depois de viajar o dia todo, cair da carruagem, erguer um homem ensanguentado e depois desmaiar. O pensamento me fez fechar a cara.

Ele se adiantou e perguntou:

— Está ferida?

Olhei para ele de forma avaliadora. Ele parecia genuinamente preocupado, o que me surpreendeu.

— Não — respondi, mas minha voz soava áspera, minha garganta parecia seca como pão amanhecido.

Estendi a mão para o copo perto de meu cotovelo e bebi, na esperança de clarear um pouco a cabeça. Decidi que um pouco de comida era uma boa ideia e que eu poderia muito bem ignorar o homem detestável até que ele saísse.

Meu plano não funcionou.

Ele era tão obtuso que chegou a ponto de caminhar até uma cadeira oposta à minha e perguntar:

— Se importa se eu me sentar com a senhorita?

Gostaria de pensar com clareza. Onde estava minha sagacidade quando eu precisava dela? Não havia nenhuma maneira cordial de eu recusar; além disso, estava cansada demais para pensar em qualquer resposta sagaz. Afirmei com a cabeça e o observei caminhar até a porta. Ele a abriu antes de se sentar à minha frente. Eu me senti imediatamente mais confortável. Nem tinha estado ciente da tensão em que me encontrava por estar sozinha com um homem estranho atrás de uma porta fechada. Enquanto eu comia, o latejar na minha cabeça se transformou num leve tamborilar e depois num zumbido grave de uma dor de cabeça incômoda.

O homem não comeu nada. Apenas ficou ali sentado e bebeu um pouco, o tempo todo me observando, como se eu fosse cair do assento a qualquer instante. Eu ainda tinha a intenção de ignorá-lo, porém me vi estudando seu rosto em olhares rápidos. No tumulto e na comoção de momentos antes, eu não havia notado suas feições. Agora que tinha liberdade para vê-lo claramente, fiquei consternada ao perceber quanto ele era bonito. Seus cabelos eram castanhos e ondulados. A mandíbula era forte. Fiquei me perguntando que cor tinham seus olhos. Ele me obrigou a erguer os olhos de repente.

Oh. Azuis. Sim, um rosto extraordinariamente bonito, pensei, e então me dei conta de que havia sido pega fitando-o. Mais que depressa, baixei os olhos, sentindo o rosto queimar. Ele era bonito. Isso só piorava tudo. A comida tinha reanimado meus sentidos, e logo senti com força total o constrangimento da minha situação.

O ressentimento se inflou dentro de mim quando me lembrei de sua atitude esnobe e da forma como ele me olhara quando entrei na estalagem pela primeira vez. Sem dúvida, ele pensou que eu fosse algum tipo de pessoa comum do povo indigna de ser notada por ele. O fato de que eu parecia uma leiteira despenteada não amenizava a dor. Também não ajudava que ele não estivesse me dirigindo palavra nenhuma. Bem, ele achava que estava jantando com alguma pessoa vulgar. Claro que não conversaria. Homem arrogante e detestável! Ressentimento e vergonha queimavam numa onda de raiva incandescente dentro de mim.

Olhei para ele por sob meus cílios. Se alguém do povo era o que ele esperava, então, alguém do povo ele teria. Ele não devia ser nada espirituoso como a maioria das pessoas bonitas. Seria fácil.

— Obrigada pela refeição, senhor — falei em tom recatado, imitando o sotaque de Betsy.

Notei um breve olhar de surpresa em seu rosto.

— Às ordens. — Sua expressão era contida, seus olhos pareciam ligeiramente confusos. — Espero que tenha sido do seu gosto.

— Ah, sim, está. Palavra de honra, nunca fiz uma refeição tão boa quanto esta em casa.

Ele se recostou na cadeira.

— E onde é a sua casa? — ele perguntou. Sua voz era baixa, grave e muito agradável. Tentei não pensar nisso.

— Ah, é apenas uma pequena fazenda ao norte do condado de Wiltshire. Mas agora estou a caminho da casa da minha tia, onde ela vai me ensinar a ser a criada de uma dama, o que acho que vai ser muito melhor do que ordenhar vacas.

Olhei para ele por sobre a borda do copo, ao tomar outro gole. Vi seus lábios se contorcerem, mas não tive certeza.

— Então a senhorita... é uma leiteira?

— Sim, senhor.

— Quantas vacas a senhorita tem? — ele perguntou, um toque malicioso lampejando em seus olhos.

Observei-o com cuidado.

— Quatro. — O olhar me deixou curiosa.

— Como elas se chamam?

— Quem? — perguntei, momentaneamente pega desprevenida.

— As vacas. — Ele olhou para mim suavemente. — É certo que elas devem ter nomes.

As pessoas davam nome às vacas? Eu não fazia ideia.

— É claro que elas têm nomes.

— Que são...?

Vi um brilho inconfundível em seus olhos azuis e, naquele instante, percebi com um princípio de surpresa que ele estava brincando comigo. Quando me olhou outra vez, seu rosto estava cuidadosamente inexpressivo, os olhos pareciam inocentes demais. Ele estava brincando comigo, sem a menor dúvida. Bem, ele não sabia como eu era boa nesse jogo.

— Bessie, Daisy, Ginger e Annabelle — respondi friamente, desafiando-o com um olhar.

Um ar de prazer perpassou seu rosto.

— E quando as ordenha, a senhorita canta para elas, não?

— Naturalmente.

Inclinando-se em minha direção sobre a mesa, ele me olhou nos olhos e disse:

— Eu *adoraria* ouvi-la cantar o mesmo que canta para as vacas.

Fiquei boquiaberta. Homem mau, perverso! Hesitei, não muito certa se eu conseguiria atender ao pedido. Mas, então, vi presunção em seu semblante. Ele achava que já tinha ganhado a disputa! Foi o que resolveu a questão.

Mal sabendo o que estava fazendo, comecei a bater na mesa com a mão enquanto cantava em voz baixa:

— Grandes vacas — *tum* —, pedaços de carne. — *Tum*. Seus olhos se arregalaram. — Dê-me leite — *tum* — quente e doce. — *Tum*.

Parei abruptamente, franzindo os lábios, assim que percebi o que acabara de cantar. O ridículo da situação me impressionou com grande força, e eu sabia que não poderia continuar sem rir. Nós nos entreolhamos, presos num impasse. Seus olhos brilhavam com graça, os lábios tremiam. Meu queixo tremeu. Contra a minha vontade, um som irrompeu de mim. Foi um barulho nada feminino.

Ele jogou a cabeça para trás e rugiu uma gargalhada. Era a risada mais contagiante que eu já tinha ouvido. Juntei-me a ele espontaneamente e ri até minha garganta doer e as lágrimas escorrerem pelo meu rosto. Quando, finalmente, parei, senti uma tremenda sensação de libertação. Enxuguei o rosto com um guardanapo.

— "Pedaços de carne"? — Ele riu.

— Eu estava improvisando — respondi.

Ele balançou a cabeça e olhou para mim com admiração.

— Isso foi... incrível.

— Obrigada — admiti com um sorriso.

Ele retribuiu meu sorriso por um instante, então, de repente, inclinou-se em minha direção por cima da mesa.

— Agora podemos ser amigos?

Prendi a respiração. Eu queria ser amiga dele? Os olhos estavam iluminados e calorosos, sorrindo para os meus.

— Podemos.

— Então, como amigos, peço desculpas pelo meu comportamento de hoje mais cedo. Foi além de grosseiro: imperdoável. Estou completamente envergonhado de mim mesmo por isso. Imploro que me perdoe.

Sua sinceridade gritava em cada traço de seu rosto, cada entonação de suas palavras. Nunca esperei que meu insulto fosse atingi-lo tanto. Fiquei instantaneamente contrita.

— Claro, vou perdoá-lo se também me perdoar pela minha grosseria. Nunca deveria ter insinuado que o senhor não era... — Odiei repetir as palavras, percebendo agora como minha grosseria tinha sido chocante. Limpei a garganta, olhei para o meu prato. — Um cavalheiro — concluí com a voz quase sumindo.

— Isso foi uma insinuação?

Olhei para ele.

Ele parecia ligeiramente divertido pelo comentário. Tinha uma sobrancelha arqueada.

— Sinto pena da pessoa que a senhorita decidir insultar.

Fiz uma careta e desviei o olhar para disfarçar meu constrangimento. Eu era parecida demais com vovó.

— Mas eu mereci a repreensão, e a senhorita teve razão em desferi-la. Como um cavalheiro, eu deveria ter vindo em seu auxílio, não importava que tipo de necessidade fosse. Se posso oferecer minha defesa, no entanto, devo esclarecer que minha grosseria não tinha nada a ver com a senhorita, foi simplesmente resultado das... circunstâncias desafiadoras desta tarde. Seu pedido, infelizmente, acabou sendo a gota d'água. Mas isso não é desculpa, e sinto que contribuí para sua angústia esta noite.

Já não havia mais presunção nele agora. Um homem precisava ser forte para confessar o que ele confessara. Senti a honra de sua humildade, e fiquei também estranhamente tocada por ela.

— Obrigada — murmurei. Eu não sabia mais o que dizer. Estava completamente desarmada.

— E fique sabendo — disse ele, reclinando-se na cadeira —, por mais divertida que tenha sido a encenação, ninguém teria acreditado que a senhorita é uma leiteira.

— Meus dotes de interpretação são assim tão ruins? — perguntei na defensiva.

— Eu não estava me referindo a seus dotes de interpretação. — Um pequeno sorriso brincava em sua boca.

Tentei decifrar o significado de suas palavras, mas não obtive sucesso. A curiosidade me perturbou, quando eu deveria não ter dado importância a seu comentário.

— Então a que estava se referindo? — perguntei.

— A senhorita deve saber.

— Não, eu não sei. — Fiquei francamente incomodada por sua recusa em se explicar.

— Muito bem. — Em uma voz tão fria e indiferente, como se estivesse criticando uma obra de arte, ele disse: — Começando por cima: sua fronte é marcada de inteligência, seu olhar é direto, suas feições são delicadas, sua pele é alva, a voz é refinada, seu discurso reflete educação... — Ele parou de falar. — Até mesmo o jeito como a senhorita sustenta a cabeça é elegante.

De repente, senti-me dolorosamente envergonhada. Baixei os olhos. Meu rosto pegava fogo.

— Ah, sim — ele disse baixinho. — E há o seu pudor. Nenhuma leiteira ficaria ruborizada assim.

Para meu extremo constrangimento, senti que estava ficando ainda mais vermelha. Até a ponta das minhas orelhas latejaram de calor.

— Devo continuar? — ele perguntou com uma pitada de riso na voz.

— Não, é suficiente, obrigada. — Minha avó teria ficado chocada de me ver naquele momento. Inepta nem começava a descrever como eu estava me sentindo.

— Então posso fazer algumas perguntas? — ele disse, tão educado que tudo o que pude fazer foi assentir.

Ele se levantou, caminhou ao redor da mesa e parou atrás da minha cadeira a fim de puxá-la para mim quando fiz menção de me levantar. Apontando para duas poltronas viradas para a lareira, ele disse:

— Creio que ficará mais confortável perto do fogo.

Hum. Ele era atencioso.

O crepitar do fogo nos deu as boas-vindas assim que nos sentamos diante dele. Senti uma surpresa agradável quando percebi que a poltrona era macia e confortável e afundei nela, logo consciente de que estava me sentindo dolorida e cansada. Ele olhou para o fogo e, agora que estava mais próximo, aproveitei a oportunidade de estudá-lo com mais detalhes. De perfil, como estava, ele parecia juvenil, com a luz da lareira destacando suas belas feições, o nariz reto, a maciez da face, os leves cachos caindo sobre a testa. Mas a impressão era dissipada quando olhávamos diretamente para ele. Havia uma firmeza ao redor de sua boca e uma confiança nos olhos que o definiam como um homem que conhecia o seu lugar no mundo: um homem de autoridade.

O cavalheiro (imaginei que deveria lhe assegurar o título, caso ele se comportasse) perguntou:

— Agora que concordamos que a senhorita não é uma leiteira, poderia me dizer quem é? — Seu sorriso era tão amável, tão digno da minha confiança, que não hesitei em confiar nele.

— Srta. Marianne Daventry.

Sua expressão congelou, seus olhos se estreitaram quando ele me encarou intensamente.

Senti-me analisada sob seu escrutínio.

— O que foi? Pareço pior à luz da lareira?

Um pequeno sorriso tocou seus lábios.

— Não, muito pelo contrário. É um prazer conhecê-la, srta. Daventry. — Ele retornou o olhar para o fogo e não disse mais nada.

Esperei por um momento até ele terminar a apresentação.

— O senhor pretende me dizer seu nome?

Ele hesitou, depois disse de forma muito educada:

— Não, prefiro não dizer.

CAPÍTULO 5

Fiquei perplexa.

— Oh. Está bem... — Eu não sabia como reagir.

— Agora me diga o que a traz a esta região.

Fiquei irritada pelo sentimento de que aquele homem, mais uma vez, tinha a vantagem.

— Não acredito que eu deveria confiar no senhor.

Ele suspirou.

— Pensei que tivéssemos concordado em ser amigos.

— Sim, mas isso foi antes de eu saber que o senhor se recusaria a me dizer seu nome. Não posso fazer amizade com alguém que não tenha nome.

Ele parecia achar divertido tudo o que eu dizia.

— Muito bem. Como minha amiga, pode me chamar de Philip.

— Eu não posso chamá-lo pelo nome de batismo. — A consternação coloriu minha voz.

— Você se sentiria mais confortável se eu a chamasse de Marianne?

— O senhor não chamaria.

— Sim, Marianne. — Ele tinha um brilho provocante no olho.

Senti meu próprio rubor.

— O senhor é muito impróprio.

Ele deu risada.

— Normalmente, não. Só esta noite.

Percebi que eu ainda estava olhando em seus olhos, os quais tinham um tom de azul mais profundo do que pensei inicialmente, e que ele inclusive parecia mais bonito quando sorria, o que era o caso naquele momento. Foi uma conclusão muito desconcertante, pois eu não podia acreditar no quanto minha aparência estava tragicamente desprivilegiada. Desviei os olhos, constrangida só de pensar em como eu poderia estar.

— Se quer saber — falei com uma demonstração de dignidade que eu não sentia —, fui convidada para visitar uma amiga de minha mãe.

— Por que ela a convidou a fazer uma visita?

Sua voz parecia casual, mas o olhar traía o interesse. Por que será que ele desejava saber disso? Parecia uma pergunta inofensiva, no entanto.

— Minha irmã foi convidada primeiro, e lady Caroline teve a bondade de estender o convite a mim. — A carta de lady Caroline chegara alguns dias depois da carta de Cecily, confirmando o convite.

Depois de um momento de silêncio, ele perguntou:

— E o que aconteceu com seu cocheiro?

De repente, lembrei-me de James, ferido e deitado no andar de cima, talvez até morrendo, e eu ali jogando um jogo bobo, rindo até chorar e pensando nos olhos daquele homem. Qual era o meu problema? Eu não tinha nenhuma sensibilidade?

— Ele foi baleado quando fomos assaltadas por um bandido — disse, tentando não me lembrar dos detalhes aterrorizantes do acontecimento.

Ele uniu as sobrancelhas.

— Um bandido? Nesta estrada? Tem certeza?

— Se um salteador é alguém que cobre o rosto com uma meia e exige que você "se renda e se entregue", depois toma seu colar à força, então, sim, eu tenho certeza.

O horror do evento estava vindo a mim. De repente senti-me muito emotiva para falar.

— Ele machucou você?

A emoção que eu estava tentando suprimir fincou as garras na minha garganta, desencadeada pela gentileza da voz de Philip. Sem aviso, uma lágrima rolou em minha face. Eu a enxuguei.

— Não. Ele tentou me arrancar da carruagem, mas minha criada atirou nele com uma pistola. Ele fugiu a cavalo, porém, naquele momento, já havia atirado em meu cocheiro. — Coloquei uma mão na testa. Conseguia me lembrar da sensação da mão do salteador em meu tornozelo, a fisgada quando ele puxou o medalhão de minha mãe que estava pendurado em meu pescoço. — Sinto-me horrível. Eu nem estava pensando em James.

Ele poderia estar morrendo lá, e seria tudo minha culpa. — Uma lágrima desceu, depois duas, e as limpei.

— Não seria culpa sua, e não acredito que seu cocheiro vá morrer da ferida. Eu mesmo a vi. Foi no alto do ombro e não atingiu nenhum órgão, e o médico é muito capaz.

Assenti, aliviada ao ouvir as palavras dele, e tentei parar de chorar. Se minha avó tivesse testemunhado esse comportamento, ela provavelmente iria me deserdar. No entanto, eu me sentia tão descontrolada com as lágrimas como tinha me sentido antes com o riso. Philip me entregou um lenço branco limpo, que peguei sem encontrar seu olhar. Chorar não era nada do meu feitio. Era muito embaraçoso.

— Perdoe-me. — Limpei os rios de lágrimas do meu rosto. — Normalmente, não sou uma manteiga derretida, eu garanto. — Ele iria pensar que eu era uma dessas criaturas frágeis que desmaiavam ao ver sangue e choravam por solidariedade.

— Tenho certeza de que não é. — Ele era tão educado que eu me sentia cada vez pior em razão da minha primeira avaliação de seu caráter.

Quando, enfim, achei que estivesse no controle das minhas emoções novamente virei-me para ele.

— Acha que seria possível esquecer que tudo isso aconteceu?

— Por que a pergunta? — Um pequeno sorriso espreitava em seus lábios.

— Estou bastante envergonhada pelo meu comportamento esta noite — confessei.

Seus olhos se iluminaram com divertimento.

— Qual comportamento?

— Sim, há muitos comportamentos entre os quais escolher. Eu o insultei, desmaiei, fingi ser uma leiteira, cantei uma música ridícula, chorei e, ainda por cima, estou relativamente certa de que... — Olhei para baixo, vendo listras vermelhas de sangue seco nas minhas mangas e na frente do vestido. — Não, tenho *certeza* de que não estou absolutamente nada apresentável.

Philip riu. Achei que ele estivesse rindo de mim, mas então se virou e se inclinou sobre o apoio de braços de sua poltrona e me fitou bem nos olhos.

— Creio que nunca conheci uma dama como você, srta. Marianne Daventry, e eu lamentaria muito esquecer qualquer detalhe sobre esta noite.

De repente, eu não conseguia mais respirar. Meu rubor se espalhou para minhas orelhas, e eu sabia, no meu íntimo, que não era páreo para aquele homem, não com meus joguinhos, nem com minha autoconfiança nem com minha sagacidade. Eu me inclinei para trás numa tentativa de me proteger de seus olhos ardentes e dos lábios sorridentes. Queria fugir daquele salão e, esperava eu, nunca mais ver aquele homem.

Antes que pudesse seguir com meu plano, entretanto, ele perguntou:

— O que vai fazer agora?

O peso da minha situação se fez sentir sobre mim subitamente.

— Creio que vou precisar arranjar alguém para cuidar de James e, depois, encontrar uma pessoa que me leve a Edenbrooke. Oh, e devo notificar lady Caroline de que minha chegada será atrasada. — Suspirei. — Mas tudo o que realmente quero fazer é dormir e tentar esquecer que esse dia aconteceu.

— Por que não me deixa tomar conta de tudo?

Olhei para ele bruscamente.

— Não posso deixar o senhor fazer isso.

— Por que não?

— É demais. Mal o conheço. Eu não poderia abusar da sua boa vontade.

— Não é demais, e você não abusaria. Como poderia fazer isso sozinha? Imagino que nem saiba onde esteja, sabe?

Balancei a cabeça.

— Deixe-me ajudar — ele disse de modo persuasivo.

— Eu me viro — insisti. Não queria que ele me considerasse fraca e indefesa. Eu era a herdeira de minha avó, afinal de contas, e era mais parecida com ela do que eu gostava de admitir.

— Não tenho dúvidas de que conseguiria, Marianne, considerando o que vi de você esta noite. Mas gostaria de ser útil.

— Por quê? — perguntei, genuinamente intrigada.

— Não é isso que faz um cavalheiro? Resgata uma donzela em perigo? — Seu tom era leve, mas os olhos demonstravam solenidade.

— Não sou uma donzela em perigo — falei com uma risada.

— Mas eu estou *tentando* provar que sou um cavalheiro.

Agora entendia sua persistência. Estávamos de volta ao insulto que eu lhe tinha feito. Ele não deveria ter levado tanto para o lado pessoal.

— Não precisa me provar nada.

Ele olhou para os céus com um suspiro.

— Você é sempre assim tão teimosa?

Pensei por um momento.

— Sim, acho que sou.

A expressão de Philip oscilou entre exasperação e divertimento. O divertimento venceu com uma risada relutante.

— Desisto. Você nunca vai dizer nada previsível, mas concordo com o seu plano. Deveria dormir um pouco e se preocupar com tudo isso pela manhã. Tudo pode esperar.

Ele soava muito razoável, e foi um alívio pensar que eu poderia deixar o assunto suspenso até estar descansada.

— Acho que tem razão — eu disse. — Creio que vou aceitar seu conselho.

— Que bom. — Ele sorriu para mim. — Consegue subir as escadas sozinha?

— É claro. — Isso me lembrou de algo. — Eu desmaiei na escada antes, não foi?

Ele confirmou.

— E depois, o que aconteceu?

— Eu a peguei e a trouxe para cá. — Mais divertimento iluminou seus olhos.

— Oh. — Eu não estava certa do que pensar. Fiquei envergonhada, mas, ao mesmo tempo, contente. Olhei para ele com os olhos semicerrados, observando o tecido do casaco tenso sobre os músculos de seus ombros e braços. Sim, ele com certeza parecia forte o suficiente para me carregar... talvez até com facilidade demais, imaginei. O pensamento deixou meu rosto quente. — Bem, então, obrigada.

— O prazer é meu — ele murmurou, um novo sorriso brincava em sua boca.

Decidi fingir que não tinha ouvido isso.

— Acredito que consigo subir as escadas sozinha. Não vou mais precisar dos seus serviços esta noite.

Ele não pareceu convencido.

— Levante-se, então.

Tentei e descobri que estava plantada à poltrona, tamanha minha exaustão.

— Tal como eu suspeitava. — Ele se levantou, pegou minha mão e me puxou para me ajudar a levantar.

Suguei o ar com força, sentindo o ardor repentino de sua mão sobre a minha, e me encolhi. O olhar de Philip se aguçou de preocupação, e ele rapidamente virou a palma da minha mão. As feridas pareciam piores à luz da lareira do que aparentavam estar no andar de cima. Vergões e arranhões vermelhos cobriam a maior parte das minhas palmas. Elas latejavam, e havia alguns lugares onde várias camadas de pele tinham sido esfoladas.

— Pensei ter ouvido de você que ele não a tinha machucado. — Sua voz soou áspera.

Quando ele me olhou nos olhos, meu coração deu uma cambalhota. Ele parecia irritado e um pouco perigoso: tudo o deixava mais bonito.

— Ele não me machucou. Foram as rédeas, principalmente. Os cavalos se assustaram, e eu não estou acostumada a controlar quatro deles. Depois caí quando estava tentando correr, e James era tão pesado... — Parei ao notar o olhar de espanto no rosto de Philip.

— Você ergueu o cocheiro?

— Bem, minha criada ajudou.

Ele me olhou como se não pudesse acreditar no que estava vendo.

— Eu o vi. Ele é mais do que duas vezes o seu tamanho. E também vi sua criada. Eu não acharia possível.

Dei de ombros.

— Tinha que ser feito. Eu não poderia deixá-lo lá.

Ele sustentou meu olhar por um longo instante. Percebi que o fogo estava muito quente e que eu me encontrava perto demais de um cavalheiro muito bonito que segurava minha mão na sua. Philip olhou para baixo.

— Garota corajosa — ele murmurou, passando um dedo de leve pela palma da minha mão.

Foi um toque tão suave que não doeu nada; porém provocou uma onda de sensações pela minha mão, subindo pelo braço e alcançando meu coração. Eu nunca experimentara algo parecido antes, e achei completamente irritante.

Tirei a mão de junto da sua e tentei compreender o que acabava de acontecer. Mas meu cansaço estava começando a parecer um nevoeiro na minha cabeça e eu não conseguia assimilar minha reação a ele. Talvez estivesse ficando febril. Até mesmo delirante.

— Você deve estar exausta — Philip disse, como se pudesse ler minha mente. — Venha. — Ele pegou meu cotovelo e me conduziu rumo à porta aberta.

Eu queria insistir que poderia subir as escadas sozinha, mas já não tinha certeza de que conseguiria. Não naquela noite. Philip só me soltou quando chegamos ao patamar.

Ele fez uma reverência.

— Boa noite, Marianne. — Sorri ao som do meu nome em seus lábios. De alguma forma, aquilo não era mais chocante.

— Boa noite — falei. — E muito obrigada. Por tudo.

Senti que havia algo mais que eu deveria dizer a ele, mas não conseguia pensar no quê. Tudo que eu conseguia pensar era em cair na cama. Caminhei até a porta do quarto onde Betsy ainda estava roncando.

Com a mão na maçaneta da porta, ouvi Philip dizer baixinho:

— Tranque sua porta antes de ir para a cama.

Um calafrio de alarme se espalhou por mim, lembrando-me de que eu estivera realmente em perigo não fazia muito tempo. Isso aguçou meus pensamentos, e me dei conta do que deveria dizer. Eu me virei para perguntar a Philip se nunca mais o veria.

Mas ele já tinha sumido.

CAPÍTULO 6

Acordei muito longe de estar descansada. Betsy fora toda pernas e braços durante a noite, e eu tinha certeza de que ela havia causado pelo menos alguns dos pontos doloridos que eu sentia. Ela devia ter acordado antes de mim, pois não estava no quarto, e fiquei tentada a voltar ao meu travesseiro e dormir mais um pouco. Apesar disso, havia coisas das quais só eu poderia cuidar, e não poderia mais postergar.

Então pisquei para proteger os olhos da luz forte da manhã, me espreguicei e me sentei com um gemido. Meu corpo doía em toda parte. A porta se abriu silenciosamente e Betsy entrou pé ante pé. Quando me viu acordada, porém, fechou a porta e correu para pular na cama ao meu lado.

— Srta. Marianne — ela exclamou, batendo no meu ombro dolorido. Estremeci.

— Sinto muito por ter adormecido antes da senhorita ontem à noite, mas nunca passei por nada mais chocante do que atirar naquele homem. Além do mais, acho que o atingi, embora não esteja totalmente certa disso, já que estava tão escuro.

Ela parou um instante para respirar fundo e eu rapidamente a interrompi antes que ela pudesse começar de novo.

— Não, Betsy, não peça desculpa por nada. Agora me ajude a me vestir, por favor. Preciso ver James.

— Ah, claro, senhorita, mas não precisa se preocupar com ele, porque uma mulher veio aqui esta manhã dizendo que havia sido enviada para oferecer seus serviços de enfermagem, assim, ela assumiu o leito do convalescente como se fosse a dona.

— Uma enfermeira? — Puxei meu vestido sobre a cabeça. — Mas… quem é ela? Não tive chance de falar com ninguém a respeito disso. O médico pediu que ela viesse?

— Ah, não. Ele estava aqui quando ela chegou. Parecia surpreso como o resto de nós.

Vesti a roupa às pressas, ignorando meus músculos, que protestavam, e atravessei o corredor até o quarto onde James estivera. A porta estava aberta e uma mulher pequena e gorducha estava curvada sobre a cama. Ela se virou ao som dos meus passos e apressou-se até a porta.

— Ah, a senhorita deve ser a jovem de quem ele falou — ela disse em uma voz suave. — Jovem demais para cuidar dessas coisas. Posso ver que ele estava certo, sim, ele certamente estava. Bem, mas não se preocupe com nada, tenho tudo sob controle.

Pisquei, surpresa.

— Obrigada, agradeço muito por ter vindo, sra... — Parei à espera de seu nome.

— Oh, perdoe-me, esqueci os bons modos. Sou a sra. Nutley.

Ela fez uma cortesia segurando as saias com mãos limpas e pequeninas. As bochechas rosadas e rechonchudas balançaram um pouco com o movimento. Os cabelos castanhos estavam puxados em um coque impecável. Gostei imensamente dela.

— Estou muito feliz em conhecê-la — eu disse — e muito grata por ter sua ajuda. Mas, se me permite a pergunta... quem solicitou seus serviços?

Ela franziu a boca em forma de coração e apertou as mãos uma na outra.

— Não, não, não posso dizer, prometi que não o faria. E não deve me questionar mais, querida, pois odeio ser indelicada; no entanto, tenho que manter minha promessa.

Recuei, tamanha minha surpresa.

— Bem, então... — Eu estava sem palavras. Olhei por cima do ombro e vi James na cama, pálido, de olhos fechados. — Como está o paciente?

Ela passou o braço ao meu redor e me deu um empurrãozinho a fim de me conduzir porta afora.

— Ele está bem, mas agora está descansando. Desça, por favor, e não se preocupe com nada. Tenho tudo sob controle, e a senhorita será capaz de se despedir dele mais tarde. — Ela sorriu, bochechas vermelhas como maçãs sob seus olhos felizes.

Não senti nenhum remorso em deixar James sob seus cuidados. Contudo, ao descer, o mistério de quem tinha solicitado os serviços dela me incomodava. Era como quando Philip se recusara a me dizer seu nome completo na noite anterior. Isso ainda me incomodava também, agora que eu parara para refletir.

Encontrei o estalajadeiro na taverna e perguntei se meu desjejum poderia ser servido na sala de estar. Tentei soar indiferente ao questionar:

— Sabe o nome do cavalheiro que jantou comigo ontem à noite?

Sua expressão mascarou-se imediatamente.

— Não sei do que está falando, senhorita.

Antes que eu pudesse responder, ele se retirou apressado para a cozinha. Fitei suas costas, intrigada com sua reação. Parecia que o mistério iria continuar ainda mais um pouco.

Segui para a sala de estar e encontrei o cômodo claro e ensolarado. No centro da mesa estava um vaso de flores silvestres frescas, e apoiada ao lado do vaso havia uma carta com "Srta. Marianne Daventry" escrito em uma caligrafia forte e elegante na frente. Peguei-a e virei, examinando o selo de cera vermelha no verso. Era um brasão que eu não reconhecia. Rompi o selo e abri a carta.

Cara Marianne,

Solicitei os serviços de uma respeitável enfermeira para cuidar da recuperação do seu cocheiro. Uma carruagem chegará ao meio-dia para conduzir a senhorita e sua criada até seu destino. A carruagem na qual vieram será transportada de volta a Bath. Também tomei a liberdade de enviar uma mensagem para Edenbrooke a fim de informar de sua chegada iminente. Espero não ter deixado nada pendente.

Seu criado obediente,
Philip

Olhei para a carta com surpresa. Aquilo era impossível! Eu tinha recusado sua assistência, e ainda assim ele persistia em oferecê-la. Eu não estava certa de como me sentia a respeito. Ter tamanho transtorno para me ajudar era muita gentileza de sua parte, eu tinha que admitir. Apesar disso, havia a despedida "Seu criado obediente". Eu poderia facilmente imaginá-lo rindo enquanto escrevia as palavras. Estava ainda constrangida quando a esposa do taberneiro entrou com meu desjejum.

Ergui os olhos da carta.

— A senhora sabe o nome do cavalheiro que esteve aqui ontem à noite?

Ela me lançou um olhar estranho.

— Nenhum cavalheiro esteve aqui ontem à noite.

O que era isso? Ergui a carta como prova de que eu não tinha imaginado.

— Havia um cavalheiro, que jantou comigo. Foi ele que me carregou quando desmaiei?

— Ele não ficou para passar a noite, senhorita. — Ela colocou os pratos na mesa com um grande barulho. — Partiu quase à meia-noite.

Que estranho. Por que ele iria viajar tão tarde? Por que não dormir ali e começar a jornada pela manhã?

A esposa do taberneiro virou-se para a porta, e eu a chamei.

— Espere. Sabe o nome dele?

— Não tenho liberdade para dizer, senhorita, e não vou me meter onde não sou chamada; não depois da noite e da manhã que tive. — Ela me olhou, como se me desafiando a discutir, depois deixou a sala rapidamente. De olhos arregalados, fiquei fitando o vazio depois que ela saiu. Era a estalagem mais estranha que eu já conhecera.

Reli a carta enquanto tomava o desjejum, sentindo-me mais irritada com Philip a cada momento que passava. Convenci Betsy a caminhar comigo para passar o tempo, e, mais tarde, sentei-me por um tempo ao lado de James até a sra. Nutley me enxotar dali. Por fim, uma batida soou na porta da sala de estar. Era o estalajadeiro, vindo para me dizer que um coche estava ali para me buscar.

O cocheiro estava na taberna da estalagem. Ele tirou o chapéu quando me viu.

— É um prazer servi-la, senhorita.

— Obrigada. Mas, antes de irmos a qualquer lugar, tenho que lhe perguntar quem solicitou seus serviços. — Eu estava determinada a tirar de alguém a identidade de Philip. Era minha última esperança.

Ele balançou a cabeça.

— Sinto muito, senhorita.

Eu o fitei com um olhar fulminante.

— Quer me dizer que o senhor não está autorizado a divulgar a identidade da pessoa?

— Sim, senhorita.

Bufei.

— Muito bem. Se se recusa a me dizer, então me recuso a acompanhá-lo. — Eu percebi quanto aquilo soava infantil, mas não ligava. Aquele tal de Philip era demais, incitando todo mundo a participar de seu mistério e fazendo de mim o objeto de seu jogo. Eu podia imaginar que todos ali estivessem rindo de mim pelas costas.

O cocheiro pigarreou.

— Fui avisado de que poderia me deparar com essa resposta, então eu mesmo deveria forçá-la a entrar na carruagem.

Fiquei boquiaberta.

— Ele não fez isso.

— Ele fez. — O cocheiro se permitiu um discreto sorriso.

Minha frustração se transformou em raiva. Philip era um homem controlador, impertinente, detestável! Que direito ele tinha de se meter tanto nos meus assuntos? Virei-me nos calcanhares e tentei não pisar duro quando comecei a subir as escadas. Betsy estava acabando de fazer nossas malas. Eu disse adeus a James, que me garantiu que estava perfeitamente satisfeito em ficar onde estava por enquanto.

A última coisa que eu tinha que fazer era pagar nossa conta com o estalajadeiro. Quando me aproximei dele com minha bolsinha, no entanto, ele disse:

— Não, senhorita, não vou aceitar. Já me pagaram generosamente pela sua estadia, bem como por tudo o que seu cocheiro possa precisar.

Eu fervia de ódio.

— Vejo que o cavalheiro que estava aqui ontem à noite pensou em tudo.

O estalajadeiro ergueu meu baú e me deu um grande sorriso.

— Sim, isso mesmo.

Murmurei insultos para Philip enquanto subia na carruagem com Betsy. Assim que nos colocamos em movimento, fiquei contente por deixar para trás a estranha estalagem e todos que eu tinha conhecido ali. Na verdade, esperava nunca mais ter de ver aquelas pessoas. Especialmente, Philip. Embora, se o visse, ele certamente ouviria poucas e boas de mim.

Após percorrermos alguns quilômetros, decidi que não deixaria aquele homem estragar o resto da minha viagem. Minha irmã gêmea e uma estadia maravilhosa esperavam por mim, e eu desejava esquecer tudo o que acontecera na noite anterior. Então respirei fundo, deixei de lado minha frustração e fiquei observando o campo passar pela janela.

Essa carruagem era muito mais confortável do que a de vovó, e eu não senti nem metade do enjoo do dia anterior. Betsy passou boa parte do trajeto imaginando como Edenbrooke devia ser e como seriam os Wyndham. Dei um sorriso indulgente, ouvindo, distraída, a sua tagarelice. A conversa de Betsy raramente exigia resposta.

Eu, às vezes, me perguntava como seria ter uma criada silenciosa, que soubesse seu papel e não me incomodasse com o falatório constante, mas não poderia me imaginar dispensando Betsy. Quando meu pai cuidou para que eu viajasse a Bath, vovó insistira que eu fosse acompanhada por uma criada. Betsy, a filha de um dos agricultores inquilinos de meu pai, foi a escolhida. Tinha sido um grande conforto, para mim, ter alguém de casa, mesmo que muitas vezes ela fosse enervante.

Viajamos por toda a tarde, até que Betsy ficou sem assunto e meu corpo dolorido protestou em razão dos solavancos da estrada. Quando, finalmente, saímos da estrada e pegamos um longo caminho por entre o bosque, eu me empertiguei no assento, ansiosa para ver nosso destino final. Mas as árvores nos impediram de enxergar muita coisa até chegarmos ao cume de uma pequena colina.

— Ah, pare, por favor! — falei para o cocheiro.

Desci da carruagem e fiquei olhando para o que eu tinha certeza ser Edenbrooke.

A casa tinha um tamanho impressionante, imponente e perfeitamente simétrico, construída em pedra de cor creme e rodeada por jardins muito bem-cuidados. Árvores gigantes pontilhavam o gramado; o verde era tão brilhante à luz do sol que eu tinha que apertar os olhos para olhar para ele. Um rio corria pela propriedade, atrás da casa, e vi uma linda ponte de pedra arqueada sobre o curso da água. Terras agrícolas espalhavam-se além dela como a cauda de um pavão, com cercas perfeitas, sebes e campos produtivos que se estendiam até onde a vista alcançava.

— Oh — ouvi Betsy suspirar com prazer, e então ela ficou em silêncio.

Para Betsy, ser silenciada pela beleza era algo muito significativo, e eu sorri, concordando com ela. Edenbrooke parecia ser tudo o que se poderia querer de uma propriedade.

— É uma beleza, certamente — disse o cocheiro. — As melhores terras aráveis da região.

Pensei na minha própria casa, em Surrey. Era muito modesta em comparação, com apenas dois andares e dezoito cômodos. Meu pai era dono de algumas centenas de acres de terra, trabalhadas por rendeiros, porém a exploração lá parecia brincadeira de criança em comparação à propriedade grandiosa que era Edenbrooke. Certamente, eram necessárias mãos competentes para gerenciar tudo aquilo. Meu conceito sobre meus anfitriões subiu consideravelmente. Cecily com certeza tinha feito uma boa escolha para si mesma. Que privilégio poder passar o tempo que fosse naquele lugar.

Voltei para dentro da carruagem, ainda mais ansiosa para chegar. À medida que descíamos a colina e nos aproximávamos da residência, eu sentia como se estivesse voltando para casa depois de ter ficado fora por um longo tempo. Era um sentimento que não fazia sentido, pois aquele lugar elegante não tinha nenhuma semelhança com a minha terra. Mesmo assim, eu sentia como se já amasse cada folhinha de grama, cada árvore, cada sebe perfeita e cada rosa selvagem.

Sacudi a cabeça em um esforço para clareá-la. Eu estava, sem dúvida, ainda sofrendo do choque devido aos terríveis acontecimentos da noite anterior. Minha mente estava perturbada por causa do cansaço. Eu apenas imaginava essa sensação de volta para casa, essa urgência em finalmente chegar.

A grande porta da frente se abriu assim que o coche passou pelo caminho curvo diante da entrada e parou. Um lacaio saiu da casa e abriu a porta do carro, oferecendo a mão enluvada para me ajudar a descer. Mal tocara o chão, ouvi uma voz feminina me cumprimentar. Ergui os olhos, esperando ver os cabelos dourados de Cecily e seus olhos azuis vívidos. Porém, a dama que se aproximou de mim com braços estendidos não podia ser ninguém além de lady Caroline. Ela era alta e esbelta. Seus cabelos castanhos eram levemente sombreados de cinza, e os olhos dela enrugaram nos cantos quando ela sorriu para mim.

— Eu deveria ter convidado você há muito tempo — disse ela. — Não consigo expressar quanto estou feliz por ter vindo. Posso chamá-la de Marianne?

— S-sim, claro que pode — gaguejei, surpreendida por seu tom íntimo.

Se bem que ela e minha mãe tinham sido amigas íntimas durante grande parte de suas vidas: quase como irmãs. Senti, em seu pedido, que ela estava me convidando não só para entrar em sua casa, mas em sua família. Percebi que eu gostava muito da ideia.

— Eu andava muito ansiosa em relação à segurança desde que soube do seu contratempo ontem à noite. Mal pude acreditar! — Ela colocou um braço ao redor dos meus ombros e me levou em direção à porta. — Um salteador... nesta região? Nunca ouvi falar de algo assim.

Então Philip, evidentemente, tinha escrito mais em sua carta do que apenas minha hora prevista de chegada. Parecia a oportunidade perfeita para perguntar a identidade dele, mas me dei conta de que seria muito estranho admitir que eu jantara sozinha com um homem na noite anterior sem nem saber quem ele era. Hesitei, temendo que lady Caroline pudesse pensar mal de mim se ela descobrisse, então perdi a oportunidade, pois entramos na casa.

Assim que pisei lá dentro, tive de parar para olhar. A entrada tinha o pé-direito de três andares, luminosa e arejada, com janelas que deixavam entrar raios oblíquos de luz que caíam sobre o piso branco de mármore. Inclinei a cabeça para trás para observar as pinturas que se estendiam até o teto alto. Um mordomo e uma governanta estavam em formação, e vários lacaios se alinhavam diante da grande escadaria.

Engoli em seco, sentindo-me muito pequena e inexperiente no meio de toda aquela grandiosidade imponente.

Lady Caroline levou-me escada acima, até um quarto de dormir no segundo andar. Era decorado em azul, com uma grande cama, uma escrivaninha debaixo da janela e uma poltrona bem estofada diante da lareira. Através da janela, eu tinha uma bela vista do rio e da ponte que vira do coche. O quarto era confortável e elegante, e eu senti um desejo imediato de chamar aquele lugar de lar.

De repente, eu me lembrei de *quem* planejava chamar aquele lugar de lar.

— Eu deveria ter perguntado antes — disse —, mas onde posso encontrar Cecily?

— Ah, Cecily? — Ela foi até a janela e arrumou as pregas da cortina antes de responder. — Ela está em Londres. — Lady Caroline se virou para mim com um sorriso. — Espero que não se importe de ficar aqui sem ela durante uma semana.

— Uma semana? — Eu esperava não parecer rude, mas fiquei surpresa com o rumo dos acontecimentos. — Desculpe-me. Talvez eu tenha entendido mal o convite. Achei que ela viria com a senhora de Londres.

— Bem, sim. Esse era o plano, mas decidi vir na frente para aprontar as coisas antes da sua visita e deixei Cecily, Louisa e meu filho William com a esposa, Rachel, que vivem em Londres. Veja, há um baile de máscaras ao qual as meninas queriam muito comparecer por lá, e eu não suportaria o pensamento de lhes recusar o entretenimento. É só uma semana a mais, e isso nos dará tempo para nos familiarizarmos melhor antes que todo mundo chegue.

— Oh. — Como era estranho estar ali uma semana antes de Cecily. — Espero que eu não esteja incomodando.

— É claro que não. Estamos felizes em recebê-la. — Ela parecia sincera, mas eu ainda me sentia constrangida pelas circunstâncias. Seria muito mais confortável ter Cecily ali comigo. Depois, lady Caroline acrescentou: — Minha irmã e o marido dela também vão ficar aqui enquanto a casa deles está passando por alguma espécie de reparo. Assim, você não será a única hóspede.

Relaxei um pouco com a notícia. Depois de se certificar de que o quarto estava exatamente como devia estar, lady Caroline sugeriu que eu descansasse da viagem e depois me convidou para me juntar a ela na sala de estar antes do jantar, que seria dali a uma hora.

Lady Caroline saiu do quarto, mas eu não achava que poderia descansar, nem se quisesse. Betsy estava desempacotando minhas roupas e balbuciando algo sobre quanto tudo aquilo era grandioso. Destinei a ela metade da minha atenção; a outra estava dedicada a ver o máximo da janela do meu quarto quanto possível. O terreno parecia muito convidativo, e eu realmente só precisava de meia hora para me trocar antes do jantar.

Tomei uma decisão rapidamente.

— Vou explorar os jardins. Retornarei em breve — eu disse a Betsy quando deixei o quarto.

Ouvi que ela veio atrás me chamando, mas a ignorei e saí às pressas para descer a escada. Não tive tempo de procurar uma porta que desse para os fundos da propriedade, então saí discretamente pela porta da frente e caminhei pela lateral da casa. Eu estava determinada a ver o rio e a linda ponte.

Era mais longe da casa do que achei que fosse, mas valia bem o esforço. A água clara percorria um leito rochoso, e eu vi alguns peixes nadando por ali. Virei para a ponte, que era feita de pedras antigas, com arcos gregos altos que sustentavam o telhado. Suspirei, percorrendo as mãos sobre as pedras. Até mesmo as pontes ali eram lindas.

Olhei de volta para a casa, tentando avaliar quanto tempo eu estivera ali fora. Talvez uns dez minutos, o que significava que eu tinha mais alguns minutos para explorar. Atravessei a ponte. Meus passos ecoavam sobre as pedras. A terra do outro lado da ponte era mais selvagem, não tão suave ou tão bem-cuidada, o que, para meu gosto, estava excelente.

Ah, como eu sentira falta de viver no interior. Caminhei um pouco pela margem do rio, mas eu sabia que tinha de voltar logo. Disse a mim mesma que teria tempo o bastante — um verão inteiro — para explorar e desfrutar daquele paraíso, que era exatamente o que me parecia. Após mais de um ano em uma cidade revestida de paralelepípedos, eu me sentia como um pássaro que acabava de ser liberto de uma gaiola. Que finalmente estava no campo outra vez!

No meu arrebatamento, fechei os olhos, inclinei a cabeça para trás e girei os braços estendidos, querendo absorver tudo, com todos os sentidos. Era tão glorioso! Era tão divino! Era tão... enlameado!

Meus olhos se abriram quando meus pés deslizaram embaixo de mim. Soltei um grito ao atingir o chão, o impulso do meu movimento me fez rolar pela margem do rio. Aterrissei com um barulho na água fria.

CAPÍTULO 7

Quando minha cabeça irrompeu da água, gritei e tossi da maneira mais deselegante possível. Notei, com alarme, que eu estava me afastando rapidamente da casa pelo riacho. Embora não fosse muito profundo, fiz um grande esforço para encontrar sustentação para os pés no leito rochoso. Entre as pedras escorregadias e a corrente, falhei na tentativa de ficar em pé.

Avistando um grande salgueiro-chorão adiante com seus galhos pendentes na água, fixei meu olhar em um galho que parecia ser mais robusto do que os demais. Quando a correnteza me levou a um ponto de onde eu poderia alcançá-lo, agarrei o galho e me pendurei nele, chutando desesperada até conseguir alcançar a margem.

Arrastei-me para subir na encosta, girei o corpo e me estatelei na grama por um momento enquanto recuperava o fôlego. Assim que me levantei, notei que, entre as pregas molhadas do meu vestido, havia manchas de lama, lâminas de grama e folhas encharcadas. Estendi a mão e senti meu cabelo, que parecia estar pendurado em uma estranha configuração, e tirei uma folha dentre o emaranhado de fios.

Oh, inferno. Agora eu tinha que encontrar uma forma de ficar apresentável antes do jantar e provavelmente já tinha passado tempo demais fora. Teria que correr se desejava voltar a tempo para o jantar. E se alguém me visse?

Afastei o cabelo do rosto e caminhei em direção à ponte tão rapidamente quanto minhas saias úmidas e encharcadas permitiam. Por que, oh, por que tive de sair para explorar? E por que me deixei rodopiar? Era precisamente o tipo de comportamento que minha avó desaprovava. Era por isso que ela queria que eu mudasse meus modos. Afinal, que tipo de herdeira caía em rios?

Eu acabara de chegar à ponte quando ouvi o som do trote de um cavalo às minhas costas. Girei de repente e vi um homem aproximando-se a cavalo. Não querendo que minha primeira impressão ali fosse maculada por alguém me vendo toda molhada e enlameada, rapidamente deslizei pela lateral da ponte e me agachei, escondendo-me nas gramas altas à beira do rio.

Esperei tensa, ouvindo ruído de cascos cada vez mais próximos. Um assobio acompanhava o som. Curiosa, ergui o olhar bem quando o cavalo chegou à ponte. Fiquei tão chocada pelo que vi que levantei de repente e, no mesmo instante, perdi o equilíbrio. Agitei os braços em movimento descontrolado, tentando resistir e não cair de costas. No entanto, meus movimentos não me salvaram, e despenquei, com um gritinho agudo, novamente no rio.

Ressurgi rapidamente na superfície e vi o cavalo entrando na água, causando uma chuva de respingos, além de uma mão estendida a mim.

— Pegue minha mão — veio a voz que eu menos queria ouvir.

Recusei-me a olhar para cima.

— Não, obrigada. — Tentei me levantar desesperadamente.

— *Não, obrigada?* — a voz repetiu, parecendo surpresa e divertida.

Segui para a outra margem, meio caminhando, meio nadando. Tive muito mais sucesso em sair da água desta vez. Sem dúvida, o incentivo era muito maior. Arrastando-me margem acima, eu disse:

— Eu sou muito capaz... — grunhi ao tropeçar na minha saia molhada e desabar de barriga na lama. Levantei-me às pressas. — Muito capaz, eu lhe garanto, senhor, de caminhar com minhas próprias pernas.

Quis provar a seriedade das minhas palavras ao me afastar do rio o mais rápido que podia. Ouvi o som do cavalo saindo da água e me seguindo. Mantive o rosto virado, com a intenção de ignorar o homem atrás de mim e rezando para que ele não desse uma boa olhada no meu rosto.

Ouvi o som de couro movimentando-se quando ele apeou, e senti que ele caminhava ao meu lado.

— Posso perguntar o que estava fazendo escondida à beira do rio, Marianne?

Oh, inferno. Ele *tinha* me reconhecido. Olhei para ele. Philip — se esse era mesmo seu nome verdadeiro — estava ainda mais bonito do que na noite anterior. O sol reluzia em seu cabelo, e seus olhos cintilavam com um ar de divertimento. E ali estava eu, enlameada, com folhas no cabelo e pingando água de rio. Era demais. Nenhuma jovem devia ser submetida a tamanha vergonha.

Empinei o queixo, fingindo dignidade.

— Eu estava escondida para não ser vista molhada e enlameada.

Ele levantou uma sobrancelha.

— Você estava molhada e enlameada? Antes de ter caído no rio?

Pigarreei para limpar a garganta.

— Caí duas vezes.

Ele pressionou os lábios... e olhou para longe, como se na tentativa de recuperar a compostura. Quando me olhou outra vez, seu rosto estava cuidadosamente inexpressivo, os olhos pareciam inocentes demais.

— E posso saber como foi que você caiu no rio pela primeira vez?

Meu rosto começou a pegar fogo quando me dei conta de como eu parecia tola, infantil e deselegante. Claro, ele já sabia aquelas coisas sobre mim, dadas minhas ações na pousada na noite anterior. Cantando aquela música! Rindo depois chorando! E agora caindo em um rio! Eu nunca estivera mais consciente das minhas falhas do que naquele momento.

— Eu estava, er... rodopiando — respondi.

Seus lábios tremeram.

— Não consigo imaginar. Você precisa demonstrar para mim.

Olhei feio para ele.

— Certamente que não. Não é para ser visto por uma plateia. Foi só algo que fiz porque... — Acenei com a mão ao meu redor, completamente sem palavras.

Philip parou, puxando o cavalo ao lado dele, e eu me virei para encará-lo. Ele estava esperando por uma explicação verdadeira, eu notava, e suspirei na minha derrota.

— Só achei que tudo era tão lindo — confessei em voz baixa. — Tudo. — Apontei para a vista diante de nós. — Arrebatador, talvez. Fui tomada de tal forma por tudo aquilo, pela minha felicidade em estar ali, em ter toda essa beleza pela qual ansiar que então eu... me deixei levar e girei. E perdi o equilíbrio. — Eu empinava a cabeça com dignidade e o desafiava com um olhar a rir da minha cara. — Imagino que considere tudo isso hilário.

Para minha surpresa, ele não parecia inclinado a rir. O divertimento em seus olhos tinha suavizado e se tornado algo mais gentil. Ele balançou a cabeça e disse:

— De modo algum. Na verdade, estava pensando em quanto entendo essa sensação.

Minhas bochechas foram ficando quentes diante do seu olhar suave e eu tive que desviar os olhos. Estremeci com a leve brisa, e Philip tirou o casaco para envolvê-lo ao redor dos meus ombros. Agarrei as lapelas e não tentei imaginar como devia estar, toda enlameada e encharcada com meu vestido agarrado ao corpo. Felizmente, os olhos de Philip nunca miraram nada abaixo do meu rosto. Ele, obviamente, era mais cavalheiro do que eu pensara de início.

Uma tosse discreta soou atrás de mim. Eu me virei. Era o cocheiro que tinha me trazido até ali. Ele indicou o cavalo de Philip com um gesto e perguntou:

— Posso levá-lo para o senhor?

— Sim, obrigado.

Philip lhe entregou as rédeas, e o homem levou o cavalo em direção a algumas construções ao norte da casa. Deviam ser os estábulos, pensei. Então percebi, tardiamente, que Philip estava *também* ali, em Edenbrooke. E que o cocheiro parecia conhecê-lo. De repente tudo ficou claro para mim, como peças de um quebra-cabeça, que se encaixavam no lugar. Com o quebra-cabeça completo, toda a frustração e a raiva que eu sentira naquela manhã na estalagem voltaram à tona.

— Você mora aqui — eu disse. Soou como uma acusação.

— Não se zangue comigo. — Os olhos de Philip eram cálidos, seu sorriso era persuasivo.

Sorri docemente.

— Por que eu deveria ficar zangada?

Ele pareceu surpreso.

— Foi mais fácil do que eu esperava.

— Não, estou lhe fazendo uma pergunta. Com qual ação especificamente você pede que eu não me zangue? Esconder sua identidade? — Olhei feio para ele. — Me enganar para que eu confiasse em você? Ou pode ser por seus métodos controladores de me trazer até aqui? Mandar seus empregados me fazerem vir à força nos seus termos?

Philip inclinou-se para mim e falou baixinho no meu ouvido.

— Sua raiva pode ficar mais impressionante se você bater o pé. Talvez devesse tentar da próxima vez.

Fiquei de queixo caído, indignada, e me afastei dele. Seu sorriso era perverso.

Tirei o casaco e o joguei para ele, depois girei nos calcanhares e saí a passos largos em direção à casa, determinada a deixar para trás aquele homem e o divertimento em seu rosto o mais rápido possível. Expressar minha raiva não fez nada para deixá-la menos intensa, pois ela ainda percorria meu corpo e pulsava na minha mente com cada batimento mais e mais acelerado. Arrogante, presunçoso e desonesto!

Betsy deu um gritinho agudo quando entrei em meu quarto.

— O que aconteceu com a senhorita?

— Caí no rio.

Ela ficou boquiaberta.

— Por favor. Não diga uma palavra. — Eu não queria lhe explicar meu embaraço mais recente.

Betsy começou a tirar folhas e gravetos do meu cabelo enquanto eu tentava soltar meu vestido, o que era muito mais difícil de se fazer com ele molhado.

— Ah, não vai funcionar! — ela disse. — Tem muita lama. Vou ter que lavá-lo.

Gemi de frustração.

— Talvez você possa avisar que vou me atrasar para o jantar.

Betsy saiu correndo do quarto, e eu continuei tentando soltar o vestido. Quem me dera eu pudesse colocar toda a culpa do meu mau humor em Philip, mas a verdade era que eu sentia a mesma frustração e a mesma raiva de mim mesma. Se não tivesse sido tão impulsiva e infantil, isso nunca teria acontecido.

Betsy voltou com notícias de que a cozinheira já havia sido avisada para retardar o jantar em meia hora. Sem dúvida, isso era coisa de Philip.

Agora eu tinha que pensar que ele era atencioso e não queria pensar nada positivo a respeito dele.

Meus pensamentos voltaram-se para o pequeno mistério de Philip na estalagem, enquanto Betsy lavava e rearrumava meu cabelo. Por que será que ele se esforçara tanto para ocultar sua identidade? Ele deveria saber que eu a descobriria com relativa rapidez.

— Betsy, você sabe os nomes dos filhos de lady Caroline? — Ela era excelente em conseguir informações.

— Charles, Philip, William e Louisa — ela desfiou.

— Nessa ordem?

Ela confirmou.

Então era como eu suspeitava. Philip era o próximo irmão depois de sir Charles, com quem Cecily planejava se casar. Mas por que ele se preocupara em esconder sua identidade de mim? Não consegui pensar em nenhuma boa resposta.

Quando entrei na sala de estar com os cabelos úmidos, mas arrumados, lady Caroline me apresentou à sua irmã, a sra. Clumpett. Seu ar era formal, o rosto era agradável, com uma boca que tendia a se curvar para cima num formato que parecia de sorriso perpétuo.

O sr. Clumpett era alto e magro, e estava junto à lareira, segurando, com um dedo, a página que estava lendo no livro. Ele se curvou e disse que era um prazer me conhecer, mas seus olhos desviaram para o livro enquanto falava.

— Os animais selvagens da Índia — ele disse, ao me pegar olhando para seu livro. — A senhorita os conhece bem?

Neguei com a cabeça.

— Pode pegar este livro emprestado quando eu terminar. É simplesmente fascinante.

A porta se abriu atrás de mim e, sem olhar, eu sabia quem era pela súbita tensão no ar.

— Finalmente — disse lady Caroline.

Eu me virei e lá estava Philip, com um pequeno brilho de divertimento nos olhos.

— Creio que vocês dois já se conhecem — disse a mãe dele.

Philip curvou-se para mim.

— Srta. Daventry. Espero que tenha feito uma viagem agradável.

Ele estava se referindo à minha viagem rio abaixo? Provavelmente, se o seu sorriso servisse de qualquer indicação. Notei que ele usava um casaco diferente, o que me lembrava de que eu estava com raiva dele, mas também queria causar uma boa impressão, por isso fiz uma cortesia e disse:

— Sim, obrigada.

Antes que eu tivesse de pensar no que mais dizer, o mordomo anunciou o jantar. Philip estendeu o braço para mim. Tive que aceitá-lo, mas não significava que eu tinha de gostar da experiência. Achei impossível gostar, na verdade, porque sua proximidade misturada à minha ira me fazia sentir estranha e rígida.

Enquanto caminhávamos pelo corredor para a sala de jantar, com a mãe de Philip atrás de nós, ele disse em voz baixa:

— Tente respirar fundo.

Olhei para cima, surpresa.

— Pode ajudá-la a relaxar. — Ele sorriu, como se pudesse ler todos os pensamentos na minha mente e os considerasse altamente divertidos.

Que homem detestável! Ele sabia que eu estava desconfortável e, ainda assim, escolhia me provocar por isso! Eu o encarei antes de desviar o olhar. Afastei-me o máximo que era possível ainda tocando seu braço, enquanto ele me levava para o assento à direita da cabeceira da mesa: o lugar de honra. Claro, ele se sentou à cabeceira, porque estava determinado a me fazer infeliz. Só porque eu estava sentada ao lado dele, não queria dizer que precisava falar com ele.

Jantamos, lady Caroline conduziu a conversa com perguntas sobre se eu tinha gostado de Bath e como meu pai estava passando. Fiz o meu melhor para ignorar Philip e me vi gradualmente mais relaxada entre a gentileza educada de lady Caroline e os sorrisos gentis da sra. Clumpett, que estava sentada à minha frente. Na verdade, talvez ela nem estivesse sorrindo, mas apenas me observando com sua boca curvada. O efeito, no entanto, era o mesmo.

O sr. Clumpett me perguntou se eu sabia sobre a vida das aves em Bath, depois começou um monólogo muito longo sobre suas aves favoritas e onde elas viviam. A esposa disse algo sobre as aves da Índia (evidentemente ela já lera o livro) e, antes que eu me desse conta, eles já estavam envolvidos em uma feliz discussão sobre as codornas selvagens. Fiquei tão entretida com isso que, acidentalmente, lancei um olhar para Philip enquanto eu estava sorrindo.

Era como se ele estivesse esperando o tempo todo que meu olhar se desviasse para ele. Philip se inclinou em minha direção e, sob o ruído dos lacaios trocando os pratos, perguntou em voz baixa:

— Não vai me perdoar?

Eu sabia que ele estava pedindo perdão por ocultar sua identidade de mim na estalagem. A essa altura, a maior parte da minha raiva tinha sido substituída por uma curiosidade cada vez maior. Depois de debater comigo mesma por um momento, por fim, eu disse:

— Seria mais fácil perdoá-lo se eu soubesse o porquê da sua atitude.

Ele sacudiu a cabeça.

— Isso eu não posso lhe dizer.

Estreitei os olhos.

— Não pode ou não quer?

— Ambos — ele disse com um pequeno sorriso.

Quase cedi, ainda mais vendo Philip sorrir assim. Mas meu orgulho exigia *algo*, por menor que fosse.

— Então me responda: você estava brincando comigo para divertimento próprio?

— Não, eu não estava brincando com você e, não, não foi para o meu divertimento. — Só que, como se para desmentir suas palavras, havia aquela centelha familiar em seus olhos.

Levantei uma sobrancelha em descrença.

Seus lábios se contorciam, como se ele tentasse conter um sorriso.

— Não posso dizer que não me diverti, mas esse não foi meu motivo.

Pensei em como eu tinha cantado aquela música ridícula para ele e depois caído no rio — duas vezes — e que aparência eu deveria ter mais cedo, esparramada na lama enquanto recusava sua ajuda. Minhas bochechas queimavam com embaraço renovado. Não admirava que ele parecesse estar tentando não rir. Oh, meu orgulho ardia.

— Fico muito grata em saber que proporcionei toda essa diversão — falei com a voz afiada de sarcasmo.

Seus olhos se iluminaram assim como na estalagem quando comecei meu jogo.

— É mesmo? — ele perguntou e se inclinou mais para perto de mim. — Neste caso, vou dizer à minha mãe que você planeja nos entreter com uma canção mais tarde.

Fiquei pasma.

— Você nunca faria isso.

Ele abriu um grande sorriso, depois se virou para a mãe e disse:

— Mãe, descobri que a srta. Daventry é uma cantora de mão cheia. A senhora deveria convencê-la a cantar para nós mais tarde.

Ela sorriu para mim.

— Ah, sim, adoraríamos ouvi-la cantar.

Segurei o garfo com força, sentindo o terror me inundar.

— Eu... Eu não sou uma cantora de mão cheia. Na verdade, raramente canto para outras pessoas.

— Então que seja uma exceção — disse Philip.

A sra. Clumpett se manifestou:

— Eu adoraria ouvi-la cantar, srta. Daventry. E posso acompanhá-la, se quiser.

Eu estava presa. Ao ficar nervosa, meus pensamentos claros me abandonaram.

— Está bem.

Lady Caroline virou-se para dizer algo à sra. Clumpett. Coloquei o garfo na mesa e planejei mentalmente minha vingança contra Philip. A primeira coisa que eu faria seria lhe dizer exatamente o que pensava a seu respeito. Porém, quando olhei para ele, pronta para dar início a uma diatribe mordaz sobre seu comportamento horrível, ele piscou para mim. A ação espantou as palavras de meus lábios. A audácia daquele homem ia muito além do que eu já tinha visto. Não consegui fazer nada. A única coisa que eu podia fazer era aceitar minha derrota com o máximo de dignidade possível.

— Apenas uma, senhor — murmurei.

— Obrigado — ele respondeu com um sorriso satisfeito.

Eu tinha perdido o apetite. A ideia de cantar na frente de todos espantara minha fome. Fitando o prato, tentei aplacar o frio que começava a se alojar na minha barriga. Cantar uma canção inventada para Philip, quando ele sabia que era apenas uma brincadeira, era uma coisa; isso era completamente diferente. Não era uma piada, e eu estava prestes a me humilhar na frente de toda essa boa gente. Era inevitável. Havia uma razão para vovó ter me alertado para não cantar.

Meu coração disparou numa expectativa nervosa. Uma sensação de pânico começava a fluir pelas minhas veias. Peguei minha taça, mas me dei conta de que minha mão tremia demais para levá-la em segurança aos lábios. Coloquei-a de volta na mesa. A última coisa de que eu precisava era derramar a bebida em meu vestido.

— Qual o problema? — A voz de Philip era baixa, e suas sobrancelhas se uniram com preocupação.

— Nada — menti. Olhei para meu prato, tentando respirar devagar, ou pelo menos respirar normalmente. Não estava funcionando.

Philip ainda me observava. Felizmente, ninguém parecia estar prestando atenção.

— Você é uma péssima mentirosa. O que foi?

Meu rosto estava queimando; meu estômago, embrulhado. Só estava piorando. Eu precisava contar.

— Eu canto mal — sussurrei.

Ele pareceu surpreso.

— Não canta, não.

Balancei a cabeça.

Lady Caroline se virou para mim.

— Marianne, fico muito contente por saber que você tem talento musical. Sabe, Philip e Louisa são ambos muito afeitos à música. Acho que teremos muitas noites agradáveis aqui agora que se juntou a nós. Ora, talvez você e Philip pudessem cantar um dueto!

O terror se apoderou de mim. Olhei para Philip em um apelo mudo. Seus lábios se contorceram, depois estremeceram, então ele sacudiu os ombros. Olhei feio para ele, vendo-o perder a batalha, reclinar-se na cadeira e dar uma grande gargalhada. Detestável!

A sra. Clumpett perguntou:

— Oh, perdi alguma piada?

Philip disse em voz trêmula:

— Acho que, efetivamente, deixamos a srta. Daventry aterrorizada. Ela pode fugir desta casa esta noite e nunca mais voltar.

A fronte de lady Caroline se enrugou, demonstrando consternação.

— Philip, por favor, explique-se.

Fiquei surpresa com o tom severo que a voz dela poderia assumir.

— Ela não quer cantar para nós, mãe. Eu a ofereci sem sua permissão. — Ele deu risada.

A sra. Clumpett soltou uma exclamação silenciosa. O sr. Clumpett esfregou a mão sobre a boca, como se para conter um sorriso, e olhou para o prato. Lady Caroline parecia horrorizada.

— Philip. A mim me parece que você está sendo um péssimo anfitrião. Forçou nossa convidada a uma situação desconfortável, depois nos manipulou para participarmos do seu joguinho, e agora dá risada do desconforto da moça! E na primeira noite dela aqui! — Ela o fitava. — Estou muito decepcionada com você.

Todo o meu terror se transformou em gratidão assim que o ouvi ser repreendido tão profundamente. Philip, pelo menos, teve a decência de parecer envergonhado. Suas faces coraram de leve em resposta à bronca.

Lady Caroline voltou sua atenção para mim.

— Você pode achar, baseado no comportamento do meu filho, que não temos noção de como honrar um convidado nesta casa. Por favor, acredite em mim quando digo que as ações de Philip não refletem os valores da nossa família.

Olhei de relance para Philip e notei sua mandíbula cerrada e o rosto ruborizado. Que humilhação ser repreendido na frente de um convidado. Uma leve compaixão floresceu dentro de mim.

— Lady Caroline, receio que a senhora tenha entendido mal. Eu sabia que ele estava brincando o tempo todo. Na verdade, acho que sou responsável pelo que aconteceu agora. — Olhei de relance para ele. Philip me observava com uma expressão de perplexidade. — Comecei essa brincadeira na estalagem ontem à noite. Esta é apenas a continuação. Então, se a senhora está zangada com o comportamento do seu filho como anfitrião, também deveria se zangar comigo como convidada. Peço desculpas por ter sido a causa de tal discórdia.

Lady Caroline ouviu meu discurso com surpresa.

— Bem. Se não está ofendida, eu também não vou ficar zangada. — Sua voz tinha recuperado a suavidade normal. Ela olhou de mim para Philip com óbvia curiosidade. — Parece que vocês dois se entendem e vão se dar melhor sem a minha interferência. Peço desculpas por repreender você, Philip.

Ele sorriu carinhosamente.

— Mãe, a senhora nunca deveria se desculpar por me repreender. Tenho certeza de que eu sentiria falta se a senhora parasse.

Ela riu e eu suspirei de alívio. Não precisava cantar, lady Caroline não estava com raiva e Philip não estava humilhado. Tudo tinha voltado a ficar confortável. A sobremesa foi trazida e, durante a distração momentânea, Philip se virou para mim com um olhar caloroso de gratidão.

— Eu merecia aquela bronca, e você sabia disso. Deveria ter feito bom proveito dela em vez de se manifestar para me salvar. — Os olhos dele se estreitaram, contemplando-me, como se eu fosse um quebra-cabeça que ele não conseguia montar. — Por que fez isso?

Dei de ombros, incapaz de explicar até mesmo para mim.

— Merecido ou não, odiei ver você envergonhado.

Ele olhou nos meus olhos por um momento de silêncio antes de se aproximar mais e dizer:

— Vejo que é uma aliada poderosa tanto quanto é uma oponente.

Algo se passou entre nós naquele momento, no silêncio e nos sorrisos que ninguém parecia notar. Um acordo, pareceu-me. Talvez até uma trégua.

CAPÍTULO 8

Depois do jantar, nós nos retiramos para a sala de estar. Ninguém teve que cantar, embora a sra. Clumpett tivesse tocado piano por um tempo. Enquanto ela tocava, Philip se juntou a mim. Eu estava admirando um quadro de paisagem na parede.

Era uma vista de Edenbrooke de uma perspectiva distante. O artista capturara a grandiosidade da construção e a vastidão da terra ao seu redor. Olhando para a cena, fui tomada pelo desejo de criar minhas próprias pinturas. Eu não pintava havia muito tempo — desde que minha mãe morrera. Adoraria pintar aquele lugar, pensei, onde havia tanta beleza inerente.

Quando olhei para Philip, descobri que ele estava observando a pintura tão intensamente quanto eu.

— É linda — eu disse, erguendo o queixo em direção ao quadro.

Ele se virou de frente para mim e apoiou um ombro na parede.

— Era exatamente o que eu estava pensando.

Ele estava se referindo a mim? Senti meu rubor e vi um olhar de prazer cruzar a expressão dele. Será que ele tinha dito aquilo só para me fazer corar e, se era o caso, por que iria querer fazê-lo? Também me perguntei por que eu parecia corar tão fácil na presença daquele homem em particular. Eu me senti novamente uma adolescente, o que me deixou incomodada. Estava de testa enrugada pensando sobre essas coisas, quando vi lady Caroline lançar um olhar em nossa direção. Seus olhos eram intensos de preocupação.

— Cuidado — eu disse em voz baixa. — Sua mãe acha que você está sendo rude novamente.

— Isso é porque você está corando e parecendo muito séria. Sorria, Marianne, ou vou receber outra bronca.

Descobri que era quase impossível *não* sorrir, ainda mais quando ele parecia achar tanta graça e ficava se inclinando em minha direção quando falava, como se tivéssemos um segredo delicioso. Mas tentei resistir.

— Vai levar outra bronca se sua mãe ouvir você me chamando de Marianne. O senhor sabe que não deveria.

— Sim, mas minha mãe não está ouvindo nossa conversa agora. — Ele sorriu. — Então me chame de Philip.

Arregalei os olhos para ele, tentando esconder quanto eu gostava de seu sorriso perverso.

— Você só se safou do seu comportamento ontem à noite por causa do seu pequeno mistério. Tenho certeza de que costuma ter modos melhores do que esses.

— Você está certa. Eu normalmente tenho. — Ele respirou. — Mas isso não é normal, é? — Ele olhou fixamente nos meus olhos, como se à procura de algo importante.

Meu coração estremeceu diante de seu olhar cálido, da sua voz baixa e da sua proximidade. Mais uma vez surpreendeu-me o fato de que eu nunca havia conhecido um cavalheiro que estivesse na mesma categoria de Philip. Eu me senti estúpida com meu desconforto, e não sabia o que fazer. Revirei meu cérebro em busca de opções.

Meu primeiro instinto, que era fugir, não funcionaria. Eu poderia fingir não tê-lo ouvido e dizer algo não relacionado à sua pergunta. No entanto, isso poderia me fazer parecer tola. Desejei que Cecily estivesse ali para me aconselhar. Ela sempre tinha sido melhor em flertes. Espere — era isso o que Philip estava fazendo? Flertando? Mas por que ele iria querer flertar *comigo*?

Percebi que eu tinha ocupado tanto tempo com minha discussão interna que agora um desconforto preenchia o espaço onde minha resposta deveria ter sido expressada. Por que eu não conseguia pensar em uma resposta? Por que Philip não falara outra coisa? Olhei para o piano, desejando que uma rota de fuga se abrisse na minha frente.

Como se fosse capaz de ler meus pensamentos, Philip afastou-se um pouco de mim e disse em tom casual:

— Desculpe-me por colocar você em uma situação tão embaraçosa antes. Eu não tinha ideia de que cantar fosse contrariá-la tanto, ainda mais considerando sua canção de ontem à noite. — Seus olhos tinham um toque de zombaria.

Respirei aliviada. Esse era o tipo de conversa ao qual eu sabia reagir. Sabia lidar com climas leves.

— Ontem à noite foi diferente. Foi um desafio que não pude recusar. Além disso, você sabia que era uma brincadeira.

— Eu queria que visse seu rosto quando minha mãe sugeriu que cantássemos juntos. Nunca vi um olhar tão puro de absoluto terror em ninguém antes. — Ele deu risada. — Me diga uma coisa: do que mais teve medo? De ser atacada por um salteador ou de cantar para nós?

— A segunda opção — respondi, rindo de mim mesma. — Sem sombra de dúvida.

— Foi o que pensei. Tenho certeza de que existe uma história por trás desse medo de cantar na frente das pessoas.

Senti meu rosto aquecer.

— Ah, o rubor das revelações. Agora estou muito curioso. Não vai me contar?

— Não, prefiro guardar algumas histórias constrangedoras para mim mesma.

Ele riu novamente, depois fez um gesto para o piano, e nós nos juntamos aos demais, o que foi um alívio para mim.

Quando a noite terminou e eu estava acordada na cama, meus pensamentos voltaram, por vontade própria, para o olhar intenso no rosto de Philip e para sua pergunta impossível de responder sobre aquilo ser normal ou não.

Demorei bastante tempo até adormecer.

Apesar de minha incapacidade de pegar no sono depressa, acordei antes do sol na manhã seguinte. Não perdi tempo: pulei da cama, coloquei um vestido e corri para fora. A manhã estava gloriosa, com a noite esmaecendo no céu e dando lugar ao amanhecer, e a leve bruma subindo da grama. Ignorei o pomar, a ponte e o jardim de rosas o qual eu tinha planejado explorar.

Em vez disso, fui para o lado norte da casa, onde estavam as construções que eu notara antes de ter caído no rio.

A luz do sol da nova manhã fluía por entre as janelas, mostrando um estábulo limpo e em ordem, porém absolutamente vazio de pessoas. Perfeito. Passei por várias baias ocupadas por cavalos adormecidos ou tranquilamente mastigando aveia.

Parei diante de uma baia onde um cavalo negro alto olhou com expectativas para a porta, como se esperasse que eu entrasse para cumprimentá-lo. Pensei que pudesse ser o animal no qual Philip estava montado quando caí no rio, mas não estava certa disso, porque eu tentara evitar olhar para o cavaleiro. Assim que me aproximei, o cavalo esticou o focinho e acariciou minha mão. Sorri de alegria.

— Você é uma beleza. Qual é o seu nome? — Afixada à porta da baia estava uma placa de bronze. — Rowton — eu li. — É esse?

Ele empinou a cabeça e relinchou como se em reconhecimento. Eu ri.

— Percebo que é um cavalo muito bem treinado. Você sabe outro truque? O que será que faria por um pouco de açúcar? Quem me dera eu tivesse um pouco comigo.

— Você pode tentar cantar para ele — disse Philip, diretamente atrás de mim.

Dei um pequeno salto e, em seguida, girei nos calcanhares.

— Vejo que não é só com vacas que você tem afinidade.

Há quanto tempo será que ele estava ali?

— Achei que não teria mais ninguém aqui — expliquei com timidez.

— Eu também achei. — Ele veio ficar ao meu lado e olhou diretamente nos meus olhos. Seu sorriso era como um presente destinado apenas a mim. — Bom dia — ele disse em uma voz que combinava o sossego do estábulo e a amizade calorosa em seus olhos.

Não sabia como reagir a esse calor e a esse silêncio. Era evidente que eu me encontrava tão indefesa como na noite anterior. A única coisa em que eu conseguia pensar era recuar para a formalidade.

— Bom dia, senhor — falei, emendando uma reverência. — Espero que não se importe com minha visita a seus cavalos.

Ele ergueu uma sobrancelha.

— Não me importo, de modo algum, mas vou enxotá-la daqui imediatamente se me chamar de "senhor" mais uma vez.

Ri um pouco e relaxei para a informalidade que ele parecia insistir em preferir.

Philip enfiou a mão no bolso e me entregou um cubo de açúcar. Rowton lambeu-o da minha mão. Esfreguei o focinho do cavalo, e a pele macia com os bigodes curtos fizeram cócegas na palma da minha mão. Um pequeno suspiro escapou de mim. Fazia muito tempo que eu estivera em um estábulo pela última vez.

Senti o olhar de Philip em meu rosto e ergui os olhos. Ele me observava atentamente, assim como tinha feito na noite anterior, enquanto eu analisava a pintura. Isso me deixou ciente do fato de que eu havia passado menos de três minutos cuidando da minha aparência naquela manhã. Philip, por outro lado, tinha o rosto recém-barbeado, e seus cabelos ondulados estavam ligeiramente úmidos. Também notei que ele estava carregando um chicote de montaria.

— Vai sair a cavalo? — perguntei.

— Vou, sim. Gostaria de se juntar a mim?

Respirei fundo e assenti antes que pudesse perder a coragem.

— Eu gostaria. Se não se importar.

— De modo algum. Tenho algumas éguas mansas para minha mãe e minha irmã. Tenho certeza de que elas não se importariam de emprestá-las para você.

Sorri para mim mesma. Se eu ia realmente montar, montaria do jeito certo.

— O que eu faria com uma égua mansa? Convidá-la para o chá?

A cabeça de Philip recuou um pouco, demonstrando surpresa. Em seguida, ele riu.

— O que eu estava pensando? É claro que não iria querer uma égua mansa. Nesse caso, acho que tenho o cavalo perfeito para você.

Ele me levou pelo corredor até outra baia e me apresentou para Meg. Era uma égua de tom castanho-claro, semblante delicado e boas proporções.

— Ela tem o quê? Quinze palmos? — perguntei.

Philip assentiu com a cabeça.

Meg era do mesmo tamanho da minha égua. Rapidamente, bani o pensamento da mente. Já fazia um tempo enorme que eu havia me permitido pensar na minha montaria. Parecia desrespeitoso, de certa forma, sentir falta da égua quando eu sentia muito mais falta da minha mãe. Afastando meus pensamentos das coisas de outrora, observei Meg com atenção. Ela me parecia absolutamente perfeita.

Assenti, escondendo minha alegria por trás de um semblante sério.

— Acho que ela vai servir.

Philip disse que aprontaria os cavalos enquanto eu me trocasse. Corri de volta para o meu quarto e, com a ajuda de Betsy, vesti meu traje de equitação azul-escuro.

— Sorte sua que ainda serve — ela disse. — Não entendo por que a senhorita se recusou a provar a roupa antes de sair de Bath.

Alisei a saia, olhando-me no espelho, e respirei fundo. Provar o traje de montaria antes de vir parecia algo monumental demais. Minha mão moveu-se para meu pescoço antes que eu percebesse que meu medalhão não estava ali. Larguei a mão ao lado do corpo, desejando segurar alguma coisa, mas tudo o que eu tinha era o que eu via no espelho. Endireitei os ombros. Teria de ser suficiente, então.

Quando voltei para o estábulo, Meg estava selada e à minha espera ao lado do bloco de montar. Um cavalariço estava junto à cabeça dela, ao lado de Philip.

— Foi rápido — Philip disse com aprovação e, em seguida, acenou com a cabeça para Meg. — Vamos subir.

Meg se mexeu com impaciência quando me acomodei na sela. Talvez meu nervosismo fosse evidente para ela. Não era nada mais do que um estremecimento no meu peito, mas o fato de que simplesmente existisse algum parecia ao mesmo tempo estranho e justificável para mim.

Durante a maior parte da minha vida, preferi o lombo de um cavalo a qualquer outro assento, mas eu não montava desde o acidente. Segurei as rédeas com a mão enluvada e me inclinei para a frente a fim de falar baixinho com Meg, acariciando seu pescoço. Ela virou as orelhas para trás, prestando atenção em mim e, depois de um instante, tanto o estremecimento no meu peito quanto a inquietude de Meg se acalmaram. Percebi que íamos nos tornar amigas depressa.

O sol irrompia sobre a copa das árvores quando partimos rumo à porção sul da propriedade. Philip pôs o cavalo a trote e me acompanhava lado a lado. O cavalariço nos acompanhava a alguns metros, em uma distância discreta própria dos acompanhantes.

Quando chegamos a uma ampla extensão de campo aberto, perguntei a Philip:

— Há alguma razão por estarmos indo tão devagar?

Ele desferiu o sorriso fácil e radiante.

— Nenhuma.

Deixei Meg encontrar seu próprio ritmo, e ela se pôs a galopar. Foi emocionante sentir o ar fresco da manhã soprando por mim. Eu sabia que tinha sentido falta daquilo tudo, mas não sabia o quanto até aquele momento. Era como se parte de mim me encontrasse novamente junto com o vento, os cavalos e o céu matinal ensolarado. Em dado momento, o campo aberto terminou em um bosque, e nós detivemos os cavalos.

— Gostou dela? — Philip perguntou, indicando Meg com a cabeça.

— Ela é perfeita. — E era mesmo. — Espirituosa na medida para tornar a cavalgada interessante, sem ser difícil de manejar. E muito linda. — Acariciei o pescoço dela e mostrei um sorriso a Philip. — Uma égua mansa jamais conseguiria acompanhar você.

Ele também sorriu, mas como se o motivo fosse um pensamento particular.

— Você está absolutamente certa.

Eu queria saber qual segredo se escondia por trás de seu sorriso.

O sol da manhã havia limpado a névoa do terreno, e eu estava ansiosa para ver tudo o que podia.

— Você pode me mostrar a propriedade? — perguntei. — Pelo que vi dela, parece magnífica.

— Com prazer. — Ele virou seu cavalo e eu o segui até uma colina com uma árvore solitária no topo. Podíamos ver quase todo o terreno dali.

— Que vista linda — comentei.

Estávamos no lado mais selvagem da propriedade, olhando em direção à casa. Os gramados e jardins cultivados tinham o rio como pano de fundo. A ponte se estendia de uma margem à outra graciosamente. Algo sobre essa vista soou o alarme da familiaridade. Depois de um momento de reflexão, eu relacionei. Era a mesma perspectiva representada na pintura da sala de estar.

A admiração que senti alimentou uma vez mais meu desejo de também pintar aquela cena, e fiz votos de encontrar materiais de pintura e de voltar àquele lugar sozinha.

Philip começou a apontar para os limites de Edenbrooke. Da nossa posição ali, podíamos ver quilômetros em todas as direções. Parecia uma propriedade próspera, sem nenhum sinal de negligência. Meu apreço por sir Charles cresceu. Ele devia ser um administrador habilidoso para cuidar de tudo tão bem. É claro, Cecily só colocaria suas vistas no melhor do melhor. Fiquei bastante curiosa para conhecê-lo. Lady Caroline não tinha mencionado os planos dele, mas presumi que ele chegaria em uma semana, junto com Cecily e Louisa.

Quando demos meia-volta para retornarmos, Philip disse:

— Vamos ver como estes dois se dão? Aposto corrida com você até os estábulos.

Meg deu sua máxima velocidade, mas o cavalo de Philip parecia um melro: seus cascos mal roçavam o chão em seu voo rasteiro.

— Perdi de longe — eu me queixei quando alcançamos os estábulos.

Ele sorriu.

— Eu sei. Eu tinha uma vantagem injusta. — Ele acariciou o pescoço do cavalo. — Ele foi criado para ser um cavalo de corrida: tem o sangue do garanhão Godolphin.

— Ele é magnífico.

Olhei com admiração para o conjunto de cavalo e cavaleiro. Havia alguma coisa sobre ver um homem bonito montado em um cavalo poderoso que fez meu coração pular.

— Você cavalga todas as manhãs? — perguntei depois de termos deixado os cavalos com o cavalariço e estarmos caminhando para a casa.

— Sim, quase. E você?

— Não. Minha avó não mantém cavalos em Bath. Tive que me contentar com uma caminhada rápida... com um acompanhante, claro. — Fiz uma careta ao pensar na ideia de voltar para aquela vida.

— Vou ter que alterar essa prática enquanto você estiver aqui. Considere Meg sua a qualquer hora que desejar montá-la.

— Está falando sério? — Tentei não soar tão ansiosa quanto eu me sentia.

— Sim, estou. Vocês são bem adequadas uma para a outra: espirituosas na medida para tornar a cavalgada interessante, mas sem ser difícil de manejar.

Ele piscou e eu estreitei os olhos para ele. Me comparando a um cavalo! Ele tinha a pachorra!

Chegamos à casa, e ele parou a fim de abrir a porta para mim.

— E muito lindas — Philip disse quando passei por ele.

Lancei-lhe um olhar depreciativo, e ele riu, como se tivesse dito aquilo só para ver minha reação. Philip Wyndham era um galanteador incorrigível, e eu não gostava disso nele. Nem um pouco.

CAPÍTULO 9

No desjejum, lady Caroline anunciou que ficaria ocupada durante toda a manhã. Tendo acabado de retornar de uma temporada de um mês em Londres, ela esperava receber visitas de todas as vizinhas e estava certa de que eu não desejaria passar minha manhã toda na sala de visitas. Ela tinha razão, mas eu ainda me sentia obrigada a insistir.

— Eu não me importaria de conhecer suas vizinhas — falei.

Ela acenou com a mão, dispensando minhas boas intenções.

— Em outra oportunidade, querida, mas eu não sonharia em deixá-la sozinha no seu primeiro dia aqui. Philip, você se importa em mudar seus planos? Poderia compensar por seu mau comportamento de ontem à noite e oferecer à nossa convidada uma visita pela casa.

Philip lançou um olhar divertido para a mãe, que sorriu para ele com um ar de inocência.

— Seria um prazer — ele disse.

— Ah, posso me juntar a vocês? — a sra. Clumpett perguntou, levantando os olhos de seu prato. Havia uma mancha de ovos sobre seu lábio superior. — Estou sentindo falta das minhas caminhadas matinais com meu marido, e realmente sinto que é importante fazer algum tipo de exercício físico todos os dias.

Sorri para ela.

— Por favor, venha. — Agora parecia menos uma imposição e mais uma aventura conjunta.

Eu já tinha visto a maior parte do piso térreo, por isso começamos pelo piso superior, que consistia basicamente de quartos, semelhantes em elegância e conforto ao meu. Philip estava se comportando tão bem — sendo agradável e amigável, sem os flertes — que, quando chegamos ao segundo andar, eu já me sentia quase completamente à vontade em sua companhia.

A sra. Clumpett soltava exclamações em tons suaves de espanto em cada cômodo em que parávamos, como se os estivesse vendo pela primeira vez. Achei impossível não sorrir em sua companhia. Eu creditava à sua presença o comportamento decoroso de Philip. Ele até mesmo se referia a mim como "srta. Daventry".

No terceiro andar, chegamos a uma longa galeria com pinturas em cada uma das paredes. Segui as deixas de Philip e parei na frente dos retratos da família. Depois eu voltaria sozinha para ver os quadros de paisagens, em algum momento em que tivesse tempo de apreciá-los de verdade.

Olhei um retrato após o outro, à medida que Philip identificava vários de seus ancestrais. Aprendi que sua tataravó insistira em chamar o local de "Edenbrooke" porque achava a propriedade tão linda quanto os Jardins do Éden. Depois de ver uma longa linhagem de parentes distantes, paramos diante dos retratos dos membros atuais da família. Havia lady Caroline, anos mais jovem e dona de uma beleza impressionante. Ao lado dela, estava uma pintura de um homem de aparência distinta com os mesmos cabelos castanhos e ondulados de Philip.

— Meu pai — disse Philip, sussurrando.

O pai de Philip não era um homem especialmente bonito, mas havia uma expressão tranquila e séria em seus olhos que me fizeram parar e olhar para ele de novo.

— Ele parece gentil — comentei, enfim identificando o olhar de seu semblante.

Philip assentiu com a cabeça.

— Ele era.

Olhei para os outros retratos, reconhecendo um Philip mais jovem. A garota no quadro ao lado devia ser sua irmã Louisa, que tinha feito amizade com Cecily. Philip apontou para um retrato de um jovem com cabelos claros e um sorriso brilhante e despreocupado.

— Meu irmão mais novo, William. Ele vem com a esposa, Rachel, daqui a poucos dias.

Era com eles que Cecily e Louisa estavam ficando em Londres.

Só havia mais um retrato.

— E quem é ele? — perguntei, observando que tinha o mesmo queixo de Philip, mas havia uma expressão lânguida em seus olhos azuis, como se ele estivesse entediado com a vida.

— Meu irmão mais velho, Charles — ele respondeu em tom seco.

Philip desviou o olhar da pintura para mim. Sua expressão tinha um olhar tão solene e tão cheio de pesar que tive a impressão distinta de que ele havia perdido algo a que dava muito valor. A impressão foi passageira, porém, e, quando eu a reconheci, tinha sumido, pois Philip já havia se voltado para a pintura. Quase me convenci de que tinha imaginado aquilo tudo.

Lancei um rápido olhar a Philip para compará-lo ao irmão. Mesmo que fossem dois homens bonitos, sir Charles tinha ares que o faziam parecer inacessível. Em contraste, havia algo muito agradável no semblante de Philip. Ele era bonito e amigável e, comparando os dois, não tive problemas em decidir com qual dos dois eu preferiria passar meu tempo.

Parada diante da pintura, um pensamento passou rapidamente pela minha mente. Aquele homem — aquele sir Charles —, que era completamente desconhecido para mim por enquanto, era o homem que se casaria com minha irmã gêmea. Na minha mente, era fato consumado, pois Cecily nunca tinha falhado em conseguir algo que se punha a alcançar. Ela não era o tipo que mudava de ideia facilmente.

Isso faria de sir Charles como um irmão para mim, e Philip... Bem, Philip também seria como um irmão para mim. Seríamos família, ligados pelo casamento de Cecily e Charles. Quando dei por mim, estava sorrindo com o pensamento. Nunca tive um irmão, mas achei que poderia imaginar Philip exercendo esse papel.

A sra. Clumpett ainda estava examinando as paisagens quando Philip se virou dos retratos e acenou para eu segui-lo pelo corredor. Ele parou em frente a uma porta à minha esquerda que levava a uma grande sala com piso em madeira.

— É uma sala de esgrima — eu disse, notando as espadas alinhadas dentro da caixa na parede oposta. Eu gostava do som que reverberava dos nossos passos no cômodo vazio, com seu teto elevado, iluminado de cima por janelas altas. Suspirei com prazer e um toque de inveja. — Sempre quis lutar esgrima.

Eu me arrependi imediatamente das minhas palavras. Era precisamente o tipo de coisa que uma moça elegante não diria; vovó ficaria horrorizada.

Porém, Philip não parecia horrorizado, apenas curioso.

— Por que esse interesse profano em uma atividade masculina? — ele perguntou com um sorriso.

— Parece que os homens têm permissão para fazer tantas atividades divertidas, como lutar esgrima e caçar, enquanto se espera que as mulheres fiquem sentadas em casa e bordem o dia todo. — Lancei um olhar doloroso para ele. — Tem alguma ideia de como bordar é *entediante*?

— Na verdade, não tenho — ele disse com um sorriso divertido. — Mas, por outro lado, nunca dei muita atenção a isso.

— Bem, então me deixe assegurá-lo de que não existe emoção nenhuma em bordar. Mas na esgrima, por outro lado... — Olhei para ele de um jeito avaliador, imaginando quanto de audácia eu ousaria ter com ele.

Ele levantou uma sobrancelha.

— O que você está tramando?

Considerei as probabilidades e decidi que valia a pena tentar.

— Eu estava aqui pensando, já que meu pai não vai me ensinar, e não tenho nenhum irmão de verdade, você poderia... por acaso... me ensinar esgrima?

— Nenhum irmão *de verdade*? — Philip me encarou com um olhar que era parte frustração e parte divertimento. — Estou correto em presumir que você me escolheu para o papel de irmão *de mentira*?

Mordi o lábio. Estava claro que eu o tinha ofendido. Claro que parecia muito presunçoso da minha parte, ainda mais considerando nosso curto período de contato, enxergá-lo como parte da família. Mas eu não poderia explicar meus pensamentos para ele — não queria revelar o plano de Cecily de fisgar o irmão mais velho de Philip.

Tentei disfarçar meu constrangimento sorrindo inocentemente.

— Você se importaria?

Seu sorriso se distorceu e assumiu um toque de zombaria.

— Eu já tenho uma irmã, Marianne.

Eu me encolhi por dentro. Então era ruim como eu temia. Minha ofensa era óbvia, eu me sentia idiota — tão *idiota* — por ter dito aquilo. Pedir para ele me ensinar esgrima? Que tipo de moça fazia isso? E presumir uma familiaridade que não era recíproca? Minha humilhação era incandescente.

— Perdão — eu disse. — Não deveria ter presumido... — Limpei a garganta. — Por favor, desculpe-me. Tenho certeza de que você tem coisas melhores para fazer hoje do que me entreter.

Dei as costas e corri para a porta, desejando que o assoalho se abrisse e me engolisse inteira. Eu havia cruzado o amplo salão e estava com a mão na maçaneta, quando ele falou.

— Estou desapontado com você, Marianne.

Congelei com a mão na porta.

— Nunca pensei que fosse desistir tão facilmente. Ainda mais depois de apenas um comentário insignificante.

Eu me virei. Meu orgulho estava respondendo ao desafio em sua voz. Eu não era o tipo de pessoa que fugia de medo. Em especial, não quando era desafiada. Levantando o queixo, eu disse:

— Não vou desistir. Vou pedir para o sr. Clumpett me ensinar a lutar esgrima.

Era uma mentira, e eu tinha certeza de que Philip sabia, mas ele sorriu ao se aproximar de mim.

— Ah, mas você realmente ousa enfrentá-lo com uma arma na mão dele? O jantar já não foi perigoso o bastante?

Segurei uma risada ao me lembrar do momento de alarme quando o sr. Clumpett erguera o garfo no ar para demonstrar o padrão de voo de determinada espécie de ave.

— Você pode estar certo — eu disse com uma voz instável, meus lábios contraídos.

Philip sorriu.

— Tenho uma ideia melhor — ele disse, alcançando a maçaneta da porta atrás de mim.

Não me mexi, presa como estava entre Philip e a porta. Inclinei a cabeça para trás e olhei em seus solhos amigáveis. Nesse momento, meu orgulho se esvaiu junto com minha vergonha. Tive um pressentimento de que não importava qual fosse a ideia dele, eu diria sim.

— O quê? — perguntei, sorrindo sem reservas.

— Por que não vem comigo jogar xadrez? Não é tão emocionante quanto a esgrima, mas eu também não poderia dizer que é chato como o bordado.

Eu estava certa. Queria dizer sim a ele. Fiquei surpresa comigo mesma, pois guardar ressentimentos era uma das minhas maiores forças, ou fraquezas, dependendo do ponto de vista. Mas um jogo de xadrez com Philip parecia a maneira mais agradável de passar a tarde.

— Eu gostaria disso — falei. — Onde vamos jogar? — perguntei enquanto saíamos da sala de esgrima.

— Você verá — disse ele, sorrindo para a tia, quando ela se juntou a nós no topo das escadas. — Guardei a melhor parte da visita para o final.

A biblioteca ficava escondida no piso principal, um corredor curto em frente à sala de estar. Tivemos que dobrar uma esquina do corredor para encontrar a porta para a biblioteca e, quando Philip a abriu para mim, senti como se eu tivesse recebido permissão para entrar em um santuário oculto.

Era definitivamente um cômodo masculino — a mobília era feita de couro marrom-chocolate em linhas retas, e uma lareira de pedra dominava uma das paredes. Estantes de livros abraçavam a sala por todos os lados. Na extremidade mais distante da porta, havia um nicho com duas poltronas de couro e uma pequena mesa entre elas, que ficavam de frente para uma grande janela que se estendia do chão até o teto alto. A janela enchia a biblioteca de luz e emoldurava uma vista do lado sudeste da propriedade.

Caminhei devagar e entrei em um espaço sereno e banhado pela luz do sol, praticamente sem notar que a sra. Clumpett tinha pedido licença e saído, quase sem perceber a criada que estava no outro canto, apanhando livros, tirando pó de capas e lombadas e depois os devolvendo discretamente para seus lugares. Passei a mão atrás de uma cadeira, olhei pela janela e dei um giro lentamente, tentando absorver tudo aquilo. Eu me sentia tão fascinada que não senti nem mesmo o menor desejo de girar. Fazê-lo teria sido irreverente, de alguma forma.

— Você gostou? — Philip perguntou, sorrindo.

Neguei com a cabeça.

— Não, eu amei. — Apontei para as estantes. — Posso?

— Fique à vontade — ele disse, acomodando-se graciosamente em uma das poltronas próximas à janela. Ele parecia satisfeito.

Olhei para os títulos na estante mais próxima e encontrei um livro sobre mitologia grega ao lado de outro de poesia, que estava flanqueado por um livro de filosofia alemã.

— Como esses livros estão organizados?

— Não estão.

Eu me virei para ele.

— Como você encontra alguma coisa? Deve haver milhares de livros aqui.

— Eu gosto da procura. É como visitar velhos amigos.

Estudei-o por um momento, intrigada com o que ele acabava de revelar sobre si mesmo. Philip se encaixava naquela biblioteca como se estivesse vestindo um conjunto de roupas usadas e confortáveis. Notei, com uma pontada de admiração, que ele parecia elegante mesmo relaxado na poltrona, com suas longas pernas esticadas à frente do corpo. Observando um toque de divertimento em seu rosto, percebi que o estava encarando... de novo.

— Você parece surpresa, Marianne.

— Eu estou — falei com franqueza.

Ele sorriu, como se gostasse da minha resposta.

Voltei para minha varredura em seus livros e me perdi em meio à tarefa. Desorganizadas como estavam as prateleiras, cada passo levava a uma surpresa. Vi vários livros que eu gostaria de analisar mais detidamente, incluindo uma história da política francesa e um livro sobre arquitetura gótica. Fiquei tão absorta no meu devaneio que me sobressaltei quando Philip falou de novo. Eu tinha quase esquecido que ele estava ali.

— Estou curioso sobre uma coisa — disse ele. — O que você fazia em Bath?

Andei até a poltrona em frente à dele e me sentei.

— Meu pai me mandou para lá para morar com minha avó depois que minha mãe faleceu.

— E o que você achou desse arranjo?

Fiquei surpresa que ele fizesse uma pergunta tão pessoal depois da nossa manhã de conversa impessoal. Suspirei. Meus sentimentos eram complexos demais para que eu mergulhasse neles, então escolhi o mais simples como resposta.

— Eu sentia falta da minha casa.

— Sentia falta do quê? — Seu tom era baixo, e o cômodo estava silencioso. O céu lá fora estava ficando cada vez mais nublado.

Peguei um fio na minha saia. A criada ainda estava limpando livros no canto da biblioteca; ela provavelmente ficaria nessa tarefa todo o dia e por muitos dias mais, considerando o número de livros nas prateleiras. Ela estava muito longe para nos ouvir claramente, mas não era isso que me fazia hesitar em confessar alguma coisa a Philip. Confiar não era algo fácil para mim, e eu não tinha certeza de estar pronta para depositar minha confiança naquele homem tão diferente de todas as pessoas que eu já conhecera.

Eu havia trabalhado duro naqueles últimos catorze meses para construir todas as camadas ao redor do meu coração e me proteger dos ferimentos que ele tinha, e não sabia como abri-lo novamente. Eu não sabia se queria abri-lo. O mero pensamento já me assustava. Eu tinha que considerar seriamente se valeria o risco me fazer tão vulnerável.

Philip esperava, pacientemente, pela minha resposta, como se ele fosse me dar todo o tempo de que eu precisasse. Ele poderia ser um amigo para mim até Cecily chegar. Eu gostava de sua companhia e admiti para mim mesma que precisava de um amigo. Talvez, por um amigo, o risco valesse a pena.

Respirando fundo, finalmente disse:

— Eu sentia falta de tudo. Da minha família, claro, mas também do meu lar, da minha terra, dos meus vizinhos e amigos. Tudo. — Fiz um gesto para as janelas. — Eu estava pensando sobre como senti falta até mesmo do nosso pomar. Eu costumava ir lá bastante para pintar, ler ou apenas para ficar sozinha.

— Por que o pomar? — Philip perguntou. Era outra questão que requereria uma resposta pessoal e honesta. Ele parecia determinado a descobrir o máximo do meu coração quanto possível.

— Não cheguei a pensar nisso antes... pelo menos não o suficiente para transformar em palavras.

Fiquei olhando o pomar. O céu estava cinzento, e as cores das árvores estavam apagadas. Debaixo da vastidão do céu, o grupo de pequenas árvores era como um abraço, um espaço protetor.

— Há algo sólido e constante a respeito das árvores — eu disse baixinho. — Elas podem mudar junto com as estações, mas sempre estão ali. São confiáveis. E o pomar não é tão vasto quanto um bosque. É apenas grande o suficiente para me envolver quando eu... — Parei, incerta de como completar o pensamento.

— Quando você o quê?

— Quando eu preciso de um abraço, eu acho. — Dei risada, consciente de mim mesma, um pouco envergonhada pelo que acabava de admitir. — Isso soa estranho. Mas às vezes quero ficar longe das outras pessoas e me sinto segura no pomar. — Lancei um olhar rápido para ele, ansiosa por sua reação. Para variar, não havia sugestão de zombaria em sua expressão avaliativa.

— É o seu santuário — ele disse apenas. — Não parece estranho de forma alguma.

Não percebi que estava tensa até sentir meus ombros relaxarem com alívio. Assenti. Ser compreendida tão depressa era algo raro; e não meramente entendida, mas aceita. Eu sentia isso em sua resposta. Aquilo me dava vontade de contar mais.

— Nosso pomar em casa não é tão grande como o de Edenbrooke — continuei. — Mas as árvores são grossas e antigas como essas. Eu costumava me esconder lá quando, na infância, estava encrencada. Subia nas árvores, o mais alto que podia, e minha preceptora ficava lá embaixo me falando para descer.

Philip parecia intrigado.

— E você?

— Se eu descia? Não enquanto ela estivesse lá. Um dia, ela trouxe uma cadeira da casa e se sentou debaixo da árvore com um livro, como se fosse passar o dia todo lá à minha espera, se fosse preciso. Eu era teimosa demais para ceder...

Philip ergueu uma sobrancelha. Eu ri.

— Sim, é um dos meus defeitos dos quais nunca me curei. Bem, eu me recusei a descer e ela se recusou a ir embora, portanto, fiquei lá naquela árvore pela maior parte do dia. Em dado momento, tive que descer, pois tinha comido tantas maçãs que fiquei com uma enorme dor de estômago e não consegui mais aguentar. Minha preceptora achou que tivesse vencido nossa pequena disputa de vontades e tinha um olhar convencido terrível no rosto quando me levou marchando para dentro da casa. Porém, minha mãe me olhou ali dobrada, morrendo de dor, e deu uma bronca tão grande na preceptora que ela fez as malas e foi embora no dia seguinte. Eu me senti péssima com isso e pedi desculpa para minha mãe pela minha teimosia. É claro, ainda assim, fui repreendida pelas minhas ações, mas apenas depois que estávamos sozinhas. Esta era uma coisa que eu sempre gostava na minha mãe: ela sempre me repreendia quando não havia ninguém para testemunhar minha vergonha.

— Você é como ela nesse quesito. Posso entender por que você apreciaria tanto essa qualidade.

Fiquei sem entender por um momento.

— Ontem à noite você também me salvou de uma bronca, esqueceu?

— Ah, não foi nada — falei.

Ele sacudiu a cabeça.

— Para mim, foi.

Desviei o olhar da sinceridade em seus olhos, sem saber o que dizer em resposta.

— Lamento não ter conhecido sua mãe — ele disse. — Como ela era?

Desejei estar com o medalhão, para que eu pudesse mostrar a imagem a Philip, para ele não achar que eu estava exagerando. Palavras, porém, teriam de bastar.

— Era de uma beleza deslumbrante, com lindos olhos azuis e uma pele de porcelana. Seus cabelos eram tão claros que eram quase brancos. Quando eu era uma garotinha e ela entrou no meu quarto à noite para me cobrir, achei que os cabelos dela pareciam o luar. — Parei, lembrando-me da beleza. — Minha irmã Cecily é muito parecida com ela. Eu... não. — Sorri, em um gesto de pedido de desculpas. — Receio ser bem comum em comparação a ela.

Philip sacudiu a cabeça.

— Acho que está levando a modéstia longe demais. Eu não poderia discordar mais de você.

Imediatamente, lamentei ter trazido à tona o assunto de beleza com Philip, que tinha provado ser um galanteador incorrigível. Ele, sem dúvida, só estava dizendo o que achava que eu queria ouvir.

— Não tenho excesso de modéstia — eu disse, sentindo o rosto quente de vergonha. — E não disse isso na esperança de que você fosse me contradizer. Simplesmente declarei um fato em resposta à sua pergunta.

Os lábios de Philip se contraíram.

— Me perdoe — ele disse. — Não me dei conta de que um elogio pudesse ofender tanto. Vou tentar não fazer mais isso.

Eu me esforcei para pressionar os lábios numa linha firme. O divertimento nos olhos de Philip era muito contagiante para resistir, e eu ri com relutância.

— Peço desculpa por ter reagido assim.

— Não peça — ele disse, alongando os braços e os dobrando atrás da cabeça. — É muito renovador ser tratado com hostilidade.

Eu ri novamente.

— Não é.

— É, sim — insistiu ele. — Não posso lhe dizer quanto eu gosto. — Ele sorriu como se realmente estivesse gostando.

— Agora você está sendo absurdo.

— Na verdade, estou falando muito sério. Mas conhecer seu traço de teimosia... — Lancei-lhe um olhar sombrio e ele deu risada. — Vou deixar estar por ora. Diga-me: além da beleza, o que mais herdou da sua mãe?

Escolhi ignorar a primeira parte.

— Ela me ensinou a pintar. Era uma artista talentosa, muito mais talentosa do que eu. E adorava andar a cavalo. Ela me levava para cavalgar quase todos os dias, de manhã cedo, e era uma amazona tão segura de si que fazia quaisquer saltos sem esforço, não importava quanto parecesse alto... — Eu me encolhi assim que disse as palavras, surpresa de que tivessem escapado de mim.

— Foi assim que ela faleceu? — Philip perguntou com tom respeitoso.

Olhei pela janela. Confirmei com a cabeça, mantendo o olhar no pomar, imaginando que eu estivesse em segurança, envolta por ele naquele momento.

— Você estava com ela?

Pigarreei para limpar a garganta e falar apesar do nó que aparecera ali de repente.

— Não, eu não estava cavalgando com ela naquela manhã. Meu pai a encontrou. Tenho certeza de que pode imaginar o resto com muita facilidade.

Depois de uma longa pausa, Philip disse:

— Na verdade, não.

Olhei para ele com surpresa.

Ele me estudou por um momento, como se escolhendo suas palavras.

— Não consigo imaginar por que seu pai tiraria tudo de você logo depois de perder sua mãe: seu lar, sua família, seus amigos, a proteção e o carinho dele.

As palavras de Philip me perfuraram tão intensamente e de maneira tão repentina que quase me senti sufocar com a dor. Ele tinha descoberto com tanta facilidade o que eu vinha escondendo no âmago do meu coração. Era por isso que eu não abria meu coração. Era por isso que o mantinha enfaixado tão fortemente. Eu tinha sido tola ao pensar que poderia abri-lo com segurança.

Meus olhos começaram a arder com lágrimas repentinas. Eu me levantei e caminhei até a janela, de costas para Philip. O céu estava se tornando cinza-escuro com nuvens rolando e se reunindo. Logo começaria a chover. Pressionei a mão no vidro. A sensação era fria e apaziguava os ferimentos doloridos na minha palma. Quem me dera poder encontrar um bálsamo para a dor em meu coração.

Vi o reflexo de Philip na janela quando ele veio e ficou atrás de mim. Senti seu calor em minhas costas, e eu estava quente e fria no mesmo momento. Parte de mim queria se apoiar no vidro frio da janela, queria se afastar dele, e o resto de mim queria se apoiar em seu calor.

CAPÍTULO 10

— SINTO MUITO — PHILIP DISSE AOS SUSSURROS, ATRÁS DE MIM. Eu não sabia se ele lamentava pelo que tinha acontecido ou por ter me perguntado a respeito, mas não importava. Minhas defesas já estavam a postos. Tinha sido um erro ficar vulnerável. Agora eu queria correr da biblioteca e ir para algum lugar bem longe daquele homem que me fazia dizer e sentir coisas que eu não queria. Dei um passo para o lado a fim de não ficar mais aprisionada entre ele e a janela e me virei.

— Está pronto para jogar xadrez? — perguntei numa voz indiferente. — Ou devemos deixar para outro dia? — Não encontrei seu olhar e já estava virada para a porta. Minhas emoções já estavam quase à flor da pele, e eu precisava ficar sozinha para colocá-las de volta onde era seu lugar. Eu estava pronta para sair correndo.

Mas, então, Philip tocou meu braço.

— Espere — ele disse.

Eu me virei para ele com relutância.

— Está com fome? — ele perguntou.

— Na verdade, estou. — Nem tinha percebido.

— Você me dá licença por alguns minutos? Por favor, fique à vontade.

Com sentimentos conflitantes, eu o observei sair dali. Ainda me sentia num meio-termo entre calor e frio. Eu não havia decidido para que lado seguiria: para longe ou para perto de Philip. Porém, agora que ele tinha saído, eu não sentia o desejo de fugir, por isso fiquei, à espera de seu retorno.

Após escolher um livro de poesia da estante, eu me sentei em uma poltrona perto da janela e tentei me livrar dos meus humores abalados. Eu me deixei levar pela poesia e, quando a porta se abriu de novo, fiquei surpresa de ver no relógio sobre a lareira que havia se passado meia hora.

Philip trouxe uma travessa cheia de comida, a qual ele colocou sobre uma mesinha entre nossas poltronas.

— Espero que goste do que eu trouxe — ele disse. — Você deveria ouvir as coisas que ouvi da cozinheira por assaltar a despensa. Fiquei apavorado.

Dei risada, aliviada por ele ter voltado com ares menos sérios.

— Ficou nada.

— Fiquei, sim — ele disse, sorrindo. — Existe alguma coisa sobre os criados que nos viram crescer... eles nunca hesitam em nos tratar como crianças, não importa a nossa idade. — Ele pegou um prato. — Do que você gostaria?

— Ah, pode deixar que me sirvo.

Coloquei o livro de lado e estendi o braço para pegar o prato, mas ele o segurou.

— Bobagem. Permita que eu sirva você. Um pouco de tudo? — Seus olhos reluziram quando ele me olhou, e eu fiquei surpresa tanto por seu gesto quanto por seu olhar.

— Sim, obrigada — eu disse, observando-o encher o prato com frutas frescas, pão, presunto frio e queijo. Com um sorriso provocador, peguei a comida que ele me entregou. — Você não vai insistir em me dar comida na boca também, eu espero.

— Eu daria, se me permitisse — ele murmurou.

Meu rosto ficou quente com o olhar semicerrado que ele me lançou.

— E aqui está — disse ele. — Senti falta do seu rubor nessa última meia hora.

Fulminei-o com o olhar.

— Acho que você faz isso de propósito.

Ele deu risada.

— O quê?

— Me fazer corar.

— É a coisa mais fácil que já fiz — ele disse sem um pingo de vergonha. — E a mais prazerosa.

Fiquei sentada ali me sentindo quente e irritada enquanto ele servia limonada em um copo e o estendia para mim.

— Obrigada — murmurei, pegando-o.

Philip continuou segurando o copo mesmo depois de eu ter envolvido a mão nele e erguido os olhos. Fiquei surpresa de ver sua expressão completamente séria.

— Não pense que só porque gosto de provocá-la que não vou levar você a sério — ele disse baixinho. — É uma honra saber o que há em seu coração, Marianne.

Fui pega tão de surpresa que teria deixado o copo cair se ele não o estivesse segurando. Ele o colocou sobre a mesa e começou a servir comida em seu prato sem olhar para mim. Será que, algum dia, Philip faria algo previsível? Eu duvidava. Senti como se tivesse perdido o equilíbrio e, ao mesmo tempo, lisonjeada por uma razão que não conseguia identificar. Fiquei sem palavras e sem saber o que fazer.

Fitei meu prato até que Philip disse:

— É comida, Marianne. É para comer.

Meus olhos voaram para seu rosto. Os ares de graça que vi ali eram irresistíveis. Ri e comecei a comer, sentindo-me confortável novamente — extremamente confortável, diga-se de passagem. Sentei por sobre as minhas pernas e olhei pela janela, contente de comer em silêncio e observar a cascata constante da chuva. A tempestade envolvia o cômodo com um murmúrio calmante e bloqueava o resto do mundo do lado de fora, escondendo o terreno e o pomar de vista.

— Que lugar maravilhoso — eu disse. — Quanto tempo demorou para formar essa coleção?

— Apenas algumas gerações, na verdade. Meu avô tinha paixão por livros. Provavelmente metade do que você vê veio dele. Meu pai acrescentava volumes sempre que ia ao continente. Sempre estava atento para livros incomuns. Quando voltava para casa, ele me convidava para vir olhar os novos títulos. Era quase como se eu tivesse participado das viagens com ele.

Captei um pequeno sorriso nostálgico nos olhos de Philip.

— E, então, quando fiz minha viagem pela Europa, eu me vi atraído por pequenas livrarias em todo lugar por onde passava. Chegaram ao mesmo tempo: os livros e eu. — Sua voz ficou mais baixa. — Pude mostrá-los ao meu pai antes de ele morrer. Foi como uma última viagem para ele.

Fiquei intrigada pela reverência na voz de Philip.

— Como seu pai era?

Philip se recostou na poltrona.

— Era generoso e perdoava rápido. Era um homem de princípios, de elevado caráter moral. Era respeitado por todos que o conheciam. — Ele lançou-me um olhar. — Era um cavalheiro, em todos os sentidos da palavra.

— E você quer ser exatamente como ele. — Eu via em seu semblante.

— É claro — ele respondeu.

De repente, eu me dei conta de que meu insulto a ele na estalagem devia ter sido especialmente doloroso.

— Eu não sabia... quando eu disse o que disse na estalagem. Não sabia o que significaria para você. Devo tê-lo ofendido profundamente. Peço desculpa.

Ele deu um sorriso despreocupado.

— Nunca precisei mais de um insulto do que naquela noite. Por favor, não peça desculpa por isso.

Observei Philip atentamente, atraída por seu sorriso fácil e pela forma como seus olhos se suavizavam quando ele falava do pai. Tudo o que eu sabia sobre ele eram algumas migalhas que ele me jogara. Eu tinha fome de saber mais.

— Que livros você trouxe da jornada pela Europa? — perguntei.

— Tudo o que chamou minha atenção. Não fui seletivo como meu pai. Ele lia basicamente filosofia e religião. Eu escolhi histórias, mitologia e poesia. — Ele apontou o livro que eu estava lendo antes. — Encontrei esse em uma livraria minúscula em Paris, da qual meu pai tinha falado. O dono conhecia meu pai das numerosas viagens que ele fez até lá. Ele me levou a uma estante de livros de filosofia, mas acho que ficou bem surpreso quando, em vez disso, comprei poesia.

Sorri para a imagem que ele pintara na minha mente.

— O que mais você fez nessa viagem?

Philip abriu os braços.

— É difícil resumir um ano de viagens pela Europa.

— Então não resuma. Conte-me tudo. — Corei ao perceber quanto parecia ansiosa e exigente. — Eu não pretendia falar dessa maneira. É só...

— Sacudi a cabeça e não soube se devia prosseguir.

Philip, por sua vez, perguntou:

— O que foi? — Ele parecia tão curioso que tentei terminar o pensamento.

— É diferente em Bath. Só tenho minha avó e minha tia de companhia. Minha avó só fala se tiver alguma crítica a fazer, e minha tia tem mais cabelo do que sagacidade. Nunca frequentamos muito a sociedade porque minha avó não gosta de gente. Então a verdade é que andei faminta de boas conversas.

— Imagino que sinta falta de mais do que conversa. Também não estava faminta de amizades? — ele disse isso com um toque suave ao redor dos olhos, e meu orgulho se incendiou repentinamente.

— Eu não disse isso para você sentir pena de mim. E não quero amizade baseada em pena. — Minha voz soou mais ríspida do que eu pretendia.

Philip me estudou por um minuto. Sustentei seu olhar de um jeito desafiador.

— Entendo isso melhor do que possa imaginar — ele disse por fim.

Suas palavras conseguiram me desarmar efetivamente.

— Entende? — perguntei, surpresa.

Ele olhou pensativo para as janelas.

— Você não quer ser amada pelos seus infortúnios, e eu não quero ser amado pelas minhas posses. Não somos similares nesse aspecto?

Quando ele voltou o olhar para mim, sua expressão me lembrou de como ele ficou quando estava me mostrando o retrato do irmão mais velho, Charles. O ar de perda em seus olhos me provocou um aperto no coração, desafiando-me a questionar.

— Alguém amou você pelas suas posses?

Era para Philip ter se ofendido com a minha pergunta pessoal, mas, em vez disso, ele sorriu um pouco e perguntou:

— Alguém amou você pelos seus infortúnios?

— Não.

— Mas tem medo de que alguém o faça.

Assenti, pensando em como eu odiava me intrometer na vida dos outros simplesmente porque eu dependia deles.

— Então também somos similares nesse aspecto. — Seu olhar sustentou o meu. A compreensão se instalou entre nós com um mero olhar.

— Muito bem, então — falei.

Observei os lábios de Philip se curvarem em um sorriso ao mesmo tempo que os meus.

Ele se inclinou em minha direção e disse em voz baixa:

— Prometo não amar você pelos seus infortúnios.

Corei com a ideia de dizer as palavras "prometo" e "amar você" na mesma frase... para Philip. Mas eu precisava retribuir os votos. Qualquer outra coisa poderia soar indelicada.

— E eu prometo não amar você pelas suas posses.

Pronto. Eu tinha dito. Estava me sentindo ousada e destemida. Talvez fosse por isso que sentia o estranho ímpeto de sorrir. Minhas faces doíam com o esforço de forçar minha boca a se conter num sorriso moderado. Peguei o livro como distração.

— Eu ainda gostaria de ouvir mais sobre a viagem. A menos que esteja atrapalhando outro compromisso?

— Estou inteiramente à sua disposição, Marianne, mas não quero entediá-la com histórias das minhas viagens.

— Me entediar? — Eu o encarei. — Philip! Eu nunca saí da Inglaterra. Nunca fui a Londres. Você imagina o que eu daria pelas suas experiências? Como pode pensar que está me entediando?

Ele não respondeu, mas havia tamanho ar de deleite em seus olhos que precisei perguntar:

— Por que está me olhando desse jeito?

— Você me chamou de Philip. Pela primeira vez.

Corei. Era verdade; eu o havia chamado pelo primeiro nome. Mas, com certeza, não era minha culpa. Ele é que tinha insistido em me chamar de Marianne e me dito para parar de chamá-lo de "senhor".

— É só porque estou sendo influenciada por suas atitudes horríveis — murmurei.

Ele riu.

— Fico feliz em ouvir.

Eu não sabia como responder, mas, felizmente, não precisei, pois Philip perguntou:

— Por onde devo começar?

— Paris.

Philip me contou mais sobre a pequena livraria onde ele tinha encontrado o livro de poesia, depois sobre o Palácio de Versalhes e os bailes e reuniões aos quais fora. Ele me contou sobre a Catedral de Notre Dame, depois foi até a estante e a olhou vagamente por um minuto.

Fui ao lugar onde eu estava olhando antes e tirei o livro sobre arquitetura gótica.

— Era esse que você estava procurando?

Ele me desferiu um sorriso ao pegar o livro e o colocar na mesa diante de nós. Apontou para os vários itens que tinha visto na catedral, virando páginas rapidamente. Sua voz ia demonstrando cada vez mais interesse e entusiasmo.

De Paris, ele passou para a Itália — Veneza, Roma e Florença. Philip se levantou de novo e, desta vez, procurou durante alguns minutos antes de voltar com um livro de desenhos. Ele me passou o volume e me deixou folheá-lo ao meu bel-prazer, apontando para estátuas que ele tinha visto, conversando sobre os artistas e sobre a preservação do trabalho. Então me contou sobre as óperas italianas e sobre quando ficou em uma *villa* na costa, onde a água era tão límpida que dava para enxergar o fundo do oceano.

Depois da Itália, vieram a Áustria e a Suíça: os Alpes, as músicas e o lindo interior. E mais livros. Ele me trouxe um sobre a Bavária e um livro sobre músicas folclóricas austríacas. Pedi que cantasse uma para mim. Sua voz era grave e encorpada, fácil de ouvir, nada forçada ou artificial. Era um som muito agradável.

Enquanto Philip falava, seus olhos se iluminavam. Ele gesticulava ao contar os relatos e, quando sorria, todo seu rosto era vívido e cativante. Depois de um tempo, eu já não tinha que fazer perguntas. Ele apenas falava, e eu podia ficar ali com o queixo apoiado na mão, no meu banquete de histórias, imagens e ideias diferentes das minhas. Philip abria mundos para mim com suas palavras. Eu não tinha noção do tempo, e o céu encoberto escondia a passagem do sol, aprisionando-nos em um momento infinito e encantado.

Só notei o mundo exterior quando Philip fez uma pausa no final de uma história e ouvi vozes fora da biblioteca. Elas furaram a bolha na qual eu estava suspensa, e senti o mundo e o tempo voltarem a mim depressa.

Mas eu não queria que voltassem; queria me puxar de volta para as horas que tinham acabado de passar. Eu queria fechar a porta e deixar a chuva cair lá fora e ficar ali para sempre. Mas Philip parou, e o silêncio marcou o fim de nosso tempo juntos.

— Adorei esta biblioteca — eu disse com um suspiro, relutante em sair.

— Você é bem-vinda aqui a qualquer momento.

— Este é o seu santuário. — Soube, assim que vi Philip ali, que aquele era seu pomar. — Não quero perturbar.

— Nem mesmo se eu lhe pedir? — ele perguntou com um sorriso.

— Oh. Bem... — Eu não sabia o que responder. Corei com minha própria falta de jeito. — É muita gentileza sua.

— Não é muita gentileza minha. A biblioteca é para todos, e você deve se considerar livre para vir aqui sempre que quiser.

— Obrigada. E obrigada por passar o dia comigo. Não me lembro de um dia que eu tenha gostado mais... em muito tempo.

Ele estendeu a mão sobre o pequeno espaço entre nossas poltronas. Coloquei a mão ali naturalmente, por instinto. Ele se inclinou em minha direção com seus olhos azuis reluzentes. Seu sorriso era tão cálido quanto uma porção de luz do sol.

— O prazer foi todo meu, Marianne.

Eu me senti aprisionada em seu olhar. Fui de repente tomada pela sensação de que, se eu olhasse fundo o suficiente nos olhos de Philip, encontraria um lindo e importante segredo. Respirei profundamente e, quando fiz isso, eu me aproximei mais. A sensação foi ficando mais forte, convencendo-me de que era apenas a distância entre nós que estava me impedindo de descortinar a verdade. Se me inclinasse na direção dele, algo aconteceria. Eu tinha certeza disso. Porém, se me afastasse, nada aconteceria. Então fiquei perfeitamente imóvel, equilibrada entre algo e nada, sem saber para qual lado queria cair.

Philip também estava perfeitamente imóvel, como se aguardando minha decisão. Seus olhos, no entanto, não estavam à espera como uma testemunha imparcial à minha decisão. Seus olhos me persuadiam de que eu queria essa *alguma coisa*. Eles me convidavam a me aproximar, me atraíam, convencendo-me a pender, a cair, a mergulhar naquelas profundezas azuis e nunca mais emergir.

— Ah, perdoem-me. — A voz do sr. Clumpett de repente irrompeu entre nós.

Levei um susto, como se desperta de um sonho, e puxei a mão do domínio de Philip. A sensação que eu sentira desvaneceu como fumaça de uma vela abafada, deixando para trás fiapos esbranquiçados de desejos sem nome.

É claro que Philip tinha deixado a porta da biblioteca aberta. Ele era cavalheiro a ponto de fazer isso. Apesar disso, eu me perguntava o que seu tio tinha visto. Será que havia me pegado fitando os olhos de Philip por aquele longo momento? Minhas faces queimavam com o pensamento.

Philip se levantou e se virou para o sr. Clumpett, que havia parado após ter dado alguns passos no cômodo. O sr. Clumpett limpou a garganta.

— Não achei que vocês dois estivessem tendo um *tête-à-tête* aqui. A porta estava aberta, sabe. — Seus olhos se voltaram rapidamente para a criada no canto, que tinha passado a tarde toda limpando os livros com dedicação.

— Sim, eu sei — Philip disse com um sorriso na voz. — Precisa de alguma coisa?

O sr. Clumpett ergueu um livro.

— Este aqui não fala nada sobre o rinoceronte-indiano. Eu estava procurando um complemento para este volume. — Ele inclinou a cabeça para trás, deixando o olhar viajar para as estantes altas com uma expressão desesperançosa. — Você não saberia, por acaso, se algo dessa natureza pode ser encontrado... aqui, saberia?

— Não estou inteiramente certo — disse Philip com um olhar que era parte divertimento e parte pena.

O sr. Clumpett soltou um suspiro e se aproximou de uma estante. Ele meneou a cabeça e murmurou algo que soava como "desorganizado".

Ao olhar para o relógio sobre a lareira, fiquei chocada ao ver que eram quase dezoito horas, hora de me trocar para o jantar. Eu tinha mesmo passado o dia todo ali?

— Nem chegamos a jogar xadrez, sabe — eu disse a Philip. — Desculpe.

— Não peça desculpa — disse Philip. — Nossa conversa foi muito mais agradável do que um jogo de xadrez. E agora tenho um motivo para requisitar seu tempo em outro dia. Tem planos para amanhã à tarde?

Os únicos planos que eu tinha feito eram uma imersão nos encantos da propriedade. Eu lhe disse isso. Ele sorriu e respondeu:

— Então me encontre aqui depois do almoço.

Quando deixei a biblioteca, estava sentindo um ímpeto decidido a fazer algo próximo de rodopiar. A caminho do meu quarto, onde me trocaria para o jantar, fiquei pensando sobre o que tinha acontecido comigo naquele dia. Algo *tinha* acontecido: disso eu estava certa. Antes eu estivera parcialmente vazia e, de alguma forma, agora, eu me sentia plena por dentro — completa. Era um sentimento tão alegre quanto a luz do sol. Examinando meu coração, descobri que havia pedaços de mim que haviam desaparecido em Bath e que agora eu os tinha encontrado novamente; naquele dia, com Philip. E eram pedaços de felicidade.

Entrei em meu quarto com um sorriso no rosto, sabendo quem era responsável pela felicidade que eu havia encontrado. Philip tinha se tornado um amigo, e eu não sabia até aquele momento quanto sentia falta de uma companhia amigável. Talvez eu nunca soubesse antes daquele dia o valor de tal amigo: uma pessoa com quem podíamos conversar por horas sem ver o tempo passar. Embora eu tivesse tido muitos amigos na vida, nunca soube como era me sentir aceita e estimada tão completa e imediatamente.

Uma carta estava sobre minha escrivaninha, o que captou minha atenção enquanto Betsy trazia um vestido para eu me trocar para o jantar. Meu entusiasmo inicial ao ver o envelope mudou para decepção quando me dei conta de que era apenas o poema do sr. Whittles, o que ele tinha me dado antes de eu deixar Bath. Betsy devia tê-lo tirado do meu vestido antes de levá-lo para lavar.

Enquanto eu me vestia, pensei no sr. Whittles e em como eu me sentia aliviada de ter me livrado dele. Era uma grande sorte a minha ter vindo para cá e encontrado uma recepção tão calorosa entre os Wyndham.

No entanto, simplesmente desfrutar do meu corrente estado de felicidade sem pensar nos outros me parecia muito egocêntrico. Talvez eu pudesse fazer alguma coisa para ajudar tia Amelia a conquistar o desejo de seu coração. O sr. Whittles só precisava de um empurrãozinho na direção certa e eu tinha certeza de que ele seria feliz com minha tia. A sincera admiração dela afagaria muito bem o ego do sujeito, e ela também não era uma mulher sem atrativos.

Coloquei o poema na gaveta da minha escrivaninha, determinada a pensar em uma forma de unir os dois.

CAPÍTULO 11

Quando encontrei Philip na biblioteca na tarde seguinte para nosso jogo de xadrez, ele disse:

— Sei que não é emocionante como a esgrima, mas fiquei me perguntando se estaria interessada em arco e flecha.

Eu me interessava por praticamente tudo o que me tirasse dos passatempos tranquilos da sala de estar. Saímos para o gramado sudoeste, onde um alvo tinha sido montado para nós. Dois criados estavam nas proximidades, e Philip fez sinal para eu ir primeiro. Praticamos até meus braços estarem cansados demais para atirar mais uma flecha que fosse. Enquanto caminhávamos para a casa, Philip disse em tom leve:

— Creio que o xadrez terá que esperar até amanhã.

Mas, na tarde seguinte, quando o encontrei na biblioteca, ele perguntou se eu já tinha visto os jardins. Eu não tinha, então ele me levou para conhecer os arredores e me mostrou o jardim de águas, o jardim oriental e o jardim de rosas. Conversamos e demos uma volta pelas redondezas até que uma chuva repentina nos levou para dentro.

Fiquei surpresa, mais uma vez, ao descobrir que horas tinham transcorrido enquanto eu estava na companhia de Philip, embora parecessem meros minutos. E, quando tentei contabilizar a passagem do tempo recordando exatamente o que tínhamos conversado, só consegui me lembrar de fragmentos — uma história aqui, uma memória lá — e o fato de que eu nunca precisava pensar em alguma coisa para conversar com ele.

Os dias se fundiram e se misturaram e, entre nossos passeios a cavalo de manhã, nossas atividades vespertinas, os jantares e o tempo passado com a família à noite, quase não houve um momento em que eu não estivesse na presença de Philip. Eu sentia como se estivesse desfrutando de um prazer digno de culpa e que eu deveria voltar minha mente para algo mais produtivo do que apreciar minha nova amizade.

Mas eu me sentia tão selvagem e livre quanto um pássaro que de repente era liberto de sua gaiola. Fui baixando a guarda e sentindo uma felicidade extática, satisfeita até o cerne da minha alma. E, apesar de ter se passado apenas um punhado de dias desta maneira, era como se eu conhecesse Philip a vida inteira.

Philip e eu tínhamos apostado corrida cinco vezes, e ele me vencera nas cinco vezes, quando, certa manhã, chegou uma carta para mim. Eu estava frustrada, porque sabia que Meg tinha um potencial inexplorado dentro dela, e eu estava determinada a prová-lo.

— Um dia desses, você vai ver a traseira da Meg — eu disse a Philip ao me sentar para o desjejum.

Ele riu com aquele brilho familiar nos olhos que me fazia pensar que estava se deleitando com um segredo. Ele também tinha muitos segredos. Estreitei meus olhos para ele, mas agora o conhecia bem demais para ter esperanças de que fosse revelar algum de seus mistérios para mim.

O mordomo pigarreou para chamar minha atenção, estendendo uma bandeja de prata. Sobre ela, havia uma carta. O envelope trazia a caligrafia familiar e trêmula de vovó. Ela devia ter enviado imediatamente depois de eu sair de Bath para que tivesse chegado tão depressa. Coloquei a correspondência ao lado do meu prato e olhei-a com desconfiança. Vê-la me deixou ansiosa, como se eu tivesse vivido em um sonho até aquele momento.

Eu temia que seja lá o que a carta contivesse me despertaria do sonho. Decidi ler mais tarde, em particular.

Lady Caroline falou:

— Acho que devíamos dar um baile para nossos hóspedes enquanto eles estão aqui. O que acham?

A sra. Clumpett ergueu os olhos com seu sorriso pronto.

— Ah, eu adoro baile. Assim como o sr. Clumpett. Não é, querido?

Eu não poderia imaginar que ele realmente adorasse um baile, mas ele grunhiu em resposta.

— Philip? — disse lady Caroline. — Você tem alguma objeção?

— A senhora sabe que tem rédeas soltas aqui, mãe.

Isso pareceu estranho. Por que ela deveria pedir permissão dele para dar um baile? Se ela precisava perguntar a alguém, deveria ser para sir Charles.

— Acho que um baile seria delicioso — ela disse. — Vamos apresentar Marianne a todos os bons partidos da região e ficaremos assistindo a todos eles brigarem por ela. Vai ser tão divertido!

Olhei para ela com surpresa e corei.

— Tenho certeza de que a senhora está enganada sobre o nível de interesse que vou inspirar — murmurei.

— Eu nunca me engano com essas coisas — ela disse, sorrindo como um gato diante de um prato de leite. — O que acha, Philip? Ela não vai ser o assunto do evento?

Não consegui olhar para Philip. Ele, sem dúvida, diria algo educado, que todos saberiam que era mentira. Mas, então, quando ele não respondeu de imediato, eu *tive* que olhar para ele. Fiquei tão surpresa com o que vi que precisei olhar duas vezes.

Philip sustentava o olhar de sua mãe com dureza. Um músculo saltava em sua mandíbula. Ele quase parecia irritado, mas eu não tinha elementos para compreender por que as palavras dela provocariam tal reação em Philip.

O sorriso de lady Caroline se endureceu — tornou-se quase zombeteiro — do outro lado da mesa.

Após um silêncio tenso, ele, enfim, disse:

— Sem dúvida.

Inspirei depressa. Algo estava errado ali, e ser a causa disso me deixava desconfortável.

— Um baile parece uma ideia maravilhosa — eu disse, querendo aliviar a tensão. — Mas não tenho desejo algum de ser disputada. Em vez disso, apenas aproveitaria as danças.

O sr. Clumpett de repente levantou os olhos de seu livro.

— Isso se parece muito com algo que acabei de ler. — Ele virou algumas páginas enquanto eu o observava com surpresa. Nem pensei que ele estivesse nos ouvindo. — Ah, aqui está. — Ele limpou a garganta antes de ler: — "O rinoceronte macho não irá tolerar que nenhum outro macho entre em seu território durante a temporada de acasalamento. Se algo assim acontece, lutas perigosas com certeza ocorrerão."

Ele ergueu os olhos brilhantes.

— Seria algo a se ver, não é verdade? Uma luta perigosa de rinocerontes?

— Fascinante — disse sua esposa com entusiasmo.

Eu a fitei. Ele realmente tinha acabado de ler sobre *acasalamentos* durante o desjejum? Meu constrangimento era tamanho que eu não sabia para onde olhar. Philip limpou a garganta, mas a mim soava como se ele estivesse tentando não rir.

— Muito pertinente — lady Caroline disse com um sorriso. — Bem, então, está decidido. Vou organizar a lista de convidados e começar a escrever os convites esta tarde.

Tomei isso como permissão para pedir licença e deixar a mesa; eu estava ansiosa para fugir das emoções carregadas que tomavam conta da sala. Peguei minha carta e caminhei até a porta. Mas senti um olhar nas minhas costas quando fiz isso, e olhei por cima do ombro. Philip me observava com uma expressão muito solene. Dei-lhe um olhar interrogativo em troca. Abruptamente, ele sorriu, e todos os vestígios daquele olhar alienígena foram apagados. Permaneceu na minha mente, contudo, quando saí da sala de jantar. Naquele momento, Philip havia me lembrado muito de outra pessoa, mas não consegui pensar em quem.

Eu me sentei à escrivaninha no meu quarto e fiquei olhando para a carta de vovó por vários minutos antes de me atrever a abri-la. Por fim, sucumbi ao inevitável e quebrei o selo. A luz do sol matinal entrava oblíqua pela janela e aquecia minhas costas enquanto eu lia.

Querida Marianne,

Imagino que já tenha começado a correria pelo campo como alguma pirralha filha de fazendeiro, então estou escrevendo para lembrá-la das condições de sua visita. Deve aprender a se comportar como uma dama elegante. Escreva-me e conte o que está aprendendo. Considere isso uma missão. Se eu não reconhecer alguns sinais de melhoria em você, não hesitarei em chamá-la de volta. Se não puder mudar seus modos, não hesitarei em deixá-la sem um centavo, assim como fiz com meu sobrinho. Estou comprometida com esse plano, e vou vê-la desenvolver todo seu potencial, tanto para a sua própria felicidade futura como para o que você deve ao nome da família. Não me decepcione.

*Atenciosamente,
Vovó*

Olhei pela janela ao considerar as implicações da carta de vovó. O fato de que ela havia me escrito antes de eu ter me ausentado por uma semana inteira ilustrava sua falta de confiança. Tive que sorrir ao admitir a mim mesma que sua falta de confiança em mim, em parte, era justificada, pois eu não tinha pensado um instante sequer na missão que ela havia me dado desde minha queda no rio.

Na verdade, esse evento — cair no rio — enfatizava o problema perfeitamente. Eu não tinha os instintos de uma dama elegante. Mas, de acordo com a minha avó, teria que me tornar uma dama elegante para ganhar uma herança.

Enquanto eu considerava esse dilema, tentei não me enganar. Jovens damas de berço elegante, porém sem fortuna, tinham poucas esperanças de conforto no mundo. Trabalho não era uma opção. E casamento sem um dote considerável… bem, apenas as muito afortunadas conseguiam isso. Eu não precisava de um espelho diante de mim para saber que não estava entre as muito afortunadas. Minha silhueta era demasiado pequena para as tendências atuais de beleza, e minha aparência, se por um lado era passável, por outro não tinha a qualidade necessária para atrair a atenção dos cavalheiros.

Além disso, o fato que permanecia era que eu não tinha nenhum desejo de me casar simplesmente pela conquista do *status*. Essa era a ambição de Cecily, e eu tinha aprendido em tenra idade que, se queria a mesma coisa que Cecily, inevitavelmente, eu a perderia para ela.

Foi a boneca que tornou esse ponto pacífico para mim. Quando tínhamos seis anos, nossa tia-avó nos mandara uma boneca comprada por ela em Paris. Ela escreveu na carta que acompanhava o pacote dizendo que a boneca era única em todo o mundo. Era feita com primor, e tinha os olhos castanhos e cabelos verdadeiros acobreados e cacheados.

Como não tinha filhos, não ocorreu à minha tia-avó quais problemas uma boneca causaria entre duas meninas. Cecily e eu brigamos por ela no momento em que chegou. Claro, tínhamos que dividi-la, e posteriormente poderíamos vir a dividi-la, mas lutamos pelo direito de sermos a primeira a segurar a boneca. Como Cecily era a mais velha, ela exigiu esse direito. Não importava que fosse mais velha por uma diferença de somente sete minutos. Esses sete minutos eram uma vida inteira entre nós e nunca poderiam ser superados.

Então ela segurou a boneca primeiro. Algo feroz e inflexível cresceu dentro do meu coração jovem enquanto eu observava minha irmã acariciar os cabelos muito acobreados da boneca e abraçá-la junto ao peito. Odiei a sensação de perder para ela e decidi, em um momento de ciúme e ressentimento, que iria fazer qualquer coisa para não perder para Cecily novamente.

Então, quando foi minha vez de segurar a boneca, eu disse que não queria tocar naquela coisa feia. Não importava o quanto Cecily segurasse, acariciasse a boneca e falasse sobre como era bonita, estoicamente insisti que não queria tocá-la. E nunca a toquei. Onze anos se passaram e eu nunca toquei uma vez sequer naquela boneca, nem mesmo para sentir seu cabelo. Uma criada, uma vez, a colocou na minha cama por engano, mas nem assim toquei nela. Coloquei um lenço na minha mão, peguei a boneca pelo pé e a joguei na cama de Cecily.

No começo, brigávamos apenas por bens materiais. Mas, à medida que crescíamos, a lista foi se alongando — talentos, beleza, a atenção dos rapazes. Apliquei a lição da boneca e decidi que era melhor querer algo diferente de Cecily em vez de perder para ela. Aprendi a esconder meus desejos, ou mudá-los, assim que tomava conhecimento dos dela.

Não havia nada que eu pudesse fazer para me tornar mais bonita do que ela. Mas, quando ela se destacava no canto, em vez de tentar me equiparar a ela, eu recusava minhas aulas e voltava meu foco para a pintura. Quando ela provou ser ótima nos flertes, passei a desprezar tal artifício e evitava falar com cavalheiros que fossem bons partidos ou dizia a eles o que se passava na minha cabeça, o que descobri que eles não gostavam.

Eu tinha que ser diferente de Cecily para não ser inferior. Não podíamos ocupar o mesmo espaço juntas. Como cavalos em uma corrida, eu estava cansada de me esforçar para ganhar posições e depois perder. Eu escolhia uma competição diferente para que perder não fosse uma opção.

Então, enquanto ela planejava sua temporada e sonhava com as realizações que alcançaria com seu casamento, eu fazia o oposto. Ela planejava se casar com alguém rico, de título e com uma boa porção de terra. Eu sonhava em silêncio em me casar com alguém que amasse profundamente e que me amasse loucamente em troca. Se um homem desses não pudesse ser encontrado, então eu nem me casaria.

Tal foi minha atitude quando Cecily e eu chegamos à idade de sermos apresentadas à sociedade e entrarmos no mercado londrino de casamentos. Cecily não sonhava com nada que não fosse a vida na cidade; já eu não sonhava com nada a não ser uma vida confortável no campo. Eu não invejava a temporada na sociedade de Cecily, pois não tinha a mesma ambição. Não aspirava a uma união brilhante, pois seria uma competição com Cecily e ela ganharia. Nunca quis ser uma dama elegante, pois esse era o papel da minha irmã.

Mas agora, diante do desafio de vovó, eu percebia que seria tola por desperdiçar uma fortuna simplesmente porque nunca fora ambiciosa como Cecily. Eu podia não ter planejado ser uma herdeira rica, mas apenas uma pessoa simplória recusaria a oportunidade de viver muito confortavelmente pelo resto da vida.

Na verdade, essa herança era exatamente o que me daria a liberdade de escolher se me casaria ou não por amor. E tudo o que eu tinha que fazer para conquistá-la era provar ser uma jovem dama elegante. Certamente, eu não era de todo um caso perdido nessa categoria, senão minha avó não teria me dado uma chance de tentar. Eu tentaria e iria ganhar a herança que me proporcionaria uma liberdade incomparável.

Mas havia outra esperança que morava em meu coração — a esperança de que, se eu provasse meu valor, meu pai pudesse vir para casa. Se ele sentisse orgulho de mim, poderia retornar. Aí eu poderia voltar para casa. Poderia convencê-lo a ficar e me deixar cuidar dele. Com a herança da vovó, viveríamos com conforto. Ele iria gostar de me manter por perto, de ficar comigo, e eu nunca teria que me perguntar novamente se era indesejada.

Pensando no meu pai, eu me lembrei de onde conhecia o olhar que Philip havia me lançado enquanto eu saía da sala de jantar. Apoiei o queixo na mão e me lembrei de passar pelo escritório do meu pai um dia logo depois do funeral da minha mãe. Ele segurava um retrato emoldurado em uma das mãos, e seus olhos baixos observavam a imagem dela. Ele não me viu, então o peguei num momento íntimo, quando a preocupação por mim não encobria sua expressão. Sua expressão era exatamente o que eu tinha visto no semblante de Philip. Na época, pensei que fosse apenas um olhar de tristeza, mas, lembrando agora, depois de ver tão claramente na face de Philip, pensei, talvez, que não fosse dor o que eu tinha visto, mas saudade, anseio.

Mas não. Devo ter me enganado, ou talvez ele estivesse pensando em outra pessoa. Não havia razão terrena para Philip Wyndham, algum dia, olhar para mim com... *anseio*. Minhas faces ficaram quentes de repente, e apressei-me a banir o pensamento da minha mente e voltei minha atenção para a carta de vovó.

Cara vovó,

Fico feliz em informar que estou me dando muito bem aqui. Há muitas vacas, e os fazendeiros têm se mostrado muito solícitos em me ensinar os segredos da ordenha. Com alguma sorte, devo estar proficiente quando chegar o momento da minha partida, para que eu possa ter um ofício ao qual recorrer caso não consiga corresponder às suas expectativas.

Enquanto isso, aqui está o que aprendi até agora sobre ser uma moça elegante: uma moça elegante nunca deve insultar um cavalheiro com quem ela pode ter que jantar depois. Se ela se sentir inclinada a girar, deve ficar atenta às poças de lama. E deve aprender a cantar pelo menos uma canção para que não morra de medo se for chamada a se apresentar.

Mande minhas lembranças para tia Amelia.

Com carinho,
Marianne

Sorri ao imaginar o que ela poderia pensar dessa carta. Certamente a frustraria, mas era provável que também a fizesse rir. Vovó tinha uma risada gutural que sempre era dada com relutância — se é que era dada —, o que a tornava muito mais digna de ser conseguida. Era algo de que eu tinha orgulho: fazê-la rir, ou sorrir, quando ela normalmente reprimia tais instintos.

Nesse aspecto, Cecily não compartilhava do meu talento. Minha irmã gêmea podia me ofuscar em outros dotes, mas nunca tinha feito os olhos cinzentos de vovó reluzirem com um riso suprimido, e Cecily certamente nunca ganhara uma risada de vovó. Não era um pensamento caridoso, mas fazia meu coração se encher de prazer, apesar de tudo.

A despeito da minha resposta irreverente para vovó, eu sentia necessidade de focar um pouco da minha atenção na missão que ela me dera. Então, depois de ter selado a carta para ela, peguei outra folha de papel e fiz uma lista. Se eu ia mesmo me aprimorar, precisava ser honesta sobre meus defeitos.

Lista de melhorias de Marianne:
Parar de girar.
Usar chapéu ao ar livre.
Aprender a cantar pelo menos uma canção para eventos.
Aprender a flertar com cavalheiros.

Parecia o suficiente em que trabalhar por enquanto, e eu não queria me sobrecarregar. Os céus sabiam que o último item da lista poderia ser impossível. Mas eu sabia que havia mais um item que deveria acrescentar, embora fosse mais geral do que específico em sua natureza.

Seguir o exemplo de outras moças elegantes.

Eu sabia que isso significaria me sentar para tomar chá com elas e depois conversar sobre as coisas nas quais elas eram interessadas, como chapéus, rendas e tal. Mas, se isso significava trazer meu pai para casa, eu iria tentar. Se significava evitar o meu regresso a Bath, então eu iria tentar.

Depois de terminar minha lista, levei minha carta para baixo e encontrei a sra. Clumpett, que tinha mencionado um desejo de caminhar até Lamdon, a aldeia mais próxima. Ela concordou em me acompanhar para despachar minha carta. Senti orgulho de mim mesma por me lembrar de usar chapéu.

— É um momento fortuito — ela disse. — O sr. Clumpett acabou de me pedir para me juntar a ele na busca a uma certa espécie de besouro. E, apesar de gostar de explorar o bosque, não gosto de insetos.

Sua companhia era bem-vinda. Havia algo estranho, mas, ao mesmo tempo, agradável a seu respeito. Ela não tagarelava sobre coisas sem importância como chapéus e moda. Tinha conhecimento sobre coisas que eu nunca tinha considerado, e parecia se equiparar ao marido em termos de sua busca por conhecimento. Eu gostava de como ela era capaz de sustentar suas opiniões no debate que eles tinham travado sobre a codorna selvagem. Mas duvidava de que ela fosse o que minha avó tinha em mente quando me disse para me tornar uma moça elegante.

Enquanto caminhávamos para a aldeia juntas, ocorreu-me que ela não se parecia em nada com a irmã, lady Caroline. A sra. Clumpett não era mais alta que eu e embora não houvesse defeito verdadeiro em seu nariz nem no queixo nem nos olhos, também não havia nenhum atributo vantajoso nessas feições. Tirando os lábios curvados para cima, era um rosto comum.

Lady Caroline, porém, era uma verdadeira beldade: dos cabelos castanhos cheios aos olhos azul-escuros; de sua silhueta escultural às maçãs do rosto proeminentes e ao nariz aquilino. Perceber as diferenças entre elas me fez gostar ainda mais da sra. Clumpett. Tínhamos algo em comum, nós duas; ambas tínhamos sido amaldiçoadas com irmãs bonitas.

Depois de enviar minha carta, encontrei uma loja onde comprei caderno, lápis, papel e suprimentos de pintura, juntamente com uma bolsa para carregar tudo. A ideia da pintura tinha me dominado de tal forma que senti a necessidade de fazer algo a respeito. Além do mais, eu gostaria de ter algo de Edenbrooke para levar comigo quando fosse embora. Foi o lugar mais próximo do paraíso que já tinha conhecido, e de que eu queria me lembrar para sempre.

— Você é artista? — a sra. Clumpett perguntou ao me ajudar a carregar minhas compras.

— Não, de modo algum — eu disse com uma risada. — Mas aprecio e espero me aprimorar. É um dos talentos socialmente aceitáveis para as moças, sabe.

— Humm. — Ela lançou um olhar de soslaio para mim. — Espero que não se ofenda por me ouvir dizer isso, srta. Marianne, mas acho que existem coisas mais importantes a considerar do que quais talentos são *socialmente aceitáveis.*

Sorri para mim mesma. Não havia problema algum no fato de a sra. Clumpett ser um pouco fora do comum e com algo de uma sabichona — ela era casada e parecia ter um bom par. Eu, por outro lado, ainda tinha que garantir minha felicidade futura, e sabia que meu futuro dependia totalmente de me tornar socialmente aceitável.

— Não tenho certeza se minha avó concordaria — murmurei.

A sra Clumpett riu.

— A minha também não, mas espero que você não deixe as expectativas de outra pessoa dirigirem o curso da sua vida. — Ela tocou gentilmente meu braço, parando-me no meio do caminho. Eu me virei para ela. — Eu descobri a felicidade em ser fiel a quem sou. Espero que você reflita um pouco sobre essa ideia.

Assenti com a cabeça, tocada por ela parecer gostar o bastante de mim para oferecer um conselho tão sincero.

— Vou refletir. Obrigada.

Uma carroça que vinha descendo pelo caminho me chamou a atenção, e eu me afastei para deixá-la passar.

Nela, estava uma mulher gorda, que vinha segurando seu chapéu com uma das mãos e a lateral da carroça com a outra, por causa dos sacolejos da viagem. Ela olhou para cima bem quando estava passando por nós e, de repente, agarrou o braço do condutor.

— Por favor, pare aqui!

— Ora essa, é a sra. Nutley! — eu disse, correndo em sua direção. Eu não tinha ouvido notícia nenhuma dela a respeito de James, por isso imaginei que tudo estivesse indo bem na recuperação dele.

A sra. Nutley desceu do carro com cuidado e caminhou até nós com passinhos rápidos.

— Eu estava a caminho de Edenbrooke para vê-la.

Ela agarrou minha mão e eu notei um lenço amarrotado preso em sua outra mão. Fiquei me perguntando por que ela não estava na estalagem tomando conta de James.

— Não sei o que pensar — disse a sra. Nutley, enxugando os olhos. — Eu só queria esticar as pernas... andei só um pouco pelo caminho... mas, quando voltei para a estalagem, James tinha sumido!

CAPÍTULO 12

Eu estava sentada na ponta da minha cadeira e observava a sra. Nutley bebericar seu chá. Ela parecia mais calma agora que tínhamos nos acomodado na confortável sala de estar de Edenbrooke. Mas eu lamentava que ela tivesse passado tanto tempo preocupada com James e me perguntava também se ela era culpada por ele ter desaparecido. Lady Caroline se juntou a nós na sala de estar e fazia perguntas gentis para a sra. Nutley.

— Ele estava recuperando a boa saúde?

— Sim, eu estava cuidando primorosamente dele. Na verdade, o médico o tinha visitado ontem cedo e dito que James parecia curado suficiente para voltar para casa nos próximos dias.

— Algo estranho aconteceu que possa explicar seu desaparecimento? — lady Caroline perguntou.

— Não, hoje, não. — Ela pousou a xícara de chá. — Mas agora que penso a respeito, algo incomum aconteceu ontem. Desci as escadas enquanto James estava descansando e vi um cavalheiro falando com o estalajadeiro. O cavalheiro perguntou se uma jovem tinha passado a noite ali recentemente. O estalajadeiro disse-lhe que ela havia se hospedado. Então o cavalheiro perguntou se ela estava acompanhada. O estalajadeiro disse que sim, pela criada. Pensei, claro, em você, srta. Daventry.

— Como era esse cavalheiro? — perguntei.

— Bem galante, na minha opinião. Notei que ele carregava uma bengala.

A sra. Nutley poderia estar descrevendo qualquer jovem cavalheiro da região. E bengalas certamente não eram um acessório incomum.

— O que mais disse o estalajadeiro? — lady Caroline perguntou.

— Ora, ele disse que a moça tinha deixado a estalagem e estava a caminho de Edenbrooke. — Ela virou olhos castanhos preocupados para mim.

Mordi o lábio ao me perguntar quem poderia estar procurando por mim e por quê. Um ladrão vulgar não iria à procura de sua última vítima, mas quem mais poderia imaginar que eu tinha ficado naquela estalagem? E quem se importaria?

Naquela tarde, encontrei Philip na biblioteca com o intuito de finalmente jogar aquele jogo de xadrez. Só que estava fazendo um dia bonito e, quando ele sugeriu uma excursão em vez disso, não pude resistir à tentação. Ele selou os cavalos enquanto eu pegava meu caderno de rascunhos, depois fomos para o topo da colina. Era o mesmo lugar aonde ele tinha me levado na primeira manhã em que cavalgamos juntos.

O mesmo cavalariço nos acompanhava e, quando chegamos ao topo da colina, ele levou os cavalos para pastar nas proximidades, enquanto Philip e eu escolhíamos um ponto sombreado debaixo de uma árvore grande. De onde eu estava sentada, conseguia olhar ao redor e ver quase todo o território de Edenbrooke abaixo de mim. Conversamos enquanto eu esboçava e, às vezes, Philip só me observava em silêncio. Foram momentos juntos confortáveis.

Tínhamos ficado em silêncio por algum tempo quando Philip, de repente, perguntou:

— Onde está seu pai?

— Em um vilarejo na França. — Senti tristeza falando aquelas palavras.

— Tem alguma ideia se ele vem para casa em breve?

Estudei-o antes de responder, surpresa pela pergunta. Mas ele nem olhou para mim, e eu não podia ler nada do seu perfil.

— Não, não faço ideia de quais são os planos dele.

Então Philip, enfim, me olhou, a tempo de ver a explosão de tristeza que eu sentia com o pensamento da ausência do meu pai. Suas sobrancelhas se contraíram em uma expressão preocupada.

— Você quer que ele venha para casa?

Suspirei e arranquei uma folha de grama.

— Claro que sim.

Eu tinha esperanças de que ele fosse interromper sua linha de interrogatório, mas Philip disse:

— Será que ele sabe como você se sente?

Dei de ombros.

— Eu nunca disse a ele com todas as letras. Não quis. Se ele está mais feliz lá, então é onde deveria estar.

— Você passa tempo demais pensando sobre os sentimentos dos outros — ele disse em tom baixo. — Eu gostaria de saber quanto tempo passa pensando nos seus. Seu pai é mais merecedor de felicidade do que você?

Respirei fundo, lutando para ajustar minhas emoções de volta para o nível normal. Philip, de alguma forma, nas horas que passei com ele, tinha desenvolvido uma capacidade especial de desvendar minhas defesas e acessar segredos que eu não partilhava com ninguém. Naquele dia, suas palavras removeram as partes doloridas do meu coração e arrancaram pedaços de pura tristeza.

Philip estava esperando uma resposta; seus olhos azuis sérios estavam focados em mim.

— Talvez — eu disse, esforçando-me para manter a voz leve, quando, por dentro, eu chorava.

Ele sacudiu a cabeça.

— Eu discordo.

Eu não queria discutir aquilo com ninguém.

— Não vamos falar sobre isso. Não quando o dia está tão agradável. — Forcei um sorriso e acenei a folha de grama diante de nós. — Olhe para toda essa beleza ao redor de você. Não seria melhor apenas desfrutar de tudo isso?

— Eu estou olhando para ela — Philip disse sem nunca tirar os olhos de mim. — E estou gostando — ele acrescentou com um sorriso e uma piscadela.

Meu rosto ficou quente à medida que seu sorriso se alargava. Ele só tinha falado aquilo da minha suposta beleza para me fazer corar. Eu odiava que ele pudesse me afetar com apenas um olhar ou algumas palavras bonitas. E odiava que ele quisesse me afetar, como se eu fosse um brinquedo para ele.

Franzi a testa e joguei a folha de grama nele.

— Você nunca consegue ficar sério por mais de dois minutos?

— O que faz você pensar que não estou falando sério? — ele perguntou, olhando para mim por entre os cílios.

Balancei a cabeça, completamente exasperada. Eu tinha feito tudo ao meu alcance para desencorajar Philip de flertar comigo, de carranquear a ignorá-lo e a repreendê-lo, mas nada funcionava. Ele ainda insistia em tentar flertar comigo toda vez que estávamos juntos.

Será que não sabia que se eu, alguma vez, tentasse flertar com ele, isso mudaria tudo? Arruinaria tudo? Porque, então, não seríamos simplesmente amigos. Seríamos amigos que flertavam, e eu seria um fracasso lastimável nisso.

Eu sentia que ele não deveria tratar nossa amizade com tão pouco cuidado. Mas talvez não significasse para ele o que significava para mim. Talvez pudesse se dar ao luxo de me perder como amiga. Eu me levantei, de repente muito chateada, e dei um passo para longe dele.

Philip agarrou a bainha do meu vestido.

— Espere — disse ele, rindo.

Baixei os olhos para ele, minhas mãos cerradas em punhos.

— Por favor, não vá — disse ele com um sorriso encorajador, curvando seus lábios para cima charmosamente. — Não farei isso novamente.

Bem, pelo menos ele sabia por que eu estava chateada. Mas a ideia de ele não fazer isso de novo? Rá! Levantei uma sobrancelha em profundo ceticismo.

— Nos próximos cinco minutos — ele acrescentou com uma risada.

Tentei ficar zangada com ele, mas Philip era tão cativante sorrindo para mim, segurando a bainha do meu vestido como uma criança que se agarrava à mãe. Bem naquele momento, eu podia imaginá-lo como um garotinho, com seus profundos olhos azuis e cachos castanhos. Ele devia ser adorável. Meu coração se derreteu. Teria que ser feito de pedra para não fazê-lo.

Senti um sorriso repuxar meus lábios e, naquele instante, soube que Philip sempre seria capaz de me encantar e me tirar de um mau humor. Sentei-me novamente e olhei a vista, lutando contra um sorriso. Por fim, eu disse:

— Você é muito bom nisso, sabe?

— Em quê? — ele perguntou. Eu podia ouvir o sorriso em sua voz.

— Em devolver meu bom humor com um encanto.

— Assim como você é boa em me fazer rir?

— Sou? — Eu me virei para ele, sentindo uma curiosidade real. Não percebi que havia me sentado mais perto dele do que já tinha sentado antes, então, quando me virei para ele, de repente, pendendo em sua direção em meio à minha curiosidade, descobri que Philip estava a meros centímetros do meu rosto.

Ele ficou absolutamente imóvel — eu podia jurar que ele estava prendendo a respiração — e me lembrei daquele dia na biblioteca. Como ele também tinha ficado imóvel, como se esperasse que eu descobrisse algo dentro dele.

Philip inspirou, como se fosse dizer algo. Porém, ele parou e, pela primeira vez desde que eu o tinha conhecido, vi incerteza em sua expressão, como água sobre uma pintura, encobrindo seu olhar límpido e confiante. Aquilo me surpreendeu. Achei que Philip fosse a confiança a toda prova.

Ele desviou o olhar e disse baixinho:

— Sim, você é.

Sentei-me um pouco mais para trás, sentindo algo novo e um intenso alvoroço dentro de mim. Eu não tinha nome para dar àquela sensação. Apenas sabia que era inquietante.

O silêncio entre nós se estendeu mais e mais, até que perdeu a tensão e se tornou uma parte do cenário de que estávamos desfrutando na companhia um do outro. Não senti nenhum desejo de quebrá-lo. Coloquei meu caderno de lado e me inclinei de novo sobre as mãos. O calor da tarde recaía sobre mim como um cobertor, e me senti sonolenta e contente sentada à sombra da árvore.

Philip se estendeu no chão, um braço dobrado sob a cabeça. Senti inveja. Queria não ser uma dama de vestido para poder ter feito o mesmo. Em vez disso, eu tinha que ficar sentada, em meu pudor, tentando garantir que meus tornozelos permanecessem cobertos. O calor estava me deixando mais sonolenta do que eu percebia, e minhas pálpebras começaram a ficar pesadas.

Philip olhou para mim.

— Parece que você está prestes a pegar no sono.

— Estou mesmo. — Bocejei.

Ele se levantou e tirou o casaco com um movimento de ombros, depois o dobrou num quadrado e o colocou sobre a grama.

— Se é para tirar uma soneca ao ar livre, que tal aproveitá-la?

— Eu não deveria — disse eu, olhando para o travesseiro tentador que ele tinha feito de seu casaco. — Tenho certeza de que estou quebrando uma das regras de como ser uma dama.

— Não vou contar a ninguém — ele disse com um sorriso perfeitamente educado, não provocador e não travesso.

Olhei por cima do ombro. O cavalariço estava descansando na sombra de outra árvore, do outro lado da colina, de costas para nós.

Era tentador demais para resistir. Consegui manter minha saia arrumada com decoro no lugar enquanto me deitava. A jaqueta de Philip cheirava a floresta num dia de verão, misturado com outro perfume agradável masculino e fazia as vezes de um travesseiro muito bom. Eu me curvei de lado e Philip se esticou perto de mim, no que achei que fosse uma distância apropriada, com o braço embaixo da cabeça, de frente para a vista. O silêncio cálido se assentou em mim, acalmando-me até os ossos. Acho que eu estava sorrindo quando adormeci.

Não dormi muito tempo. Acordei com uma brisa suave percorrendo toda a minha pele e com a grama fazendo cócegas ao longo do meu braço. Abri os olhos e olhei bem dentro dos de Philip. Ele estava de frente para mim, reclinado em seu cotovelo e me olhando com uma expressão pensativa. Quanto tempo será que fazia que ele estava ali? Um pensamento sonolento se infiltrou pela minha mente afirmando que eu gostava de vê-lo de camisa e colete. Ele parecia mais casual, mais familiar, mais da forma como eu pensava nele: confortável.

— Como foi seu cochilo? — ele perguntou.

— Muito bom, obrigada. — Abri um sorriso satisfeito.

Uma brisa soprou debaixo da árvore. Com ela, uma mecha do meu cabelo se soltou do penteado e voou no meu rosto. Antes que eu pudesse me mover, Philip a pegou e a colocou atrás da minha orelha. Seus dedos roçaram meu rosto e o pescoço em um gesto surpreendentemente íntimo. Meu coração acelerou ao seu toque e um rubor subiu pelas minhas bochechas.

Seu olhar se transformou em algo que eu nunca tinha visto. Mais do que cálido, diferente de sério: era íntimo, gentil e significativo. Ninguém jamais olhou para mim daquele jeito antes.

Eu me sentia completamente enervada e profundamente confusa, tanto pelas reações de Philip quanto por minha reação a ele. Eu tinha uma consciência muito acentuada da posição inapropriada em que me encontrava, deitada a menos de um braço de distância de um homem. O que parecia inofensivo e inocente um instante atrás, agora me parecia quase escandaloso.

Sentei-me e franzi a testa olhando para a grama, sentindo-me cada vez mais constrangida a cada segundo. Eu podia sentir o olhar de Philip no meu rosto quando ele se sentou ao meu lado, e corei mais e mais com a estranheza do momento. Eu não sabia o que dizer ou fazer. Dizer que eu era inepta era pouco. Isso era insuportável.

De repente, Philip falou em um tom leve:

— Você ronca, sabia?

Disparei um olhar afiado para cima, e meu queixo caiu.

— Não ronco!

— Ronca, sim. — Ele tinha aquele brilho provocador e familiar em seus olhos.

— Nunca me disseram que eu ronco. Tenho certeza de que você está errado.

Ele sorriu.

— Você ronca como um homem grande e gordo.

Uma gargalhada irrompeu de mim. Eu tinha certeza de que ele estava mentindo.

— Pare com isso — eu disse, com um tapinha em seu ombro. — Você é indecente. Que cavalheiro diz a uma dama que ela ronca?

— Que dama adormece na presença de um cavalheiro? — Ele levantou uma sobrancelha e olhou para mim como se eu tivesse feito algo escandaloso.

Senti meu rubor se incendiar novamente.

— Você disse que não havia problema — respondi em minha defesa.

Ele riu.

— Não, eu não disse. Eu disse que não contaria a ninguém.

Pressionei os lábios para me impedir de sorrir e disparei um olhar sombrio. Seu sorriso foi perverso. Para meu espanto, tive, de repente, o mais forte desejo de beijar aqueles lábios sorridentes — perversos ou não.

Olhei para baixo, perturbada, e muito surpresa comigo mesma por não conseguir recuperar minha compostura. Nunca quis beijar um homem antes — pelo menos não algum em específico. Peguei o casaco de Philip, me levantei e me pus a tirar as folhas de grama que haviam grudado nele.

— Obrigada pelo travesseiro — eu disse educadamente, entregando-o a ele, diante do fitar de seus olhos.

— Fique à vontade para pegar meu travesseiro emprestado sempre que quiser — disse ele com um brilho tão despreocupado nos olhos que achei que ele merecia um tapa. Em vez disso, olhei para ele com as mãos nos quadris.

— Philip Wyndham! Essa é a coisa mais indecente que já ouvi e, se sua mãe estivesse aqui, ela lhe daria a maior bronca da vida! Na verdade, minha vontade era contar para ela que provocador atroz, incorrigível e escandaloso ela criou.

Ele não parecia nada envergonhado. Apenas sorriu e disse:

— Se minha mãe estivesse aqui, eu não teria dito isso. Foi apenas para os seus ouvidos. — Então ele piscou.

Eu o encarei com descrença. Não havia como pará-lo. Seus flertes ultrajantes não conheciam limites.

— Ugh! — Cerrei os punhos e bati o pé em meio à minha frustração.

Ele inclinou a cabeça de lado; seus lábios tremiam.

— Você acabou de *bater o pé*?

Pressionei os lábios firmemente, mas o ar de divertimento nos olhos de Philip era demais. Uma pequena risada escapou de mim. Logo, ele estava tremendo os ombros e, de repente, nós dois estávamos rindo como naquela primeira noite na pousada. Eu ri até minha garganta doer.

— Bem, é um prazer ver que você seguiu meu conselho sobre bater o pé. — Ele riu. — Embora não tenha ajudado muito.

— Você é o homem mais irritante que já conheci — acusei-o, e estava falando sério.

Mas ele sorriu. Claro; nada o atingia quando ele estava naquele humor.

— Você fica tão encantadora quando me insulta — disse ele.

Virei abruptamente e caminhei até os cavalos.

Que galanteador escandaloso, indecente e detestável! Ele nunca me deixaria em paz. Nunca seria apenas meu amigo. Sempre tinha que me fazer sentir infantil e esquisita com seus flertes ultrajantes! Eu estava agitada e envergonhada por um monte de razões; e a menor delas não era o fato de que eu tinha pensado em beijar aquele galanteador escandaloso, indecente e detestável.

Bem, eu simplesmente sairia cavalgando para mostrar a ele como me saía bem a cavalo e não precisava da sua companhia e *muito menos* de seus flertes *ou* de suas provocações horrendas. Dispensei o cavalariço com um aceno quando ele veio correndo em minha direção. Eu não precisava da ajuda de homem nenhum. Desamarrei Meg, depois olhei para os estribos. Eu nunca a tinha montado sem a ajuda de um bloco, e percebi imediatamente por que eu não conseguiria. O estribo mais baixo ficava na altura dos meus ombros.

Ouvi Philip se aproximar e virei para ele com relutância, embora não tivesse olhado para seu rosto. A gravata estava mais próxima da linha dos meus olhos e era um bom substituto quando eu não queria fazer contato visual.

— Parece que vou precisar de um apoio de pé para subir — murmurei, zangada que não pudesse sair cavalgando sozinha de forma dramática como tinha planejado.

Ele parou bem ao meu lado, mas, em vez de unir as mãos para eu apoiar o pé nelas e subir, ele envolveu as mãos na minha cintura. Prendi a respiração e olhei para ele, surpresa pela forma como meu coração palpitava no peito e como minha pele formigava sob suas mãos fortes. Seus olhos tinham um tom muito profundo de azul quase marinho. Seu olhar em mim era suave como uma carícia.

— Eu ajudo se me perdoar pelas *provocações horrendas* — ele falou isso em uma voz suave, com um toque de arrependimento no sorriso. — Não é desculpa, mas sempre achei extremamente difícil me comportar como deveria quando estou com você, Marianne.

Senti uma estranha falta de ar e, de repente, toda minha irritação se esvaiu de mim e me deixou zonza.

— Está dizendo que faço aflorar o pior em você? — perguntei, sorrindo, pronta para seu charme.

Ele inspirou fundo e prendeu a respiração, e quase pude ver as palavras penduradas na beirada de seus lábios. Mas então, pela segunda vez naquele dia, vi um lampejo de incerteza em seus olhos. Quando soltou a respiração, o som foi de um suspiro.

— Algo assim — ele murmurou.

Eu me perguntei o que ele realmente queria dizer.

Então ele me levantou facilmente como se eu fosse uma criança pequena e me colocou com cuidado sobre minha sela. Eu estava tão enervada pela interação que me sentei em meio a um torpor por um minuto, antes de perceber que ele tinha montado no próprio cavalo e estava esperando por mim.

Quando o alcancei, ele disse:

— Não se preocupe, não vou contar a ninguém que você ronca.

Então ele sorriu para mim e eu não pude me conter. Eu ri. Sabia que não deveria. Sabia que só o encorajaria a se comportar igual no futuro, de sua maneira atroz, mas o riso borbulhou de mim antes que eu pudesse me conter. Ele parecia muito satisfeito e me desafiou para uma corrida.

Ele venceu, claro. Ele sempre vencia.

CAPÍTULO 13

Para fazer jus à minha resolução de aprender com outras damas elegantes, na manhã seguinte, eu me juntei a lady Caroline na sala de estar, mesmo que isso fosse de encontro a minhas inclinações naturais. Eu ansiava por uma caminhada pelo bosque. Ou por um passeio a cavalo. Qualquer coisa; menos estar confinada naquela cadeira, naquela sala, e menos ainda na conversa educada das mulheres educadas. Contudo, esse sacrifício era uma das mudanças que eu estava fazendo para me aprimorar. Lady Caroline pareceu satisfeita quando me juntei a ela.

As terceiras visitantes do dia foram a sra. Fairhurst e sua filha, a srta. Grace, que viviam a apenas pouco mais de quatro quilômetros e meio de distância. A sra. Fairhurst entrou na sala grandiosamente, parecendo dominar o cômodo elegante com seu olhar indômito que tudo varria e a sublime inclinação de sua cabeça. Eu reconhecia seu tipo de outras senhoras que encontrara em Bath. Ela estava bem-vestida, mas parecia fazer um esforço grande demais para parecer elegante. Suas rendas eram um pouco elaboradas demais, o riso era um pouco estridente demais, o porte era digno demais. Ela estava subindo na escala social — era, provavelmente, filha de um comerciante rico. Eu sabia que não iria gostar dela assim que entrou na sala.

A srta. Grace era uma graça, como seu nome. Era alta e esbelta, com um pescoço longo, cachos muito castanhos e grandes olhos verdes. Ela caminhou tranquilamente com um ar digno e me cumprimentou com uma voz macia e culta, sem nenhuma emoção indevida. Observando sua pele branca como o leite, eu tive certeza de que ela nunca ia ao ar livre sem um chapéu, algo que muitas vezes me causava culpa. Eu também estava bastante certa de que ela não era do tipo que roncava quando ria. Ali estava uma jovem claramente rica, elegante e de muitos talentos — a própria epítome do que minha avó desejava que eu me tornasse —, e fui acometida por uma pontada de inferioridade.

A sra. Fairhurst voltou sua atenção para mim enquanto lady Caroline servia o chá.

— Já viajou muito, srta. Daventry? — ela perguntou, levantando as sobrancelhas para mim por cima da xícara de chá.

— Não, não muito.

— Já esteve em Londres?

— Não — respondi, sentindo como se uma armadilha estivesse sendo preparada para mim.

Ela parecia chocada de uma forma exagerada, arregalando os olhos para a srta. Grace, que estava sentada ao meu lado.

— Nunca esteve em Londres? Que pena. A senhorita deve ter ouvido como Grace foi admirada na última temporada. Ela foi uma das moças mais cortejadas na capital. Não foi, lady Caroline?

A anfitriã mostrou um sorriso educado.

— Foi mesmo?

— Ora, mas claro que foi! A senhora deve se lembrar. Onde está sir Philip? Ele pode lhe dizer. Ele mesmo dançou com Grace várias vezes, não foi?

Grace assentiu com a cabeça, e a sra. Fairhurst prosseguiu, mas eu parei de prestar atenção. Minha mente havia enroscado em uma palavra, e não consegui prosseguir com meus pensamentos. Ela o tinha chamado de *sir* Philip. Mas ele não era o filho mais velho; Charles era. Charles era dono do título. Não Philip. Por que lady Caroline não a corrigia?

A sra. Fairhurst riu pelo nariz.

— Srta. Daventry, sinto muito pelo fato de nunca ter ido a Londres. A senhorita realmente deveria ver um pouco mais do mundo se tem esperanças de se tornar o tipo de dama interessante que atrai marido.

Eu sabia que não iria gostar daquela mulher. Debati comigo mesma o que poderia dizer para colocá-la em seu lugar, depois decidi que não diria nada, já que ela era convidada de lady Caroline. Então baixei os olhos, tomei um gole do meu chá amargo e fiquei me perguntando o que raios ela pretendia ao chamá-lo de *sir* Philip.

Lady Caroline limpou a garganta.

— Sra. Fairhurst, ouvi que está fazendo algumas melhorias na sua casa.

— Ah, sim, estamos, com certeza. — Em voz muito alta, ela começou a recitar uma descrição detalhada de sua propriedade, enquanto lady Caroline escutava com um ar de discrição educada.

Sob a cobertura da mãe falando, a srta. Grace se virou para mim. Seus olhos eram gentis e ela mostrava um sorriso hesitante.

— Eu estava ansiosa para conhecê-la. Espero que possamos ser amigas.

Quase engasguei com meu chá. Observei-a antes de responder, mas não encontrei nada além de inocência em seus olhos.

— Eu gostaria disso — disse eu. Respirei fundo. Por que parecia tão abafado ali dentro? Alguém havia acendido a lareira? Pigarreei. — Ouvi sua mãe se referir a sir Philip, mas ela não está equivocada? Sir Charles não é o mais velho?

Ela pareceu surpresa.

— Bem, sim, claro. Mas ele faleceu há cinco anos.

CAPÍTULO 14

Meus pensamentos cambalearam. Eu me senti completamente incapaz de compreender o que acabava de ser revelado a mim. A srta. Grace lançou um olhar para sua mãe, que ainda estava falando em tom elevado o suficiente para encobrir nossa conversa.

— Diga-me... está gostando daqui? — ela perguntou em voz baixa.

Forcei-me a me concentrar na jovem elegante ao meu lado. Eu pensaria em Philip mais tarde.

— Sim, gostando muito — eu disse numa voz fraca.

Ela baixou a voz ainda mais.

— Acho que eu não poderia ficar totalmente à vontade aqui.

Isso chamou minha atenção.

— Oh?

— A senhorita deve saber, a essa altura, como sir Philip é um galanteador incorrigível. Ele mal consegue passar por uma dama sem fazer um elogio. Sei que eu não deveria levá-lo a sério, mas ele é tão encantador que é fácil se sentir lisonjeada. Não concorda?

Eu sabia a que ela estava se referindo. Ele era um galanteador. Eu sabia disso desde o princípio. Assenti fracamente.

— Minha mãe diz que ele deixa um rastro de rubores aonde quer que vá — ela sussurrou. — E um rastro de corações partidos também. É claro que ele *é* o solteiro mais requisitado na capital em todas as temporadas.

Eu poderia entender o porquê. Ele já tinha se mostrado atraente antes de eu saber sobre o título, sobre a propriedade e a riqueza. Agora me fazia perfeito sentido por que ele seria o centro das atenções da temporada.

— Não fiquei sofrendo por ele — a srta. Grace continuou —, mas acho que tudo se tornou meio que um jogo: ver quantas moças se apaixonam por ele. É um colecionador de corações: corações que ele não tem interesse em manter. — Ela olhou para seu chá. — E, claro, muitas vêm para cá na esperança de fisgá-lo. Acho que, para muitas, é apenas uma ambição que as motiva...

Ela deixou a voz sumir e me olhou com expectativa. Minha fronte se enrugou quando percebi o que ela estava insinuando. Será que ela pensava que *eu* tinha vindo com esse intento?

— Me permita tranquilizar sua mente — disse eu. — Lady Caroline me convidou, e eu nunca tinha ouvido falar de sir Philip antes de chegar aqui. — Na verdade, eu queria acrescentar que nunca tinha ouvido falar dele até aquela manhã.

— É claro que não. — Ela apoiou a mão levemente no meu braço. — Eu só queria avisá-la, logo de antemão, porque odiaria ver você ir embora de coração partido como todas as outras.

De repente, enxerguei além da encenação. A mãe dela, que estava subindo na escala social, iria querer, naturalmente, que a filha ganhasse um título. Ela devia me enxergar como uma ameaça e por isso pensou em me avisar para ficar de fora. Mas eu sabia de algo que elas não sabiam. Que Cecily estava com o coração centrado em Philip. Se as Fairhurst pensavam que eu era uma ameaça, elas teriam uma síncope quando conhecessem Cecily, que era pelo menos duas vezes mais bonita do que eu, e muito mais elegante. Ela chegaria com seu charme, beleza e seus talentos, e Philip se apaixonaria loucamente por ela. Eu não tinha dúvida disso. A srta. Grace não tinha a menor chance.

Ninguém tinha a menor chance.

— Obrigada pelo aviso — eu disse, lembrando-me de sussurrar —, mas não corro o risco de ter meu coração partido por sir Philip. Na verdade, posso afirmar com segurança que nunca o levo a sério. — Meu coração parecia duro como gelo quando eu disse essas palavras.

A srta. Grace sorriu.

— Fico aliviada de ouvir isso.

Achei que essas pudessem ser as primeiras palavras sinceras que ela me dissera.

Ela olhou para a mãe, que tinha feito uma pausa em seu monólogo de voz elevada. Talvez fosse o sinal de que o objetivo fora cumprido, porque, assim que ela olhou, a sra. Fairhurst virou-se para lady Caroline e disse:

— Muito bem! Que visita deliciosa foi essa, mas agora devemos ir! Ouso dizer que veremos todos vocês muito em breve.

As duas mulheres se levantaram e se retiraram. A srta. Grace com uma tremenda pose, a sra. Fairhurst com uma tremenda condescendência. Caminhei até a janela e as observei sair, refletindo que ambas, cada uma à sua maneira, haviam me despojado de um pouco de felicidade. Odiei as duas por isso.

Lady Caroline veio ficar ao meu lado.

— Espero que você não tenha deixado a sra. Fairhurst aborrecê-la.

Neguei com a cabeça. Os insultos não significaram praticamente nada comparado ao que a srta. Grace tinha dito. Mas por que a revelação dela deveria interromper tanto a minha paz me era um mistério. Eu não compreendia meu próprio coração, ou minha mente, e tudo o que eu queria era um tempo sozinha para tentar me compreender.

— Você está se divertindo aqui? — Sua pergunta ecoava a da srta. Grace.

Forcei-me a arrastar meus pensamentos para longe das Fairhurst e do que eu tinha acabado de tomar conhecimento. Dando um rápido sorriso para lady Caroline, eu respondi:

— Sim, estou. É uma casa muito bonita, e eu adoro os entornos.

Lady Caroline sorriu gentilmente para mim, e eu senti que, de alguma forma, ela sabia mais sobre mim do que eu imaginava.

— Sabia que sua mãe fez uma visita aqui, antes de você nascer?

Agora, lady Caroline tinha a minha completa atenção.

— Foi mesmo? Nunca soube disso.

Ela confirmou.

— Mas um pouco depois da visita, nós nos distanciamos. Eu lamentei isso por anos.

— O que aconteceu? Vocês brigaram? — Eu nunca tinha perguntado a minha mãe por que as amigas tinham se distanciado.

— Antes tivéssemos. Se fosse isso, poderia ter sido reparado. Não, foi muito mais sutil, e algo que receio não ter compreendido até ser tarde demais para fazer alguma coisa. Eu tinha as mãos ocupadas com bebês, veja, e ela passara muito tempo à espera de um filho antes de ganhar você e Cecily. — Ela suspirou. — Acho que foi difícil para ela ver a minha vida, porque parecia que eu tinha tudo o que ela mais desejava.

Tentei me lembrar de minha mãe ter sequer insinuado algo assim.

— Eu nunca… Nunca a ouvi dizer tal coisa.

— Não, não imagino que ela tenha mencionado. — Seus olhos brilharam com bondade e um toque de tristeza.

Fiquei em silêncio por um momento, pensando na minha mãe desejando o que lady Caroline tinha.

— Ela fez uma pintura enquanto estava aqui — ela disse, apontando para a parede oposta a nós, onde estava pendurado o quadro de Edenbrooke. — Ainda é um dos meus favoritos.

Prendi a respiração.

— Eu deveria saber. Eu o admirei na minha primeira noite aqui.

Atravessei a sala e olhei para a pintura. Lady Caroline disse algo sobre a necessidade de falar com a governanta. Concordei sem desviar meu olhar da pintura e mal ouvi a porta se fechar. Eu deveria ter reconhecido o estilo; o toque da minha mãe estava por toda a cena. Senti uma saudade dolorosa dela. A dor cresceu até me preencher completamente. Então, de repente, senti que não suportaria ficar dentro da casa por outro instante.

O pomar me aguardava com seu silêncio e quietude. Sentei-me debaixo de uma árvore e pensei sobre a revelação da srta. Grace e o que ela significava para mim. Obviamente, significava que Cecily estava apaixonada por Philip, não por Charles; era com *Philip* que ela planejava se casar. Mas como não fiquei sabendo que Philip era o senhor da casa? Eu estava ali havia quase uma semana. Com certeza, haveria algum indício disso durante meu tempo ali.

Eu me levantei e me pus a caminhar recordando vários momentos em que deveria ter sido óbvio para mim quem era Philip. Ele tinha passado horas, certa manhã, reunido com o funcionário que o ajudava a administrar a propriedade. Lady Caroline tinha lhe pedido permissão para dar um baile.

Provavelmente eu a ouvira, inclusive, chamando-o de *sir Philip*. Por que eu não tinha juntado as peças?

O pomar não parecia confortável e seguro agora. A serenidade e o conforto que eu costumava encontrar em seu espaço protetor haviam desaparecido. O ritmo dos meus passos aumentou, porém ainda me sentia cheia de uma energia inquietante que não conseguia exaurir.

Eu me fiz muitas perguntas: por que não reconhecera a identidade de Philip? Por que essa revelação me aborrecia tanto? Será que meu coração era um estranho para mim? Contudo, nenhuma das respostas era promissora.

Frustrada, arranquei uma maçã de um galho acima de mim e a mordi, mas estava azeda demais para engolir. Cuspi o que havia na boca e joguei a maçã em uma árvore próxima. Errei. Um ímpeto repentino tomou conta de mim, e arranquei outra maçã para jogar, mais forte, na mesma árvore. Atingiu o tronco com uma pancada satisfatória.

Me senti tão satisfeita, na verdade, que precisei repetir o feito. E de novo. De onde vinha tal impulso eu não sabia. Só sabia que também tinha que jogar aquelas maçãs o mais forte que conseguia ou arriscaria ter de enfrentar alguma verdade que não queria. Fiquei arremessando maçãs, mais e mais, até meu ombro doer e o solo ao redor de meu alvo estar coalhado de frutas esmagadas. Quando, finalmente, parei, a verdade que eu tinha tentado evitar se colocou tão claramente diante de mim quanto a confusão de maçãs destruídas.

Edenbrooke estava arruinada para mim. Tudo o que eu encontrara ali — toda a felicidade que eu tinha descoberto, os fragmentos de mim mesma, a amizade e o sentimento de pertencimento — estava arruinado. Minhas mãos pendiam enquanto eu fitava as maçãs machucadas aos meus pés. Um fragmento de informação tinha mudado tudo. Philip agora era o mais velho. Ele tinha o título, a propriedade e a riqueza. Era nele que Cecily havia apostado o coração. E eu? Eu nunca disputava a mesma corrida de Cecily. Philip era como aquela linda boneca de muito tempo atrás. Cecily o reivindicara primeiro. E eu teria que fingir que nunca o quis.

Não que eu quisesse me *casar* com ele. Eu não tinha considerado uma coisa dessas. (Bem, exceto por aquele estranho desejo que senti de beijar seu sorriso perverso.) Entretanto, ele havia se tornado um amigo para mim quando eu não tinha nenhum outro. E um amigo que parecia me conhecer bem e me aceitar. Alguém em quem eu poderia confiar era um tesouro. Um tesouro inestimável. Eu odiava a ideia de desistir disso. Um ressentimento me inundou e, de repente, eu tinha seis anos novamente, odiando Cecily por requerer aquela boneca primeiro. Porém, Philip era muito mais do que uma boneca. Ele era…

Eu me interrompi de chofre. Não adiantava tentar definir o que Philip era para mim. Tudo o que importava era que ele não era meu.

Eu saí do pomar, inquieta e insatisfeita. Não estava com fome e não queria companhia. O que eu queria, na verdade, era solidão com um propósito. Então tive a ideia perfeita. Corri para o meu quarto, peguei a bolsa com meu material de pintura e saí de casa sem falar com ninguém. Nem sequer esperei que um cavalariço selasse Meg: eu mesma o fiz.

E não parei até chegar à colina. Lá, desmontei e girei até encontrar a mesma vista que minha mãe tinha pintado, então me sentei na grama sob a sombra da árvore.

Era quase o mesmo lugar onde Philip e eu tínhamos nos sentado no dia anterior, mas agora tudo estava diferente.

Horas mais tarde, soltei o pincel, girei meus ombros e recuei um pouco para observar minha aquarela com um olho crítico. Eu tinha capturado Edenbrooke — a simetria da casa, a ponte, o rio, o pomar. Tudo isso estava em segundo plano. No primeiro plano da cena estava a árvore sob a qual Philip e eu tínhamos nos sentado na colina e, ao lado dela, estava uma figura solitária.

Ela estava de costas para o expectador, com a mão apoiada na árvore enquanto olhava para Edenbrooke. Em um golpe de vaidade, eu tinha pintado os cabelos dela longos e soltos nas costas e os feito reluzir como mel. Mesmo que seu rosto estivesse virado para o outro lado, era óbvio, por sua postura, que ela ansiava algo dolorosamente.

Era exatamente o que eu queria criar: essa sensação de estar sozinha vendo tudo aquilo que desejava, porém fora de alcance. Era, sem dúvida, o melhor quadro que eu já tinha feito. Minha mãe ficaria orgulhosa dele. Ela teria ficado orgulhosa de *mim*.

Suspirei e limpei uma lágrima errante do meu olho. Traduzir meu coração tão completamente em uma pintura me ajudou a aliviar um pouco da dor que sentia. No entanto, ao mesmo tempo, a visão de mim em pé, sozinha e ansiando por algo que não poderia ter perfurava meu coração. Eu chorei. Não muito — eu era bastante hábil em enterrar a tristeza e selar as feridas do meu coração —, mas chorei um pouco.

Depois, eu me senti mais capaz de controlar o coração. Eu não protestava aos gritos quando pedia que ele se comportasse. Foi isso que eu disse para meu coração: *Philip pertence a Cecily. Ele não pode mais ser seu amigo, seu companheiro de cavalgada, seu confidente. Já não pode ser o ponto alto do seu dia. Não deve ser nada mais do que um conhecido. E você deve fazer a mudança antes da chegada de Cecily. Deve romper a amizade — afastá-lo. Será para o melhor. E não deve jamais chorar por ele.*

Meu coração iria me obedecer, eu estava certa. Apenas precisava ser rigorosa.

Assim que as tintas e minhas lágrimas secaram, empacotei tudo e encontrei um toco de tronco para me sustentar na tentativa de montar Meg, então voltei para o estábulo. Eu não havia controlado o tempo, por isso me surpreendeu ver que o sol parecia próximo de se pôr. Cruzou minha mente o pensamento de que eu não deveria ter ficado tanto tempo fora sozinha. Perdera o chá da tarde, e meu estômago rosnou para me lembrar disso. Desmontei no pátio do estábulo e levei Meg para dentro da penumbra das baias. Quase trombei com Philip antes de vê-lo.

— Por onde andou, sua pequena andarilha? — ele perguntou.

Não esperava encontrá-lo. Eu me lembrei da minha decisão de não ser nada mais que uma conhecida de Philip. Agora era uma boa hora para começar. Sorri e tentei deixar meu tom leve.

— Você me lembra muito da minha última preceptora. Está indo a algum lugar?

— Sim, eu ia procurar você. — Seu tom foi mais ríspido do que eu já o ouvira. Senti que não queria saber a razão para isso.

Esse esforço para romper nossa amizade era mais difícil do que eu esperava. Tinha que me forçar a parecer indiferente.

— Oh? Bem, aqui estou eu.

Levei Meg até sua baia e comecei a desafivelar a sela, esperando que Philip fosse me deixar em paz. Meu controle já estava abalado, minhas mãos tremiam de nosso inesperado encontro.

Philip me seguiu e fez menção de pegar a fivela ao mesmo tempo que eu. Ele agarrou minha mão e me puxou de frente para ele. Meu coração escapou de todas as suas amarras e desatou a galopar.

O rosto de Philip estava meio escondido nas sombras. Não consegui ler seus olhos, mas a boca tinha uma linha sinistra.

— Você partiu com Meg há horas, sem dizer a mim ou a ninguém aonde estava indo. E se algo tivesse acontecido com você? E se tivesse se ferido? Como eu a teria encontrado?

Olhei para meus sapatos, me sentindo triste e culpada ao mesmo tempo.

— Me desculpe.

Ele aguardou, como se esperasse que eu fosse dizer algo mais, mas eu não disse nada, querendo que meu silêncio colocasse um fim àquilo imediatamente. Quando ele voltou a falar, sua voz ainda era dura da frustração.

— Marianne, pode não pensar muito sobre o fato de que eu sou responsável por você, pela sua segurança e bem-estar, mas lhe garanto que penso nisso todos os dias. Como eu poderia encarar seu pai se algo lhe acontecesse enquanto estava vivendo sob minha proteção?

Então, ele pensava em mim como uma responsabilidade. Será que isso também fazia de mim um fardo? Odiei o mero pensamento.

— Não pensei nisso — murmurei.

— Você sabe no que eu estava pensando?

Olhei para cima e sacudi a cabeça, sentindo o pavor me invadir. Eu nunca o tinha visto tão aborrecido.

Ele respirou.

— Eu estava me perguntando se você tinha sofrido o mesmo destino de sua mãe.

As palavras me fizeram encolher, parecia que eu tinha sido atingida, e puxei a mão bruscamente de seu controle.

— Não há nenhuma necessidade de usar isso contra mim, Philip. Eu pedi desculpa! — falei com muita severidade.

Ele recuou. Olhei para o chão, sentindo uma onda perigosa de emoção e uma ardência nos olhos que me alertavam de mais lágrimas por vir. O silêncio era denso entre nós. Engoli em seco e tentei encontrar outra vez o controle de mim mesma.

Em uma voz muito mais calma, eu disse:

— Perdi a noção do tempo, mas, sinceramente, não achei que alguém fosse se preocupar comigo.

— Alguém?

Olhei para cima. Raiva inundava os olhos de Philip; minhas desculpas só haviam piorado as coisas. Ele se aproximou mais de mim.

— *Alguém*, não, Marianne. Eu disse que *eu* estava preocupado com você. Significa alguma coisa para você?

Ele olhava para mim — realmente procurando alguma coisa — como se quisesse encontrar algo muito importante. Não havia nenhum indício de provocação nele. Nem flerte brincalhão. Eu não estava acostumada a ver esse lado de Philip. Vi muito de sua leveza de espírito, mas não com essa intensidade que me fazia sentir como se houvesse um incêndio se iniciando entre nós. Dei de ombros, sabendo que não resolvia nada não saber mais o que fazer.

Ele olhou para baixo e arrastou a bota contra o solo, recuando um passo, depois foi para a frente outra vez. Observei esses sinais de inquietação com alarme cada vez maior. Nunca o tinha visto assim descontrolado.

— Marianne — ele finalmente disse, sua voz baixa e sibilante. Olhou para cima, e seus olhos azuis faiscaram com intensidade, mesmo na pouca luz. — Você gosta de mim?

Algo pulou dentro de mim.

— O quê?

— Você me ouviu. — Sua voz ainda era baixa, mas forte e inflexível. Seus olhos não me permitiriam escapar. — Gosta de mim? Você se importa com os meus sentimentos?

Suas palavras atingiram o meu coração e descontrolaram os ritmos dos batimentos. Eu desviei o olhar. *Diga não*, falei para mim mesma. *Diga não*. Seria rápido e fácil. Conseguiria alcançar exatamente o que eu desejava que acontecesse. Mas meu coração não me permitia falar, não importava o quanto me esforçasse para formar as palavras. Ele tinha se aproximado mais? Aquela baia era tão pequena assim? Pequena demais. Definitivamente, pequena demais, pois, por alguma razão, Philip sentiu a necessidade de descansar a mão esquerda na parede acima do meu ombro, prendendo-me demasiado perto dele.

Dei um passinho para trás, me pressionando contra a parede. A baia estava quente demais, e Philip estava perto demais. Sem pensar, coloquei a mão em seu peito, fazendo menção de afastá-lo, mas, assim que o toquei, congelei. Tudo o que eu podia fazer era observar minha mão subir e descer com sua respiração, enquanto meu coração se esquivava de todas as minhas tentativas de encurralá-lo. Eu precisava repeli-lo de mim. Agora. Coloquei a outra mão em seu peito, esperando que isso fosse me dar a força de que eu precisava, mas foi ainda pior. Meus pensamentos se dispersaram com as correntes de emoção que me percorriam.

Ele estava esperando minha resposta. Mas era uma pergunta impossível. Tão impossível quanto a pergunta que ele tinha feito para mim na minha primeira noite ali, sobre se aquilo era normal ou não. Eu tinha que cortar esses laços significativos entre nós antes da chegada de Cecily. Cecily era minha irmã, minha irmã gêmea, minha outra metade. Ela era o sol da minha lua. Era a única pessoa que restava na minha família que ainda gostava de mim, que ainda me queria. Eu não poderia traí-la. Eu *não* iria traí-la.

Fiquei olhando para os botões no casaco dele e inspirei de maneira instável.

— S-sim, claro que me importo com os seus sentimentos, Philip. Você tem sido um... um bom amigo para mim, e um generoso anfitrião.

Ele ficou perfeitamente imóvel.

— Olhe para mim, Marianne — disse ele em voz baixa.

Ergui os olhos para sua gravata, mas não mais que isso.

— Meu rosto, por favor — disse ele com um suspiro de exasperação.

Mas não consegui. Havia muito entre nós naquele momento, o que estava me deixando apavorada.

Philip levou a mão ao meu rosto e deslizou os dedos levemente para debaixo do meu queixo para empiná-lo. Tive que inclinar a cabeça para trás e olhar para ele. Seus dedos roçaram meu maxilar, minha face ruborizada. Meu coração ameaçou pular do peito e havia um fogo se espalhando dentro de mim, ameaçando me consumir, bem como minhas boas intenções.

— Um bom amigo? — ele perguntou, quando finalmente olhei em seus olhos. — E um generoso anfitrião? Isso é tudo? — Sua voz era rouca e fez um fio de dor me fustigar.

Sem aviso, eu estava aprisionada no olhar de Philip. Ele estava tão próximo, quase perto o suficiente para eu encontrar aquela grande, importante e bonita verdade que ele escondia. Precisei de toda minha concentração para me persuadir a não deslizar as mãos por seu peito, sobre seus ombros, em volta de seu pescoço, para não envolver os dedos em seu cabelo, para não puxar sua cabeça para a minha...

Céus, o que havia de errado comigo? Philip era um amigo e nada mais. Então por que, de repente, era tão difícil de acreditar? Por que era tão mais fácil acreditar que eu estava sucumbindo àquela *alguma coisa* que eu tinha sentido naquele dia chuvoso na biblioteca?

CAPÍTULO 15

Respirei fundo, tentando clarear a mente. Eu não poderia cair nos truques de Philip. Não importava que tantas outras tinham caído. Não importava que eu sentia que seria inevitável. Minha lealdade à minha irmã era mais importante do que a força que eu sentia.

— Sim. Isso é tudo. — Eu me forcei a olhar em seus olhos quando disse essas palavras, então ele acreditaria que eu estava falando sério.

Algo sombrio havia reluzido nos olhos dele, então ele os ergueu, olhou acima da minha cabeça. Senti que havia um grande conflito dentro dele, e observei um músculo pulsar em seu maxilar cerrado. Finalmente, ele tirou a mão do meu queixo e se afastou da parede. Minhas mãos caíram de seu peito quando ele recuou um passo.

Embora eu tivesse me recusado a sucumbir à emoção que sentia, não pude deixar de notar como ele parecia bonito com as faces vermelhas e os olhos ardentes. E, quando ele passou os dedos pelos cabelos, não pude deixar de acompanhar o movimento com meus olhos, imaginando qual poderia ser a sensação de enterrar os dedos em seu cabelo.

— Muito bem — ele disse em voz baixa, mas áspera. — Se gosta de mim um pouco que seja, como amigo ou mesmo como *seu anfitrião*, não fuja assim novamente. Não me deixe preocupado sem necessidade.

— Não vou — respondi com a voz trêmula. — Eu prometo.

Tive que me virar. Meu olhar repousou em Meg. Eu tinha vindo ali para fazer alguma coisa com ela, mas agora não conseguia pensar no quê. A baia era muito pequena, estava quente demais e Philip estava sendo… Philip demais.

— Vou pedir para um cavalariço cuidar dela — ele disse. Sua voz era tensa, mas gentil.

Ele pegou minha bolsa e fez um gesto me dando passagem para eu sair do estábulo primeiro. O sol poente projetava caminhos dourados entre as árvores, fazendo boa parte do terreno esfriar nas sombras e na luz azul-acinzentada do crepúsculo iminente. Quando saímos do estábulo, inspirei profundamente o ar fresco. Assim era melhor. Espaços abertos e ar fresco eu o cortaria do meu coração. Deveriam clarear as emoções espessas entre mim e Philip.

Porém, senti algo profundo e tenso nos conectando. Fez nosso silêncio parecer desconfortável, e eu não estava acostumada a isso com ele. Estava acostumada a conforto e familiaridade, não a tensão e constrangimento. Fiquei me perguntando se tudo entre nós era mesmo tão frágil que pudesse ser arruinado em apenas um dia.

Por mais que eu tivesse dado um sermão no meu coração sobre a necessidade de destruir minha amizade com Philip, entrei em pânico ao pensar que isso já podia ter acontecido. Eu não estava pronta. Meu coração não tinha sido educado o suficiente para aceitar. E Cecily ainda não estava ali. Ergui os olhos para Philip e o encontrei olhando para mim com uma expressão pensativa.

— O que você fez hoje? — ele perguntou.

— Ah, só pintei — eu disse. — O que você fez?

— Absolutamente nada. Simplesmente fiquei sentado na biblioteca pensando em você o dia todo.

Quando olhei para ele de surpresa, ele piscou.

Fiquei tão aliviada que ri. Ele estava flertando comigo, como sempre tinha feito. Nada precisava mudar. Ainda não. Assim que Cecily chegasse, eu o cortaria do meu coração. Mas, por ora, iria desfrutar daquele momento.

— Você não ficou — eu disse, porque era assim que a gente jogava nosso jogo.

— É isso o que você ganha por tentar mudar de assunto. Posso ver o que pintou?

Quando hesitei, ele sorriu para mim de uma forma que achei impossível resistir.

— Por favor? Quero ver de que serviu eu ter ficado preocupado com você.

Olhei feio para ele.

— Isso é golpe baixo.

— Sim, mas eficaz, eu acho — disse ele, parando e se virando para mim.

Philip não era outra coisa, se não persistente. Suspirando com derrota, peguei a bolsa que estava nas mãos dele e tirei a pintura. Entreguei-lhe hesitante, preocupada com sua reação. Observei seu rosto atentamente e não me decepcionei. Sua reação imediata foi uma mistura de surpresa e gratidão.

A expressão que se seguiu desafiava definições. Não consegui encontrar uma palavra para a emoção que vi em seus olhos quando ele olhou para mim.

— Receio que não possa lhe devolver isto aqui.

Sorri.

— Que belo elogio. Obrigada. — Estendi a mão para pegar a aquarela de volta, mas ele se afastou.

— Estou falando sério. O que você quer por isso?

Eu tinha certeza de que ele estava brincando.

— Não está à venda. — Eu me mexi para apanhá-la da mão dele e ele a escondeu atrás das costas com um sorriso, claramente apreciando nosso novo jogo.

Observei-o, pensativa. Considerei tentar arrancar a pintura de sua mão, mas decidi que provavelmente seria malsucedida na tentativa. Ele me mostrou um sorriso presunçoso. Agora eu precisava tentar.

Cheguei perto dele, mas ele me agarrou rapidamente pela cintura com um braço enquanto segurava a pintura em segurança atrás das costas com a outra mão. Fui tomada de surpresa por seu toque inesperado e pelo calor de seu corpo contra o meu. Afastei-me depressa e ele me soltou.

— Não achou mesmo que isso iria funcionar, achou? — ele perguntou com um sorriso.

— Não, mas achei que valia a pena tentar.

— Sim, definitivamente valia — ele disse com um sorriso despreocupado que me fez corar. — Você consideraria uma troca?

Sua pergunta despertou minha curiosidade.

— Que tipo de troca?

— Você dirá. O que deseja?

Não havia nada sugestivo em sua voz, mas, em seus olhos, vi uma série de possibilidades. Meu rosto se aqueceu e me vi, de repente, com a língua presa. Galanteador perverso!

— Percebo, pelo seu rubor, que você é muito tímida para pedir — ele disse. — Ajudaria se eu tentasse adivinhar? Eu saberia a resposta certa pelo tom de vermelho nas suas bochechas.

Era impossível não rir.

— Você é atroz.

Estendi a mão para a pintura, mas ele abanou a cabeça, claramente ainda não estava pronto para desistir da luta.

— E quanto a Meg? — ele perguntou.

Levei um susto.

— Eu não poderia aceitar Meg.

— Por que não?

— É uma égua, Philip, esse é o motivo. Ela é muito mais valiosa do que a pintura.

— Não para mim.

Neguei com a cabeça.

— É um absurdo. Eu não poderia aceitar.

— Outra coisa, então.

— Por que o quer tanto? — perguntei.

— Não me pergunte isso. Apenas me diga qual é o seu preço — ele falou isso com um sorriso, mas havia um brilho inconfundível de determinação em seus olhos.

Suspirei, sabendo que Philip era implacável quando colocava alguma coisa na cabeça.

— Só existem duas coisas que realmente quero, mas você não pode me dar nenhuma delas, por isso não tem sentido dizer. — Estendi a mão novamente.

Philip a ignorou.

— Eu quero saber. — A provocação tinha desaparecido, substituída por uma determinação absoluta.

— Muito bem — eu disse, sabendo que não faria diferença em nossa batalha. — Quero que meu pai volte para casa e quero o medalhão que o salteador roubou. Eu tinha uma foto da minha mãe nele. — Vi um lampejo de tristeza nos olhos de Philip; fez meu coração doer. — Viu só? Você não pode me dar nenhuma delas, então devo insistir em ficar com a pintura.

Ele me estudou em silêncio por um momento, depois olhou para a aquarela. Eu me senti de repente transparente, como se ele pudesse enxergar nas profundezas do meu coração, e me encolhi por dentro com a sensação de vulnerabilidade que aquilo me provocava.

— Parece que estamos num impasse, então, porque não posso abrir mão disso.

Ele me olhou com uma estranha expressão no rosto.

— Tenho uma ideia: vamos mantê-la em um lugar onde nós dois possamos desfrutar dela até concordarmos com um preço.

— A biblioteca? — palpitei.

Suspirei diante do sorriso de Philip.

— Muito bem. Mas, se não pudermos concordar em um preço antes de eu ir embora, então vou levar a pintura comigo, e você terá que abrir mão dela sem se opor.

— De acordo — disse ele com um sorriso que me dizia que ele iria ganhar. Só que essa competição ele não venceria, pois eu havia pintado com o coração, e não deixaria o quadro com ele.

A manhã seguinte foi muito como todas as outras que eu passara em Edenbrooke. Mais uma vez, encontrei Philip nos estábulos para nosso passeio matinal. Mais uma vez, seu cavalo venceu o meu em uma corrida. E mais uma vez, nós conversamos e rimos enquanto andávamos de volta para casa juntos. Mas, apesar de tudo, senti que tudo o que fazíamos não era parte de uma rotina em curso, mas o ato final de uma peça que seria concluída naquela tarde. Cecily era aguardada naquele dia, juntamente com Louisa, William e Rachel. E nada mais seria o mesmo.

Um sentimento de melancolia tomou conta de mim enquanto eu tirava o traje de montaria e me trocava. Então fiquei no quarto em vez de descer para o desjejum e tentei encontrar consolo em meu desenho. Ao esboçar a perspectiva da minha janela, tentei convencer meu coração de que não havia nenhuma necessidade de sofrer com a perda de algo que eu só havia desfrutado por uma semana. Era apenas uma cavalgada matinal com um amigo, nada mais. No entanto, ultimamente meu coração andava mais difícil de enganar e me acusava de ser uma mentirosa.

Franzi o cenho diante do meu esboço. Certamente, meu coração era inferior à minha mente e à minha vontade. Eu simplesmente teria que exercer mais controle sobre ele. Ele havia aprendido a me obedecer, depois de perdas maiores que essa. E iria me obedecer novamente.

Uma batida na porta interrompeu meus pensamentos. Um criado tinha chegado para me informar de que eu tinha visita. Pega de surpresa, rapidamente alisei o cabelo e segui o criado escada abaixo. Quem poderia estar me fazendo uma visita?

Parei na porta da sala de estar, surpresa por encontrar Philip ali; era para ele estar em reunião com o administrador da propriedade. Também fiquei surpresa pelo olhar fugaz que lady Caroline direcionou a mim, como se ela estivesse tentando adivinhar meus sentimentos com um olhar. Acima de tudo, fiquei surpresa ao descobrir que meu visitante era um estranho.

Tinha o cabelo loiro dourado, arrumado no estilo Brummell. As pontas do colarinho iam até as maçãs do rosto, o colete era ousado, mas de bom gosto, e eu contei três correntes de relógio. Ele se portava com um ar de confiança e um talento para a moda que me impressionava. O cavalheiro fez uma reverência elegante.

— Senhorita Daventry?

— Sim. Pois não, senhor...?

— Beaufort. Thomas Beaufort.

Sentei-me ao lado de lady Caroline, e o sr. Beaufort sentou-se à minha frente. Philip estava atrás dele, perto da janela. O sr. Beaufort segurava um livro, que entregou a mim.

— Por favor, me perdoe por ser tão ousado e fazer uma visita sem me apresentar, mas recebi a incumbência de lhe trazer isso, e me disseram que é de extrema importância que a senhorita o receba.

Abri o livro com grande curiosidade. Meus olhos resvalaram sobre as linhas:

— A srta. Daventry é bela e formosa, com olhos de uma cor tão maravilhosa… — Mais que depressa, fechei o livro novamente com um estalo. Era uma coleção dos poemas do sr. Whittles!

O sr. Beaufort sorriu.

— Meu tio, o sr. Whittles, me incumbiu da tarefa de lhe presentear com essa coleção de poemas, dedicados à senhorita.

Aquele devia ser o sobrinho que o sr. Whittles havia mencionado na manhã que eu deixara Bath.

— Entendo — disse eu, limpando a garganta em meu embaraço. Ele pensava que eu encorajava as atenções de seu tio? Que humilhante! — Obrigada, senhor. Espero que não tenha saído do seu caminho para me entregar este livro.

— Não, não muito, mas a distância não teria me dissuadido. Confesso que estava ansioso para conhecer o objeto de tal… êxtase. — Ele acenou a mão no ar como se gesticulasse para anjos invisíveis.

Senti meu rosto ficar mais quente. Desejei que Philip não estivesse ouvindo aquilo. Ele havia voltado o olhar para mim com algo de divertimento e curiosidade. Sem dúvida, zombaria de mim sobre tudo isso depois.

— Lamento que o senhor tivesse que ser submetido à poesia dele — falei para o sr. Beaufort. — Tentei fazê-lo parar, mas foi impossível.

Ele riu. Foi um som agradável.

— Posso muito bem acreditar. Embora não possa culpar o gosto dele, mesmo que a poesia não seja das melhores. — Admiração reluzia em seus olhos.

Meu rubor recusou-se a desaparecer, e amaldiçoei minha incapacidade de me sentir confortável na companhia de jovens cavalheiros bonitos. Pois aquele cavalheiro era bonito, embora de uma forma diferente da beleza de Philip. Era o tipo de cavalheiro que Cecily provavelmente encontraria todos os dias em Londres. Era o tipo de cavalheiro na presença de quem minha avó iria querer que eu me sentisse confortável e com quem eu aprenderia a flertar.

O sr. Beaufort se inclinou em minha direção.

— Diga-me, srta. Daventry, pretende comparecer ao baile no Assembly Rooms nesta sexta-feira à noite?

Dei uma olhadela para lady Caroline, que assentiu de leve com a cabeça.

— Sim, acredito que tínhamos planejado ir — eu disse.

Ele sorriu suavemente.

— E a senhorita dança de forma tão bela quanto se ruboriza?

Meu olhar disparou para Philip. Parecia muito com o tipo de elogio que ele faria. Pensei que ele pudesse apreciar o fraseado do sr. Beaufort, mas os olhos dele se estreitaram, e sua boca estava definida em uma linha fina. Ele, claramente, não apreciava o sr. Beaufort. Mas Philip achava mesmo que era o único homem autorizado a me dirigir galanteios?

Sorri de volta para o sr. Beaufort, sentindo-me desafiadora por uma razão que não podia explicar.

— Não exatamente, mas de muito mais bom grado.

O sr. Beaufort riu como se eu tivesse dito algo muito inteligente. Meu sorriso cresceu mais quando me dei conta de que tinha flertado pela primeira vez na vida. Foi uma experiência inebriante, e não de todo desagradável.

— Então posso ter a honra das duas primeiras danças com a senhorita? — ele perguntou.

Quase olhei para Philip de novo, mas me controlei, percebendo que *ele* não tinha me pedido dança nenhuma, então não importaria, para ele, o que eu respondesse.

— Sim, pode — eu disse ao sr. Beaufort, me sentindo poderosa. Um jovem e bonito cavalheiro queria dançar *comigo*. Não com Cecily, comigo.

O sr. Beaufort sorriu em retribuição, depois se levantou e se desculpou por não poder ficar mais tempo.

— Aguardarei a sexta-feira com anseio, então — ele disse e nos deixou com uma reverência.

Lady Caroline olhou para mim, depois para Philip, que ainda parecia insatisfeito ao fitar através da janela a figura do sr. Beaufort, que se afastava.

Lady Caroline se levantou abruptamente.

— Bem, se me derem licença, tenho... algo para fazer. — Ela saiu da sala às pressas e fechou a porta com força.

Notei vagamente sua partida. Passando a mão sobre a capa de couro do meu livro de poemas, sorri para mim mesma. Era assim que Cecily se sentia quando falava com cavalheiros? Ela se sentia assim forte e poderosa?

Eu não poderia culpá-la pelos flertes, agora que eu também tinha experimentado a sensação.

Olhei para cima quando Philip afastou-se da janela e se sentou ao meu lado no sofá. Ele estendeu a mão.

— Posso?

Dei-lhe o livro, que ele abriu na primeira página. Philip limpou a garganta e leu o primeiro poema em voz alta. Fiquei impressionada como sua voz, encorpada e familiar, poderia fazer até mesmo a poesia do sr. Whittles soar quase… boa. Eu me perguntei o que ele faria com um poema bem escrito.

Meu desejo de sorrir desapareceu. Meu sentimento de poder me abandonou. Na sua ausência, eu me senti esvaziada, e o humor lacrimoso contra o qual eu tinha tentado lutar antes agora retornava.

Philip virou a página e leu outro poema. Observando seu perfil familiar, pensei no pomar coalhado de maçãs esmagadas. Pensei nas insinuações da srta. Grace sobre minha motivação de vir a Edenbrooke. Pensei em como Cecily tinha dançado com Philip e se apaixonado por ele em Londres. Eu me perguntava quantos corações havia colecionado e quantos ele havia partido.

Ele olhou para mim ao virar a página.

— Estou surpreso que nunca tenha me contado sobre esse seu admirador… esse senhor…?

— Sr. Whittles. — Eu ri com um pouco de vergonha. — Ele não era alguém de quem eu gostaria de lembrar.

Philip levantou os olhos do livro, com expectativa, certo de que eu estava prestes a entretê-lo.

— Ele tem o dobro da minha idade, usa um colete que range e tem uma boca muito molhada.

Ele riu.

— Parece uma combinação letal.

— Ele é perfeitamente repulsivo. Nunca entendi por que minha tia parece gostar dele.

— Ela gosta dele? — Philip ergueu uma sobrancelha.

Confirmei com a cabeça.

— Sim, mas ele é muito obtuso. Parece um caso perdido.

Philip fechou o livro.

— Parece que você tem uma tarefa de cupido pela frente.

Dei de ombros.

— Não tem nada que eu gostaria mais, porém nunca soube como.

Philip considerou por um momento.

— Já sei. Escreva uma carta de amor a cada um deles, como se fosse enviada pelo outro e veja se alguma coisa acontece.

— Uma carta de amor. — Eu nem tinha ideia de por onde começar a escrever uma carta de amor.

— Você sabe como escrever uma carta de amor, não é? — Philip me perguntou com um sorriso.

— É claro que não — desdenhei.

— Por que "é claro que não"? Não acha que consegue escrever uma carta algum dia?

Dei de ombros, fingindo indiferença sobre o tópico, mas, por dentro, eu estava me contorcendo sem jeito.

— Nunca pensei nisso.

— Então vou lhe ensinar. Só que agora estou curioso. — Ele sorriu de seu jeito provocativo. — Você já *recebeu* uma carta de amor?

Corei.

— Não, não recebi. Não, a menos que conte os poemas do sr. Whittles.

— Esses eu não contaria, de forma alguma. — Seu olhar se tornou provocante, seus lábios se curvaram em um sorriso. — Dezessete anos e nunca recebeu uma carta de amor? Isso não parece certo. Devo lhe escrever uma, Marianne?

Olhei feio para ele. Ele extraía um prazer imenso em me deixar envergonhada.

— Não, obrigada — eu disse de maneira forçada.

— Por que não? — Sua voz agora tinha assumido um tom mais baixo. Ele se virara de lado no sofá, então agora estava inclinado para mim.

Lembrei-me de várias coisas, em rápida sucessão: Philip era um galanteador. Philip adorava me fazer corar. Philip roubava corações que ele não tinha intenção de guardar. Ele estava me provocando, como sempre fazia. Não havia nada mais que isso.

— Você sabe que vou embora se me provocar demais — eu o alertei.

Ele virou o livro nas mãos, olhando para ele em vez de para mim.

— Por que acha que eu iria provocá-la?

Revirei os olhos.

— Experiência.

Levemente, ele jogou o livro sobre a mesa de chá e se inclinou em minha direção, passando o braço ao longo do encosto do sofá.

— Mas, Marianne, eu sempre falo sério quando se trata de assuntos do coração.

Ele ainda estava sorrindo, mas seus olhos eram sérios. Era um daqueles casos, sempre inesperados — quando eu tinha a sensação de que as brincadeiras de Philip eram só fachada, uma fina capa para sentimentos mais profundos os quais só me restava supor. Estudei sua expressão, mas sem sucesso. De muitas formas, aquele homem ainda era um mistério para mim.

Eu nunca conseguiria escrever uma carta para o sr. Whittles como se fosse minha tia, mesmo assim, aquilo me intrigava. Eu queria conhecer esse lado de Philip — esse lado dele que sabia como cortejar as damas, como escrever uma carta de amor e como ler um poema para que derretesse algo dentro de mim. Eu queria conhecer o lado dele que Cecily conhecia. Era perigoso, e muito provavelmente insensato, mas eu tinha poucas horas antes que tudo mudasse, e eu sabia que nunca teria essa oportunidade novamente.

— Muito bem — eu disse, sentindo o nervosismo estremecer dentro de mim. — Você pode me ensinar. Afinal de contas, pode ser uma habilidade que valha a pena aprender.

Philip sorriu, depois se levantou e caminhou até a escrivaninha no canto. Pegou uma pena, tinta e papel, depois levou tudo para a mesa redonda onde tínhamos jogado cartas com o sr. e a sra. Clumpett na noite anterior.

— Você não aprenderá nada sentada aí — ele disse. — Venha cá.

Juntei-me a ele na mesa, e ele puxou uma cadeira para mim. Depois posicionou outra cadeira ao lado da minha e se sentou. Olhei para a porta fechada da sala de visitas. Philip sempre tinha o cuidado de manter as portas abertas quando estávamos a sós, mas não fez nenhum movimento para abri-la nessa ocasião. Meu coração acelerou e o nervosismo começou a fluir através de mim. Ele, então, sentou-se tão perto de mim que pude sentir uma mistura de aromas — sabonete e roupa lavada e algo que cheirava a terra, como a grama depois da chuva. Pensei que ele tinha o cheiro da luz do sol e de céus azuis.

— Está pronta para sua lição de romance? — Philip perguntou com um brilho provocante nos olhos.

CAPÍTULO 16

Eu não tinha certeza se estava pronta, de forma alguma, com Philip sentado tão perto de mim naquela sala silenciosa. Mas então me lembrei de que era para eu estar me aprimorando, e tentei imaginar o que faria uma dama experiente em Londres. Tentei imaginar o que Cecily faria. Imaginei que eu era elegante e graciosa e que estava acostumada a cavalheiros bonitos me ensinando como escrever cartas de amor.

Mantive a voz casual e disse:

— Por favor, prossiga.

Ele limpou a sua voz e falou de um modo professoral:

— A finalidade da carta de amor é transmitir sentimentos que não se consegue dizer em voz alta, pessoalmente. Aqui está seu primeiro exame: por que um cavalheiro seria incapaz de se declarar abertamente?

Philip soava sério, como se fosse um verdadeiro professor e eu, uma aluna. Eu não queria que ele ficasse sério. Então mordi o lábio, como se pensando muito e disse:

— Hum, porque ele é... mudo?

Os lábios de Philip se contorceram em um esforço para não sorrir.

— Vejo que passou do geral e foi direto para o específico. A resposta, srta. Daventry, é que um cavalheiro é incapaz de se declarar abertamente se suas circunstâncias não lhe permitirem. — Ele levantou uma sobrancelha. — Estava prestando atenção?

Confirmei com a cabeça.

— Sim, mas você falou de um cavalheiro. Não deveria me ensinar como uma dama escreve uma carta de amor? Afinal, preciso escrever uma carta de amor como se fosse minha tia.

Ele revirou os olhos.

— Não vou fingir escrever uma carta de amor para outro homem. Você só terá que tomar minhas instruções e aplicá-las à sua própria maneira. Agora, como acha que ele deveria começar?

— Com o nome dela? — palpitei.

— Sem imaginação. — Ele pegou a pena, mergulhou em tinta e escreveu:

Para meu amor desavisado.

Tive que me inclinar mais para perto de Philip para ler as palavras com clareza.

— Muito mais imaginativo — murmurei.

— Agora, a essência da carta.

Mantive os olhos no papel, esperando que ele escrevesse mais, mas sua mão ficou suspensa acima do papel, até que olhei para cima. Ele olhou nos meus olhos por um longo minuto, em seguida, disse em voz baixa:

— Os olhos são um bom lugar para começar.

Ah, não. Agora ele começaria a zombar de mim com força total. Eu tinha certeza.

Quando olho em seus olhos, perco todo o senso de tempo e espaço. Tenho a razão roubada, o pensamento lógico apagado e me perco no paraíso que encontro dentro do seu olhar.

Minha nossa.

Eu nunca poderia ter imaginado tais palavras de ninguém, e também não de Philip. Elas me queimavam por dentro e pensei que, se ele as lesse em voz alta, eu seria consumida por ondas de calor. Eu agradecia por ele estar em silêncio.

Ainda sentia seu olhar em meu rosto — ele estava tão perto —, mas não ousei olhar para ele de novo. Em vez disso, descansei o queixo na mão, curvando os dedos sobre minha bochecha na tentativa de esconder meu rubor.

Anseio para tocar seu rosto ruborizado, para sussurrar em seu ouvido como adoro você, como perdi meu coração para você, como não posso suportar a ideia de viver sem você.

Que galanteador! Amaldiçoei-o em silêncio. Eu tinha certeza de que ele tinha escrito sobre meu rubor só para causar uma reação em mim. Ele adorava me provocar, me lembrei. Adorava me fazer corar. Ele mesmo disse isso, naquele dia, na biblioteca. Contudo, nem mesmo dizer isso para mim mesma conseguia diminuir o calor do meu embaraço.

Tentei me lembrar de que era apenas uma lição e não uma verdadeira carta de amor. *Não é uma carta de amor para mim*, eu repetia na cabeça enquanto olhava o papel.

Estar tão perto de você sem tocá-la é uma agonia. Sua cegueira de meus sentimentos é um tormento diário, e sinto como se meu amor por você me impulsionasse à beira da loucura.

O único som na sala era o arranhão baixinho da pena sobre o papel, à medida que Philip ia escrevendo. Olhei para a carta como se fosse minha única âncora à realidade. Meu coração palpitava tanto que doía. Mesmo que eu não soubesse muito sobre o amor, sabia que Philip já devia ter amado alguém assim tão apaixonadamente. Ele, uma vez, tinha sentido exatamente o que havia escrito: que quase perdera a cabeça por amor. Achei que fosse sufocar com uma onda de ciúme tão amarga que me deixou chocada.

Onde está sua compaixão quando eu mais preciso dela? Abra os olhos, amor, e veja o que está bem diante de você: que não sou meramente um amigo, mas um homem profunda e desesperadamente apaixonado por você.

Eu estava tremendo. Fechei as mãos em punhos e tentei encontrar algum autocontrole. Deveria ser capaz de tratar isso como uma divertida lição de romance — uma chance de me tornar um pouco mais experiente. Então por que me sentia afetada, tão à flor da pele e trêmula? Por que meu coração galopava? Por que eu sentia que estava me desfazendo?

Eu não sabia nenhuma das respostas. Só que tinha ficado bem perturbada por aquela... lição. Eu queria encontrar algo de que rir. Mas a carta estava diante de mim na mesa como um vislumbre íntimo do coração de Philip. E não havia nada do que rir. De fato, eu me sentia estranhamente prestes a chorar.

Queria afastar o papel. Eu queria correr daquela sala. Queria reverter o relógio e nunca saber que Philip era capaz... disso. Queria desfazer tudo, até mesmo a vinda a Edenbrooke, para não saber disso a respeito de Philip.

Por fim, ele falou:

— Alguma pergunta? — Sua voz fez uma ondulação cascatear por mim.

Fechei os olhos e invoquei minha coragem de ficar na cadeira e não chorar. Era minha chance de provar minha maturidade. Eu não iria deixá-lo saber como suas palavras tinham me perturbado.

Pigarreei para limpar a garganta.

— Como devo assiná-la? Seu admirador secreto? — Minha voz parecia quase normal, o que me deixava bastante orgulhosa.

Depois de uma pausa ele disse:

— Não, isso não serve. — Sua mão se moveu de novo, escrevendo as palavras:

Ansiando por você.

Ele assinou embaixo. Olhei para o seu nome, meus dedos se curvaram sobre minha bochecha quente, tentando esconder algo de Philip. Qualquer coisa.

— O que acha? — ele perguntou.

Tentei respirar e falar normalmente, mas não havia nada normal sobre aquele momento.

— Muito bom — respondi em uma voz firme.

Um silêncio se estendeu de maneira tão tensa entre nós que quase parecia uma presença tangível, zunindo no pequeno espaço que nos separava. Fitei a carta, com a intenção de não erguer os olhos dela, porque olhar para cima seria desastroso. Contei lentamente até dez na minha mente. Nada. Contei até dez mais uma vez. Ele estava tentando fazer um furo no meu rosto com seu olhar? Havia como tudo aquilo ser mais constrangedor? Não. Sem dúvida, era o momento mais constrangedor da minha vida. Eu tinha certeza.

Então Philip inspirou, e senti algo se acender dentro dele. Ele disse em uma voz leve:

— É claro, sempre se deve levar em consideração os pudores da dama. Sutil demais, e ela pode nem entender a intenção do cavalheiro. Explícito demais…

Philip pousou a pena e pegou a mão que eu estava usando para cobrir meu rubor. Ele enlaçou um dedo em volta do meu e puxou minha mão sobre a mesa.

— Explícito demais — disse ele —, e ela poderá nunca olhar para você de novo.

Ouvi a ironia na voz dele e levantei os olhos bruscamente. Os olhos de Philip estavam cheios de divertimento, e foi quando percebi que ele estava rindo de mim. Ele devia ter sabido, o tempo todo, como eu estava envergonhada, e por isso simplesmente quis ver a reação que poderia provocar em mim. Homem *detestável*! Fosse qual fosse a sensação que tinha me motivado a quase chorar um momento antes, agora se transformara em raiva do tipo mais feroz.

Puxei a mão com tudo e lancei-lhe um olhar fulminante. Abri a boca para lhe dizer exatamente o que eu pensava dessa provocação atroz, quando a porta se abriu de repente e a sra. Clumpett entrou, olhando por cima do ombro e dizendo:

— Acho que deixei aqui ontem à noite.

Quando nos viu, ela parou.

— Oh, estou interrompendo alguma coisa? — perguntou com um olhar curioso.

— De modo algum — disse eu, mas minha voz saiu rouca.

Eu esperava que Philip dissesse algo para dissipar as suspeitas dela. Mas é claro que ele não iria fazer nada que eu realmente *queria* que ele fizesse. Em vez disso, ele disse:

— Eu só estava dando uma lição de romance a Marianne.

Engoli em seco e disparei um olhar de consternação a Philip. Ele piscou para mim com seu jeito audacioso e me desferiu seu sorriso familiar. Ele era inacreditável.

— Ah, bem, meu livro pode esperar. Posso voltar mais tarde para procurá-lo — ela disse com um sorriso ao se virar e fechar a porta.

Eu me levantei o mais rápido possível e saí de perto da mesa.

— Philip! Ela deve estar suspeitando de todos os tipos de coisas que não são verdade.

Ele levantou e estendeu a carta para mim.

— Será? — Seus olhos sustentavam tanto uma pergunta quanto um desafio, e eu não conseguia nem começar a pensar em como responder. Então fiquei ali, atrapalhada, para além das palavras.

Depois, aquele homem simplesmente saiu da sala, e me deixou zangada, constrangida e confusa, com uma carta de amor na mão.

Betsy tomou cuidado extra com meu cabelo naquela noite, escovando-o até brilhar como um fio de mel antes de prendê-lo. Ela estava tagarelando sem parar sobre sua ida ao vilarejo.

— Tenho feito perguntas por aí sobre James, senhorita.

— Quem? — Meus pensamentos ainda estavam concentrados na aula de carta de amor.

— Nosso cocheiro desaparecido.

— Oh, é claro. James. E o que descobriu?

— Fala-se de alguém tê-lo visto em uma pousada ao sul daqui. Essa pessoa disse que ele parecia bastante bem, cheio de dinheiro. Parecia estar indo para Brighton, o que é uma boa ideia, se me permite dizer, pois os ares marítimos podem ser exatamente o que um homem recuperando-se de um ferimento pode querer. Acho que ele só decidiu que estava farto daquela enfermeira e foi-se embora por conta própria.

Pensei por um minuto.

— Suponho que ele possa ter decidido que estava bem o suficiente para ir embora. Mas onde teria conseguido o dinheiro? E por que sairia sem dizer nada? Os cuidados médicos já tinham sido pagos.

Betsy encolheu os ombros e ajustou um último fio de cabelo.

— Pronto. O que acha?

Olhei no espelho. Betsy tinha insistido para que eu usasse meu vestido novo de seda verde. Era um dos meus vestidos mais elegantes, mas fiquei na dúvida sobre a cor.

— Eu não deveria vestir o rosa?

Ela balançou a cabeça de forma decisiva.

— Não, este ressalta o verde dos seus olhos. E seu cabelo fica lindo em contraste com ele.

Por mais que eu odiasse concordar com o sr. Whittles, naquele momento, meu cabelo parecia âmbar. Muitas vezes, eu reclamava sobre ter uma cor de olhos tão indecisa, com azul, verde e cinza, todos lutando pela predominância, mas, com o vestido para ressaltar o verde dos meus olhos, eu me sentia secretamente satisfeita com o resultado. Posso não ter uma beleza clássica como Cecily, com cabelos de ouro brilhante e olhos azuis, mas eu achava que estava bem o bastante naquela noite.

— Você está certa — eu disse. — O verde é perfeito.

Ela sorriu.

— Eu sei. A senhorita deveria confiar em mim a respeito de tais assuntos. — Ela se afastou um pouco e me olhou, depois puxou um cacho para cair em meu pescoço e assentiu com a cabeça. — Está pronta.

— Obrigada. Não tenho ideia do que faria sem você.

— Sabe como realmente poderia me agradecer? Diga-me exatamente o que sir Philip vai dizer depois que vir a senhorita. — Ela sorriu maliciosamente.

Meu coração afundou no peito.

— Betsy, você não deveria dizer essas coisas.

— Ora, por que não?

— Porque alguém pode ouvir e pensar que eu desejo a admiração de sir Philip. — Respirei fundo. — Mas não a desejo. Não desejo absolutamente nada da parte dele.

Ela me olhou de soslaio.

— A senhorita pode não desejar a admiração dele, mas certamente a tem. Já conversamos sobre isso lá embaixo na cozinha, os outros criados e eu.

Eu me enchi de consternação. Isso era terrível. Se Betsy pensava que havia algo entre mim e Philip, as chances eram boas de que o resto dos criados partilhasse a mesma opinião. Eles não entendiam que ele era apenas um galanteador e que não era sincero sobre nada daquilo. Alguém certamente contaria para Cecily, e os danos que isso poderia causar eram algo terrível de se considerar. Coloquei os braços para trás e tentei desabotoar o vestido.

— O que está fazendo?

— Mudei de ideia. Vou vestir o rosa.

Betsy protestou até perceber que eu estava falando sério e, então, relutante, ela me ajudou a me trocar. Foi ficando estranhamente quieta ao fazer isso. Quando terminou, eu me virei para agradecê-la, e a encontrei me observando com um olhar pesado de desaprovação.

— Não sei o que pensa que viu — falei —, mas garanto que imaginou algo que não é verdade. Sir Philip não sente nada por mim, e eu não sinto nada por ele. Ele é um galanteador, e não teve mais ninguém com quem flertar, e essa é a única razão por prestar qualquer atenção em mim. Assim que Cecily chegar, porém, tudo vai ser colocado nos eixos. Você verá.

Como se minhas palavras tivessem algum tipo de poder mágico, uma batida soou na porta do quarto. Abri e lá estava Cecily, parecendo mais alta, mais bonita e mais elegante de que eu me lembrava. Quase não a reconheci, mas então olhei nos olhos dela e vi a minha infância, o meu lar e dias mais felizes.

— Você finalmente está aqui! — gritei, correndo para abraçá-la.

Ela me abraçou com força, mas brevemente, antes de se afastar.

— Sim, mas acabei de chegar, por isso devo me apressar e me trocar antes do jantar. Venha comigo se estiver pronta, e podemos passar uns minutos colocando a conversa em dia.

Ignorei o olhar fixo de Betsy e segui Cecily porta afora pelo corredor até o quarto dela. Sua criada já estava estendendo um vestido de noite. Era de uma seda azul que combinava com os olhos de Cecily. Sentei-me numa cadeira enquanto ela se vestia.

— Como foi sua viagem? — perguntei. — Como foi em Londres? Tenho muita coisa para lhe perguntar. Não imagina como é bom ver você.

— Também tenho muito a lhe contar! — respondeu Cecily, sentada em frente à penteadeira. Ela observava seu reflexo no espelho enquanto a criada arrumava seu cabelo. — Você adoraria Londres! É tão divertido. Imagine só: multidões, bailes, musicais e o teatro. Há algo diferente todas as noites, e ninguém vai para a cama até muito depois da meia-noite. Há tanto para se ver e fazer. E todo mundo é tão elegante! Você deveria passar uma temporada na capital. No próximo ano, com certeza, vovó permitirá.

Eu não poderia contar a Cecily sobre a herança e as condições associadas a isso com a criada ali, então apenas disse:

— Espero que sim.

Ela me olhou de soslaio.

— Você mandou fazer esse vestido em Bath, querida?

Alisei minha saia.

— Mandei.

— Bem, não se preocupe. Ninguém se importa com o que você está vestindo aqui, tenho certeza. Irei ajudá-la antes de você ir para a capital, para que esteja perfeita quando for apresentada à sociedade. — Ela sorriu maliciosamente. — Não se preocupe, Annie, vou salvá-la daquela Bath horrenda e também daquelas costureiras.

Mal ouvi o resto do discurso — apenas o som do meu antigo apelido carinhoso. Ninguém me chamava de Annie, exceto meu pai e Cecily. Uma saudade muito grande de casa inchou dentro de mim. Não consegui ficar parada. Pulei e abracei Cecily.

— Estou tão feliz por você estar aqui.

Ela riu.

— Sim, eu também, mas você está estragando o meu cabelo.

Dei um sorriso tímido e me afastei dela. Ela inspecionou sua imagem no espelho uma última vez, depois se levantou e se virou para mim.

— O que acha? Vou conseguir fisgar um marido esta noite?

Ela parecia radiante.

— Não tenho dúvida. — As palavras eram verdadeiras, mas eu sentia como se estivesse sufocando com elas.

Na sala de estar, lady Caroline me apresentou sua filha, Louisa, o filho, William, e a esposa dele, Rachel. William sorriu como se conhecesse um segredo divertido sobre mim. Rachel me lançou um olhar avaliador que não era cruel. Louisa era, na melhor das hipóteses, indiferente a mim.

Cecily havia me pedido para entrar na sala na frente dela, para que eu não fosse uma distração quando ela fizesse sua entrada. Então, quando ela entrou na sala, todos os olhos se voltaram para ela. Era a beleza personificada. Seus cabelos eram como seda dourada, a pele era como creme, os olhos eram campânulas. Ela era brilhante como o sol.

— Sir Philip — ela disse, muito elegante, ao fazer uma reverência para ele. Sem dúvida, havia aprendido muito sobre ser elegante em Londres.

Eu me senti estranha e desajeitada só de olhar para ela.

— Srta. Daventry. — Ele também se curvou.

— Estou muito feliz de visitar sua bela casa. E estou ainda mais feliz ao vê-lo novamente.

Ele disse algo educado em resposta. Nem olhei para Philip desde que havia entrado na sala, mas, agora que estava observando Cecily falar com ele, eu sentia como se pudesse olhar para ele sem ninguém notar. Ele, entretanto, evidentemente notou, porque, assim que meus olhos repousaram em seu rosto, seu olhar se voltou para mim.

Eu tinha escondido sua carta de amor na gaveta da minha escrivaninha. Desejei que pudesse facilmente escondê-la dos meus pensamentos. Suas palavras ressurgiam minuto sim, minuto não, me cutucando, ganhando vida na minha mente. Cecily estava dizendo algo sobre como tudo era lindo e grandioso. Desviei os olhos para não ouvir o que ele disse em resposta.

O mordomo abriu as portas e anunciou que o jantar estava servido.

Fiquei esperando para ver como iríamos proceder para a sala de jantar. Lady Caroline olhou de Cecily para mim e abriu a boca como se fizesse menção de falar, mas antes que ela dissesse uma palavra, Cecily tinha ligado seu braço ao de Philip e sorrido para ele. Então, essa pergunta estava respondida. Ela entrou de braço dado com Philip e recebeu o lugar de honra à sua direita. Ela era a mais velha, afinal. Sempre insistia em ser a primeira — aqueles sete minutos significavam tudo.

Sentei-me à esquerda de Philip. Da minha posição, eu poderia facilmente ver Cecily travar conversa com Philip ao longo de quatro pratos. Ela não falava com mais ninguém, e obviamente sabia flertar. Era muito boa em sorrir com modéstia e olhar para ele através dos cílios, e tocar o braço dele quando ria. Depois de dois pratos, eu não podia mais suportar a visão de sua mão no braço dele, então olhei para meu prato e comi tentando fechar os ouvidos ao som do riso de Cecily. O som nunca me incomodara antes, mas, naquela noite, a risada estava arranhando meus nervos até que uma dor de cabeça começou a zunir na base do meu crânio.

Quando os lacaios trouxeram a sobremesa, não pude deixar de sentir os olhos de Philip direcionados a mim. Quando ergui os olhos, ele me lançou um olhar cheio de perguntas.

— Você está muito calada esta noite — disse ele, inclinando-se para mim e falando baixinho.

Olhei rapidamente por sobre a mesa e vi Cecily me observando. Seu olhar deslizou para Philip, que estava esperando minha resposta. Dei de ombros e desviei o olhar. Pelo canto do olho, vi Philip olhar de mim para Cecily e vice-versa.

— Sir Philip, fiquei sabendo que há uns cavalos muito bons em seus estábulos — Cecily disse. — Espero que tenha um apropriado para mim. Adoro cavalgar e, em especial, adoraria acompanhá-lo.

O sr. Clumpett falou inesperadamente:

— Aquela potranca que a srta. Marianne tem cavalgado é uma beleza, Philip. É uma nova adição ao seu estábulo? Vi vocês dois cavalgando juntos quase todas as manhãs.

Praguejei silenciosamente contra o sr. Clumpett. Quem diria que ele se interessasse por cavalos, além dos animais selvagens da Índia?

— Sim, ela é uma nova adição — disse Philip.

Cecily me olhou com surpresa.

— Você voltou a montar?

Por alguma razão, a pergunta me fez sentir à beira das lágrimas. Talvez tenha sido a compaixão que se escondia não muito bem em sua surpresa — ou talvez se devesse ao fato de ela saber melhor do que ninguém ser algo muito relevante que eu voltasse a cavalgar. Fosse qual fosse a razão, eu me senti sufocar com emoções repentinas, e tive que piscar às pressas para afastar as lágrimas indesejadas.

— Sim. Voltei.

Cecily sorriu para mim por cima da mesa, e nós entendemos uma à outra como sempre tínhamos nos entendido. Naquele momento, não havia ninguém entre nós: apenas compreensão e um sofrimento compartilhado. Então, ela virou o sorriso ensolarado para Philip.

— Fico feliz em saber que o senhor tem uma égua adequada, sir Philip. Tenho de experimentá-la amanhã pela manhã. Que horas vamos começar?

Olhei para meu prato novamente e tentei conter minhas emoções. Primeiro, achei que fosse chorar, agora eu me sentia pronta para jogar algo em Cecily por querer tirar minha égua de mim. Não era um bom começo para a noite.

— A decisão não é minha — disse Philip. — Prometi Meg para a srta. Marianne pela duração da visita. Você terá que perguntar a ela.

Fiquei surpresa e satisfeita com a resposta de Philip, e lancei um olhar de gratidão a ele antes de me lembrar de que eu não deveria fazer algo assim. Cecily tinha direito à minha lealdade e afeto em primeiro lugar, não Philip.

Cecily olhou para mim.

— Tenho certeza de que *minha irmã* não vai se importar se o senhor não se importar, sir Philip.

Respirei fundo.

— Não me importo — eu disse, mas era mentira. Eu me importava muito. Ela também iria tomar Meg de mim? Já não era suficiente tomar Philip? Eu me interrompi diante do pensamento. Cecily não estava tomando Philip de mim. Ele nunca tinha sido meu.

Relaxei aliviada quando lady Caroline finalmente se levantou, sinalizando o fim do jantar. Pela primeira vez, eu estava grata que os homens sempre ficassem para trás na sala de jantar. Segui as outras senhoras para o corredor. Cecily tinha o braço ligado ao de Louisa e estava sussurrando algo em seu ouvido. Lady Caroline ficou de lado, deixando todos passarem, até ficar lado a lado comigo. Ela pousou a mão levemente no meu ombro e falou em voz baixa.

— Você parece um pouco perturbada hoje. Há alguma coisa de errado?

— Estou com dor de cabeça. Só isso.

— Por que não me disse? Eu teria tomado conta de você. — Lady Caroline me levou em direção às escadas. — Venha comigo. Você deveria estar na sua cama.

Em questão de minutos, ela e Betsy tinham me vestido com a camisola e me colocado na cama, depois pedido uma xícara de chá. Então, lady Caroline sentou-se na minha cama e banhou minha testa com água de lavanda. Seu toque era tão maternal, e seus olhos pareciam tão gentis e cheios de preocupação que me vi tomada por uma saudade ferrenha da minha mãe. Eu dissera ao meu coração para nunca chorar por causa de Philip, mas não tinha lhe dado nenhuma instrução sobre chorar pela minha mãe, pelo meu pai, pelo lar e pela família que eu tinha perdido. Lágrimas se derramaram tão depressa que eu não tinha esperanças de controlá-las. Elas escorreram pelas minhas têmporas e molharam meu cabelo.

Lady Caroline me entregou seu lenço.

— Quer falar sobre isso?

Neguei com a cabeça. Não, eu absolutamente não queria falar sobre isso.

— Se, em algum momento, você quiser, se desejar falar sobre qualquer coisa, Marianne... espero que venha a mim.

Uma batida soou na porta. Meu coração traiçoeiro se libertou um pouco de suas amarras e se atreveu a saltar com esperança. Mas, quando Betsy abriu a porta, vi que era apenas uma empregada da cozinha com o chá. Depois que lady Caroline e Betsy se foram, eu me repreendi por afrouxar o controle sobre meu coração. Ele fazia coisas sem sentido quando não estava firmemente controlado, como ter esperanças de ver Philip do lado de fora da minha porta. Beberiquei o chá, mas eu não tinha paladar para ele. Quando coloquei a xícara na bandeja, notei, pela primeira vez, o livro ali.

Era o livro de poesia que eu tinha começado a ler no dia em que Philip havia me levado à biblioteca. Um pedaço de papel caiu no meu colo quando abri o livro.

Lamento que não esteja se sentindo bem. Achei que gostaria de algo para ajudá-la a passar o tempo.

Ele não tinha assinado, mas não precisava.

"Amanhã, estarei mais forte", eu disse a mim mesma. "Amanhã, terei melhor controle do meu coração. Esta noite, vou cuidar um pouco de mim." Eu me recostei nos travesseiros e virei a página para o primeiro poema. Minha dor de cabeça aliviou e minha dor no coração foi passando enquanto eu lia a poesia que Philip me enviara. Adormeci com seu bilhete enrolado na mão.

CAPÍTULO 17

Cecily veio ao meu quarto na manhã seguinte antes do desjejum. Eu estava sentada à escrivaninha, redigindo uma carta para vovó. Betsy ainda não havia chegado para me ajudar com o cabelo, mas eu tinha que fazer alguma coisa para me manter ocupada para não pensar em Cecily, Philip e sua cavalgada matinal juntos.

— Vim ver como está se sentindo hoje — Cecily disse, sentando-se na minha cama. — Que pena que se sentiu indisposta ontem! Eu teria vindo vê-la, mas achei que se sairia melhor com um pouco de paz e tranquilidade. E sei que você não gosta de ser o centro das atenções, por isso quero tranquilizá-la: não conversamos nadinha sobre você ontem à noite. Jogamos uíste, e sir Philip foi meu parceiro. Ele é tão divertido! Juro, eu ri a noite toda.

Eu poderia acreditar facilmente nisso, considerando quanto ela havia dado risada durante o jantar.

— Fico feliz que tenha se divertido — eu disse, tentando me fazer acreditar nessas palavras.

— Eu sabia que ficaria feliz por mim. Você sempre foi uma irmã altruísta assim. — Ela se deitou na minha cama com um bocejo. — Foi por isso que não me preocupei em convidar você para cavalgar conosco esta manhã. É claro, não adiantou muito, já que sir Philip convidou o irmão para vir com a gente. Ainda assim, qualquer tempo com ele é melhor do que tempo nenhum.

— Oh? Vocês já cavalgaram? — Tentei sorrir. — Gostou da Meg?

Ela franziu a testa.

— Ela é um pouco espirituosa para o meu gosto, mas consegui mantê-la sob controle. Acho, porém, que você deve ter dado liberdade demais a ela. Quando ela for minha, vou me certificar de que seja devidamente treinada.

Agarrei a pena que eu estava segurando com tanta força que ela se partiu em duas. Soltei os pedaços sobre a escrivaninha e me levantei para olhar pela janela. Eu aceitaria a oferta de Philip de trocar minha pintura por Meg antes de deixar que Cecily arruinasse aquela égua. Ela que encontrasse outro cavalo mais adequado a ela.

— Eu estava pensando em uma coisa — Cecily disse num tom casual. — Por que não escreveu para mim dizendo que sir Philip estava aqui esse tempo todo? Se eu soubesse, teria vindo antes.

Desviei os olhos da janela e olhei para ela com surpresa.

— Como assim, você não sabia?

— Me disseram que ele estava viajando, e que deveríamos ficar em Londres e aproveitar o baile de máscaras, já que ele estaria fora. Mas não fui informada de que ele tinha cancelado a viagem até ouvir isso dos criados daqui.

Eu não tinha respostas para lhe dar. Percebi o quanto eu havia sido tola por nunca ter questionado a presença de Philip na estalagem. É claro que ele devia estar a caminho de algum lugar. Era mais um mistério para acrescentar a sua coleção de segredos.

— Mas não sei nada sobre essa viagem — eu disse. — Na verdade, devo admitir, Cecily, que eu nem sabia que você estava se referindo a sir Philip nas cartas.

Ela me deu um olhar curioso.

— Como poderia não saber?

Sentei-me na cama em frente a ela, sentindo nervosismo ao escolher as palavras com muito cuidado.

— Foi a coisa mais estranha, mas nunca ouvi ninguém se dirigir a ele pelo título, e não me avisaram que sir Charles tinha morrido. Imagino que todos pensaram que eu soubesse. Por isso eu não sabia que a presença de sir Philip aqui seria significativa para você.

— Hum.

Eu não gostava do olhar especulativo que ela estava dirigindo a mim.

— O quê? — perguntei, na defensiva.

— Espero que não tenha nada a lamentar — ela disse.

Sentei-me mais ereta.

— Como assim?

— Você. E sir Philip.

Esforcei-me para não corar.

— Nada aconteceu entre mim e sir Philip.

Ela riu.

— Não, eu não imaginei que alguma coisa tivesse *acontecido*. Mas você não seria a primeira dama a se apaixonar pelos encantos dele. — Ela me olhou com expectativa.

— Ele é, naturalmente, muito charmoso, mas sempre soube que ele era um galanteador, por isso nunca corri perigo de levá-lo a sério. Ele tem sido um amigo para mim, e isso é tudo. — Eu me inclinei e pousei a mão sobre a dela. — Mas, Cecily, mesmo que eu estivesse em perigo, você deve saber que sou leal a você, sempre e em primeiro lugar.

Ela sorriu e apertou minha mão.

— Claro, sei disso. Mas eu odiaria vê-la de coração partido quando sir Philip pedir a minha mão.

Olhei para o cobertor e peguei um fio solto.

— Você parece muito... otimista. Ele disse... disse alguma coisa?

— Não, ainda não, mas tenho certeza de que não vai demorar muito para que diga. Conheço os sinais de um homem apaixonado, e não tenho dúvidas de que sir Philip está no caminho de se apaixonar por mim, se já não estiver apaixonado.

Mordi o interior da bochecha na tentativa de manter meus sentimentos sob controle.

— Bem, então — eu finalmente disse, erguendo o olhar e mostrando um sorriso fraco —, tenho certeza de que, num piscar de olhos, você terá ganhado o coração dele e tudo o mais que deseja.

— Acha mesmo?

— Acho. — Era a verdade. Cecily sempre tinha conseguido tudo o que ela queria.

— "Lady Cecily" parece tão elegante, não acha? — Ela olhou pelo quarto com um suspiro de prazer. — E escolhi muito bem, não escolhi? Duvido que algum dia eu teria encontrado uma combinação melhor de boa aparência e grande riqueza. Para não mencionar a propriedade. Claro, vou querer passar boa parte do ano em Londres. Não consigo imaginar ficar no interior, depois de conhecer o entretenimento que existe na capital. — Ela olhou para mim rapidamente. — E estou violentamente apaixonada por ele, sabe.

O que eu poderia responder àquilo? Assenti com a cabeça e afastei o olhar de sua expressão feliz. Meu coração estava frio e pesado, e eu queria afundar na cama e ficar lá por, pelo menos, uma semana.

— Você parece muito aborrecida — Cecily disse, sentando-se de repente. — Acho que precisa sair de casa. Sir Philip disse que ele tem alguns negócios a tratar com o administrador e provavelmente ficará ocupado durante toda a manhã, então Louisa e eu vamos a pé até Lamdon. Pode vir junto. Tenho certeza de que ela não se importará de ter a sua companhia, e você vai adorá-la, eu sei.

Hesitei, não muito certa se eu queria passar a manhã com Louisa, que nem sequer tinha se mostrado amigável em relação a mim na noite anterior.

— Se tem certeza...

— Sim, claro. — Ela se levantou e olhou para mim. — Mas você vai fazer alguma coisa com o seu cabelo, não vai?

Revirei os olhos.

— Não, vou andando até o vilarejo parecendo que acabei de cair da cama.

Ela riu e arrepiou meu cabelo, como se ainda fôssemos crianças.

Não pude evitar o sorriso em resposta. Quando ela saiu, sentei-me à escrivaninha para terminar minha carta com uma nova pena de escrita. A carta foi objetiva.

Cara vovó,

Aqui está o que aprendi de Cecily até agora: uma jovem dama elegante deve tocar o braço de um homem e rir de tudo o que ele diz. Parece-me que isso é chamado de flertar. Achei ruidoso e irritante.

Atenciosamente,
Marianne

— Oh, olha só como seu chapéu é encantador — Cecily disse quando me juntei a ela e Louisa depois do desjejum. Eu carregava minha carta à vovó na bolsa, e tinha permitido a Betsy brincar com meu cabelo um pouco mais que o usual. Eu esperava impressionar Louisa... ou, pelo menos, não envergonhar Cecily. — Não é bonito, Louisa?

Louisa não disse nada, mas não parecia que ela corria o risco de sentir êxtases sobre meu chapéu. Cecily enlaçou um braço ao de Louisa, e o outro no meu, e partimos dessa maneira para Lamdon, que ficava a apenas alguns quilômetros de distância.

Olhei por Cecily para perguntar a Louisa:

— Essa também foi sua primeira temporada?

Ela confirmou.

— Você gostou?

— Foi muito divertida — Louisa disse. Ela olhou para Cecily. — Você se lembra do baile no Almack's quando o sr. Dalton...

Elas se puseram a rir.

— E então a srta. Hyde disse-lhe para...

Mais risos. Olhei para a frente e desejei saber o que era tão engraçado.

— O que aconteceu?

Cecily fez um gesto.

— Ah, acho que você não ia achar engraçado. Teria que conhecer as pessoas envolvidas.

Balancei a cabeça.

Andamos mais alguns passos, e depois outra risada escapou de Cecily.

— O que foi que lady Claremont disse naquela noite? Algo sobre sardas...

Louisa deu uma risadinha.

— Sobre as sardas arruinarem mais as chances de uma dama do que uma reputação manchada. E eu concordo plenamente. Não há nada menos atraente do que um rosto sardento.

Mordi o lábio ao pensar nas minhas sardas, que tinham aumentado muito, desde que eu começara a passar tempo ao ar livre. Eu esperava que Louisa não fosse notar.

— Não sei quanto a isso — Cecily disse. — Vi muitas coisas menos atraentes. Lembra-se do sr. Baynes?

Louisa estremeceu.

— Como poderia esquecer?

Elas falaram durante todo o caminho sobre as pessoas que haviam encontrado em Londres. Parecia que minha tentativa de fazer amizade com Louisa não tinha resultado em algo bom. Quando chegamos a Lamdon, paramos primeiro no correio, onde mandei minha carta à vovó.

— Você sabe que pode pedir a Philip para despachar isso para você da próxima vez — disse Louisa.

Eu sabia, mas gostava de ter meu próprio dinheiro para gastar, e algo em que gastar. Gostava de não depender de alguém para fazer tudo. Satisfazia um pouco as demandas do meu orgulho.

Cecily anunciou que tinha de comprar uma nova fita para um chapéu que ela estava arrumando, então chegamos à loja de fitas e começamos a olhar as coisas. Ela escolheu três fitas, todas em diferentes tons de azul, e se virou para mim.

— Qual você acha? — Ela as segurou no rosto e abriu bem os olhos. — Qual tem o tom mais próximo dos meus olhos?

Olhei para as três cores e, secretamente, pensei que não fazia diferença nenhuma qual tom de azul ela escolhesse. Mas, sabendo que não era a resposta que ela desejava, eu disse:

— Esse. O mais escuro.

Ela olhou para ele de cenho franzido.

— Sério? Porque não achei que meus olhos fossem tão escuros assim. Mas essa outra cor tem um toque de verde, o que não tenho nos meus olhos de forma alguma. Louisa, o que você acha?

— Com certeza esse não — ela disse, apontando para o que eu havia escolhido.

Cecily o colocou de lado imediatamente. Tentei não me importar. Era apenas uma fita, pelo amor de Deus, mas houve um tempo em que minha opinião seria a única que importava para Cecily. Afastei minha atenção delas duas e fiquei na entrada, olhando para a rua.

Fiquei nessa atitude de vigilância entediada quando espiei uma figura familiar do outro lado da rua. Ele ergueu o chapéu para mim, demonstrando reconhecimento, e tive um sobressalto. Imaginei que pudesse ver o sorriso malicioso no rosto do Sobrinho Nefasto, mesmo a distância. Pensei em recuar e fechar a porta, mas era tarde demais. Ele tinha me visto e estava cruzando a rua, languidamente sacudindo a bengala com a qual ele andava.

— Bom dia, prima — disse o sr. Kellet, curvando-se um pouco e parecendo muito satisfeito consigo mesmo.

Enruguei a testa para ele.

— O que está fazendo aqui?

Ele acenou para os arredores, nenhum lugar em específico.

— Visitando este vilarejo encantador. O que você está fazendo aqui?

Fiz um gesto com a mesma indiferença para a loja de fitas.

— Comprando fitas.

— Sozinha? — ele perguntou com um brilho perspicaz no olho que me deixou preocupada. Na verdade, o mero fato de ele estar ali me preocupava. Eu não acreditava que ele tinha escolhido, por coincidência, vir a Lamdon. Era paranoico da minha parte suspeitar que eu era a razão para ele estar ali? Havia me seguido desde Bath?

— Não, não estou sozinha — disse, acenando para dentro da loja.

O sr. Kellet deu um passo em minha direção, e fui forçada a recuar para dentro da loja ou ficaria mais próxima dele do que eu queria. Entrei, e ele me seguiu; seus olhos dispararam pelo estabelecimento. Repousaram em Cecily, que estava no balcão com suas fitas, de costas para nós. Ela se virou só depois da compra e caminhou em nossa direção, com Louisa atrás dela. Quando avistaram o sr. Kellet, os olhos de Cecily se arregalaram, e um sorriso satisfeito curvou seus lábios antes que ela se contivesse.

O sr. Kellet se curvou.

— Srta. Daventry. Srta. Wyndham.

Por que ele não me chamava de srta. Daventry? Cecily era prima dele tanto quanto eu.

— Sr. Kellet — Cecily disse, soando um pouco sem fôlego. — Que boa surpresa. — Ela olhou para ele com os olhos baixos. — O que o traz a esta região?

Ele pegou a mão dela na sua e levou-a aos lábios.

— Tenho seguido meu coração e foi a este lugar que ele me trouxe, à senhorita.

Enruguei a testa para eles. O olhar de Cecily repousou no rosto do sr. Kellet quando ele lhe beijou a mão. Reconheci a expressão dela — entusiasmo e admiração, com sugestividade apenas suficiente para deixar um homem de joelhos. Era o mesmo olhar que ela havia usado com Philip na noite anterior, quando capturou a atenção dele durante todo o jantar.

Eu não podia acreditar nela. Ela sempre tivera uma atitude tola perto do sr. Kellet, mas aquilo estava além do limite. Ela deveria saber que era melhor não encorajar um homem da reputação dele. Eu não havia passado uma temporada em Londres, e até mesmo eu poderia julgar, pela forma extravagante de sua vestimenta e olhar apreciativo ao passar os olhos pela silhueta dela, que ele não era um cavalheiro. Além disso, tínhamos ouvido a respeito de suas aventuras por anos. Por que Cecily iria querer flertar com ele?

— Com licença, sr. Kellet, estávamos de saída — eu disse, aproximando-me mais de Cecily.

Ele voltou seu olhar lânguido para mim e sorriu.

— Estavam? Bem, espero que eu possa fazer uma visita em breve, prima.

— Não, o senhor não pode. E pare de me chamar de prima. — Eu sabia que era rude, e estava feliz por isso.

Ele apenas riu.

Cecily franziu a testa para mim, depois se virou com um sorriso radiante para ele.

— Sr. Kellet, por favor, desculpe o comportamento da minha irmã. *Eu* espero que o senhor venha nos ver *muito* em breve.

Meu rosto estava quente quando segui Cecily e Louisa para fora da loja de fita.

Assim que estávamos onde já não podíamos mais ser ouvidas, ela disse:

— Marianne, não acredito como você foi grosseira com o sr. Kellet.

Fiquei boquiaberta, tamanho meu choque. *Ela* estava censurando a *mim*?

— Não acredito como você estava encorajando as atenções dele. — Respirei fundo, tentando me acalmar. — Você sabe o que ele é. É um devasso que só pensa em si mesmo e do pior tipo de canalha que existe.

Ela olhou para Louisa e as duas se puseram a gargalhar. Claramente, elas não estavam me levando a sério.

O sorriso de Louisa era condescendente.

— Você é muito ingênua, não é?

Senti como se tivesse levado um tapa na cara.

— Não, fique quieta, Louisa — Cecily disse. — Não seja cruel. Ela só foi superprotegida. Temos que ajudá-la a crescer. — Ela se virou para mim. — Escute, querida, é claro que estamos cientes da reputação do sr. Kellet. Mas existem algumas boas razões para ter um homem como ele por perto. — Ela inclinou-se e disse baixinho: — Os devassos são os melhores beijoqueiros.

Eu a fitei.

— Como você saberia?

Ela olhou para Louisa, e as duas deram risada. Eu nunca tinha suspeitado desse tipo de comportamento em Cecily! Mas vi os sorrisos de quem sabe das coisas trocados entre as duas, e fui forçada a aceitar a ideia de que talvez, apenas talvez, Cecily conhecesse uma coisa ou outra sobre devassos e beijos. Mas eu não podia acreditar, depois de nossa conversa daquela manhã, que ela realmente se comportaria assim.

— Cecily, você realmente tem a intenção de flertar com o sr. Kellet quando tem um objetivo diferente em mente? — perguntei. — Com um cavalheiro diferente?

Ela pareceu claramente surpresa. Louisa tossiu parecendo estar tentando encobrir uma risada.

— Todo mundo sabe que é perfeitamente aceitável uma dama flertar — Cecily disse. — Contanto que seja discreta. E seu marido irá apreciar ter a mesma liberdade. — Ela se inclinou mais, colocando o braço em volta do meu ombro e falando baixinho: — Por favor, não diga nada assim quando estiver na sua temporada de apresentação. Eu entendo, como sua irmã, mas outros não serão tão gentis com você, e temo que você ficará muito envergonhada.

Ela se afastou de mim e lançou um olhar de sofrimento para Louisa, o que fez meu rosto arder de vergonha. Eu não disse mais nada enquanto caminhávamos, porém, meus pensamentos estavam acelerados. Como Cecily poderia pensar em beijar um devasso, quando ela deveria estar se sentindo violentamente apaixonada por Philip? E como Philip se sentiria se soubesse disso a respeito de Cecily? Outros poderiam se comportar de forma imoral, mas Philip, nunca. Eu o conhecia e sabia quão profundamente ele queria ser como o pai: um cavalheiro em todos os sentidos da palavra. Não importava que tipo de comportamento passasse como "elegante" em Londres. Philip era diferente. Eu tinha certeza disso.

CAPÍTULO 18

No almoço, lady Caroline mencionou o baile que aconteceria no Assembly Room naquela noite.

— A propósito — ela disse —, ainda temos muito o que fazer para nos preparar para o nosso próprio baile. É apenas daqui a uma semana, sabiam?

— Graças aos céus não terei que fazer parte do planejamento — disse William. — Não suporto ouvir falar de cores e flores. — Ele olhou para Philip. — Você não mudou de ideia, mudou?

Dei uma olhadela para Philip. Eu não falava com ele desde a noite anterior, e me vi sentindo muito mais falta dele do que imaginei que sentiria. Naquele instante, deixando meu olhar repousar em seu rosto familiar, senti um alívio inigualável.

— Não, claro que não — disse Philip.

— Bom. Faz seis meses que ando ansioso por essa viagem.

Viagem? Que viagem? Olhei em confusão de um para o outro, mas, antes que pudesse fazer alguma pergunta, lady Caroline disse:

— Não vamos precisar da sua ajuda com o planejamento, mas espero que vocês dois estejam de volta a tempo para o baile.

William lançou um olhar de súplica para Rachel, mas ela apenas sorriu e disse:

— Não me olhe assim. Sabe que eu quero você no baile.

Ele gemeu e eu tive que sorrir um pouco com sua expressão de dor.

— Não podemos ajudar com os planos do baile hoje — Louisa disse. — Eu vou apresentar Cecily para as Fairhurst. A senhora não se importa se levarmos o cabriolé, sim? — Ela olhou para a mãe, que voltou olhos preocupados para mim. O cabriolé não comportava três passageiros, o que significava que eu estava excluída dos planos.

— Você pode levar a carruagem — lady Caroline disse —, para que nossas duas hóspedes possam acompanhá-la.

Ela parecia colocar peso extra na palavra *hóspedes*. Certamente, toda a mesa sabia o que lady Caroline estava fazendo — estava tentando forçar Louisa a me levar junto. Mas eu me recusava a ser objeto de caridade, e não iria se não era desejada.

— Obrigada por pensar em mim — eu disse —, mas eu adoraria ficar e ajudar a senhora com o baile em vez disso. Já conheci as Fairhurst.

Senti o olhar de Philip e soube que meu rosto estava vermelho de vergonha, mas não olhei para ele. Segurei firme meu orgulho como se estivesse me cobrindo com uma capa no inverno e mantive a fachada. Louisa podia não querer minha companhia, mas isso não queria dizer que precisava me magoar. Cecily me alcançou no corredor quando saí da sala de jantar.

— Me desculpe — ela disse.

Parei e olhei para ela. Eu sentia meu sorriso forçado.

— Eu não achei que poderia pedir duas vezes no mesmo dia para ela deixar você nos acompanhar. Mas a teria convidado se eu pudesse. Espero que entenda.

Mais um sorriso forçado.

— É claro.

Ela me abraçou, e um perfume de lilases me envolveu.

— Eu sabia que você entenderia. — Ela se afastou e me lançou um sorriso antes de subir para pegar o chapéu.

Fiquei no vestíbulo me sentindo perdida e sozinha. Lady Caroline tinha que falar com a governanta, por isso ainda não estava pronta para falar comigo sobre seus planos. Antes, eu teria seguido caminho à biblioteca para encontrar Philip e ter aquele jogo de xadrez que ele vivia me prometendo. Mas não teria mais nada disso, agora que Cecily estava ali.

Ainda assim, caminhei em direção à biblioteca porque não tinha nada melhor para fazer. Eu tinha certeza de que Philip estava fazendo algo com William. Tal como esperava, o recinto estava vazio. Sentei-me numa poltrona na frente da janela e fiquei olhando para o pomar. Este era o mesmo lugar onde eu ficara no dia em que Philip me contou sobre sua viagem pela Europa. Passando a mão sobre o couro no apoio de braços da poltrona, tentei não pensar nos dias do passado, que nunca mais voltariam. Mas não adiantou. Eu sentia falta de Philip. Sentia falta das nossas tardes juntos. Sentia falta dos dias que tivemos antes de Cecily ter chegado e mudado tudo. E eu também sentia falta de Cecily — a irmã que eu conhecia por toda a vida e que amei por toda vida e que sempre tinha tempo para mim.

Deitei a cabeça no encosto da poltrona e fechei os olhos. Fiz um grande esforço para deixar minha tristeza de lado. Estava ameaçando fugir de suas amarras e se derramar do meu coração. Mesmo usando toda a minha concentração, eu era incapaz de encontrar qualquer real segurança para minhas emoções. Elas se reviravam perto demais da superfície, e eu não parava de sentir uma vontade de chorar.

Senti um rebuliço no ar perto de mim. Ao abrir os olhos, encontrei Philip sentado no parapeito da janela bem na minha frente, de braços cruzados, como se determinado a esperar ali por um longo tempo, se fosse necessário. Por alguma razão, eu não estava surpresa ao vê-lo. Nós nos entreolhamos em silêncio por um momento antes que as emoções que eu via em seus olhos se tornassem insuportáveis. Havia tristeza e gentileza e mais compaixão do que eu queria ver.

— Precisa de alguma coisa? — perguntei.

— Sim — ele disse, pegando minha mão na sua.

Meu coração bateu forte ao seu toque. Falei para mim mesma que deveria puxar a mão, mas não consegui me forçar a fazê-lo.

— Do que você precisa? — Minha voz era pouco mais do que um sussurro.

— Do seu sorriso. Eu não o vi o dia todo.

Olhei para minha mão na sua e me perguntei como responder. Achei que não conseguia conjurar mais um sorriso falso nem que minha vida dependesse disso, portanto, apenas suspirei e não disse nada.

— Por que não se junta a mim e a William? Vou mostrar a ele o trabalho que fiz na propriedade desde a última visita dele.

Encontrei seu olhar.

— Não quero sua piedade.

Sua mão ficou mais firme na minha, e sua voz soou exasperada.

— Não estou lhe oferecendo piedade, Marianne. Quero que venha conosco.

Ele parecia sincero, e eu queria acreditar que ele desejava minha companhia. Mas eu não queria saber com certeza, porque não pensei que pudesse suportar se eu descobrisse que ele não estava sendo sincero — que estava apenas sendo educado. Além disso, eu ainda tinha escolhido Cecily. Comprometera minha lealdade a ela. Eu sabia que ainda era a decisão certa, mesmo que me fizesse infeliz.

— Obrigada pelo convite — eu disse, tirando minha mão da sua. — Mas não posso aceitar.

Ele ergueu uma sobrancelha.

— Não pode ou não quer? — Sua pergunta me fez lembrar da minha pergunta a ele na primeira noite em que estive ali.

Sorrindo um pouco, respondi:

— Os dois.

Ele desviou o olhar.

Eu me levantei e caminhei até a porta, mas virei quando me recordei de algo.

— Obrigada pela poesia.

Ele me olhou de novo, mas não disse nada.

Lady Caroline estava pronta para planejar o baile quando a encontrei na sala de estar. A sra. Clumpett e Rachel estavam envolvidas nos tipos de atividades próprias de damas elegantes — costura, música e leitura. Elas, claramente, haviam se resignado a seus papéis como damas elegantes; eu também deveria me resignar ao meu. Mas, depois de ficar sentada com lady Caroline por uma hora e meia discutindo todos os aspectos do baile, eu sentia uma inquietação dolorosa.

Ela ergueu os olhos de suas listas e me viu inquieta no meu assento.

— Acho que é suficiente, por ora. Obrigada pela ajuda.

Eu me levantei e olhei pelo cômodo. O que fazer agora? A sra. Clumpett sentou-se para praticar no piano, lembrando-me de que eu deveria tentar ser prendada. Sentei-me ao lado de Rachel no sofá e peguei o bordado que encontrei ali. Mas minha mente não estava no trabalho. Algo estava me incomodando, entretanto, estava um pouco além dos limites da minha consciência, e eu não conseguia saber com clareza. Depois de vários minutos, eu me dei conta. Era a viagem de que William e Philip tinham falado, e da qual eu não tinha ouvido nada. Será que era minha imaginação ou todos estavam guardando segredo de mim?

Rachel me olhou e disse:

— Santo Deus! O que está fazendo com o meu bordado?

Olhei para baixo e percebi que não era o meu, e que eu tinha acabado de dar pontos aleatórios por todo o tecido. Soltei aquilo abruptamente.

— Perdoe-me.

Rachel pegou o bordado e começou a puxar os fios. O som do piano era muito alto, o que me garantia que as outras não iriam ouvir.

— William parece estar ansioso para essa viagem — eu disse de modo desinteressado.

Rachel franziu a testa no emaranhado de um ponto nó francês que eu tinha feito, tentando desfazê-lo com uma agulha.

— Sim. — Ela suspirou. — Eu me resignei a isso porque eles gostam muito, mas meu pai nunca teria aprovado. — Ela me lançou um olhar sofrido. — Ele era pastor. Graças a Deus, está no túmulo dele.

Eu a encarei enquanto ela tirava os pontos desajeitados que eu tinha feito.

O que Philip e William fariam que um pastor desaprovaria?

Rachel continuou:

— Mas os homens são assim. Sei que eu não conseguiria impedir William nem se eu tentasse. Por isso, não fiz nada. Decidi que, quanto menos eu souber sobre o que eles fazem, melhor vou me sentir. Às vezes, a ignorância é a melhor defesa, sabe.

Fiquei atônita. Tentei pensar em outra explicação, mas eu só conseguia pensar que a única razão para uma mulher *não* gostar de saber o que o marido estava fazendo era porque ele estava fazendo algo impróprio.

Embora eu nunca tivesse ido à capital, eu sabia o suficiente para poder encaixar as peças do quebra-cabeça sozinha. Afinal, eu tinha ouvido rumores sobre os escândalos do sr. Kellet tantas vezes que compreendia a essência do que ele estava fazendo. Betsy também já havia me contado o suficiente sobre o que as pessoas faziam em Londres. Mas eu mal podia acreditar que todos pudessem falar sobre tais coisas de forma tão casual! Ora, eles tinham falado sobre sua viagem na frente de lady Caroline!

De repente, vi a família Wyndham sob uma nova luz, e eu estava terrivelmente decepcionada com todos eles. Contudo, não podia dizer nada nem reagir da forma como eu queria. Isso só me traria mais vergonha, assim como tinha acontecido com Cecily e Louisa.

Claro, eu não conhecia bem William, em absoluto. Mas Philip! Eu tinha pensado que ele era um cavalheiro e tanto. Parecia tão nobre. Eu pensara que, de alguma forma, ele estaria acima dessas coisas. Como poderia estar tão errada no meu entendimento de seu caráter?

Eu me sentia enjoada e sabia que devia fugir daquilo o quanto antes. Disse alguma coisa sobre a necessidade de pegar algo em meu quarto e fugi o mais rápido possível. Mas não fui para o meu quarto, pois sabia que não havia paz para ser encontrada ali. Em vez disso, perambulei pela casa em um estado distraído, tentando não imaginar Philip fazendo coisas que um pastor não aprovaria, até meu rosto estar quente e meu coração, doente.

Em minhas andanças distraídas, acabei no terceiro andar e parei em frente às pinturas que havia ali. Talvez se eu tivesse algo bonito com que ocupar a mente, poderia colocar de lado a sensação de náusea que rolava dentro de mim.

Eu tinha examinado apenas algumas das paisagens, entretanto, quando me dei conta de que estava ouvindo um barulho esquisito. Soava como o clangor de metal contra metal e, gradualmente, aquilo perturbou minha concentração até que a curiosidade me levou a explorar a fonte do ruído. Segui o som até que cheguei ao cômodo que eu só tinha visto uma vez antes, na visita pela casa.

A sala de esgrima. A porta estava entreaberta, e eu podia espiar sem ser vista. A visão que me recebeu fez meu coração parar na garganta. Era Philip de calções e camisa, esgrimindo com William. Philip era ágil, forte, gracioso e poderoso. Minha garganta ficou seca, e eu permaneci imóvel, temendo fazer barulho, incapaz de desviar os olhos dali. Ele conduziu William com força contra a parede, mas William o segurou, florete contra florete.

— Controle-se, Philip. Eu preferiria não acabar ferido.

Philip recuou e murmurou:

— Desculpe. — Quando se virou, vi seu rosto claramente pela primeira vez e a imagem roubou meu fôlego. Eu nunca tinha imaginado que ele poderia demonstrar tanta paixão por alguma coisa. Era como se houvesse um fogo queimando dentro dele e, se Philip algum dia o libertasse, as chamas consumiriam todos ao seu redor.

— Presumo que esse humor tenha algo a ver com a sua... missão — William disse, como se colocando ênfase na última palavra. Ele parecia achar graça.

— Você sabe que é — Philip disse de um modo seco.

— Foi assim tão ruim? — William, definitivamente, estava achando graça.

Philip passou a mão pelo cabelo.

— Pior do que nunca. Não sei quanto tempo mais vou poder tolerar. — William riu e Philip fez cara feia. — Você acha isso engraçado, eu percebo.

— Depois de todas as mulheres de quem você já fugiu, sim, acho mesmo muito engraçado.

Porém, Philip não sorriu em troca. Eu, de repente, me perguntei se era apropriado ouvir aquela conversa. Seria constrangedor se eles me flagrassem ouvindo atrás da porta! Eu estava prestes a recuar e tentar fugir sem ser notada quando William falou:

— Foi a avó dela que organizou a visita, não foi? Por que você não pode simplesmente mandá-la de volta para Bath?

Congelei ao ouvir suas palavras. Eles estavam falando sobre mim!

— Eu mandaria se fosse possível — disse Philip. — Qualquer coisa seria melhor do que tê-la aqui. Mas isso está fora de cogitação. A avó dela foi muito clara neste ponto: ela não a quer em Bath. — Ele suspirou. — Eu não queria nada mais do que me livrar de minha responsabilidade sobre ela e, ainda assim, ela não tem outro lugar para onde ir.

Meu coração palpitava tanto que doía.

— Vamos embora amanhã — disse William. — Talvez o pai dela volte enquanto estivermos fora e a leve para casa. Aí tudo isso será resolvido facilmente.

— Eu gostaria que você estivesse certo, mas duvido. — Philip bateu na bota com a espada. — Ele já ficou longe por mais de um ano, e é improvável que retorne em um futuro próximo.

— Então parece que terá que sofrer com isso. — William sorriu e levantou o florete. — Apenas tente não desforrar sua frustração em mim.

Philip murmurou algo que não consegui ouvir e lançou um olhar sombrio para William. William apenas deu risada.

Quando retomaram o confronto, um pouco entorpecida, recuei e me afastei da porta. Caminhei devagar, bem devagar, pelo corredor, virei uma esquina, desci as escadas e fui para meu quarto.

Fechei a porta e cruzei o aposento para olhar pela janela, lutando para afastar do coração a verdade que tinha sido jogada contra mim. Se eu estivesse tentando tapar o sol com a peneira, daria na mesma. Não havia escapatória de ser indesejada. E essa era a verdade que me atingia mais profundamente. Ninguém me queria — nem meu pai nem minha avó nem os Wyndham. Nem Louisa. Talvez nem mesmo Cecily. E certamente não Philip.

Eu tinha me acostumado ao abandono do meu pai. E tinha suspeitado que minha avó não apreciasse ser responsável por mim. Porém, nunca duvidara da amizade de Philip — não desde aquele dia em que passamos juntos na biblioteca. Eu me sentira tão certa daquilo, convencida de que nem os flertes horrendos poderiam diminuir a força da ligação que eu sentia entre nós.

Agora, descobrir que eu estava enganada sobre tudo — sobre o caráter de Philip, bem como sua consideração por mim — era um golpe tão grande que me deixava atordoada. Philip não era um cavalheiro e não era meu amigo. Era tudo um fingimento elaborado. Não havia nada real e nada verdadeiro no que eu pudesse me firmar.

Eu me senti como da primeira vez que tinha sido jogada de um cavalo, quando as rédeas foram arrancadas das minhas mãos e o chão veio em minha direção velozmente. Naquele dia, como agora, não havia nada que eu pudesse fazer para evitar a dor que estava por vir.

CAPÍTULO 19

Fiquei deitada na cama olhando para o nada. Também tentei não pensar em nada, e desejei que nada pudesse ser tudo o que havia dentro e em volta de mim. Betsy interrompeu meu exercício de conjuração do vazio — de negação absoluta — quando parou ao lado da minha cama, com as mãos na cintura.

— A senhorita não vai ao baile hoje?

— Não. — Fechei os olhos e tentei retomar o meu estado de vazio.

Mas, mesmo com os olhos fechados, eu sentia que ela estava olhando para mim. Então ela disse:

— A senhorita está parecendo meu pai quando o cão favorito dele morreu.

Abri meus olhos diante disso.

— Perdão?

— É verdade. Ele estava do mesmo jeito, como se nada mais no mundo pudesse compensar o que ele tinha perdido. — Ela suspirou ao se sentar na cama. — E nada nunca compensou.

Eu gemi.

— Obrigada, Betsy. É muito reconfortante. — Virei-me para o outro lado, esperando que ela me deixasse no meu sofrimento, mas ela tocou meu ombro delicadamente.

— Quer me contar o que aconteceu?

Considerei mentir para ela. Considerei permanecer em silêncio. Mas as informações que eu tinha assimilado naquele dia me preenchiam até as bordas e imploravam por uma válvula de escape. Eu nunca tinha me confidenciado com Betsy antes, mas ela podia ser o que eu tinha de mais próximo a uma amiga ali. E ela devia saber de algo que pudesse me ajudar a entender por que eu tinha sido tão ludibriada.

— Descobri que minha avó organizou esta visita. Eu nem sequer fui convidada. — Minha voz enroscou nas palavras. Eu não podia lhe dizer o resto. Não podia contar a ninguém a parte vergonhosa: eu também não era desejada ali.

— Ah, isso é tudo? — ela disse com ar despreocupado. — Eu poderia ter dito isso há semanas.

Sentei-me.

— O quê? Como assim?

Ela tirou algo dos dentes.

— Bem, sempre soube que sua avó tinha organizado tudo, mas ela ameaçou cortar minha língua e comer no café da manhã se eu sequer respirasse uma palavra para a senhorita, e não sei o que faria sem a língua.

Revirei os olhos.

— Betsy, tenho certeza de que ela não iria ter comido sua língua no café da manhã. Você sabe que ela só come carne no jantar — murmurei.

Betsy franziu a testa.

— Eu não tinha pensado nisso. Bem, sim, ela mandou a senhorita aqui, só que não queria que a senhorita soubesse, por isso ela combinou tudo com lady Caroline. Não sei que papel a srta. Cecily desempenhou nisso tudo, mas meu palpite é que lady Caroline pediu que ela estendesse o convite para que a senhorita não suspeitasse. E, sinceramente, acho que foi um plano engenhoso, pois sir Philip nunca olharia para a senhorita duas vezes se tivessem se conhecido em Londres, e isso tem funcionado muito a seu favor, se me permite dizer.

— A meu favor? Por que acha isso? — Não consegui encontrar nada vantajoso em ser imposta a um anfitrião que não me queria.

— Ora, para que a senhorita pudesse fisgá-lo, é claro.

Meu queixo caiu.

— *Fisgar* sir Philip?

Ela balançou as pernas para a frente e para trás.

— Sim. Que outro propósito poderia haver em visitá-lo? E que sorte termos calhado de parar naquela estalagem para que ele fosse forçado a voltar!

Não pude me impedir de perguntar:

— Como assim, ele foi forçado a voltar?

— Bem, a senhorita sabe que ele estava fugindo quando nos encontramos com ele na estalagem. Fugindo da senhorita, quero dizer. Consegue imaginar um homem feito desejando passar meses longe de casa, só para não precisar conhecê-la? Mas olha como o destino cuidou de tudo, até de James ter levado um tiro, e sir Philip ter parado para comer alguma coisa antes de continuar a jornada. — Ela olhou para mim, sua expressão se tornando afiada. — Era para a senhorita saber disso.

Neguei com a cabeça.

— Eu não sabia.

— Mas o que imaginou que ele estava fazendo na estalagem tão tarde da noite?

— Nem sequer pensei nisso.

— Bem, pelo que ouvi, assim que ele ficou sabendo que a senhorita iria vir, ele fugiu daqui como diabo que foge da cruz.

Como diabo que foge da cruz. Eu me lembrei da conversa com a srta. Grace: como ela pensava que eu era apenas outra mulher ambiciosa com minhas apostas centradas em Philip.

— Betsy, todos pensam que eu vim aqui para... fisgar sir Philip?

Ela encolheu os ombros.

— Imagino que sim. Essa é a conversa na cozinha, pelo menos.

— Espero que você desminta com a verdade.

Ela mordeu o lábio e desviou o olhar.

— Betsy!

— Bem, seria difícil fazer alguém acreditar o contrário, considerando como a senhorita vem se comportando.

Engasguei.

— Me comportando? Como eu venho me comportando?

— Sabe... passando tanto tempo com ele. E a maneira como a senhorita olha para ele...

— Como eu olho para ele? — perguntei, sentindo o temor me preencher.

Ela acenou com a mão no ar.

— Como se ele... criasse felicidade.

Gemi e me deitei de novo na cama, cobrindo o rosto com as mãos. Eu me senti consumida pela vergonha. Todas aquelas horas que eu tinha passado com Philip pensando que fosse um companheirismo inocente tinham sido notadas e se tornado alvo de fofoca dos criados. Agora pareciam horas contaminadas, e eu me arrependi de cada uma delas.

— O que a senhorita fará a respeito do baile? — Betsy perguntou.

— Você me dá um pouco de tempo? Sozinha?

— É claro. — Ela saiu do quarto em silêncio.

Eu me levantei e fiquei andando de um lado para o outro na frente da janela. Eu tinha que ir embora. Não podia ficar onde era indesejada. Mas para onde iria? Minha avó havia me mandado ali, e parecia que ela não me queria de volta em Bath. Meu pai não tinha respondido minhas três últimas cartas. E eu não tinha outro parente próximo, com uma casa onde poderia me intrometer.

Em desespero, sentei-me à minha escrivaninha e peguei um pedaço de papel.

Meu pai poderia não me querer mais, mas eu tinha o direito de recorrer a ele em busca de ajuda. Rabisquei uma mensagem para ele, preocupada que, se eu pensasse demais nas minhas palavras, iria chorar e arruinar a carta.

Querido papai,

Sinto muito pelo meu cavalo ter refugado no salto naquela manhã. Sinto muito pelo cavalo da mamãe ter perdido uma ferradura e ela ter pegado o meu. Eu pensei e pensei e pensei se eu poderia ter evitado o acidente, mas não consigo pensar como, e é tarde demais para desfazer. O que quero saber é se o senhor me culpa, se ainda me ama e por que me abandonou quando eu precisava tanto do senhor.

Com amor,
Marianne

Dobrei rapidamente a carta, mordendo o lábio para não perder o controle das minhas emoções. Se eu começasse a chorar agora, não sabia como iria conseguir parar.

Abri a gaveta da escrivaninha para pegar a cera e o selo, mas meus dedos paralisaram quando espiei duas correspondências enfiadas no fundo da gaveta: a carta de amor de Philip e seu bilhete. Tirei-os, desdobrei-os com cuidado e li cada um. Meu coração doeu e depois começou a palpitar de raiva e ressentimento. Como ele ousava me enganar? Como ousava fingir ser meu amigo, quando, durante todo o tempo, queria se livrar de mim?

Eu sabia o que tinha que fazer. Rasguei a carta de amor ao meio, e depois na metade de novo e mais uma terceira vez. Embora ainda conseguisse ver algumas palavras: *tormento, adoro, desesperadamente.*

Cada palavra me apunhalava com a dor da traição. Rasguei as palavras de novo e de novo, desejando que pudesse destruir com a mesma facilidade cada sentimento em meu coração. Não parei até não restar mais nada além de minúsculas migalhas ilegíveis de papel. Então fiz o mesmo com o bilhete, varri a pilha de palavras partidas nas minhas mãos e joguei tudo na lareira.

Quando Betsy voltou, poucos minutos depois, eu lhe entreguei a carta endereçada ao meu pai.

— Você pode cuidar para que seja despachada o mais rápido possível?

Ela assentiu com a cabeça e enfiou a carta no bolso.

— Mas e o baile?

O baile. Philip estaria no baile, mas o sr. Beaufort também. O sr. Beaufort estava interessado em mim. Ele podia até querer se casar comigo. Verifiquei meu coração de novo e não senti nada. Estava indiferente e vazio: sem vida. Era exatamente como eu queria.

— Sim, eu vou. Mas hoje quero ir mais bonita do que nunca. Você está à altura do desafio?

Ela bateu palmas.

— Deixe comigo. A senhorita vai ficar deslumbrante, tenho certeza.

Dei um sorriso melancólico.

Quando eu estava diante do espelho depois de Betsy ter finalizado, estudei-me com um olhar objetivo. Eu usava o vestido de seda verde, e não parecia mais uma garota muito jovem. Talvez fosse o penteado, as joias e o vestido, mas achei que tinha mais a ver com o brilho em meus olhos.

Betsy se afastou e me avaliou criticamente, da cabeça aos pés. Por fim, ela assentiu com aprovação.

— Hoje não precisa nem beliscar as bochechas — ela disse. — Já estão rosadas.

Agradeci e calcei as luvas longas ao deixar o quarto e caminhar pelo corredor. Hesitei antes de chegar às escadas. Escondida nas sombras, respirei fundo e tentei me preparar mentalmente para o que viria. Minha única esperança de sucesso naquela noite dependia de eu conseguir permanecer imune ao charme de Philip. Eu tinha que manter meu coração fechado e silencioso. Se ele desmontasse minhas defesas, era possível que eu perdesse a dignidade que estava lutando tanto para manter. E então eu poderia fazer algo imperdoável, como chorar na presença dele ou lhe dizer que eu sabia que ele não me queria ali.

Portanto, eu me revesti com minha armadura, pedaço a pedaço, contra ele. Repeti para mim mesma tudo o que eu tinha contra Philip. Pensei em seus muitos defeitos enquanto eu caminhava com dignidade cuidadosa escada abaixo. Ele mentiu, para começar. Ele me disse que eu era bem-vinda ali quando não era. Ele me induziu a uma sensação falsa de segurança ao me garantir que era meu amigo, quando, durante todo o tempo, queria se livrar de mim.

Ele era arrogante, em segundo lugar, se pensava que eu poderia fazer tudo isso na esperança de fisgar um homem que nem conhecia. Que presunção! Será que ele pensava que todas as mulheres que olhavam em sua direção estavam interessadas nele? Quem sacrificaria a própria dignidade pela chance de aprisioná-lo como marido? Bem, estava muito enganado, pois eu nunca sacrificaria nada por ele.

O mordomo abriu as portas para a sala de visitas e eu entrei. O resto da família já estava reunido, mas quase não notei ninguém. Apenas notei Philip, quando lançou um rápido olhar em minha direção, e vi algo lampejar em seus olhos. Parecia admiração. Mas eu devia estar enganada, pois ele não me admirava. Ele queria se livrar de mim. Eu me lembrei da missão que tinha e fui para o outro lado do cômodo, onde poderia continuar a listar seus defeitos em paz, sem ter que ficar perto dele.

Ele era bonito demais. Demais. E estava ainda mais aquela noite — vestido formalmente de preto, com colete e gravata brancos como a neve e os cabelos reluzindo à luz de velas. Seus olhos encontraram os meus do outro lado do salão com um ar de questionamento. Eu me virei para que não tivesse que ver seu rosto bonito demais. Era um enorme defeito seu, pois levava moças suscetíveis a querer perdoar os outros defeitos dele em nome de seus olhos e de seu sorriso.

Ele era persistente. Acrescentei isso à minha lista de defeitos quando ele cruzou o cômodo até mim, embora eu, obviamente, não quisesse nada com ele.

— O que fiz para merecer esse olhar? — ele perguntou numa voz muito baixa para que ninguém mais pudesse ouvir. Era algo enganoso de se fazer, pois, assim, parecia que éramos conspiradores em vez de um anfitrião indisposto e uma hóspede indesejada.

— O senhor não fez nada.

— Senhor? — ele disse como se fosse um insulto. — Agora sei que é grave. Me diga de uma vez para que eu possa me desculpar.

Ri de leve, mas não senti nada além de dureza por dentro.

— Está imaginando coisas.

Philip enrugou a testa quando o mordomo abriu a porta e anunciou que a carruagem estava pronta. Assim que me virei para a porta, vi Cecily me observando com um olhar de suspeita. Porém, aquilo não me incomodou. Ela que ficasse com sir Philip Wyndham. Aqueles dois fariam um ótimo par. Ela flertaria com o sr. Kellet enquanto Philip saía para fazer coisas que um pastor não aprovaria e eles poderiam viver uma vida feliz, desonesta e imoral juntos.

Garanti que não me sentaria perto de Philip na carruagem, mas acabou sendo pior, pois ele sentou-se bem à minha frente, com o joelho roçando no meu quando a carruagem se mexia para fazer uma curva e com o olhar fixo no meu tão completamente que senti o rosto corar. Para me distrair, continuei minha lista.

Ele era perceptivo demais. Eu não gostava disso nele de jeito nenhum. Ele sempre dizia que eu tinha um rosto expressivo, mas a culpa era dele, por ver demais.

Eu não queria que ele soubesse nada do meu coração naquela noite, por isso mantive o rosto virado para o outro lado e o olhar na janela, sem prestar atenção à conversa dos outros.

Estava quase com a lista e a armadura completas quando paramos em frente ao Assembly Hall. Philip saiu da carruagem primeiro, depois se virou para mim e me ofereceu a mão, a qual fui forçada a aceitar, senão arriscaria tropeçar e cair no chão. O aperto de seus dedos era forte, seguro e familiar. Minhas defesas tremeram ao seu toque.

"Bonito demais", repeti para mim mesma. "Perceptivo demais. Encantador demais." Eu havia acrescentado esse último item à lista durante o trajeto de carruagem. Familiar demais, inquieto demais, persistente demais. Claro, eu não poderia esquecer o mais importante: desonesto demais.

Soltei sua mão assim que toquei o solo e me senti ao mesmo tempo aliviada e decepcionada. "Eu devia trabalhar mais para controlar meu coração", disse a mim mesma. Não deveria deixá-lo substituir o funcionamento racional da minha mente.

Vi o sr. Beaufort assim que entrei no salão. Ele começou a cruzar o recinto cheio de gente em minha direção. Philip estava ao meu lado e, mesmo que eu não olhasse para ele intencionalmente, sua proximidade estava me deixando muito nervosa.

Tentei encontrar meu sorriso e minha postura à medida que o sr. Beaufort se aproximava, mas mal conseguia respirar com Philip tão perto de mim. Então vi o sr. Kellet sorrindo para mim do outro lado do salão, o que tornou a noite ainda pior.

— Você dançará comigo esta noite? — Philip perguntou em uma voz baixa.

Meu coração pulou pelo menos três batidas. Puxei as luvas, fingindo interesse nelas.

— Não, obrigada — eu disse, fazendo um grande esforço para conseguir indiferença na minha voz.

O sr. Beaufort estava a apenas passos de distância quando um grupo de mulheres parou entre nós, bloqueando o caminho dele.

— Não, obrigada? — Philip perguntou, com descrença na voz.

Meu coração estava disparado; meu rosto, corado. Ousei um rápido olhar para Philip. Ele vasculhava meu rosto, como se quisesse pistas. Sua fronte estava contraída, a boca estava numa linha firme.

— O que aconteceu?

Dei de ombros e desviei o olhar.

— Absolutamente nada.

Philip estava claramente aborrecido. O pensamento me deu um tipo de prazer perverso. Ele *deveria* ficar aborrecido. Ele era, afinal, a causa de tudo o que estava errado naquela noite. Ele era o desonesto, não eu. Ignorei a voz baixinha dentro de mim que me fazia lembrar das mentiras que eu dissera aquela noite.

O sr. Beaufort tinha dado a volta no grupo de mulheres e agora estava a apenas alguns passos de mim. Philip estava tão perto que eu podia sentir seu calor, embora não estivéssemos nos tocando. Apertei firmemente as mãos uma na outra. Ele estava perto demais. Seu calor, sua intensidade e sua familiaridade trabalhavam contra as minhas defesas. Mas, antes que eu pudesse me afastar dele, ele se abaixou e falou no meu ouvido, tão baixo que ninguém mais poderia ter ouvido.

— Você está linda hoje.

Um arrepio se espalhou por mim e eu corei furiosamente, pois a voz baixa de Philip tinha feito as palavras soarem sinceras. No instante seguinte, ele se endireitou e foi-se embora sem olhar para trás.

Arranquei meu olhar dos ombros largos de Philip e encontrei o sr. Beaufort diante de mim fazendo uma reverência.

— Srta. Daventry. Sua beleza aumentou nesses poucos dias desde que nos conhecemos.

Tentei me sentir lisonjeada, mas suas palavras caíram nos meus ouvidos como um eco vazio. Apesar disso, sorri e murmurei:

— Obrigada.

Estava começando uma dança. Dei a mão ao sr. Beaufort e permiti que ele me conduzisse à pista, onde casais estavam se alinhando um em frente ao outro. Concentrei meu olhar nele e tentei esquecer as emoções conflitantes daquele dia. Tentei silenciar meu coração, que estava batendo num ritmo furioso desde que eu tinha visto Philip naquela noite. Respirando fundo, eu disse para me focar na tarefa que tinha pela frente. Seria um exercício de aprendizagem de como ser uma dama elegante. Eu faria tudo o que pudesse para esquecer até mesmo que Philip estava no recinto. Seria algo fácil de se fazer, ainda mais por eu já ter me recusado a dançar com ele.

Dei um sorriso brilhante para o sr. Beaufort, pronta para experimentar uns flertes, até segundos antes de começar a dança. Foi quando notei que Philip estava à direita do sr. Beaufort. Olhei para ele com surpresa e depois para a minha esquerda, quando notei que Cecily era seu par. O sorriso dela tinha um toque sugestivo que me fez pensar no que ela havia aprendido em Londres sobre beijar devassos. Uma onda de ciúme subiu tão depressa por meu peito que perdi o fôlego por um momento. Voltei o olhar para o sr. Beaufort, mas tive que me esforçar muito para me lembrar de que não me importava com o que Philip e Cecily faziam.

A música começou. Era uma dança animada, o que era sorte, porque dava pouca oportunidade para conversas. Tentei sorrir para o sr. Beaufort e não olhei para Philip, mas o esforço era tão grande que, no fim da dança, eu estava exausta.

Mal tive tempo de recuperar o fôlego antes que outro cavalheiro se adiantasse e me pedisse uma dança. Desta vez, Cecily dançou com o sr. Kellet. Vi Philip mais adiante na fila, dançando com a srta. Grace, mesmo que eu não estivesse procurando por ele. Pensei que deveria praticar meu flerte, manter a mente longe de Philip, mas não obtive sucesso. Meu sorriso era forçado e minha atenção ficava vagando para Philip e para as palavras que o ouvi falar para William.

Depois de mais algumas danças, os músicos fizeram uma pausa. Fui até uma janela aberta e permiti que meu olhar varresse a multidão. Sem esforço, meus olhos encontraram Philip. Eu não estava tentando encontrá-lo entre as pessoas. Ele apenas ocorria de ser o tipo de homem que se destacava entre os outros cavalheiros. E lá estava ele, perto de uma janela aberta, conversando com o sr. Beaufort.

Os dois cavalheiros tinham uma postura rígida, e nenhum deles sorria. Quase pareciam estar discutindo, mas não passava pela minha cabeça o que poderiam ter para discutir, já que mal se conheciam.

Era difícil não comparar os dois homens assim juntos. O sr. Beaufort certamente era galante, com seu cabelo dourado elegante e o bom gosto de sua vestimenta. Mas, vendo-o ao lado de Philip, seu apelo desvanecia sobremaneira na minha mente. Pois era óbvio, comparando-os lado a lado, que o sr. Beaufort era como um conjunto de joias falsas: reluzente por fora, mas, na realidade, um impostor, com nada de grande valor.

Philip, por outro lado, brilhava como uma verdadeira joia — sem nem tentar.

Suas roupas eram tão bem-feitas como as do sr. Beaufort, mas ele as exibia com uma graça natural e atlética, e não empregava nenhuma moda extrema para criar uma boa impressão. Era puramente elegante, natural, sem pensar ou planejar. Olhando para os dois, descobri que preferia infinitamente a verdadeira joia ao impostor.

Quase me senti mal pela decepção e enojada comigo mesma. Não havia comparação a fazer. Philip não me queria; o sr. Beaufort, sim. Era a única coisa que importava. Além disso, eu não queria Philip — aquele provocador lindo e incorrigível e charmoso que roubava corações que não pretendia guardar.

Não tomei ciência da presença da sra. Fairhurst até que ela falasse, então assustei-me ao ouvi-la tão perto.

— Sir Philip é certamente um bom partido, não é?

Ela estava olhando na mesma direção que eu, e corei, envergonhada por ter sido pega observando Philip, especialmente por ela. Virei as costas para o homem em questão e disse:

— É mesmo?

Ela riu pelo nariz.

— Ora, srta. Daventry. Não pode me enganar. Sei que a senhorita está perfeitamente ciente dos… atrativos dele.

Olhei para ela com ódio maldisfarçado. Ela sorriu para mim com os lábios, mas não com os olhos.

— Se estiver — disse eu —, de que forma isso seria problema seu?

— Ah, não é *problema* meu. Simplesmente lhe faço um favor, querida, já que a senhorita obviamente não deu atenção ao aviso de minha Grace quando chegou. — Ela abriu o leque e se abanou vivamente. — Ele deixa metade das damas de Londres violentamente apaixonadas por ele, todos os anos. Moças elegantes e talentosas, de nobreza e de fortuna. — Ela ergueu uma sobrancelha quando seu olhar varreu minha figura. — Claramente, a senhorita não consegue compreender como está abaixo do nível dele.

A raiva que senti exauriu meu constrangimento. Eu sabia que ela estava certa, mas não daria a essa mulher atroz a satisfação de parecer intimidada.

— Metade das damas em Londres estão apaixonadas por sir Philip, a senhora diz? — perguntei com olhar inocente.

Ela assentiu com a cabeça. Seu sorriso agora era bastante presunçoso.

— Hum. Ele ficaria bem decepcionado ao ouvir isso, pois ele *me* garantiu que era mais próximo de três quartos.

O sorriso dela congelou.

— Qual de nós duas será que está certa? — eu disse. — Devo perguntar a ele?

Ela fechou o leque bruscamente com um estalo. Seus olhos ardiam de raiva.

— Não será necessário.

De repente, Philip estava diante de nós, e tanto a sra. Fairhurst quanto eu tivemos um pequeno sobressalto. Ele ignorou completamente a sra. Fairhurst. Estendendo a mão para mim, disse:

— Acredito que a próxima dança seja minha.

CAPÍTULO 20

A próxima dança certamente *não* era de Philip, mas eu não ia admitir isso na frente da sra. Fairhurst. Não tive escolha senão pôr minha mão na dele e permitir ser conduzida para a pista de dança.

Aquilo era mais do que inesperado. À medida que ele me levava à linha de casais, fui procurando desesperadamente na memória minha lista com seus defeitos, a que eu havia compilado mais cedo. Mas não conseguia pensar com clareza parada na frente dele, esperando a música começar. Eu estava nervosa, muito nervosa. Nunca tinha dançado com Philip antes, e tê-lo a me observar com aqueles olhos familiares estava fazendo meu coração acelerar. Respirei fundo e decidi fingir que ele era qualquer um daqueles homens comuns com quem eu tinha dançado naquela noite. Na verdade, eu nem olharia na cara dele. Olharia para a gravata e não diria nada.

A música começou. Dei um passo em direção a Philip, e ele deu um passo em minha direção. Mantive os olhos fixados naquela gravata amarrada à perfeição. Isso eu poderia fazer. Poderia fingir que ele era um estranho e nunca encontrar seus olhos e nunca sentir nada durante a dança com ele.

Mas eu não tinha levado em conta um fato importante: Philip não dançava como um homem comum que eu conhecia. Quando tocava minha cintura, não pousava a mão leve e passivamente. Em vez disso, ele me puxou em sua direção, sua mão pressionando minha lombar, para que, em um passo, eu estivesse tão perto que conseguia senti-lo respirar. Um choque me percorreu, e ergui os olhos com surpresa. Olhei nos olhos dele, o que eu tinha jurado não fazer.

Minha nossa. Talvez uma dama experiente de Londres soubesse o que fazer com aquele olhar ardente que ele me destinava, mas eu não sabia. E descobri, para meu grande espanto, que quando olhava nos olhos de Philip não me lembrava de um único defeito naquela lista. Ele não disse nada, e eu não disse nada quando nos viramos. Quando ele me soltou, minhas pernas pareciam fracas e minhas mãos tremiam. Virei-me atordoada e segui os outros passos da dança.

Antes que eu estivesse preparada, era hora de nos encontrarmos outra vez no centro. Eu não podia acreditar que já tinha dançado assim alguma vez sem perceber o quanto era íntimo. Minha mão apertava a de Philip, sua outra mão repousava na minha cintura, puxando-me para perto. Nos olhamos um no olho do outro: era demais para mim. E, ainda assim, ele não me disse nada. Comecei a pensar que seria melhor se ele dissesse alguma coisa, para que, ao menos, eu pudesse dizer algo irreverente em troca e dispersar a carga emocional que estava se formando entre nós.

Eu vi, quando ele me soltou, que lady Caroline estava logo atrás da fila de dançarinos, nos observando, e que Rachel, que estava dançando com William a vários casais mais adiante também estava olhando em nossa direção. Meu rosto queimava e eu me perguntei o que eles estavam pensando. Parecia que eu estava tentando fisgar Philip? E onde estava Cecily? O que ela estava pensando?

Justo quando achei que as coisas não poderiam ser piores, Philip falou. Ele me puxou para perto e disse em voz baixa:

— Metade das damas em Londres?

Então ele *tinha* ouvido!

— Sim, esse parece ser o consenso geral.

Seus olhos se estreitaram e ele me observou enquanto nos afastávamos por conta da coreografia. Logo que nos encontramos de novo, ele perguntou:

— É isso que tem contra mim?

— Não tenho nada contra você — falei rigidamente e, em seguida, tentei sorrir para que ele acreditasse na mentira.

Philip sacudiu a cabeça.

— Você é uma péssima mentirosa. Não deveria nem tentar.

Olhei feio para ele, quebrando a cabeça para encontrar a resposta perfeita. Nada me veio à mente, entretanto poderia ser porque eu não conseguia pensar claramente quando estava assim tão perto dele.

— Sabe, seu olhar não é toda essa punição que você acha que é.

Sua respiração roçou meu pescoço e disparou outro arrepio por mim. Levantei uma sobrancelha.

— E por que não seria? — Tentei manter minha voz gelada.

Os passos da dança nos separaram e eu tive que esperar, tensa e ansiosa, para ouvir a resposta. Philip nunca desviou os olhos de mim. Quando, finalmente, nos encontramos no meio novamente, ele disse:

— Você fica ainda mais bonita quando está com raiva.

Disparei-lhe um olhar sombrio.

— Não seja ridículo.

— Eu não sou — disse Philip. Seus olhos ainda ardiam e eu intuí mais uma vez aquela paixão controlada dentro dele, que eu tinha testemunhado na sala de esgrima. — Você deveria se ver, com esse lampejo de fogo nos olhos. E quando pressiona seus lábios desse jeito uma covinha aparece na sua face esquerda, bem ao lado da boca. Eu acho... enlouquecedor.

Senti um constrangimento incandescente, uma raiva e um desconforto severo. Philip estava *flertando* comigo, e era muito errado da parte dele. Sempre soube que os flertes eram um jogo para ele, por isso não era o que me deixava zangada. O que me irritava mesmo era que seus flertes me faziam perceber que todos os outros cavalheiros com quem eu tinha dançado não faziam nem ideia de como flertar. Nenhum deles me fazia sentir como se eu tivesse sido revirada do avesso e incendiada, tudo ao mesmo tempo. E como eu poderia ser feliz com outro homem quando Philip estava por perto para ofuscar todos eles?

Além disso, era óbvio que sir Philip Wyndham era o homem mais enfurecedor do mundo, pois agora eu nem mesmo podia lhe dar um olhar irritado, pois sabia que ele gostava de vê-lo. Eu havia sido deixada, na verdade, completamente indefesa.

Ali, no meio da pista de dança, minha armadura estava desfeita e o impensável aconteceu. Lembrei-me de que Philip não me queria e nunca quis. Minha tristeza inflamou-se à vida, queimou minha raiva e derreteu todas as defesas que eu tinha. Então cometi um erro terrível. No auge da minha vulnerabilidade, olhei nos olhos de Philip. O tempo pareceu correr mais lento, a música sumiu, e os outros dançarinos desapareceram. Não havia ninguém no mundo exceto eu e Philip, e eu estava finalmente perto o bastante para descobrir o segredo que sentira em seus olhos.

Estava ali, brilhando tão claramente, tão óbvio, que me perguntei como nunca tinha visto aquilo antes. Fiquei tão atônita que parei de dançar, horrorizada, enquanto a verdade que eu tinha descoberto queimava devastadoramente forte dentro de mim. A parte mais surpreendente da minha descoberta era que não era o segredo de Philip que eu via nos olhos dele, mas o meu.

Eu estava apaixonada por Philip Wyndham.

Um segundo pensamento seguiu imediatamente o primeiro: Philip com certeza não estava apaixonado por mim.

Senti uma onda de pavor. Oh, o que eu tinha feito? Como eu tinha sido tola.

— Marianne?

Pisquei e tentei focar no rosto de Philip. Seus olhos estavam tensos de preocupação.

— Você está muito pálida — ele disse. — Está passando mal? — Ele agarrou meu cotovelo com firmeza, como se para me segurar.

Assenti. Eu estava passando mal.

— Com licença — eu disse ao me afastar dele.

Fiquei surpresa por ele me deixar ir de modo tão fácil. Porém, talvez, eu tivesse me esforçado para sair. Estava muito confusa para saber como tinha acontecido, mas de repente fiquei livre dele e saí abrindo caminho pela multidão de dançarinos. Eles estavam girando, sorrindo, conversando e dando risada, braços e pernas e rostos e ruídos e fitas e lábios. Fui empurrada e empurrei mais forte, desesperada para fugir do tumulto, quando certa mão apanhou a minha.

Era a de Philip e, olhando por cima do ombro, vi seus lábios se moverem — ele disse alguma coisa, mas não consegui ouvir o quê. Tudo era ruidoso demais e rodopiante demais e quente demais. Tropecei sobre pés dançantes e depois um braço estava ao redor da minha cintura, e Philip me puxou para fora da dança, onde sua mãe esperava com uma expressão preocupada.

Eu me sentei em uma cadeira perto da janela. Philip se inclinou sobre mim, parecendo muito preocupado, e lady Caroline também estava lá, abanando-me e perguntando o que tinha acontecido.

— Ela quase desmaiou no meio da dança — disse Philip.

Que coisa absurda de dizer. Eu nunca desmaiava — bem, quase nunca. Porém, me sentia estranhamente descolada do meu corpo. Não conseguia sentir minhas pernas ou braços. Eu estava flutuando, sem chão. Olhei para baixo e fiquei surpresa ao ver a mão de Philip segurando a minha. Eu também não conseguia senti-la. Cecily de repente estava ao meu lado, cheirando a lilases e exalando uma beleza tão suave que a fazia parecer um anjo.

— Ah, querida — ela disse. — Achei que você estava com uma palidez terrível. Onde estão meus sais? — Ela pegou a minha mão livre e a esfregou entre as suas. — Está sentindo vertigem agora? Talvez devêssemos encontrar um lugar para você se deitar. Ou uma bebida.

Uma sensação de clareza retornou a mim quando olhei em seus olhos azuis familiares. Eles eram os olhos da minha mãe. E aquela era Cecily, minha irmã gêmea, apaixonada pelo mesmo homem que eu, e que, sem dúvida, seria capaz de ganhar o coração dele. E por que não deveria? Afinal, ele não me queria.

— Estou bem — eu disse, puxando a mão que Philip segurava, mas não a de Cecily. Não olhei para ele. — Acho que foi o calor. Por favor, não se preocupem comigo. Vou ficar aqui sentada na janela por alguns minutos e logo vou ficar novinha em folha.

— Vou ficar com você — disse Philip, mas sua solicitude apenas disparou uma raiva profunda dentro de mim. Como ele ousava continuar tentando me enganar? Como ousava continuar a brincar com o meu coração?

— Não — falei duramente e vi, pelo canto do olho, Philip virar a cabeça para mim tomado pela surpresa. — Você deveria terminar a dança — continuei, tentando suavizar a voz. — Com a Cecily.

Eu tinha certeza de que Philip estava olhando para mim, mas não retornei seu olhar. Fazia parte das defesas que eu tinha levantado. Depois de um momento, eu o vi curvar a cabeça e oferecer sua mão a Cecily. Tão logo eles se afastaram, eu me virei para lady Caroline.

— Posso ir para casa? Por favor? — Não consegui nem pensar em uma desculpa para dar a ela.

Preocupação tocou-lhe os olhos, mas ela não disse nada mais exceto:

— É claro. Também estou me cansando de dançar. Vou acompanhar você.

Esperei na porta, enquanto ela providenciava a vinda da carruagem. Eu me mantive de costas para os dançarinos, para não ter que ver Philip e Cecily dançando juntos. Lady Caroline demonstrou muita consideração e só falou algumas vezes na carruagem sobre o baile e sobre o tempo. Ela não me pediu para me abrir com ela, e agradeci por isso. Acho que, se eu tivesse a chance, teria desatado a chorar. No fim das contas, consegui manter as emoções sob controle até chegarmos à casa.

Betsy ficou surpresa ao me ver de volta tão cedo, mas eu não disse nada para me explicar e, após alguns minutos, ela parou de fazer perguntas. Tão logo eu estava sem o vestido e de camisola, eu a dispensei e me encolhi na cama. Fiquei acordada, examinando o funcionamento do meu coração. Era um exercício doloroso e constrangedor, mas eu precisava mais de luz do que precisava de proteção.

O que descobri: eu amava Philip desde o início. Contudo, havia mantido a noção em segredo até mesmo de mim, e havia me esquivado desse segredo repetidas vezes.

Talvez sentisse, por intuição, que, assim que eu admitisse o segredo, também admitiria o fato de que Philip jamais sentiria o mesmo por mim, e isso arruinaria tudo. E minha intuição estava certa — Philip não sentia o mesmo. Na verdade, ele faria qualquer coisa para se livrar de mim. Bem, eu me certificaria de que ele conseguisse o que queria. Ele se livraria de mim assim que possível. Aquele paraíso estava arruinado para mim. Assim que o baile de lady Caroline chegasse ao fim, eu encontraria uma forma de ir embora de Edenbrooke, mesmo que significasse voltar para Bath.

Com essa decisão, eu quebrava todas as promessas feitas para mim mesma. Com um grande e doloroso soluço, meu coração se partiu e eu chorei como não tinha chorado desde a morte da minha mãe.

CAPÍTULO 21

Philip havia partido quando acordei. Betsy anunciou o fato para mim em sua voz sem fôlego, exultante por ter fofocas novas para compartilhar. Sentei-me na cama, segurando a xícara de chocolate que ela me trouxera, em conflito interno. Minha parte defensiva não queria nem ouvir o nome de Philip. A parte fraca não queria ouvir mais nada. Eu também sentia uma dor de cabeça latejante de tanto chorar durante toda a noite. Não disse nada ao ouvir as divagações de Betsy, pois estava imersa em uma batalha entre minha mente e meu coração.

— Eu os vi antes de partirem, sir Philip e o sr. Wyndham. Eu vinha da cozinha e eles estavam no vestíbulo, e sir Philip acabou me vendo. Imagine minha surpresa quando ele veio e falou comigo!

Quase deixei cair minha xícara.

— Ele falou com você?

— Falou. Ele disse: "Você é a criada da srta. Daventry, não é?". E eu disse que era, e ele me perguntou como a senhorita estava se sentindo. "Bem o suficiente, ouso dizer", eu disse a ele, e então me lembrei de que ainda estava com a carta que a senhorita havia me pedido para despachar no correio, por isso a entreguei a ele e pedi para despachar. Ele disse que tomaria conta disso, e a levou com ele. Agora ele e o sr. Wyndham estão fora, mas voltarão dentro de uma semana, eu ouvi, para o baile.

Eu a fitei.

— Você deu minha carta a sir Philip?

— Entreguei. Não foi uma boa ideia?

Eu não queria que Philip estivesse com a minha carta. Era pessoal. E se ele, de alguma forma, a abrisse e lesse por acidente? Eu sabia que era uma ideia absurda, mas estava dentro do leque das possibilidades. Eu me sentia vulnerável sabendo que ele estava com a minha carta, e não gostava nada da sensação. Mas não havia nada que eu pudesse fazer.

Depois de me vestir, encontrei Cecily deitada em sua cama, se recuperando da noitada. Minhas boas intenções estavam firmemente no lugar quando lhe perguntei se ela havia aproveitado o resto do baile.

— Não foi tão agradável quanto eu esperava que fosse — ela disse, cobrindo o bocejo com a mão delicada. — Sir Philip estava com um humor estranho. Ele quase não falou duas palavras comigo quando dançamos juntos e, assim que a música terminou, ele saiu. Não o vi de novo até o trajeto de carruagem para casa. Mas, felizmente, o sr. Kellet foi muito atencioso. — Ela me desferiu um sorriso malicioso. — *Muito* atencioso.

Fiquei perplexa com o seu olhar.

— Como assim?

Ela revirou os olhos.

— Marianne? Pensei que você estivesse um pouco mais entendida agora. — Ela se inclinou e sussurrou: — Ele me disse para encontrá-lo lá fora e, quando o fiz, ele me agarrou e me beijou.

Meu sorriso congelou.

— E como foi?

Ela se recostou contra seus travesseiros, sorrindo.

— É como eu lhe disse: os devassos são os melhores beijoqueiros.

— Cecily! — Eu me levantei num movimento abrupto. — Como você pode... como pode agir e falar assim? Como pode sequer *pensar* em outro homem quando devia estar violentamente apaixonada por sir Philip?

— Bem, *ele* não está tentando me beijar, está? Então eu podia muito bem encontrar meu prazer onde está disponível até que ele tome uma atitude em relação aos sentimentos dele. — Ela passou as mãos pelo cabelo. — E meu prazer pôde ser encontrado aos montes com o sr. Kellet.

Recuei, chocada. Então me lembrei de que Philip estava fora buscando o mesmo tipo de prazer. Dei as costas para ela com desgosto e andei até a porta.

— Aonde você vai? — ela perguntou, parecendo surpresa. — Não quer saber mais sobre o baile?

— Não — eu disse, abrindo a porta. Minhas boas intenções tinham desaparecido. — Não tenho desejo algum de ouvir sobre devassos ou... ou beijos... ou seja o que vocês, elegantes, fazem em busca de prazer. Você pode falar com a Louisa sobre isso. — Fechei a porta.

O sr. Beaufort me fez uma visita no fim daquela manhã. Tive uma conversa interna enquanto descia as escadas para encontrá-lo. Ali estava um jovem cavalheiro bonito, respeitável, que parecia interessado em mim, e eu disse a mim mesma que deveria fazer todo o possível para encorajá-lo. Afinal, um pouco de incentivo da minha parte poderia conduzir a uma proposta de casamento. E agora, quando parecia que ninguém no mundo me queria, uma proposta de casamento parecia ser uma luz na escuridão.

Lady Caroline se juntou a nós na sala de estar. O cavalheiro ainda parecia galante e bonito, mas, agora que eu tinha a chance de olhar para ele, vi um ar enfadonho em seus olhos castanhos que me desconcertou. Mas isso não importava. Ele queria estar comigo. Concentrei-me em flertar e encorajá-lo, e me dediquei a isso como se fosse uma tarefa árdua. Depois de meia hora, o sr. Beaufort se levantou, parecendo satisfeito e se despediu de mim.

— Espero que possa fazer uma nova visita em breve — disse ele.

Eu o vi sair antes de dirigir uma olhadela para lady Caroline, que nos tinha feito companhia durante a visita. Ela colocou o bordado de lado e se voltou a mim com um sorriso.

— Vou cortar algumas rosas no jardim. Quer me acompanhar?

Eu queria recusar — estava exausta das minhas tentativas de flertar —, mas ela sorriu para mim com tal afeto que não consegui dizer não. Subi para pegar meu chapéu e, quando retornei, ela estava me esperando com duas cestas e duas tesouras. Caminhamos para o jardim de rosas. Tentei não me lembrar da vez em que eu tinha passeado pelos jardins com Philip. De fato, tentei não pensar nada a respeito de Philip. Não sobre o que tínhamos feito, e certamente não o que presumi que ele estivesse fazendo agora. *Esse* pensamento me fez sentir como se eu tivesse mergulhado a tesoura no centro do meu coração.

Comecei a cortar rosas e colocá-las cuidadosamente na cesta. Depois de um momento de silêncio sociável, lady Caroline disse:

— Não existe nada na minha vida que me deixa mais feliz do que ver meus filhos felizes. Especialmente o Philip.

Ah, não. Ela ia falar comigo sobre Philip? Era a última coisa que eu queria ouvir.

Ela prosseguiu:

— Tem sido tão bom; não, mais que bom, tem sido uma grande alegria ver Philip tão feliz ultimamente, vê-lo rir novamente.

Olhei para ela com surpresa.

— Ele não ria antes? — A ideia parecia absurda, até mesmo incompreensível.

— Oh, não, ele costumava rir. Só não ultimamente. — Ela afastou uma abelha da rosa que estava cortando. — Quando menino, Philip era alegre e despreocupado. Ele tinha um talento para melhorar o mau humor de alguém ou transformar briga em comédia. Havia sempre uma nova energia quando ele entrava em algum lugar, como se carregasse um raio de sol com ele aonde quer que fosse.

Ela suspirou.

— Mas ele pareceu perder essa parte de si quando assumiu o papel do pai. Acho que o peso da responsabilidade o fez se levar a sério demais. E, depois, ser lisonjeado e perseguido por tantas mulheres ambiciosas... bem, temo que isso o tenha arruinado. — Sua boca se uniu em uma linha fina. — Ele se tornou um arrogante insuportável. — Ela cortou uma rosa.

Pensei na minha primeira impressão de Philip na estalagem.

— Sei o que a senhora quer dizer. Encontrei essa arrogância quando o conheci.

Lady Caroline sorriu.

— Insuportável!

— Sim, ele foi — concordei com uma risada.

— Mas ele não é mais assim, é?

Neguei com a cabeça. Eu não tinha pensado nisso antes, mas a arrogância de Philip era uma memória distante para mim.

— Foi isso que eu quis dizer quando falei que era uma alegria vê-lo feliz novamente — lady Caroline disse. — É como se tivéssemos nosso Philip de volta, o Philip que todos nós amamos, o Philip de que todos sentimos falta nesses últimos anos. E tê-lo de volta deixou toda a família feliz de uma maneira que não esteve desde que meu querido marido morreu. — Ela parou de cortar e se virou para mim. Colocando a mão suavemente no meu braço, ela disse, com total sinceridade: — Todos nós nos sentimos muito gratos a você, minha querida.

Fiquei tão surpresa que cortei uma grande rosa branca perto demais das pétalas. Com a sensação de que tinha acabado de decapitar algo, coloquei minha tesoura de volta na cesta.

— A senhora acha que essa mudança nele é por minha causa? — perguntei com descrença.

— Ora, eu sei que é.

Ela continuou a cortar rosas, como se nossa conversa tivesse chegado ao fim. Eu a fitei com suspense, querendo que ela me convencesse de que tinha razão, mesmo sabendo que ela estava errada. Meu coração ainda não havia sucumbido à minha vontade. Ele queria ter esperanças, embora a esperança fosse inútil e tola.

Tentei engolir de volta as palavras, mas, por fim, em um momento de fraqueza, disparei:

— Como a senhora sabe?

Seus lábios se contorciam como se ela tentasse conter um sorriso. Lembrou-me de uma expressão que vi no rosto de Philip mais de uma vez. Ela colocou a tesoura em sua cesta e apontou para um banco situado à sombra de uma árvore. Sentada ao lado dela, eu me perguntei se isso era a coisa mais tola que eu já tinha feito até o momento.

— Sabia que Philip estava fugindo na noite em que vocês dois se conheceram?

Confirmei com a cabeça, lembrando do que Betsy tinha me contado.

Lady Caroline suspirou.

— Receio que sou parcialmente responsável por isso. Philip tinha retornado da capital algumas semanas antes. Ele não suporta ficar em Londres durante toda a temporada. Eu já achava que era uma vitória conseguir que ele tivesse ido até lá pelo tempo que fosse. Bem, não mandei notícias para ele de que você e sua irmã viriam visitar. Deixei as meninas com meu filho e a esposa dele e voltei, para avisar Philip e cuidar dos preparativos para a visita. Ele já tinha reagido mal no passado, veja você, quando moças vieram visitar, e pensei que surpreendê-lo poderia ser o caminho. Mas foi errado. Ele presumiu que fosse outro caso de moças ambiciosas atrás da riqueza ou do título, e ele não aguentaria outra visita desse tipo. Foram tantas, sabe? Ele partiu naquela noite sem me dirigir uma palavra.

Ela olhou atentamente para mim, como se tentando me convencer de algo pela força de seu olhar.

— Mas, depois, ele a conheceu na estalagem e voltou. — O sorriso dela aqueceu seus olhos. — Ele voltou, querida, naquela noite, tarde da noite. Agora, devo confessar uma pequena intromissão da minha parte. Quando ele voltou e me disse o que tinha acontecido com você, e como ele a havia encontrado na estalagem, eu tive uma suspeita. Então escrevi para Rachel e disse-lhe para segurar as meninas por uma semana a mais em Londres, usando o baile de máscaras como desculpa. Sua primeira noite aqui, Marianne, quando Philip entrou na sala de estar e a viu... — Ela respirou fundo sacudindo a cabeça um pouco como se estivesse perplexa. — Ele se iluminou, Marianne, ficou como era antes. — Ela pousou a mão na minha e apertou. — Eu tinha meu Philip de volta.

Vi com surpresa quando seus olhos se encheram de lágrimas, mas, quando ela sorriu, percebi que eram lágrimas de alegria.

— Perdoe-me se fui muito íntima — disse ela, enxugando uma lágrima graciosamente de seu rosto. — Mas, depois de perder meu querido marido e meu filho Charles, parecia que eu não suportaria perder Philip também.

Eu me enchi de consternação. Ela estava me dando crédito demais por qualquer mudança que pudesse ter visto recentemente em Philip. Eu tinha certeza de que não era a responsável, pois isso entrava em oposição direta com o que eu ouvira de Philip com meus próprios ouvidos. Ele não me queria ali. Outra coisa devia tê-lo deixado feliz. Certamente não era eu.

Eu queria dizer a lady Caroline como ela estava enganada, mas não podia.

— Obrigada por compartilhar isso comigo — disse, tentando sorrir. — Sinto como se entendesse sua família um pouco melhor agora.

Ela me olhou de seu jeito aguçado.

— Eu esperava que fosse ajudar você a entender Philip um pouco melhor.

— Sim, isso também — eu disse para tranquilizá-la, e então rapidamente pedi licença.

Sua esperança era dolorosa demais para eu testemunhar. Se ela achava que meu relacionamento com Philip tinha motivado a mudança nele que a havia deixado tão feliz, ela ficaria muito decepcionada quando eu fosse embora de Edenbrooke na semana seguinte.

Na metade do caminho até a casa, meus passos vacilaram e depois pararam. Um cavalheiro estava caminhando pelo gramado, em minha direção, vindo do bosque. O sr. Kellet. Eu pensei em virar e correr na direção oposta, mas ele me chamou.

— Não está pensando em fugir de mim, está, prima?

Por que ele não parava de me chamar assim? Fiquei imóvel no lugar e franzi a testa, recusando-me a deixá-lo pensar que eu tinha medo dele.

— Não, não estou. Só vou dar uma volta pelo gramado. O senhor é bem-vindo, é claro, para se juntar a mim.

Ele sorriu como se esse fosse seu plano desde o princípio e ele só tivesse me manipulado para fazer o que ele queria. O que, provavelmente, era verdade. Ele parecia ter prazer em me importunar. Começamos a andar. Eu, depressa; e ele com um passo despreocupado que me fez querer arrancar sua bengala da mão e quebrá-la em sua cabeça. Ele faria de *tudo* para prolongar meu sofrimento.

— Como está a passarinha velha? — ele perguntou, referindo-se, eu supus, à minha avó.

Dei-lhe um olhar altivo.

— Ainda em boa saúde, eu acredito.

Ele suspirou e olhou para o céu.

— Será que algum dia ela morre?

Disparei-lhe um olhar zangado, pronta para repreendê-lo, mas ele riu e disse:

— Você acredita em tudo, prima. Deveria fazer alguma coisa quanto a isso.

Eu odiava pensar que ele estivesse com alguma vantagem. Estava farta de ser polida.

— Pare de me chamar de prima. Por que está aqui?

— Vim visitar minha querida prima, é claro.

Parei e me virei para ele.

— Não. Quero dizer: por que está aqui, em Kent? Você me seguiu?

Ele riu.

— Não seja convencida. — Ele parou e inclinou-se sobre a bengala. — Mas recebi uma notícia interessante. Evidentemente, sua avó decidiu que meu comportamento escandaloso a havia envergonhado por tempo suficiente, e ela me tirou de seu testamento.

— Pois sim?

Seus olhos se estreitaram.

— E eu pensei comigo mesmo: quem ela nomearia seu herdeiro, senão eu? Não aquela solteirona, a Amelia. — Ele apontou sua bengala para mim. — Você.

Decidi aceitar seu desafio à altura.

— Você está certo. Mas a herança é condicional: ela ainda pode me deixar sem um centavo, exatamente como fez com você.

— Condicional a quê?

— Não é da sua conta, *primo*.

Ele deu uma leve risada e ergueu uma sobrancelha.

— *Touché!* — Ele me estudou por um momento com os olhos apertados, como se debatendo um curso de ação. Observei, com um sentimento apreensivo, um sorriso lento espalhando-se por seu rosto.

— Bem, isso foi muito esclarecedor, mas agora preciso estar em outro lugar. — Ele fez uma reverência casualmente e deu as costas para seguir, despreocupado, em direção à estrada. Várias folhas estavam enroscadas em seu casaco e uma estava até despontando sobre a bota.

Já vai tarde, pensei. Mas eu não podia deixar de me perguntar por que ele viria por todo o caminho até aqui apenas para me fazer algumas perguntas. E o que ele fazia no bosque? Um movimento no canto do meu olho atraiu minha atenção. Era Cecily, que vinha do bosque. Ela estava limpando a saia e, enquanto eu observava, ela tirou uma folha de seu cabelo.

Eu a fitei e senti vertigem. Era esse o tipo de conduta que ela havia aprendido em Londres? Isso era considerado comportamento aceitável para uma jovem dama elegante? Eu me virei, enojada com a visão de seu cabelo desgrenhado e seu sorriso feliz.

Quando cheguei ao meu quarto, escrevi duas cartas. A primeira foi rápida e ia direto ao ponto.

Cara vovó,

Tive a infelicidade de ver o sr. Kellet na região. Também perdi James, o cocheiro que a senhora contratou. Além disso, sei que a senhora organizou esta visita e fez todo mundo mentir sobre eu ter sido convidada a vir. Se não me queria, bastava a senhora ter me dito, em vez de me fazer importunar outras pessoas. E também não estou impressionada, de forma alguma, pelas damas elegantes. Acho que eu preferiria vacas leiteiras pelo resto dos meus dias.

Atenciosamente,
Marianne

Eu estava sendo extremamente sincera nos meus escritos. Eu não tinha nenhum desejo de me tornar como Cecily. E, se isso era necessário para ganhar uma fortuna, então eu simplesmente não ganharia fortuna nenhuma. Não passaria necessidade, afinal de contas. Meu pai era próspero o suficiente, e eu receberia uma herança dele, mas não iria perder mais o meu tempo tentando me tornar alguém que eu não era.

Depois que terminei a carta para vovó, vi o livro de poemas do sr. Whittles na gaveta e pensei em outra carta que eu vinha sentindo vontade de escrever havia algum tempo. A segunda exigiu mais reflexão, mas, quando finalmente a terminei, fiquei satisfeita com o resultado. Decidi que era muito desperdício ansiar por algo que nunca poderia ser nosso. Era melhor aproveitar a felicidade onde ela estava disponível. Endereçei a carta ao sr. Whittles.

CAPÍTULO 22

Na manhã seguinte, o sr. Beaufort me fez uma nova visita. Assim que entrou na sala de estar, ele se dirigiu a lady Caroline.

— Há algum lugar onde eu possa falar com a srta. Daventry em particular?

Ah, não.

Lady Caroline disse algo sobre a necessidade de falar com a governanta e fechou a porta ao sair.

Eu não estava pronta para essa conversa. Tinha acontecido rápido demais, e eu não pensara em como poderia responder.

Fiz um gesto em direção ao sofá.

— Gostaria de se sentar?

— Só se lhe agradar — ele disse com um sorriso.

Sentei-me no sofá e juntei as mãos sobre o colo, me perguntando o que poderia dizer a ele.

Evidentemente, por outro lado, ele não precisava da minha contribuição. Ele se sentou a meu lado e disse:

— Srta. Daventry, não consigo parar de pensar na senhorita desde o momento em que a vi. A senhorita capturou meu coração, e não posso me conter em declarar que a amo! — Ele agarrou minha mão e ajoelhou-se diante de mim. — Tenho poucas coisas mundanas para lhe oferecer, mas ofereço meu eterno carinho, minha estima e minha adoração implacável. Faria a honra de aceitar minha mão em casamento?

Fiquei me perguntando como é que eu o achara bonito algum dia. Seus olhos pareciam piscinas rasas — nada como a profundidade que sempre via nos olhos de Philip. Claro, eu não estava escolhendo entre o sr. Beaufort e Philip, porque Philip não tinha pedido a minha mão. Mas eu estava escolhendo por mim mesma e, embora ninguém mais me quisesse, eu não queria passar o resto da vida olhando para aqueles olhos vazios e sem graça.

— Sinto muito — eu disse. — Não posso aceitá-lo.

O sorriso do sr. Beaufort se desfez, e seus olhos reluziram com algo que parecia raiva. Afastei-me dele, surpresa pela repentina alteração dos eventos. Porém, abruptamente, ele voltou a sorrir e disse:

— Talvez a senhorita precise de tempo para considerar minha oferta. — Ele pegou minha mão e pressionou os lábios nela. — Eu ficaria feliz em fazer uma nova visita.

Ele saiu antes que eu pudesse lhe dizer para nem se dar ao trabalho. Eu tinha certeza de que não iria mudar de ideia. Preferiria me tornar uma solteirona velha a me casar com um homem que eu não amava, agora que sabia o que significava amar.

Caminhei pela sala e fiquei em frente à pintura da minha mãe. Será que lady Caroline estava certa sobre minha mãe? Será que ela sentia que lady Caroline tinha tudo o que ela queria? Se assim fosse, eu entendia perfeitamente por que acabara a amizade. Acho que eu odiaria Cecily para sempre se ela tivesse tudo o que eu queria: Edenbrooke e Meg e Philip. Especialmente Philip. Toquei a moldura e me inclinei para a pintura, desejando ferozmente ter minha própria mãe.

— Minha querida, está passando mal?

Ergui a cabeça. Era a sra. Clumpett, com seu sorriso perpétuo. Mesmo agora, com a testa franzida de preocupação, sua boca ainda se virava para cima.

— Não, eu estou bem — falei. — Só um pouco... com saudade de casa.

Ela assentiu.

— Posso entender muito bem esse sentimento. O sr. Clumpett e eu estamos sentindo falta da nossa casa também. Os pássaros daqui não são os mesmos. E a biblioteca é muito desorganizada.

Eu sorri.

— A senhora está certa.

— Na verdade, agora que penso a respeito, acredito que seja hora de ir para casa. Oh, espere, eu esqueci. — Ela olhou para mim rapidamente e, em seguida, desviou os olhos. — Teremos de ficar um pouco mais. — Ela suspirou. — A menos que... me diga, acha que *você* talvez vá embora num futuro próximo?

Pensei na carta ao meu pai.

— Talvez — eu disse. — Espero que sim, mas é difícil saber.

Ela assentiu com a cabeça e, pela primeira vez, não parecia que estava sorrindo. Será que sua decisão, de alguma forma, estava conectada aos meus planos? Por que seria assim? Será que ela era mais uma pessoa que não me queria ali?

— Me avise quando tiver feito seus planos — ela disse. — Mas eu sinto falta dos nossos pássaros.

Era uma coisa tão pequena dizer "Sinto falta dos nossos pássaros", mas me tocava profundamente. Lembrava-me de tudo de que eu sentia falta na minha casa e a felicidade que outrora sentira lá.

O tempo livre na ausência de Philip fazia coisas terríveis. Os relógios andavam mais devagar, o sol ficava parado no céu, até mesmo as noites se estendiam mais do que o normal. Senti como se meses inteiros tivessem passado desde o baile, embora fossem apenas quatro dias. Retomei minhas atividades normais. Eu comia, dormia e passava meus dias na companhia de outras mulheres. Mas, apesar de tudo, sentia como se uma parte importante de mim estivesse ausente. Talvez fosse meu coração.

Cecily e eu mal tínhamos nos falado desde que eu havia saído do quarto dela na manhã seguinte ao baile. Ela e Louisa eram como unha e carne. Sempre estavam saindo para passear juntas, sussurrando uma para a outra. Não tentei me juntar a elas. Em vez disso, eu me concentrei em meu novo projeto.

Em vez de tentar realizar a tarefa da minha avó, passei meu tempo livre pintando paisagens de Edenbrooke. Cinco dias depois que Philip saiu, eu tinha meia dúzia de pinturas de algumas das minhas vistas favoritas da propriedade. Eu queria guardar o máximo que pudesse daquele lugar, o que, por algum tempo, tinha sido a coisa mais próxima de paraíso que eu podia imaginar na Terra. Lamentava profundamente o pensamento de deixá-lo para sempre. Quando Cecily se casasse com Philip, eu não voltaria mais. Eu sabia. Minha mãe nunca mais voltou, e agora eu entendia por quê.

Eu estava rascunhando a vista da janela do meu quarto quando Cecily entrou.

— Só faltam três dias até o baile — ela disse.

Fiz que sim, mantendo o olhar fixo na ponte enquanto eu trabalhava em deixar os ângulos do arco bem certos. Se eu olhasse apenas para os ângulos e pedras, eu poderia me treinar a não pensar em Philip cavalgando para a ponte com um apito nos lábios. Era um trabalho difícil, mas eu estava subjugando meu coração um pouco mais a cada dia.

— Não sei o que vou fazer se sir Philip não voltar a tempo para o baile — ela disse, desabando na minha cama. Seus cabelos dourados se espalharam ao redor do rosto quando ela olhou para o teto, fazendo beicinho. — Já passei horas planejando exatamente como vou fazê-lo declarar seus sentimentos por mim e, se ele não estiver aqui, vou ficar tão decepcionada que sou capaz de morrer. Você não sabe como é ter todas suas esperanças de felicidade futura fixadas em um único homem. O mistério é insuportável!

Revirei os olhos.

— Tenho certeza de que você não vai morrer de desilusão, Cecily. E se sir Philip for se declarar, ele provavelmente irá encontrar uma oportunidade para fazê-lo sem seus planos mirabolantes.

Pensei que estivesse com meu coração firmemente sob controle, mas as palavras que falei causaram pontadas agudas de dor. O pensamento de Philip se declarando para Cecily era demais para que eu pudesse contemplar.

— Talvez o sr. Kellet venha e mantenha você entretida se sir Philip não estiver aqui a tempo — eu disse.

Eu não conseguia manter o toque de malícia fora da minha voz, mas Cecily pareceu não notar.

— Espero que sim — ela disse, virando-se de barriga para baixo. — Eu me certifiquei de que ele estivesse na lista de convidados.

— Viu só? Você já vai ter... prazer pelo qual ansiar.

Ela sorriu com um olhar distante, como se estivesse se lembrando de algo agradável.

— Quem será que beija melhor, sir Philip ou o sr. Kellet? — Ela olhou para mim. — Quem você preferiria beijar?

— Nenhum dos dois — menti.

— Hum. Eu também não sei, mas com certeza vou lhe dizer quando descobrir.

Uma onda de ressentimento subiu dentro de mim.

— Se descobrir, por favor, não me diga. Há algumas coisas que prefiro não saber.

— A propósito — ela disse —, o que aconteceu com o sr. Beaufort?

Fiquei surpresa ao perceber que eu não havia contado a ela. Mas, por outro lado, eu mal tinha conversado com Cecily desde que Philip partira.

— Ele me pediu em casamento e eu recusei. Só isso.

— Que bom. Eu não queria lhe dizer no momento, mas acho que existe algo não muito certo sobre ele.

Pensei em seus olhos rasos, e tive que concordar com sua avaliação.

Antes de ir embora, ela olhou por cima do meu ombro para ver meu desenho.

— Você tem um verdadeiro dom para a arte. É muito melhor nisso do que eu jamais serei.

— Obrigada. — Que coisa gentil de se dizer. Olhei para o meu desenho, e depois para o rosto da minha irmã. Eu tinha deixado meus sentimentos por Philip se colocarem entre nós e lamentava por isso. Soltei o lápis e olhei para ela. — Cecily, posso fazer uma pergunta?

— Sim, claro.

Respirei fundo, reunindo minha coragem, e perguntei:

— Você queria que eu viesse para Edenbrooke? Ou foi ideia de lady Caroline?

Ela inclinou a cabeça para um lado.

— O que fez você perguntar isso?

Sustentei seu olhar.

— Apenas me diga, por favor.

Cecily colocou uma mecha do meu cabelo de volta no penteado.

— Pode ter sido ideia de lady Caroline, mas claro que eu queria você. É minha irmã.

Ela não titubeou; eu acreditei nela. Meu coração se aliviou e eu sorri. Era tão estranho sorrir, e um alívio tão grande ao mesmo tempo que tive que parar para pensar na última vez em que tinha sorrido. Eu não me lembrava de um único instante de felicidade desde que Philip tinha ido embora.

— Acho que precisamos passar mais tempo juntas — Cecily disse. — Senti saudade.

— Eu também estava com saudade. — Senti um verdadeiro afeto por ela naquele momento e, depois que ela saiu, continuei a sorrir.

Na tarde seguinte, eu estava esboçando a vista da janela da biblioteca quando Rachel me encontrou. O pomar estava quase completo. Quando eu o pintasse, faria o céu parecer encoberto, como no dia em que Philip e eu passamos lá.

— Oh, aqui está você — ela disse. — Eu estava lhe procurando.

Ergui os olhos dos meus desenhos. Ela veio em minha direção com um sorriso.

— Acabo de receber uma carta de William.

Eu a fitei. Os homens realmente escreviam para as esposas quando estavam fora... na farra?

— Eu sabia que você iria querer ouvir — ela continuou ao fechar a porta e vir se sentar ao meu lado —, pois menciona Philip.

Um pavor fez meu coração palpitar pesado. Neguei com a cabeça.

— Não, eu não quero. Não consigo imaginar nada nessa carta que eu esteja interessada em ouvir.

— Ora, pode ser sincera comigo. Vi como tem andado cabisbaixa pela casa e, se não é por Philip que você anseia, é por William, e isso não seria conveniente para mim de forma alguma.

Franzi o cenho diante do meu esboço.

— Não estou ansiando por ninguém.

— Bobagem. Claro que está. — Ela me sorriu intensamente e, em seguida, olhou para sua carta. — Vamos ver. Parece que eles estão realmente se divertindo. Oh, aqui é a parte que eu queria ler para você: "Philip se apaixonou por uma verdadeira beldade, com belas pernas e bela silhueta. Ele acha que o preço é alto demais, mas eu não ficaria surpreso se ele a trouxesse para casa no final".

Senti como se estivesse sendo estrangulada.

— Não tenho vontade de ouvir sobre as... conquistas de Philip — falei quase sem voz.

Rachel olhou para cima.

— Não, querida, você sabe que este ano eles não estão participando.

Eu não conseguia olhá-la no rosto. Eles não estavam participando? O que isso significava? Eu não sabia tanto *assim* sobre essas coisas.

— Não... estão?

Ela me olhou com curiosidade.

— Não, porque Philip deu aquela égua para você montar em vez disso. Pensei que soubesse.

— Aquela égua? — Uma parte da minha mente não estava funcionando corretamente, era óbvio, pois eu não entendia o que uma égua tinha a ver com aquilo.

— A Meg?

Ela acenou com desdém.

— Seja qual for o nome.

Eu estava me esforçando muito para montar esse quebra-cabeça, mas não estava obtendo sucesso.

— O que Meg tem a ver com o fato de eles estarem ou não... *participando*? — Corei, dizendo essa palavra.

Ela me encarou como se eu fosse doida, depois colocou a carta sobre o colo e falou lenta e cuidadosamente.

— Bem, querida, eles precisam de um cavalo para participar das corridas. E não levaram um cavalo este ano porque Philip lhe deu um cavalo de corrida para passear e depois não quis tirá-lo de você.

Fitei-a boquiaberta.

— Corridas? Corridas de cavalo?

— Sim. Eles estão em Newmarket. Pensei que soubesse.

— Mas... mas você me disse que seu pai não teria aprovado o que eles estavam fazendo.

— Não, é verdade, ele nunca aprovou as corridas. — Ela suspirou. — Mas há maneiras muito piores para um homem passar seu tempo livre, por isso não impedi William de ir. — Ela passou a mão sobre a carta com um gesto carinhoso. — É um sonho dele e sempre foi, o tempo todo, criar cavalos de corrida, mas é claro que não é financeiramente possível para nós. Para ser honesta, suspeitei que Philip poderia estar fazendo tudo isso mais por William do que por seu próprio interesse. — Seu sorriso era um pouco melancólico. — Ele nunca se perdoou por herdar tudo, sabe?

Uma onda de emoção estava lutando contra as amarras que eu tinha posto em volta do meu coração. Batia forte. Senti que ele acordava, se agitava e se esticava. Minhas mãos tremiam.

— Eu não sabia — murmurei.

Ela riu de leve.

— Bem, o que achou que eles estavam fazendo?

Desviei o olhar no meu constrangimento.

— Hum... Eu pensei... Eu presumi... que eles estivessem envolvidos em um tipo diferente de... comportamento.

Rachel, de repente, engasgou.

— Conquistas? Você realmente não achou que... — Ela se pôs a gargalhar. — Ah, não me admira que tenha andado tão infeliz desde que eles partiram! Coitadinha. — Ela colocou um braço ao redor do meu ombro enquanto continuava a rir, mas eu estava envergonhada demais para me juntar a ela.

Depois de um momento, ela se afastou e disse suavemente:

— Mas como pôde suspeitar que Philip pudesse ter tal comportamento? Considerando como vocês dois são próximos, eu teria pensado que você conheceria o caráter dele melhor do que isso. Você não sabe que tipo de cavalheiro Philip é?

Deixei cair a cabeça nas mãos.

— Não sei — resmunguei. — Não sei de nada.

— Bem, eu conheço Philip a minha vida toda, e posso lhe dizer que tipo de homem ele é. — Olhei para cima. — O melhor tipo de todos — disse ela, me observando atentamente. — E ele merece o melhor tipo de dama como sua esposa. Mas não acho que Cecily se encaixa nessa descrição. Você acha?

Olhei para ela bruscamente. A culpa por secretamente concordar com Rachel começou a enfrentar a lealdade dentro de mim. A lealdade venceu.

— Não, você está enganada. Cecily tem algumas qualidades maravilhosas. Ela é bem adequada para o tipo de vida elegante que sir Philip pode proporcionar.

Rachel mostrou um sorriso amável.

— É óbvio o que você está fazendo, e é uma atitude muito nobre: sair para dar espaço para sua irmã. Só que não é ela que Philip quer.

Eu a observei em silêncio, querendo acreditar. Mas e se ela estivesse apenas se intrometendo, como lady Caroline? Como eu poderia ousar me permitir ter esperanças? Minha vontade lutou contra meu coração e eu... Sentei-me, atônita, com o coração implorando que eu tivesse esperanças.

— Você sabe o que eu acho? — Rachel perguntou.

Neguei com a cabeça.

Ela levantou a carta de William.

— Acho que Philip anda tão infeliz quanto você desde que ele partiu, o que me leva a acreditar que algo aconteceu entre vocês dois.

Toquei minha bochecha, tentando suavizar o rubor.

— Nada aconteceu entre nós. Temos sido amigos. Só isso.

Ela levantou ambas as sobrancelhas.

— Philip não olha para você do jeito que um homem olha para uma amiga.

Desviei o olhar, envergonhada e muito infeliz.

— Isso é só porque ele é um galanteador. Ele não tem intenção de nada com isso.

— Um galanteador? Ora, mas de onde você tirou essa ideia?

Eu pisquei, surpresa.

— Achei que fosse de conhecimento comum. A srta. Fairhurst me levou a acreditar que todos conheciam a reputação dele.

Rachel parecia espantada.

— Você acreditou na srta. Fairhurst? É sério, Marianne, pensei que você tivesse mais juízo do que isso.

Eu a fitei.

— Quer dizer, ele *não* é um galanteador?

Ela me olhou por um longo instante, como se debatendo o que dizer.

— Não vou negar que muitas damas tenham se apaixonado por ele, mas vou lhe dizer uma coisa: nunca vi Philip se comportar com ninguém da forma que se comporta com você.

Meus pensamentos giravam à medida que cada suposição sobre as quais eu tinha construído meu entendimento de Philip se dissolvia. Olhei para minhas mãos no colo e as vi tremer.

— Rachel, estou disposta a admitir que fui enganada, que fiquei confusa e que sou muito ingênua. Mas, se Philip de fato sente algo por mim, por que ele não disse nada?

Ela se inclinou em minha direção e falou com urgência:

— Marianne, você deve entender que Philip tem um senso muito forte do que significa ser um cavalheiro. E, de acordo com seus princípios, ele não podia cortejar você, considerando as circunstâncias.

Eu estava confusa.

— Como assim? Que circunstâncias?

— Você se encontra em uma posição muito vulnerável, com seu pai distante e sem outro homem para protegê-la. Philip assumiu o papel de guardião quando a acolheu como hóspede. De fato, ele disse à sua avó que agiria como seu protetor enquanto você estivesse aqui. Como ele poderia se declarar sendo responsável por você? Não vê como o senso de honra e cavalheirismo de Philip o impediria disso, a menos que ele estivesse certo dos seus sentimentos? Ele não tiraria vantagem da sua vulnerabilidade, declarando-se enquanto tinha uma obrigação tão grande em relação a você.

Torci as mãos uma na outra enquanto meus pensamentos se descontrolavam. Por que eu nunca tinha considerado nada disso? Provavelmente pela mesma razão que eu escondera meus sentimentos por Philip de mim mesma. Eu não queria enfrentar o que poderia possivelmente partir meu coração. E havia a questão dos sentimentos de Cecily.

— É claro — Rachel disse. — Se ele tivesse a *certeza* de seus sentimentos, ele provavelmente teria dito alguma coisa.

Eu ri um pouco.

— Nem mesmo *eu* estava certa dos meus sentimentos. E havia o fato de que Cecily o reivindicara primeiro.

Rachel assentiu.

— Foi o que pensei. Mas, se Philip amasse Cecily, ou mesmo se estivesse interessado nela, ele a teria cortejado em Londres. Por isso acho que você pode colocar de lado essa dúvida. A verdadeira pergunta é: o que vai fazer para encorajar ele a se declarar para você?

Meu queixo caiu.

— Fazer? O que quer dizer? Não vou fazer nada! Nem mesmo sei o que Philip sente por mim.

Rachel fez um ruído de desdém.

— Philip anda exibindo o coração aberto para que o mundo inteiro veja. É óbvio que ele ama você, mas todos precisam de algum incentivo, e eu acho que você precisa estar preparada para oferecer algum encorajamento quando Philip retornar.

Ela me deixou depois disso, sorrindo como se estivesse muito satisfeita consigo mesma.

Ao me levantar, andei de um lado para o outro na frente da lareira. Meus pensamentos se atropelavam furiosamente. Philip e William estavam em Newmarket em corridas de cavalo, não na farra. Eu desejava entender como pude ter interpretado Rachel mal quando conversamos pela primeira vez sobre a viagem dos homens. Não me lembrava das palavras exatas que havíamos trocado, mas senti certeza de que sabia do que ela estava falando.

As palavras eram escorregadias. Eu poderia tomar as palavras de Rachel e compreendê-las de uma forma, depois olhar para elas novamente da perspectiva dela e entendê-las de uma forma completamente nova. A mesma coisa aconteceu quando a ouvi ler a carta de William. Tive certeza de que ela estava se referindo a Philip ter se apaixonado por uma mulher, não uma égua.

Tinha algo falho no meu modo de pensar? Ou uma suposição errada levava a outra? As meras palavras já eram ambíguas, pouco confiáveis. Mas o que poderia ser confiável, se não as palavras?

Eu estava tão envolvida na tentativa de compreender como eu tinha cometido erros de julgamento que quase esqueci uma parte significativa da minha conversa com Rachel. Eu estava certa sobre o caráter de Philip. Rachel confirmou o que eu tinha pensado inicialmente — que Philip era um cavalheiro e não tomaria parte nos tipos de atividades que eu suspeitara que ele tomaria.

Talvez eu também estivesse certa sobre outra coisa. Talvez estivesse certa quando pensei que Philip realmente gostasse de mim, ao menos como amigo. Talvez — apenas talvez —, eu tivesse interpretado mal o que ele contara a William na sala de esgrima.

Podia ser que ele se sentisse compelido pela honra a não se declarar enquanto era responsável por mim, e talvez fosse por isso que ele quisesse se livrar da responsabilidade em relação a mim. Deixei esse pensamento de lado. Era demais para eu esperar.

Também pensei sobre se ele era ou não um galanteador. Ocorreu-me que eu nunca tinha visto Philip flertar com ninguém além de mim. Ele certamente nunca tinha flertado com Cecily nem com a srta. Grace. Eu o observara no baile, e ele não tinha sorrido para qualquer outra moça da forma como sorria para mim. Nunca tinha aquele brilho provocador nos olhos quando olhava para outra pessoa.

Sacudi a cabeça em minha perplexidade. Era possível. Era bem possível que eu estivesse errada antes. Eu queria acreditar que estava errada agora e não apenas para meu próprio bem. Queria acreditar desesperadamente que conhecia Philip de verdade. Havia me apaixonado pelo homem que achei que ele fosse e queria acreditar que esse homem existia.

Meu coração e mente lutaram até eu já não conseguir mais pensar e repensar nas coisas. Eu entendia melhor a carta de amor de Philip agora, quando ele escreveu sobre ser levado à beira da loucura por amor. Eu mesma estava à beira da loucura e precisava fazer alguma coisa para me distrair.

Saí de casa e fui seguindo para o estábulo. Entrei na baia de Meg, peguei a escova e comecei a penteá-la. Sempre gostei de cuidar de cavalos. Havia algo sobre o ruído baixo da escova na pelagem e o calor do seu flanco na minha mão que me acalmava.

A ação repetitiva e a calma tranquila permitiram-me ponderar o que Rachel havia me contado. Eu não tinha respostas claras sobre Philip. Mas tinha esperança, e estava disposta a esperar e descobrir por mim mesma o que era verdade e o que era falso.

Um pensamento veio à tona à minha mente conforme eu escovava Meg. Eu não era inteiramente indesejada ali. Lady Caroline gostava de mim — eu tinha certeza disso. E Rachel parecia gostar de mim também. Ela fizera um esforço para falar comigo e me dar esperanças sobre Philip. E Cecily era uma irmã dedicada. Ela também me queria ali.

A alegria que a tomada de consciência me proporcionava era gigantesca. Apoiando a cabeça no pescoço de Meg, funguei, sentindo as lágrimas de alegria e felicidade que escorriam pelas minhas faces. Então eu ri de mim mesma, ergui a cabeça e enxuguei o rosto. Certamente eu tinha chorado bastante na semana anterior para uma vida inteira. Eu estava me transformando em uma manteiga derretida, o que não era do meu feitio.

— Então você é uma égua de corrida — eu disse a Meg, continuando a escová-la. — Você deveria ter me dito. Se eu soubesse, teria exigido mais de você. Poderíamos ter derrotado aquele cavalo preto dele.

Ela relinchou em resposta.

CAPÍTULO 23

William e Philip tinham dito à mãe que voltariam a tempo do baile que ela estava organizando. Mas já era a véspera e nenhum dos dois aparecera.

Naquela tarde, sentei-me na sala de estar e me pus a trabalhar obedientemente em alguns bordados enquanto Cecily e Louisa tocavam um dueto no piano.

Da minha posição perto da janela, fui a primeira a notar a carruagem que vinha subindo pelo caminho que levava à propriedade. Tentei não ceder à esperança e ao entusiasmo que estavam crescendo em mim, mas a reconheci. Era a mesma carruagem que Betsy e eu tínhamos usado para chegar a Edenbrooke.

Era a carruagem de Philip.

Ele tinha vindo para casa, afinal de contas, bem a tempo do baile, assim como havia prometido. Minha mão tremia, o que me fez bordar um ponto irregular. Coloquei o bordado de lado e respirei fundo para me controlar. O que eu diria a Philip? Como saberia quais eram seus sentimentos por mim? E será que eu poderia lhe oferecer encorajamento, tal como Rachel tinha sugerido?

Ouvi vozes masculinas do outro lado da porta; depois ela se abriu e William entrou. Ele olhou pela sala e disse algo em saudação, mas quase não ouvi suas palavras, tão distraída que estava pela vontade de ver Philip.

Lady Caroline ergueu os olhos de sua escrivaninha, e Rachel cruzou o recinto até o marido com um sorriso. Cecily e Louisa pararam de tocar piano. Estiquei o pescoço, tentando ver além de William. Por que Philip estava demorando tanto?

Em seguida, William perguntou:

— Onde está Philip?

Eu o fitei.

— Philip? — Lady Caroline indagou. — Ele não está com você?

William franziu a testa e olhou para mim e, em seguida, apressou-se a desviar o olhar.

— Não. Ele disse que tinha outra coisa para fazer, mas pensei que ele já teria retornado a essa altura.

Não tínhamos como lhe dar resposta alguma, já que nenhuma de nós sabia que eles não estavam juntos.

William minimizou o mistério, dizendo:

— Ouso dizer que ele vai estar em casa amanhã. Acho que planejava estar de volta para o baile.

Era completamente insatisfatório que ele pudesse não dar importância para a ausência de Philip sem nos dizer qualquer coisa sobre onde ele poderia estar ou o que poderia fazer. William nem sequer ofereceu uma explicação sobre por que ele olhou para mim e franziu a testa. Me preocupava que Philip continuasse fora por não querer me ver de novo. Era um pensamento insuportável.

Deixei a sala de estar e pedi ao mordomo para encontrar Betsy e mandá-la ao meu quarto. Eu estava andando de um lado para o outro em frente à minha lareira quando Betsy abriu a porta com tudo e correu para dentro do quarto.

— O que foi, senhorita? — perguntou ela sem fôlego.

— Preciso que descubra onde está sir Philip e por que ele não voltou com o irmão.

Os olhos dela se iluminaram com um brilho de emoção misturado com determinação.

— Se há algo a ser descoberto, eu vou descobrir, nunca tema, senhorita! — Ela saiu voando do quarto.

Menos de meia hora tinha se passado quando a porta se abriu e Betsy correu de volta para o quarto. Eu estava acostumada a entradas dramáticas, portanto não me assustava.

— O que descobriu? — perguntei.

— Ninguém sabe aonde sir Philip foi, senhorita. — Ela apertou a mão no peito arfante, tentando recuperar o fôlego. — O cocheiro disse que ele deixou Newmarket há quatro dias. Ele disse que sir Philip estava agindo estranhamente, mal prestando atenção nas corridas e, depois de dois dias assim, o sr. Wyndham disse-lhe: "Não estou suportando mais seu sofrimento silencioso. Vá conquistá-la". E foi quando sir Philip partiu, sem dizer nada sobre aonde iria ou o que faria.

Ela me olhou de olhos arregalados.

— O que acha disso tudo?

Eu balancei a cabeça, pasma.

— Não tenho ideia. — Mas eu sabia de uma coisa. Se Philip ia conquistar alguém, queria que fosse eu.

Mais tarde naquela manhã, saí de casa com meu caderno de rascunhos e segui para o pomar; eu estava inquieta e impaciente para ver Philip e não aguentei ficar sentada dentro de casa com as outras mulheres nem mais um minuto. Não suportava ouvir Cecily toda preocupada com seus planos de fazer Philip pedi-la em casamento no baile e como eles estariam perdidos se ele não voltasse a tempo.

Eu ainda não sabia o que dizer quando visse Philip novamente, mas tinha chegado a uma conclusão: não iria competir numa corrida diferente só porque tinha medo de perder para Cecily. Se Philip era mesmo o cavalheiro que eu pensava — e o que Rachel jurava que ele era —, então Cecily não o merecia.

Sentada com as costas contra o tronco de uma árvore, esbocei um conjunto de maçãs penduradas em um galho grosso. Concentrada no meu objeto, de início não notei o som de passos sobre a grama. Um movimento no canto do meu olho atraiu minha atenção. Meu coração deu um pulo. Era Philip. Ele tinha voltado para casa a tempo do baile, assim como tinha prometido. E tinha me encontrado ali, no pomar, pois ele me conhecia muito bem.

O que eu lhe diria? O que ele me diria? Coloquei meu desenho de lado e me levantei, alisando a saia e depois o cabelo. Não precisei beliscar as bochechas, pois meu rosto já estava quente por causa do nervosismo que me inundava. Ele tinha que estar perto. Ouvi mais farfalhar, depois eu o vi emergir do bosque. Eu me virei para ele com um sorriso hesitante.

Meu sorriso imediatamente vacilou.

— Sr. Beaufort — eu disse, decepção colorindo minha voz.

Ele fez uma reverência.

— Srta. Daventry. Está tão linda aqui, entre as flores.

— O que o senhor está fazendo aqui? — Eu não queria soar grosseira, mas não tinha paciência para conversa educada naquele momento.

Ele andou em minha direção, sorrindo, e disse:

— Vim para mudar sua ideia. — Ele me agarrou pela cintura, puxou-me para ele e apertou sua boca contra a minha.

Recuei a cabeça e o empurrei na altura do peito.

— Solte-me agora mesmo!

No entanto, eu não era páreo para sua força. Ele só me puxou mais firme contra ele.

— Preste bem atenção — ele sussurrou, a boca muito perto do meu rosto. — Estamos loucamente apaixonados… e vamos fugir juntos. Quando formos descobertos, sua avó ou seu pai ou seja lá quem tome conta de você, vai ficar feliz que tenha se casado comigo. Então vamos viver felizes para sempre com a sua fortuna.

Congelei. Ele sabia da minha herança?

— Fortuna? — Dei risada. — Não há fortuna.

Seus olhos faiscaram.

— Acha que me engana? Eu sei muito bem que há uma fortuna de quarenta mil libras esperando que a senhorita herde. Meu bom tio, o sr. Whittles, ouviu sua avó afirmar isso quando estava na casa dela.

Lembrei-me do dia em que minha avó me contara sobre a herança, e como eu tinha encontrado o sr. Whittles do outro lado da porta.

Neguei com a cabeça.

— Isso não foi tornado oficial. Minha avó não vai me deixar nada se o senhor arruinar minha reputação.

Ele sorriu.

— Eu acho que ela vai, mas não há necessidade de arruinar sua reputação. Basta aceitar a minha oferta. Pense nas tentações, minha cara. Vou cobri-la de presentes, dar tudo o que você quiser, até mesmo sua liberdade, contanto que me permita também ser livre.

— O senhor vai me dar tudo o que eu quiser com meu próprio dinheiro? — Ri dele. — Não seja absurdo.

Sua mão agarrou minha cintura com tanta força que doeu.

— Não fale assim comigo.

De repente, reconheci que não se tratava de jogo nenhum e que eu literalmente estava nas garras de um homem inescrupuloso.

— Não precisa fazer isso — disse eu, sentindo o palpitar do medo a cada batida do meu coração. — Minha avó lhe dará dinheiro, como um resgate. Não precisa me levar a lugar nenhum. — Sorri para ele, mas seus olhos continuaram duros.

— Seja lá que quantidade ela ofereça, não pode ser mais que sua herança, por isso vou ter que rejeitar a ideia. Agora. Vamos dar as mãos e correr para a carruagem que tenho à nossa espera na estrada. Se alguém nos vir, vai acreditar que somos dois jovens desesperadamente apaixonados.

Neguei com a cabeça.

— O senhor está louco. Não vou segui-lo.

Ele enfiou a mão no bolso do casaco e tirou algo dourado, que deixou deslizar por entre os dedos para que ficasse dependurado de uma corrente.

Engoli em seco.

— Meu medalhão! — Meus pensamentos se atropelaram enquanto eu tentava entender o que estava diante de mim. — Você era o salteador? Aquele que atirou no meu cocheiro?

Ele sorriu e arrepios frios percorreram minha espinha.

— O que fez com James? Por que ele deixou a estalagem?

— Não se preocupe com ele. Assim que fiquei sabendo por intermédio dele aonde você estava indo, eu o convenci a deixar a região e procurar emprego em outro lugar. Ele foi perspicaz.

O terror daquela noite, do salteador mascarado, da pistola e de James sangrando na estrada voltou a mim. Meus joelhos fraquejaram e minha voz estremeceu.

— O que queria de mim naquela noite?

— Eu queria a mesma coisa que sempre quis: uma fortuna. Admito que minha primeira tentativa foi um pouco rude. Pensei apenas em fugir com você do jeito que fosse necessário. Mas, quando sua criada atirou em mim, abandonei essa empreitada. Certamente eu não iria arriscar meu pescoço quando havia outras formas de conseguir o que eu queria. Eu tinha esperanças de convencê-la a se casar comigo baseado nos meus próprios méritos. Mas você foi incapaz de apreciar o que eu tinha a oferecer. E então chegamos a isso.

Ele colocou o medalhão de volta no bolso e tirou outra coisa.

— Você se lembra disso, não?

Era uma pistola. Balancei a cabeça com muito cuidado. Ele sorriu.

— Acho bom. — Ele colocou a arma de volta no bolso. — Agora, vamos embora, meu amor!

Ele agarrou minha mão e começou a correr pelo pomar. Tentei puxar minha mão da sua e abri a boca para gritar. Ele parou abruptamente, apertou a mão na minha boca e sussurrou:

— Vai ser muito mais simples se aceitar o plano. Veja, tenho alguém esperando por você na carruagem, e acredito que foi ela que atirou em mim da última vez. Não vai querer que ela seja ferida da mesma forma que seu cocheiro, vai?

Ele tinha Betsy. Agora mais do que minha própria vida dependia das minhas ações. Cuidadosamente, balancei a cabeça.

Ele sorriu.

— Eu sabia que você seria capaz de enxergar a razão. — Ele puxou minha mão novamente e, desta vez, não resisti.

Além do pomar, havia um caminho curto que cortava o bosque. Após vários minutos, saímos para a rua, onde estava uma carruagem fechada com os cavalos amarrados a uma árvore.

O sr. Beaufort abriu a porta da carruagem e fez uma reverência.

— Espero que tenha uma boa viagem.

Vi, imediatamente, que o carro estava vazio.

— Você mentiu para mim!

Tentei me afastar, mas ele me agarrou pela cintura e me jogou para dentro da carruagem. Ele se inclinou e disse:

— Eu não tentaria saltar, se fosse você. Pessoas são conhecidas por ter os miolos esmagados nas rochas quando tentam saltar de coches em movimento.

— Espere! — Eu me impulsionei para a porta que ele já estava fechando. — Para onde está me levando? — gritei.

Ele sorriu para mim através da janela. Eu estava começando a suspeitar de que ele fosse louco.

— Para Dover, meu amor!

Senti a carruagem balançar quando ele subiu até a cabine do cocheiro. Ele mesmo iria conduzir, o que significava que não havia nem mesmo um cocheiro que pudesse vir em meu auxílio. Atirei-me à porta e puxei a maçaneta. Estava quebrada. Eu tentei a outra porta, mas nem sequer tinha maçaneta.

Gritei com frustração e bati na porta. O sr. Beaufort só estava me enganando com aquele comentário: dando-me esperanças de fugir se eu tivesse coragem de dar o salto. Achei tê-lo ouvido rir e, então, a carruagem balançou e comecei a ser levada, depressa, sem ninguém para ouvir meus gritos.

CAPÍTULO 24

Não demorei muito para entender o que aconteceria comigo se eu não fugisse. Ter a reputação arruinada era tão condenável quanto ser arruinada de fato. Ninguém iria me querer se eu passasse a noite com o sr. Beaufort, não importava o que ele fizesse ou não comigo. Senti o medo inflar meu peito só de pensar. Tentei quebrar a janela, batendo nela com os punhos, mas o vidro não cedeu. Depois de um tempo, desabei no banco, exausta. Eu já não tinha mais esperanças de ser resgatada por ninguém nem de fugir. Tentei não chorar sentindo minhas expectativas serem drenadas de mim.

Fiquei de vigia na janela tentando compreender aonde estávamos indo, mas, já que eu não estava familiarizada com a região, a estrada pela qual viajávamos não me dizia nada. Senti como se tivéssemos percorrido um caminho por horas. Tive náuseas duas vezes e deixei todo o meu desjejum no chão da carruagem. Depois, completamente arrasada, deitei-me no banco e tentei não respirar pelo nariz.

O céu estava cinzento e incolor quando o carro finalmente parou. Parecia que eu tinha viajado o dia todo. Quando o sr. Beaufort abriu a porta, ele recuou bruscamente, levando a mão sobre a boca e o nariz. Senti um pouquinho de satisfação.

Sentei e pisei sobre meu desjejum, levantando o vestido do caminho. Ele agarrou meu cotovelo e me ajudou a descer. Eu estava fraca e enjoada demais para tentar fugir dele, além do mais, eu não sabia para onde correr.

No entanto, o ar fresco e salgado que respirei foi um alívio bem-vindo.

— O que aconteceu aí? — ele perguntou.

— Eu tenho enjoo em carruagens.

Parecendo enojado, ele enrugou a testa.

— E em barcos?

— Nunca andei de barco, mas acho que também teria enjoo em um barco. — Quase sorri diante da sua expressão.

Ele murmurou algo para si mesmo e, em seguida, puxou-me em direção a uma estalagem.

— Nós vamos jantar aqui. Não quero envolver mais ninguém, e tenho certeza de que nem você. Se está lembrada, não tenho nenhuma restrição em atirar em alguém que entre no meu caminho.

Eu o entendia perfeitamente. Qualquer um que pudesse estar em posição de me ajudar na estalagem estaria arriscando sua vida para isso. Assim como James. Ergui os olhos para a estalagem e a placa de madeira exibia o nome "A Rosa e a Coroa". Tive uma estranha sensação de já ter vivido aquele momento antes. A última estalagem em que eu tinha parado — na noite em que James fora baleado — também se chamava A Rosa e a Coroa. Para falar a verdade, era um nome comum para estalagens, mas, mesmo assim, parecia estranhamente significativo.

Lá dentro, o sr. Beaufort pediu uma sala particular e o jantar. Havia algumas pessoas sentadas na choperia, mas o aperto firme do sr. Beaufort no meu braço me lembrou de sua ameaça, portanto segurei a língua. Além disso, eu me sentia muito fraca e enjoada para enfrentá-lo.

A salinha para onde fomos levados oferecia um contraste vívido com o estado em que eu me sentia. Uma fogueira brilhante crepitava, uma mesa estava bem iluminada e a mobília era limpa e agradável.

O sr. Beaufort apontou em direção a uma cadeira.

— Por favor, fique à vontade.

Desejei que ele não fingisse ser um cavalheiro. Tornava suas ações muito mais terríveis. Considerei me recusar a fazer o que ele queria, mas rapidamente rejeitei essa ideia. Seria melhor, para mim, aplacá-lo tanto quanto pudesse. Então, eu me sentei à mesa e fiquei observando-o com cuidado. Ele levou a cadeira o mais perto possível da porta e se inclinou para trás com as pernas cruzadas.

— Nem pense que vai se safar dessa — eu disse. — Meu pai nunca concordará com esse casamento.

Ele abriu sua caixinha de rapé e deu uma fungada. Quando terminou, me olhou languidamente e disse com uma voz aborrecida:

— Seu pai se importa tão pouco sobre o que acontece com você que a abandonou aos cuidados de uma mulher fraca e velha, que não pode nem cuidar de si mesma. Você não tem outros homens na família. Ninguém para protegê-la; ninguém para lutar por você. — Seus lábios se curvaram. — Você, minha cara, é a vítima ideal. E, já que vamos para a França, acho que vai se passar um longo tempo até seu pai a encontrar.

— França? — eu disse com surpresa.

— Sim. França. Partiremos assim que a maré mudar. — Ele sorriu friamente. — Você entende, é claro, que eu não poderia deixar ninguém nos encontrar até você ser minha em definitivo.

Ele sabia que meu pai estava na França? Duvidei, considerando o fato de que ele pensava que lá ele estaria nos colocando fora do alcance do meu pai.

Soltei uma risada dura e curta.

— Eu nunca vou ser sua.

Seu olhar me percorreu.

— Você vai e, provavelmente, mais cedo do que imagina.

Um arrepio de repulsa desceu pela minha espinha, e o medo fez meu pulso acelerar, mas ergui o queixo.

— Eu sou uma dama, senhor. Posso concordar em me casar, se forçada, mas o senhor não terá permissão de me tocar. — Minha voz tremeu apenas um pouco.

Ele sorriu.

— E o que vai fazer se eu tentar? Lutar comigo?

— Sim. — Encontrei seu olhar corajosamente.

Ele riu baixinho, e até mesmo eu percebia como minha alegação soava humorística. Eu tinha metade do seu tamanho e, com certeza, menos da metade de sua força. Além disso, ele estava de posse de uma arma. Pois bem, então minha superioridade simplesmente teria que vir da razão.

O estalajadeiro trouxe uma bandeja de comida e uma jarra de vinho, os quais ele colocou em cima da mesa. O sr. Beaufort fez uma pilha de comida em seu prato e serviu uma grande taça de vinho para si.

— Por favor, faça a gentileza de comer.

Eu não conseguia comer. Era impossível. A visão da comida era suficiente para me fazer ter ânsia de vômito. Ainda assim, eu queria dissipar a desconfiança e fazê-lo acreditar que eu seria submissa. Escolhi o prato menos revoltante e, metodicamente, levei algumas colheradas à boca e engoli enquanto observava o sr. Beaufort com atenção. Ele não prestava atenção nenhuma em mim, apenas comia e bebia vinho, como se estivesse jantando sozinho. Isso era bom. Me dava a oportunidade de olhar pela sala.

Não vi muita coisa em termos de armas. Juntamente com a mesa, as cadeiras e a lareira, havia um banco baixo perto da janela e uma escrivaninha em um canto. Não consegui ver nada pesado o suficiente para acertá-lo, com exceção das cadeiras, e eram grandes demais para que eu as empunhasse. As perspectivas eram desanimadoras. Nem mesmo a faca que eu tinha recebido para comer apresentava algum uso, já que não tinha ponta nem corte.

Eu tinha que ser mais criativa. Olhei de novo para a mobília no recinto, e meus olhos repousaram sobre a escrivaninha. Vi uma pena, um vidro de tinta, e uma pequena pilha de papel. Eu esperava que, em algum lugar na mesa, houvesse um canivete para afiar a pena. Um plano se formou na minha mente. Considerei minhas outras escolhas, e rapidamente percebi que não tinha outras opções, na realidade, a não ser tentar correr porta afora ou deixar o sr. Beaufort fazer o que ele quisesse comigo.

O pensamento me deixou tão nervosa que minha mão tremeu e eu tive que colocar o garfo na mesa. De repente, eu me lembrei da minha primeira noite em Edenbrooke, quando entrara na sala de jantar de braço dado com Philip. O que ele tinha me dito? "Tente respirar fundo. Pode ajudá-la a relaxar."

A memória aliviou um pouco meu coração. Respirei fundo, equilibrando os meus nervos e observando o sr. Beaufort. Ele estava bebendo, mas não comendo muito. Ele se serviu três taças e, no final da terceira rodada, pousou-a desajeitadamente sobre a mesa. Era, talvez, o melhor momento para eu fazer minha tentativa. Mostrei-lhe um sorriso tímido.

— Não sabia como estava com fome. É difícil pensar claramente quando se está com fome, não concorda?

Ele ergueu uma sobrancelha.

— Nunca pensei nisso.

— Bem, comigo é sempre assim. — Baixei os olhos humildemente. — Mais cedo, não consegui pensar em como seria... um prazer me casar com um homem como o senhor. — Olhei através dos cílios e vi um olhar de satisfação perpassar suas feições.

— Está recuperando o juízo, não? — Ele riu. — Nunca demora muito para elas caírem na realidade.

— Oh, eu posso acreditar. Ora, apenas observando o senhor aqui, à luz de velas... — deixei minha voz sumir no final.

Seus olhos se iluminaram com interesse.

— Continue.

— Eu estava apenas admirando a forma como a luz ressalta suas belas feições, seu maxilar forte, o jeito como seus olhos... — Olhei para baixo e tentei corar. Senti meu rosto ficar mais quente. Pelo menos eu poderia sempre contar com essa habilidade.

— Não pare agora.

— Sou muito tímida — eu disse baixinho.

— Não precisa ser tímida — ele insistiu. — Logo não haverá mais motivo para timidez. Vamos conhecer tudo um sobre o outro.

Eu estremeci, mas mantive o rosto baixo para que ele não visse minha expressão.

— Talvez eu pudesse escrever, em vez disso. Como se fosse uma carta de amor.

Ele se recostou na cadeira.

— Bem, esta certamente seria uma experiência inovadora.

Ele me contemplou por um momento, e eu esperei, tensa.

— Por que não? A noite é uma criança. — Ele fez um gesto em direção à escrivaninha.

O sr. Beaufort serviu-se de outra taça de vinho enquanto eu caminhava para a mesa; minhas pernas ficaram instáveis com certo nervosismo. Sentei-me com cuidado e inclinei o corpo para esconder dele o que eu estava fazendo. Procurei na escrivaninha, e não me decepcionei. O canivete repousava ao lado da pena. Tinha uma lâmina pequena, não mais do que a minha unha, mas estava perversamente afiada. Então teria que servir.

Peguei um pedaço de papel da pilha e mergulhei a pena na tinta. Escrevi às pressas.

Caro Philip,

Não acredito que algum dia você lerá isso. Se ler, é porque algo terrível aconteceu comigo. Encontro-me nas mãos de um homem perigoso. Estou determinada a enfrentá-lo, mas, antes disso, meu coração exige que eu escreva este bilhete para dizer que amo você. Envio-lhe meu coração com esta carta, para que permaneça em segurança de qualquer coisa que possa acontecer comigo esta noite. Não sei se o quer ou não, mas ele sempre foi seu.

Com todo o meu amor,
Marianne

Uma ou duas lágrimas pingaram sobre o papel, borrando um pouco das minhas palavras. O sr. Beaufort pigarreou para limpar a garganta. Dobrei o papel às pressas em um pequeno quadrado e escrevi *Sir Philip Wyndham, Edenbrooke, Kent*, do lado de fora. Queria saber onde eu poderia esconder a carta. No corpete? Não, poderia ser o primeiro lugar onde o sr. Beaufort a encontraria.

Meu estômago deu uma volta com esse pensamento, e temi que vomitaria novamente. Respirei fundo mais uma vez. Eu tinha que pensar. Eu me abaixei e enfiei o papel na minha bota. Era um pequeno conforto — quase nada perante o que esperava por mim, se eu não tivesse êxito —, mas eu tinha que fazê-lo.

Peguei outro pedaço de papel e pensei rapidamente sobre a lição que Philip tinha me dado. Eu precisava fazer isso parecer autêntico.

Para meu amor aventureiro...
Seus olhos brilhantes contêm segredos que me seduzem. Vejo neles um poder e força que o distinguem de todos os outros homens. Quando você olha para mim, meu coração palpita com a consciência de que, em breve, pertencerá a você. Não imagina o quanto tenho vontade de compartilhar minha vida com um homem assim.

— Ainda não terminou? — perguntou o sr. Beaufort.

— Quase. É minha primeira vez, veja o senhor. — Minha voz tremeu um pouco, mas terminei a carta.

Espero que eu seja capaz de lhe oferecer tudo o que o senhor merece.

Ansiosamente,
Marianne

Teria que servir. Apelaria para o ego dele, pelo menos. Eu me levantei e mostrei um sorriso tímido.

Ele olhou para cima.

— E então?

Escondi o canivete nas pregas da minha saia com uma das mãos e estendi a carta para ele com a outra. Ele se levantou e a pegou de mim.

— Ah, não consigo ficar olhando enquanto o senhor lê. Seria muito constrangedor — eu disse. — Terá que se virar.

— Mas você é uma coisinha pudica, não? — ele disse com um sorriso malicioso.

Atravessei a sala enquanto ele baixava a cabeça sobre a carta. Fiquei perto da porta — não tão perto a ponto de que ele suspeitasse, mas perto o suficiente para estar ao alcance, se meu plano funcionasse.

Ele virou para mim com uma luz ansiosa nos olhos.

— Você me surpreende mais a cada instante — disse ele, andando em minha direção.

Ele me agarrou pela cintura. Tentei não me afastar. Seu hálito fedia, e me dei conta de que ele estava bebendo conhaque e não vinho. Ele vacilou um pouco sobre os pés. Eu não sabia como seu estado ébrio contribuiria para o que eu estava prestes a fazer. Esperava que ajudasse.

Coloquei a mão em sua bochecha, agarrando a faca com a outra mão.

— Feche os olhos — sussurrei.

Ele sorriu e os fechou.

— Um novo jogo. Nunca esperava isso de você.

Eu me preparei, segurei o canivete em sua garganta, e invoquei minha coragem. Percebi que estava em falta. Eu não conseguiria. Não poderia apunhalá-lo assim.

Sua mão se moveu da minha cintura para o quadril e eu tive um sobressalto.

— Mexa-se e eu vou cortar sua garganta — sibilei.

Seus olhos se arregalaram e ele me olhou chocado. Olhei para ele com todo o ódio que tinha em mim. Ele moveu a mão. Apertei a faca contra sua pele até tirar sangue.

— Eu vou cortar — eu o avisei com os dentes cerrados.

Ele tirou a mão do meu corpo, seu semblante era sombrio de fúria.

Coloquei a mão em seu casaco e apalpei até encontrar a pistola. Eu a tirei dali, me afastei um passo dele e apontei a pistola. Minha mão tremia.

— Agora vamos nos entender — eu disse. — Eu vou sair, e você vai desaparecer. Se for esperto, vai deixar o país como tinha planejado e nunca mais vai voltar. Estamos entendidos?

Ele zombou com um esgar.

— Perfeitamente.

Em um movimento rápido, ele tirou a pistola da minha mão. Ela escorregou para debaixo da mesa. No instante seguinte, suas mãos agarraram meus ombros e me puxaram em sua direção.

— Acha que eu sou forte? — ele sussurrou. — Acha que sou poderoso? Vou mostrar o que é a verdadeira força. Vou mostrar o que acontece quando você tenta me fazer de tolo.

O pânico se apoderou de mim e destruiu todos os meus pensamentos e planos. Eu me retorci e girei em seus braços, mas ele apenas me segurou mais forte e pressionou os lábios vis contra os meus. Virei a cabeça para o lado e cuspi o gosto do beijo dele.

Ele riu e se atirou em mim de novo.

O som de sua risada atravessou meu pânico e clareou meus pensamentos o suficiente para me lembrar do canivete que ainda estava na minha mão. Golpeei cegamente cm suas mãos. Ele xingou e afrouxou um pouco o aperto. Deixei meus joelhos fraquejarem abruptamente e meu peso fez com que ele me soltasse. Quando caí no chão, chutei seus joelhos com ambos os pés, forte o suficiente para que ele perdesse o equilíbrio e cambaleasse para trás contra a porta. Rolei e engatinhei rapidamente para debaixo da mesa.

Minha mão atingiu algo sólido. A pistola. Saí do outro lado da mesa, me levantei e apontei a arma para ele.

— Vamos parar com isso agora — eu disse.

Ele deu a volta na mesa e veio em minha direção. Recuei ainda mantendo a arma apontada para ele. Minhas mãos começaram a tremer, traindo o medo que me percorria. Apertei mais o cabo.

— Pare ou eu atiro.

Ele sorriu e disse:

— Você não é capaz disso.

Hesitei por um minuto, acreditando nele. Será que eu *era* capaz? Notei o sangue em suas mãos onde o tinha esfaqueado. Era bem vermelho. Minha visão ficou turva por um instante, e eu tive que piscar rapidamente. Então vi o sr. Beaufort tentar me pegar.

De repente, pensei ter ouvido Philip gritando meu nome. Isso me assustou tanto que puxei o gatilho. O som foi ensurdecedor naquela sala pequena. Levei um tranco em resposta à força do disparo.

O sr. Beaufort se encolheu, se agachou e, em seguida, levantou-se e voltou a sorrir com mais força do que nunca. Eu tinha errado.

Ele estendeu a mão e agarrou a pistola de mim. Eu me abaixei e engatinhei para debaixo da mesa de novo, rápido como um caranguejo. Ele agarrou meu pé, e eu gritei chutando para me libertar e saí de debaixo da mesa ao lado da porta. Abri-a com força, mas fui imediatamente derrubada no chão com uma força tremenda.

Minha cabeça bateu em algo duro na queda. Ofeguei, rolei de lado e me curvei por instinto. A sala escureceu. Fiquei tão atordoada que tudo o que consegui fazer foi cobrir a cabeça com as mãos no instante em que sons violentos foram arrancados de dentro de mim.

Quando uma mão agarrou meu punho, eu lutei cegamente, aterrorizada demais para abrir os olhos e ver quem me atacava. Através do meu pânico, ouvi uma voz gritar:

— Marianne! Abra os olhos!

Meu terror morreu imediatamente, pois era uma voz que eu conhecia tanto quanto a minha. Meus olhos se abriram com surpresa, e eu vi o rosto do homem que tanto amava. Mas eu sentia uma dor absurda, estava tão transtornada pela angústia e pelo sofrimento que meu coração se partiu diante daquela visão. Eu chorava como se nunca fosse conseguir parar.

Ele me pegou em seus braços como se eu fosse uma criança novamente e me segurou firme contra seu peito largo.

— Você está segura agora, querida. Estou aqui.

Chorei no pescoço do meu pai quando ele me carregou dali.

CAPÍTULO 25

Vozes me cercaram, mas eu não conseguia compreender nada direito. Eu chorava demais para compreender alguma coisa. Quando meu pai se abaixou e me colocou numa cadeira, me recusei a soltá-lo. Ele se ajoelhou ao meu lado e deu tapinhas nas minhas costas enquanto eu permanecia com o rosto enterrado em seu peito. Ele me amava. Eu sabia. Sabia quando olhei em seus olhos. Eu não sabia por que ele estava ali ou como tinha me encontrado, mas naquele momento, eu não me importava. Só me importava em saber *por que* ele estava ali, *como* tinha me encontrado e que ele me amava.

Quando ele me perguntou se eu estava ferida ou se precisava de um médico, neguei com a cabeça e enxuguei as lágrimas para que pudesse vê-lo com mais clareza. Estávamos na choperia da estalagem, mas ignorei todo o resto ao meu redor, absorvendo a imagem do rosto de meu pai. Seus cabelos estavam mais cinzentos do que eu me lembrava, e havia mais rugas ao redor de seus olhos, mas ele parecia saudável.

Eu tinha tantas perguntas que não sabia qual delas fazer primeiro. Antes que eu tivesse a chance de dizer alguma coisa, entretanto, a porta da estalagem se abriu e William entrou a passos largos. Quando seu olhar pousou em mim, ele parou.

— Você a encontrou — ele disse ao meu pai com evidente alívio na voz. — Onde está o patife?

Meu pai fez um gesto em direção à sala de estar.

— Lá dentro. Sir Philip está tomando conta de tudo.

Sir Philip. O *meu* sir Philip?

— Sozinho?

Meu pai fez que sim.

— Ele insistiu.

Olhei de um para o outro. Eu sabia o que isso significava. Minha honra e reputação tinham sido postas em risco quando o sr. Beaufort me raptou. E agora estava dentro dos direitos do meu pai desafiá-lo para um duelo. Mas não era responsabilidade de Philip arriscar sua vida por mim.

Eu não podia ficar sentada, inerte, sabendo o que estava acontecendo na sala ao lado. Não era o papel de uma mulher testemunhar um duelo, mas, apesar disso, corri pela cervejaria e empurrei a porta da sala, com a intenção de parar o duelo imediatamente. Gelei na porta.

Não me atrevi a fazer nenhum som. O sr. Beaufort estava muito imóvel de costas para a lareira. Philip tinha a ponta de uma espada pressionada na garganta dele. Vi outra espada no chão. Nenhum dos cavalheiros olhou para a porta. Philip parecia em perfeito controle de si mesmo, com a espada dobrando a pele no pescoço do sr. Beaufort sem perfurá-la. Quando ele falou, porém, sua voz parecia tão feroz, que quase não a reconheci.

— Me diga o que você fez com ela.

— Eu me certifiquei de que você não fosse mais querer ficar com ela.

— Eu sempre vou querê-la — Philip disse em uma voz comedida, furiosa. — Sempre! Não há nada que possa fazer para mudar isso.

O sr. Beaufort deu um sorriso malicioso.

— Então por que deseja saber?

— Porque eu nunca iria fazê-la dizer as palavras. E porque eu quero saber qual deve ser o grau da minha satisfação ao perfurar você.

— Parem! — A palavra parecia ter sido arrancada de mim.

Os dois homens olharam para mim. Quase comecei a soluçar novamente diante da expressão de Philip, pois se equiparava à do meu pai. Voltei meu olhar para o sr. Beaufort, pois eu não conseguia mais suportar olhar para Philip. Caminhei em direção a eles, tremendo tanto que tive de cerrar os punhos.

— Ele é um mentiroso — eu disse, parando ao lado de Philip. — Não vou permitir que ele arruíne minha reputação depois de impedir que me arruinasse de fato. Ele não fez nada além de me beijar. — Ergui meu queixo e pensei em quão desdenhosa minha avó era capaz de se mostrar. Esperava estar parecida com ela. — E nem foi um beijo bom. Foi nojento. Mas ele só fez isso.

O rosto do sr. Beaufort ficou vermelho-escuro, e sua cara era como se tudo o que quisesse era colocar as mãos ao redor do meu pescoço, mas, depois de um instante, ele baixou o olhar carrancudo num gesto de derrota. Eu queria rir com meu triunfo, mas tinha medo de acabar chorando, em vez disso. Olhei para Philip.

— Mesmo que ele mereça ser perfurado, eu não quero ter uma morte na minha consciência. Apenas o machuque um pouco, por gentileza, para lembrá-lo desta noite.

Philip olhou para mim por um longo momento. Havia tantas emoções em seus olhos que eu nem sabia por onde começar a decifrá-las.

— Ele beijou você? — A raiva trespassava sua voz.

Assenti. Seu olhar recaiu na minha boca. O olhar de fogo desferido retornou, como se Philip mal fosse capaz de controlar suas paixões. Não pude deixar de notar que ele ficava muito bonito com aquele lampejo de raiva nos olhos.

Mal lançando um olhar para o sr. Beaufort, Philip girou o punho. A espada se mexeu tão depressa que houve apenas um borrão de aço e depois uma linha vermelho-escura no rosto do sr. Beaufort, do queixo, passando pelos lábios, até chegar à lateral do nariz.

Ele xingou e pressionou o punho da camisa à boca. A renda imediatamente se tornou escarlate.

Fiquei encarando, um pouco perplexa com o que eu tinha acabado de causar.

— É suficiente? — Philip me perguntou, e eu vi, acima de todos os outros elementos que guerreavam pela predominância em seus olhos, um brilho de admiração.

— Sim. Agora você pode se certificar de que ele deixe o país?

— Deixe comigo. Deseja algo mais? — Agora ele estava sorrindo, sorrindo diante dos meus olhos, como se eu tivesse o universo inteiro nas mãos. Era próximo o bastante para ver tudo, e eu descobri, em seus olhos e em seu sorriso, que Philip tinha um segredo próprio. Um que brilhava tão forte — tão forte quanto a luz do sol sobre a água — que eu perdi o fôlego, deslumbrada pela claridade.

Assim como tive certeza do amor de meu pai quando olhei em seus olhos, eu estava certa de outra coisa naquele momento. Estava certa de que Philip tinha afeto por mim. Era tão óbvio — em seus olhos, no calor de seu sorriso, pela forma como ele me olhava e pela forma como ele havia enfrentado o sr. Beaufort para me defender. Philip tinha afeto por mim. Eu não sabia dizer se ele estava apaixonado ou não por mim, mas tinha certeza de que a amizade que eu tinha valorizado tanto era real. Um sorriso lento curvou meus lábios. Sim, ainda havia muito que eu queria de Philip.

Mas eu disse apenas:

— Isso serve. Por enquanto.

Philip e William partiram para escoltar o sr. Beaufort até o barco dele. Imaginei que eles também fossem com o estalajadeiro para ajudá-lo a se lembrar dos eventos daquela noite de modo diferente. E, provavelmente, haveria algum custo associado ao dano que eu causara com o projétil do meu disparo. Acima de tudo, minha cabeça latejava de quando eu fora jogada no chão. Mas nada disso importava naquele momento. Eu me sentei na cervejaria com meu pai e aproveitei a calmaria para conseguir algumas respostas.

— Papai, estou tão feliz que o senhor tenha voltado para a Inglaterra. Mas, me diga, o que o trouxe para casa agora? Aconteceu alguma coisa? A vovó...?

— Não, não aconteceu nada. — Ele afagou minha mão. — Eu deveria ter voltado para casa há muito tempo. — Ele respirou fundo e seus olhos se enrugaram de preocupação. — É verdade que você odiava Bath?

Pisquei para conter as lágrimas e assenti, pois não conseguia falar.

— Sinto muitíssimo. Só fiquei longe para que você tivesse oportunidade de frequentar a sociedade: conhecer mais gente jovem e ter a chance de um bom casamento. Eu esperava que estivesse se divertindo.

Apoiei a cabeça em seu ombro.

— Não ligo para a sociedade. Quero cuidar do senhor. — Nada mais certo, agora que a mamãe não estava mais entre nós, que eu gerenciasse a casa e providenciasse conforto para o meu pai.

— Você é bem-intencionada, mas, antes que se desse conta, seus anos de oportunidade teriam ido embora. Eu detestaria fazê-la perder a oportunidade de uma felicidade futura. Eu não fazia ideia até sir Philip me dizer o quanto você estava infeliz.

Ergui a cabeça e olhei para ele.

— Sir Philip? O que ele tem a ver com isso?

— Ele chegou há alguns dias, de forma um tanto inesperada. Ele me entregou sua carta e disse que estava determinado a me trazer de volta para que você pudesse voltar para casa. Sabe ser bem persuasivo, não? É claro que não precisei ser persuadido depois de ter lido sua carta.

Philip tinha ido até a França? Por mim? Eu mal podia acreditar.

— Mas como o senhor sabia que eu estava aqui? E que eu estava em perigo?

— Foi a maior das coincidências. Tínhamos acabado de chegar e estávamos à procura de uma estalagem quando cruzamos caminho com o sr. Wyndham e seu cavalariço, que tinham seguido você até aqui depois de alguém ter informado sobre seu rapto. Não houve tempo para mais explicações. Nós nos separamos para procurar em diferentes estalagens. — Ele esfregou a mão sobre o rosto. — Quando ouvimos o tiro e depois seu grito, eu temi o pior. — Ele soltou o ar num suspiro trêmulo. — Fiquei tão aliviado de encontrar você. O que eu poderia fazer se algo tivesse lhe acontecido? — Papai me puxou num abraço e beijou o topo da minha cabeça. — Você é minha *raison d'être*.

Eu era sua *razão de existir*? Senti como se fosse uma xícara cheia e prestes a transbordar. Mais uma gota de alegria e minha alma se derramaria.

— Você precisa acreditar que eu teria voltado a qualquer momento — ele disse. — Bastava pedir. E, não, Annie, nunca culpei você pela morte da sua mãe. Nunca, minha querida. Nunca.

Apoiei a cabeça no ombro do meu pai e deixei que minhas lágrimas corressem livremente. Meu coração tinha sido contido com tanta força e por tanto tempo que eu temia não conseguir segurar as emoções que se derramavam dele. Ah, mas eram emoções de cura. Com cada batida, meu coração estava ficando mais forte do que tinha estado no último ano.

Quando William e Philip retornaram, o ombro de meu pai estava úmido das minhas lágrimas, mas eu estava feliz. Eles nos disseram que tudo estava sob controle e que poderíamos partir imediatamente. William retornaria com o cavalariço no *fáeton* no qual ele tinha vindo, e Philip se juntaria ao meu pai e a mim na carruagem que tinham alugado para nos levar todos de volta a Edenbrooke. Agradeci-lhes por me resgatar, e ambos fizeram um aceno como se fosse apenas uma das muitas coisas heroicas que eles faziam todos os dias.

Já estava escuro quando saímos da pousada. Sentei-me na carruagem, ao lado de meu pai, com Philip à nossa frente. Por um breve momento, desejei estar sentada ao lado de Philip. Depois me repreendi pela minha falta de lealdade e decidi ser feliz por ter meu pai perto de mim.

Ainda havia muito sobre o que eu queria conversar com meu pai. Ele, com certeza, riria do meu relatório sobre o sr. Whittles e sua poesia. E havia coisas que eu queria lhe perguntar sobre a França e como ele tinha passado o último ano. Mas papai parecia muito cansado. Bocejou várias vezes enquanto ele e Philip estavam trocando algumas observações casuais. Depois de alguns minutos, o silêncio se abateu sobre nós, e papai inclinou a cabeça contra a parte de trás do seu assento.

Eu olhei pela janela... e vi a lua viajando conosco. Outra pousada, outra lua, outro passeio de carruagem, mas tudo agora estava diferente. *Eu* estava diferente. Eu estava irrevogavelmente mudada. E era uma mudança para melhor. Sentia isso na força do meu coração.

Logo, começaram a ecoar os roncos do meu pai. Eu não conseguia dormir, minha mente estava muito ocupada pensando em tudo o que eu tinha descoberto naquela noite. Eu repetia para mim mesma as palavras que Philip dissera ao sr. Beaufort sobre como ele sempre ia me querer. Elas caíram no meu coração terno como gotas de um bálsamo, alimentando minha esperança.

Philip estava sentado na frente de meu pai, e eu não conseguia ver nada dele na escuridão da carruagem, mas sabia que estava acordado, pois sentia seu olhar em mim. Então, quando pensei que passaríamos o trajeto de carruagem em silêncio, ele falou com uma voz tranquila através da escuridão.

—Tem certeza de que ele não a machucou?

Estremeci ao ser banhada pelo som de sua voz.

— Sim, tenho certeza.

Eu o ouvi suspirar e se acomodar de novo em seu lugar. Então ele falou mais uma vez.

— Quer me contar o que aconteceu?

Então eu contei. Contei-lhe tudo, desde a proposta do sr. Beaufort até a carta de amor que escrevi na estalagem, incluindo quando disparei a pistola. Philip ouvia tudo, mas o senti ficar tenso e, em dado momento, eu o ouvi praguejar para si mesmo.

No final da minha história, ele estava quieto e eu me esforcei para ver sua expressão, mas era impossível. A escuridão nos cobria. Falando assim, no escuro, com apenas palavras para nos conectar, eu me sentia tão estranha e íntima dele quanto quando o estava observando escrever aquela carta de amor.

Depois de um longo momento, Philip perguntou:

— Por que você nunca me falou sobre sua herança?

A pergunta me surpreendeu. Quando lhe contei sobre os acontecimentos da noite, eu não tinha percebido que também acabara contando sobre a herança. Hesitei, tentando encontrar as palavras certas.

— Minha avó me avisou para não o fazer. Além do mais, na verdade, ainda não ganhei a herança. Primeiro tenho que provar que sou uma dama elegante para a minha avó, e duvido que isso vá acontecer. — Parei um instante. — Mas faria alguma diferença? Se você soubesse?

— Não — ele respondeu de forma decisiva e imediata. — Mas eu ainda gostaria que tivesse contado.

— Por quê?

— Para que eu pudesse prometer que não amaria você por causa do seu dinheiro — ele disse, e ouvi o sorriso em sua voz.

Aquele dia na biblioteca, quando fizemos aquelas promessas um ao outro, parecia ter acontecido num passado distante. Eu sorri com a lembrança.

— Bem, não é tarde demais.

Philip riu, e uma emoção de prazer rolou pela minha coluna. Como eu amava o som da risada dele! E então percebi o que tinha lhe feito rir. Eu tinha flertado com ele. Nunca havia flertado com Philip antes — nenhuma vez — até aquela noite.

— Eu prometo, Marianne Daventry — ele começou. Sua voz era séria e suntosa ao mesmo tempo, e meu coração pulou no peito. — Prometo que não a amo pelo seu dinheiro.

Um choque me fez estremecer. Eu não podia deixar de notar a mudança na escolha de suas palavras nem na profundidade de sua voz. Ele queria dizer que me amava? Ele me *amava*? Não era uma declaração, e Philip tinha sido um galanteador irreparável. Mas, bem quando eu estava pronta para não dar importância para suas palavras junto com seus outros comentários provocativos e flertes, me lembrei de algo que ele havia me dito durante nossa carta de amor: *Eu sempre falo sério quando se trata de assuntos do coração*.

Ele poderia estar falando sério agora? Os conselhos de Rachel para encorajá-lo me vieram à mente, fazendo meu coração pular de nervosismo. Não sabia como encorajar um homem a se declarar. Eu nem sabia se Philip tinha algo a declarar! E se minha tentativa de encorajá-lo soasse tão estranha como eu me sentia?

Meu pai se mexeu ao meu lado, murmurando algo em seu sono, e eu levei um pequeno susto. Tinha esquecido, por um momento, de que ele estava sentado ao meu lado. Sua distração serviu como um lembrete oportuno de que aquele não era o momento nem o lugar para uma conversa importante e íntima com Philip. Meu pai poderia acordar a qualquer hora. Então suspirei e abri mão do pensamento de ficar sabendo de qualquer coisa sobre o coração de Philip ou suas intenções naquela noite. Eu teria que esperar mais um pouco.

Mas havia algo que ainda precisava lhe dizer.

— Obrigada por trazer meu pai para casa. Foi muito generoso da sua parte ir até a França por mim. — Fiz uma pausa e, em seguida, disse com um sorriso: — Suponho que agora terei que lhe dar a pintura.

Philip riu de leve.

— Não, eu tenho algo melhor em mente para a pintura.

Esperei por mais, mas ele ficou misteriosamente em silêncio. Philip sempre tinha gostado de seus segredos.

— Por que o trouxe para casa, então? — perguntei.

— Porque você o queria.

A declaração era tão simples, mas era eloquente para demonstrar as intenções de Philip.

Fechei os olhos e sorri, sentindo a esperança dentro de mim ficar cada vez maior.

— Você deveria tentar descansar — disse Philip. — Já passou por muita coisa esta noite. Não vou mantê-la acordada.

Eu estava cansada demais e meu coração, aquecido demais para dizer mais qualquer coisa. Então apoiei a cabeça contra a janela e me permiti ter esperanças, à medida que os cavalos nos carregavam pelo mundo iluminado pelo luar.

CAPÍTULO 26

Quando, finalmente, chegamos a Edenbrooke, eu subi as escadas aos tropeços e desabei num torpor exausto. O céu noturno estava apenas começando a se iluminar e a amanhecer quando eu caí na cama. Nem me incomodei em me despir ou mesmo em tirar as botas.

Acordei horas mais tarde ao som de Betsy tentando me acordar sem me chacoalhar. Ela estava caminhando pelo quarto, fazendo minha xícara de chocolate estremecer sobre a travessa que estava segurando, esbarrando na mobília e assobiando. Eu ainda estava cansada, mas via que não tinha como dissuadi-la. Virei em direção à janela. A luz do sol vespertino se infiltrava através dela.

Quando Betsy viu que eu estava me mexendo, ela quase derrubou a bandeja em cima de mim, na pressa para deixá-la ali.

— Oh, estou tão feliz que a senhorita finalmente tenha acordado! — Ela se jogou na minha cama. — Andei tão impaciente para saber o que aconteceu ontem! A senhorita não imagina o tumulto que aconteceu por aqui quando o sr. Clumpett entrou com tudo na casa alegando que a senhorita tinha sido raptada.

Eu me sentei e fiz menção de pegar a xícara de chocolate.

— O sr. Clumpett? Como ele foi envolvido?

— Ele disse que estava à procura de insetos no bosque quando ouviu gritos e viu um homem jogá-la em uma carruagem. Ele tentou correr atrás, mas tropeçou numa raiz de árvore e torceu o tornozelo. No entanto, ouviu o sr. Beaufort dizer algo sobre Dover. O sr. Clumpett levou meia hora para voltar para a casa mancando com o tornozelo machucado e contou ao sr. Wyndham o que tinha acontecido. Não consigo nem descrever como foi emocionante! Juro que quase desmaiei quando lady Caroline deu ao sr.

Wyndham as espadas de duelo para que ele as levasse consigo. Agora eu tenho que ouvir o que aconteceu ou morrerei com o suspense!

Contei tudo a ela, desde a chegada do sr. Beaufort ao pomar até o duelo de Philip.

— Ele duelou pela senhorita? — Ela apertou as mãos uma na outra. — Foi terrivelmente romântico?

Pensei que eu deveria desencorajar suas fantasias românticas, mas, depois de um breve conflito interno, desisti e sorri.

— Sim — admiti. — Foi.

Ela deu um gritinho.

— Eu sabia. Sabia que ele era a pessoa certa para a senhorita. Não me importo o que diga sobre a srta. Cecily, é a senhorita que ele ama e isso significa que vou virar a dama de companhia de uma lady. — Ela parecia prestes a entrar em êxtase.

Eu tinha que pará-la.

— Betsy, não aconteceu nada entre mim e sir Philip, por isso não comece a planejar sua vida futura aqui.

Ela fez um gesto de desdém para minhas palavras.

— Nada aconteceu *ainda*. Mas alguma coisa vai. Estou certa disso. Ah, vou deixá-la tão linda para o baile desta noite que ele não vai conseguir mais resistir.

Meus sentimentos oscilaram entre nervosismo e emoção, esperança e dúvida. Eu tinha que concordar com Betsy: algo aconteceria naquela noite. Eu sentia. Pedi a ela para me preparar um banho e então me levantei e me alonguei. Notei minhas botas ao lado da cama, mas não me lembrava de tê-las tirado.

— Betsy, você tirou as minhas botas? — perguntei quando ela voltou para me dizer que a água estava sendo preparada.

— Tirei, mais cedo, quando vim ver a senhorita. Achei que ficaria mais confortável sem elas.

Fiquei olhando para as botas e um alerta disparou na minha mente. Havia algo importante sobre elas que eu tinha de me lembrar. Soltei um suspiro de alarme quando me lembrei do que era: a carta que eu tinha escrito para Philip na estalagem na noite anterior. Atirei-me para as botas e as virei de boca para baixo. Não havia nada.

— Você achou um pedaço de papel quando tirou as minhas botas? — perguntei.

— Quer dizer a carta endereçada a sir Philip? Sim, eu a vi.

Eu me enchi de pavor.

— O que fez com ela?

— Eu a coloquei bem aqui, na sua mesa.

Ela pegou a bandeja que tinha posto ali, mas não havia nenhum bilhete debaixo. Procurei por toda parte, até mesmo embaixo da bandeja, depois no chão, debaixo da mesa, e inclusive em cima da bandeja. A carta não estava em nenhuma parte.

— Nós temos que encontrá-la, Betsy! — gritei em pânico absoluto.

Minha carta era uma declaração de amor e, se Philip a lesse, estragaria tudo. Uma mulher nunca declarava seus sentimentos primeiro. Nunca! E se ele não tivesse intenção de pedir a minha mão e, depois de ler a minha carta, se sentisse obrigado a isso? E se estivesse apenas flertando quando me fez aquela promessa na carruagem na noite anterior? Desabei no chão, cabeça apoiada nas mãos, e gemi de vergonha. Eu nunca superaria se ele lesse aquela carta. Nunca.

Uma batida soou na porta. Um momento depois, Cecily correu e se atirou em mim.

— Oh, você está segura! Estive tão preocupada! — Ela me abraçou firme; em seguida, afastou-se e me segurou pelos ombros. — Ele machucou você?

Neguei com a cabeça e tentei sorrir.

— Não, estou bem. — Ela também não deveria saber sobre aquela carta. Não devia pensar que eu a trairia conscientemente ao me atirar no homem que ela amava.

— Não acredito — ela disse. — E pensar no perigo que você correu! Eu nunca deveria tê-la deixado sozinha. Você deve ter ficado tão assustada! Precisa me contar tudo. — Ela sacudiu a cabeça e me puxou para eu me levantar. Parecia determinada a não me soltar.

Nós nos sentamos na minha cama, e Cecily ouviu, de olhos arregalados, enquanto eu lhe contava quase tudo o que tinha acontecido. Deixei de fora alguns detalhes importantes, como o que Philip havia dito ao sr. Beaufort sobre sempre me querer. Guardei essas palavras no meu coração como um tesouro sagrado.

Cecily insistiu em se sentir responsável pelo meu rapto e jurou-me ser uma irmã melhor e nunca me deixar sozinha novamente.

Eu me senti muito feliz e muito culpada ao mesmo tempo. Ela não podia imaginar que eu estava apaixonada pelo homem com quem ela esperava se casar.

Eu estava uma pilha de nervos quando Betsy terminou meu cabelo e me proclamou pronta para o baile. A carta não tinha aparecido, mesmo que Betsy tivesse perguntado aos outros empregados se eles a tinham visto. Eu corava de vergonha cada vez que pensava sobre a carta acabar em mãos erradas. Ou até mesmo nas mãos certas.

Eu me levantei e me olhei no espelho. Minhas bochechas estavam rosadas, graças ao meu estado de vergonha e nervosismo. Alisei as mãos na frente do vestido de musselina branca. Betsy tinha cortado pequenas rosas brancas do jardim e as prendido entre meus cachos. Respirando fundo, eu me virei para a porta e segui rumo à noite fatídica.

Parei no topo da escada e dei uma olhada na cena abaixo de mim. Papai estava na antessala, falando com lady Caroline. Louisa e Cecily estavam sussurrando uma para a outra, de cabeças unidas. O sr. e a sra. Clumpett estavam perto de William e pareciam estar conversando, animados, sobre alguma coisa. A julgar pelos movimentos que fazia o sr. Clumpett, imaginei que tinha a ver com pássaros. Notei que ele estava usando uma bengala naquela noite, mas parecia estar bem-humorado. E longe dos outros, perto da porta para a sala de estar, situavam-se Rachel e Philip.

Rachel parecia estar falando com ele em voz baixa, pois ele estava com a cabeça curvada, como se ouvindo atentamente. Ela ergueu os olhos e me viu, depois disse mais uma coisa para Philip. Ele se virou e encontrou meu olhar. Estava mais bonito do que qualquer homem tinha o direito de estar. Ele andou até a base da escada e sorriu para mim. A noite tinha começado.

A atenção de Philip me deixava tão nervosa que eu tinha de agarrar o corrimão para garantir que não tropeçasse e caísse da escada. Ele não afastou os olhos de mim em nenhum momento enquanto eu descia os degraus.

Quando alcancei o último, Philip estendeu a mão para mim. Coloquei minha mão na sua.

— Não achei que fosse possível — ele disse em voz baixa —, mas esta noite você parece mais linda do que nunca.

Meu coração desatou a bater.

— Obrigada — eu disse sem fôlego.

Ele levantou uma sobrancelha com uma expressão de surpresa.

— *Obrigada*? Você aprendeu a aceitar elogios, Marianne?

Tentei suprimir um sorriso, mas não obtive sucesso. Sentindo-me um pouco orgulhosa de mim mesma, eu disse:

— Acho que sim.

Philip olhou para minha mão, que ele ainda estava segurando, e sorriu como se tivesse um pensamento secreto em mente. Então baixou a cabeça e tocou os lábios no dorso da minha mão. Um choque veio subindo pelo meu braço até meu coração, que ficou batendo forte.

— Fico feliz em saber — Philip murmurou, olhando para mim com os olhos semicerrados.

Minha nossa. Eu tinha visto aquele olhar antes — na noite do último baile. Era o olhar ardente e determinado que Philip tinha direcionado a mim quando dançamos juntos. Esse era o olhar que desmontara todas as minhas defesas. Agarrei o corrimão com a mão livre, sentindo como se minhas pernas não pudessem me segurar.

Meu pai veio em nossa direção bem nessa hora para me salvar da desgraça de cair aos pés de Philip devido a um caso sério de joelhos enfraquecidos.

— Você está linda, minha querida — ele disse, quando Philip soltou minha mão e deu um passo para o lado.

Fiquei grata pela interrupção do meu pai, pois trazia clareza de volta para meus pensamentos. Lembrei-me de que eu ainda estava sem minha carta muito constrangedora. Betsy tinha prometido continuar procurando por ela e me avisar assim que a encontrasse. Eu esperava que ela a achasse logo, antes que tivesse chance de ser lida, ou — que Deus não permitisse — entregue.

Quando as pessoas começaram a chegar, eu fiquei do lado de Cecily na antessala e nós cumprimentamos os convidados juntamente com Philip e lady Caroline, já que o baile estava sendo realizado em nossa honra. Cecily parecia um anjo, com seu cabelo dourado brilhando à luz de velas. Ela apertou minha mão e sorriu para mim, emoção reluzindo em seus olhos azuis.

Eu mal conseguia focar nos convidados que fluíam para dentro do hall de entrada, de tão preocupada que eu estava por causa da carta. Notei o sr. Kellet, no entanto, porque ele foi a única pessoa que sorriu maliciosamente para mim. Ele beijou a mão de Cecily e disse algo no ouvido dela que a fez corar e dar uma risadinha. Lancei um olhar de reprovação para minha irmã, mas ela pareceu não notar.

— O que o sr. Kellet disse a você? — perguntei.

Ela sorriu como quem guarda um segredo.

— Duvido que você queira saber.

Lembrando do comentário que ela fizera sobre o beijo dele, eu tive que concordar. Ela me olhou de soslaio com curiosidade.

— Sir Philip está muito bonito hoje, não?

— Com toda certeza. — Tentei fazer minha voz soar alegre, mas indiferente; apesar disso, senti minhas faces esquentarem. Meu rubor certamente me denunciaria se Cecily prestasse atenção. — Suponho que você queira dançar com ele primeiro.

— Não, acho que você deveria dançar.

Olhei para ela com surpresa.

— Pensei que você tivesse um plano para esta noite.

Seu sorriso misterioso apareceu novamente.

— Eu tenho.

Antes que eu me desse conta, os músicos começaram o aquecimento, e lady Caroline veio nos dizer que era hora de tomarmos nossos lugares no salão de baile.

O salão estava lotado e barulhento. Nem consegui dizer uma palavra a Philip durante a quadrilha, o que, para mim, era ótimo, pois eu estava tão ocupada me preocupando com a carta desaparecida que teria muita dificuldade em me concentrar numa conversa.

Olhei de relance para a fila de casais e vi Cecily dançando com o sr. Kellet. Ela parecia estar se divertindo imensamente. Quando a dança acabou, aceitei com relutância a mão do meu parceiro seguinte, enquanto Philip fazia uma reverência e se afastava. Eu o vi por todo o baile, dançando com várias damas. Lá estava ele com a srta. Grace. A sra. Fairhurst assistia a tudo da lateral com um toque beligerante em seus olhos ansiosos. Lá estava ele dançando com a mãe, como um filho obediente. E depois, rápido demais, ele estava dançando com Cecily.

Quando os músicos fizeram uma pausa para descansar, alguns dos convidados saíram do salão quente e atravessaram as portas francesas até o terraço fresco. Observei Cecily e Philip do outro lado do salão. Eles estavam bem juntos; ele baixou a cabeça para ela e ela sussurrou algo no ouvido dele. Eu notava a surpresa de Philip mesmo a distância. O que será que ela havia lhe dito? Então ela sussurrou outra coisa e ele lhe ofereceu o braço. Deixaram o salão juntos, mas não seguiram os outros casais para o terraço.

Com uma onda de ciúme, eu me perguntei para onde ela o estava levando e o que ela poderia fazer com ele. Eu me esqueci por completo sobre os sentimentos de benevolência que tinha por Cecily. Queria arrancar os olhos dela.

Alguém bateu no meu ombro. Eu me virei e fiquei surpresa ao ver Louisa.

— Preciso falar com você — ela disse.

Ela nunca quis falar comigo antes.

— Sobre o quê?

— Apenas venha comigo.

Eu a segui pela porta do salão e por entre a multidão de convidados. Agarrou meu cotovelo e me puxou para o corredor que levava à biblioteca. Lá estava silencioso. Ela parou logo em frente às portas do cômodo e se virou para mim.

— Eu sei sobre a carta — ela disse. — A que você escreveu para Philip.

Meu coração afundou. Não. Não, não, não.

— Não sei o que você pensa que viu — menti.

Ela revirou os olhos.

— Sim, você sabe.

Louisa nunca tinha sido minha amiga. Ela era amiga de Cecily e, claramente, queria Cecily como irmã, não a mim.

— Eu quero saber se você foi sincera — ela disse. — Sente de verdade esse sentimento em relação a Philip? Ou foi algo que escreveu porque estava em uma situação desesperadora?

Meu rosto estava em chamas. Senti como se estivesse sufocando.

— Por que se importa se é verdade ou não?

Ela se aproximou.

— Porque eu me preocupo com meu irmão. E ele está na biblioteca agora, lendo sua carta. Então, se você não foi sincera, é melhor me dizer agora, antes que parta o coração dele.

Olhei para ela, consternada. Meu coração ameaçava parar.

— Ele está lendo a carta? Agora? — O pânico começou a me percorrer. Eu queria fugir.

Eu tinha declarado meu amor naquela carta, mas não tinha nenhuma garantia de que Philip sentia o mesmo em relação a mim. A atitude era, além de arrojada, algo inédito, e eu queria morrer da vergonha de toda aquela situação.

Um sorriso curvou os lábios de Louisa.

— Você é sincera.

Ela bateu na porta da biblioteca. Cecily a abriu e ficou na entrada, sorrindo para mim.

— Aí está você. — Ela agarrou meu braço, me puxou para dentro e saiu, fechando a porta.

A biblioteca estava escura, exceto pelo fogo baixo que queimava na lareira e pela lua, que penetrava a grande janela do outro lado. Philip estava ao pé da lareira, com um ombro apoiado na cornija, com a cabeça baixa sobre um pedaço de papel. Ele ergueu os olhos quando a porta se fechou, mas a biblioteca estava escura demais para que eu pudesse ver sua expressão.

Meu coração batia tão forte que pressionei a mão no peito para impedir que saísse pela boca.

Philip estava me olhando através do cômodo obscuro, com a carta condenatória na mão, e não estava se movendo nem dizendo palavra alguma.

Ambos ficamos assim, como se à beira de um penhasco, e eu não sabia se, se me movesse, despencaria no inferno ou ascenderia ao paraíso.

Então ele finalmente falou.

— Você realmente queria dizer isso?

Meu coração estava na garganta. Ali estava eu, entre algo e nada. Eu poderia responder qualquer coisa. Mas meu coração estava mais forte do que em meses, e estava me implorando esperança, implorando que eu acreditasse e me arriscasse. Então fui em direção a ele — um passo em direção a *algo* — e sussurrei:

— Queria.

Philip se mexeu; a luz da lareira iluminou suas feições por uma fração de segundo e eu vi tudo. Naquele dia que o vi esgrimir com William, eu tinha me surpreendido pela forma como sua atitude era carregada de sentimento, como se ele tivesse um fogo contido dentro de si. Agora, à luz da lareira, vi o fogo se libertar.

Ele cruzou o espaço que havia entre nós e me agarrou pelos ombros. Em três passos, ele tinha minhas costas apoiadas em uma estante. Antes que eu pudesse fazer algo mais do que recuperar meu fôlego, ele pegou meu rosto entre as mãos e me beijou.

Eu nunca havia sido beijada antes, mas não precisava de experiência para saber que o beijo de Philip era, em uma palavra, devastador. Seus lábios eram firmes e insistentes, suaves e carinhosos. Seus dedos percorreram meus cabelos e seguraram minha cabeça exatamente do jeito que ele queria, ao me beijar de um jeito e depois de outro, até eu estar tremendo em seus braços.

E, então, finalmente me ocorreu que Philip estava me beijando — *Philip estava me beijando!* —, e eu não estava demonstrando reação nenhuma. Remediei a situação às pressas, deslizando minhas mãos por seu peito, sobre seus ombros, enterrando os dedos em seus cabelos. Seus braços me cercaram, me puxaram para perto, segurando-me como se eu fosse infinitamente preciosa. Eu ardia e tremia em seu abraço.

Então, quando tive certeza de que o beijo de Philip não poderia melhorar, ele desacelerou e se tornou suave e dolorosamente terno. Sua delicadeza manipulou meu coração até eu ter me desfeito por completo. Meu coração se escancarou e lágrimas silenciosas escorreram pelas minhas faces. Provei o sal das minhas lágrimas nos lábios de Philip.

Ele se afastou de mim apenas o suficiente para apoiar a testa contra a minha. Sua respiração saía tão veloz quanto a minha e, através de sua camisa, senti seu coração disparado. Um sorriso lento curvou meus lábios.

— Como você poderia não saber? — Sua voz era gutural e um pouco trêmula. — Como poderia não saber que não há nada no mundo que eu queira tanto quanto você?

Sacudi a cabeça perplexa. Era tudo demais para acreditar.

— Pareceu-me muito estranho — eu disse — que você me amasse, em vez de Cecily. E então... Eu ouvi você, na sala de esgrima, dizer a William que faria qualquer coisa para se livrar de mim...

Philip gemeu e se afastou para olhar em meus olhos.

— Foi por isso que estava tão zangada na noite do baile?

Assenti.

— Eu queria você longe da minha casa, longe da sua irmã e desejava me libertar das restrições da minha honra, mas nunca quis me livrar de você — disse ele. — Eu iria seguir você; segui-la a qualquer lugar e cortejá-la, como eu não tinha liberdade para cortejar aqui. Mas, então, quando sua criada me deu aquela carta para o seu pai, eu pensei que segui-la até sua própria casa seria a melhor solução. Eu não tinha esperanças... — Ele inclinou a cabeça na minha e me beijou de novo, como se não pudesse se conter. — Eu não tinha esperanças, querida, de já ter ganhado você.

— Como você poderia duvidar? — perguntei. Eu não me imaginava *não* me apaixonando por Philip.

— Muito facilmente! Toda vez que eu tentava conquistá-la, você ou me repreendia, ou ria, ou fugia. Ou me dizia que só gostava de mim como amigo.

Dei um sorriso tímido. Era exatamente o que eu tinha feito. Havia tanta coisa para lhe explicar — sobre meu coração, sobre meus medos e minha lealdade a Cecily. Mas tudo isso poderia esperar outro momento. Por ora, eu disse:

— Eu estava muito confusa e um pouco cega, eu acho.

Ele segurou meu rosto entre suas mãos.

— Então me escute, minha amiga cega, teimosa e *querida*. Você roubou meu coração na noite em que nos conhecemos, quando cantou aquela música ridícula e me desafiou a não rir. E cada momento que passei com você desde então, você roubou mais e mais de mim até que, quando não está comigo... — Ele respirou fundo. — Quando não está comigo, só me resta a saudade de você.

Meu coração inchou até eu achar que ele poderia engolir todo o meu ser. Eu havia chegado ao céu. Ali era o paraíso.

— Eu tentei lhe dizer — ele disse. — Nas tantas vezes em que me aproximei. Até escrevi aquela carta de amor, na esperança de que soubesse que era para você.

Pensei nas belas palavras que ele tinha escrito, e que eu tinha rasgado.

— Você pode me escrever aquela carta de amor outra vez?

Ele me puxou para perto.

— Eu escrevo. Vou lhe escrever dezenas de cartas de amor... centenas, se quiser.

— Eu quero. Eu as quero todas. — Eu queria tudo o que pudesse obter de Philip, mas parecia bom demais para ser verdade. Mesmo agora, com todas as evidências que eu tinha da sua sinceridade, não pude deixar de me perguntar por que, dentre todas as mulheres que ele poderia ter escolhido, ele tinha se apaixonado por mim. — Mas tem certeza de que você me quer? — perguntei. — Não sou elegante nem talentosa, e sempre faço as coisas mais embaraçosas...

Ele me parou.

— Você não se conhece, mas eu a conheço, então direi o que você é, Marianne Daventry. — Ele olhou atentamente nos meus olhos, como se fosse escrever as palavras no meu coração, se pudesse. — Você é brilhante, divertida e deliciosamente imprevisível. Você é corajosa, compassiva e altruísta. E você é linda além da conta. Eu quero você, toda você, do jeito que você é. — Ele inspirou. — Se me aceitar.

Algo aconteceu comigo naquele momento. A dúvida foi banida e a esperança se tornou certeza. A sensação tomou conta de mim, e eu me vi rindo e chorando ao mesmo tempo.

Eu estava claramente sem controle, mas Philip parecia não se importar de forma alguma. Ele enxugou minhas lágrimas e me beijou de novo e de novo e sussurrou coisas sublimes demais para que eu pudesse repetir, até que me convenci completamente de que ele estava perdidamente apaixonado por mim, Marianne Daventry, uma garota sem um corpo exuberante, com muitas sardas e uma propensão a rodopiar. E então eu soube que tinha encontrado meu par.

CAPÍTULO 27

Muito mais tarde, depois de eu ter me retirado do abraço de Philip e Betsy ter consertado o dano que ele fez no meu cabelo, encontrei Cecily no terraço. Ela sorriu para mim enquanto eu caminhava em sua direção.

— Espero que não se importe de eu ter lido sua carta — ela disse. — Entrei no seu quarto esta manhã… enquanto você ainda estava dormindo, e a vi na sua mesa. Confesso que não pude conter minha curiosidade.

— Não me importo, considerando como tudo acabou.

Ela pegou minha mão.

— Espero que esteja muito feliz.

— Eu estou. — Suspirei, incapaz de conter meu sorriso. Eu me perguntei se ela podia perceber que eu tinha sido beijada com tudo o que tinha direito. — Mas, Cecily, sinto muito se isso é à custa da sua felicidade.

Ela fez um aceno como quem não dá importância.

— Há uma abundância de outros cavalheiros ricos dentre os quais posso escolher. E, para ser perfeitamente sincera, eu sabia que Philip não estava interessado em mim. Vi logo que cheguei. Não há nenhuma conspiração que possa ajudar a causa de uma mulher quando o homem está apaixonado por outra pessoa. O que não percebi, porém, foi como você estava se sentindo. — Ela me olhou com seriedade. — Por que não me contou?

Dei de ombros.

— Você disse que estava apaixonada por ele.

— Sim, eu disse. Mas acho que devo ter sido muito egocêntrica para não reconhecer seus sentimentos. Me desculpe se não fui o tipo de irmã que você merecia. — Ela agarrou minha mão.

Ficamos em silêncio, ouvindo acordes da música que vinha do salão de baile através das janelas. Lembrei-me da minha infância de conto de fadas com minha irmã gêmea. Era uma vez, duas meninas nascidas de pais que haviam ansiado muito por filhos. Essas meninas eram o sol e a lua para eles. Eu passei minha vida sendo a lua, refletindo a luz de Cecily e permitindo que ela brilhasse. Mas ali, com Philip, eu era o sol. Não poderia imaginar um começo melhor para o resto da minha vida.

— Espero que sempre sejamos próximas uma da outra — eu disse, pensando na minha mãe e em lady Caroline.

— É claro que nós seremos. — Ela me puxou para junto dela e nos abraçamos. Sustentei seu olhar até ela se afastar. Olhando por cima do meu ombro, ela disse: — Preciso falar com alguém.

Eu me virei e vi o sr. Kellet na beira do terraço.

— O que você vai dizer para ele?

Ela mordeu o lábio.

— Não sei. Mas pode demorar um pouco.

Ela me desferiu um sorriso travesso e saiu. O sr. Kellet desapareceu na esquina da casa e ela o seguiu.

Fui a última a entrar na sala de jantar para o desjejum na manhã seguinte. Philip, William e meu pai se levantaram quando entrei. Nos olhos de Philip havia tamanho afeto que corei para todo mundo ver.

Ao me sentar, percebi os olhares de todos os presentes, então Rachel de repente disse:

— Ah, vocês dois, enfim, resolveram tudo? Graças aos céus! Agora todos nós podemos falar abertamente.

Philip deu risada, e eu corei ainda mais. Todas as pessoas na sala, de lady Caroline até o lacaio atrás de Philip, sorriram.

O sorriso de Louisa foi mais hesitante do que os outros, mas fiquei feliz em ver qualquer sinal da simpatia dela. Também fiquei feliz em ver Cecily ali, e não em algum lugar nos braços do sr. Kellet. Eu não descartaria a capacidade que ele tinha de fugir com ela, mas Cecily tinha mais juízo do que isso, ao que parecia.

Felicitações foram oferecidas, e Rachel e lady Caroline começaram a discutir a tarefa gloriosa de planejar um casamento. Philip, eu descobri, já tinha falado com meu pai, que parecia muito feliz quando sorriu para mim do outro lado da mesa. Minha casa ficava a apenas um condado de distância dali, o que significava que estaríamos perto o suficiente para nos visitar com a frequência que desejássemos. Cecily retornaria para Londres, para ficar com nossa prima Edith, onde ela poderia desfrutar das diversões da vida na capital.

Um lacaio apareceu ao meu lado com uma carta sobre uma bandeja de prata. Era de vovó. Eu a abri e li durante o desjejum.

Querida Marianne,

Tolinha. É claro que enviei você para ficar em Edenbrooke, e deveria me agradecer em vez de me provocar arrependimento. Uma herdeira rica precisa de um homem para protegê-la, e de que outra forma eu poderia ter certeza da sua proteção, se seu pai estava fora? Só guardei segredo porque sabia que você não iria se suspeitasse da verdade. Menina boba. Você teve muita sorte que sir Philip estivesse disposto a assumir a tarefa de protegê-la enquanto você estava vivendo aí.

A propósito, ouvi de lady Caroline que sir Philip está obcecado por você. Ele não deve se importar com a forma como corre solta como uma pirralha filha de fazendeiro. Se conseguir um casamento tão auspicioso, acho que vou lhe deixar minha fortuna quer você se torne uma dama elegante ou não. Estou ansiosa para conhecê-lo, e acho que posso até mesmo ir a Edenbrooke para vê-la casada.

Atenciosamente,
Vovó

P.S.: O sr. Whittles pediu a mão de Amelia, e ela aceitou. Suspeito que tenha sido obra sua, não?

Respirei aliviada. Minha intromissão tinha funcionado. E, pensando no que minha avó tinha escrito sobre a missão de Philip, uma ideia de repente me ocorreu. Olhei por sobre a mesa, para onde estavam os tios de Philip. O sr. Clumpett tinha um livro aberto apoiado na frente do prato, e a sra. Clumpett estava sorrindo para lady Caroline, que estava comentando o sucesso do baile.

Eu me virei para Philip.

— Você pediu para o sr. Clumpett me proteger enquanto você e William estavam fora?

— Pedi. Por quê?

Eu sorri.

— Ele anda extremamente infeliz aqui com sua biblioteca desorganizada, sabia? E a sra. Clumpett sente falta dos pássaros dela.

Philip riu.

— Bem, eles estarão livres para voltar para a casa, a biblioteca e os pássaros deles. Vou ter que procurar alguns livros sobre a Índia para enviar a ele como agradecimento por proteger você também enquanto eu estava fora. Não consigo imaginar o que teria acontecido se ele não estivesse vagando pelo bosque naquele dia.

Dei uma olhadela para o casal Clumpett novamente, lembrando-me de agradecer a eles por tudo que tinham feito por mim. Os dois.

Reli a carta da minha avó e me dei conta, com um profundo sentimento de satisfação, de que eu não havia precisado mudar absolutamente nada para obter todas as esperanças de felicidade na vida. Não tive que aprender a cantar para os convidados ou me comportar como Cecily nem parar de rodopiar. Eu poderia ser eu mesma e, ainda assim, ser amada profundamente. Eu era, na verdade, muito como Meg, que sempre tinha sido uma égua de corrida. Eu só não sabia disso ainda.

Após o desjejum, fugi para o pomar. Eu sentia a mesma enorme felicidade de estar ali quanto da minha chegada a Edenbrooke: como se eu tivesse encontrado meu lar no paraíso. Misturado ao sentimento de volta para casa veio uma grande onda de alegria em relação a meu futuro com Philip.

Fechei os olhos e inclinei a cabeça para trás, sentindo o sol aquecer meu rosto, minha cabeça e meus braços abertos. E então eu fiz: rodopiei. Girei e girei de olhos fechados, cabeça para trás e braços estendidos.

De repente, ouvi o estalar de galhos e senti um arranhão no meu rosto. Parei de me mexer e abri os olhos para me encontrar a centímetros de ter um olho arrancado por um galho. Tentei me afastar dele, mas descobri que meu cabelo estava enroscado.

Oh, quando eu aprenderia a não rodopiar?

Puxei o ramo, mas não tive sucesso. Tentei desembaraçar o cabelo, mas percebi que eu estava fazendo uma enorme bagunça, pois ele se enroscava cada vez mais. Frustrada e com os braços doloridos, eu disse:

— Oh, inferno!

Ouvi um farfalhar e olhei na direção do som. Philip se curvou debaixo de um galho e vinha em minha direção. Fiquei muito vermelha e desejei não estar presa àquela árvore. Mas eu tinha que ficar ali e esperar enquanto ele caminhava em minha direção, parecendo tão composto e arrumado que eu não consegui imaginá-lo jamais pego em flagrante em um estado tão constrangedor como preso a uma árvore. Por que eu não tinha aprendido minha lição da última vez?

— Não ria — eu disse a ele, notando o divertimento em seus olhos.

Seus olhos dispararam para o galho e para meu cabelo enroscado, e seus lábios se contorceram.

— Como isso aconteceu?

— Eu estava girando.

Eu notava que Philip estava fazendo um grande esforço para segurar a risada.

— Alguma vez você já pensou em girar de olhos abertos?

— Não é algo que planejo com antecedência. — Estendi a mão e tentei soltar o cabelo de novo, mas estremeci de dor.

Philip parou bem na minha frente, pegou minhas mãos e as baixou para que repousassem em seu peito.

— Permita-me — disse ele.

Então ele moveu os braços ao meu redor e começou a desemaranhar meu cabelo. Se alguém nos visse a distância, eu suspeitava que pareceria que estávamos abraçados. Eu podia sentir sua respiração, e vi que minhas mãos se moviam com o subir e descer de seu peito. Eu sentia o cheiro dele — aquela mistura de roupa limpa, sabão e algo que me lembrava do bosque em um dia ensolarado. Algo derreteu dentro de mim.

Senti um puxão gentil e seus dedos roçaram minha orelha, meu pescoço. Eu estava ficando acalorada e um pouco sem fôlego. Para me distrair, fiz uma pergunta que tinha na mente havia um bom tempo.

— Philip, por que manteve sua identidade em segredo de mim quando nos conhecemos na estalagem?

Ele olhou em meus olhos.

— O destino me deu uma rara oportunidade de falar com uma moça sem me preocupar que ela só estivesse interessada na minha riqueza ou no meu título. E não qualquer moça. — Ele sorriu com o canto da boca, e meu coração disparou no peito. — Eu não podia deixar aquela oportunidade passar. Sua sinceridade fez valer o risco da sua raiva.

Era como se suas palavras tivessem acendido uma luz. Eu entendia Philip agora de uma forma que nunca tinha entendido antes. Pensei em como ele não queria que eu o chamasse de "senhor" mesmo que fosse exatamente como eu deveria tê-lo chamado. E no dia em que tínhamos conversado na biblioteca, ele mesmo foi à cozinha para buscar nossa comida em vez de enviar um criado para fazer isso. Pensei nas promessas que tínhamos feito um ao outro. E pensei em como ele tinha tentado fugir de Cecily; ela que, *sim*, só estava interessada em seu título e riqueza. Philip queria ser amado por quem ele era, a despeito de sua herança.

Ele deu um último puxão e todo meu cabelo se soltou e caiu em cascata pelas minhas costas. Philip havia tirado todos os meus grampos, e eu me senti desmazelada. Ele acariciou meu cabelo do topo da cabeça até as pontas dos fios. Então suas mãos circularam minha cintura e ele me puxou para mais perto.

— Sabe, nós temos alguns negócios inacabados — ele disse. — Eu ainda quero aquela pintura, e agora tenho algo de valor para oferecer por ela.

— O que é? — Eu estava tendo dificuldade em focar nas suas palavras, porque meu olhar tinha enroscado em sua boca e na linha de sua mandíbula e no jeito como o canto de seus lábios se contorcia quando ele tentava não sorrir. Eu queria beijar tudo.

Ele tocou meu queixo, levantando meu rosto para que meus olhos encontrassem os dele.

— Eu lhe ofereço um título por ela.

Mordi o lábio, olhando-o com desconfiança. Isso era errado. À luz do meu entendimento recente, eu não podia aceitar sua oferta. Neguei com a cabeça.

— Nunca dei muita importância a ter um título.

Suas sobrancelhas se uniram, e seu olhar agora era questionador.

— Então, que tal tudo o que há ao seu redor? Edenbrooke seria o suficiente?

Afastei a madeixa de cabelo que caiu na testa dele e suspirei.

— Não, por mais que eu ame tudo aqui, não posso trocar minha pintura pela sua terra.

Agora ele parecia a solenidade em pessoa e mais do que um pouco preocupado.

— Você não precisa do meu dinheiro.

— Exato.

Ele abaixou a cabeça. Eu me senti mal pelo sofrimento que, obviamente, estava lhe causando, mas eu sabia que isso precisava ser feito.

— Não tenho mais nada a oferecer — ele sussurrou.

Agarrei suas lapelas e fiquei na ponta dos pés para olhar bem em seus olhos, assim ele não me interpretaria mal.

— Não quero nada que possa me oferecer em termos materiais. Lembra-se dos nossos votos?

Ele confirmou. Suas mãos repousavam na minha cintura, e ele me puxou para mais perto.

— Eu só quero você, Philip. Você. Eu lhe darei a pintura em troca do seu coração.

Ele desviou o olhar depressa, e eu senti um grande conflito dentro dele. Quando, finalmente, me olhou de novo, seus olhos estavam brilhando com espanto, com admiração e com aquele grande segredo que eu tinha visto na estalagem após a luta contra o sr. Beaufort. Estavam brilhando tão claramente agora como tinham brilhado naquela noite, mas agora eu sabia o que significava sua expressão. Philip me amava.

— Marianne — ele disse com uma voz gutural que fez meu coração bater forte no peito.

Ele levantou uma das mãos que estavam na minha cintura e acariciou meu rosto corado com o dorso de seus dedos. Seu toque era leve como uma brisa. Sua pele era fresca sobre o calor do meu rubor.

— Minha menina querida — ele murmurou, levantando meu queixo e baixando seus lábios aos meus.

Dessa vez eu sabia o suficiente para retribuir o beijo. Ele recuperou o fôlego, então senti seus lábios se curvarem em seu sorriso perverso. Era delicioso.

Alguns minutos depois, ele moveu seus lábios dos meus para beijar minha bochecha e o canto do meu queixo.

— Eu tenho uma proposta — ele disse, sua respiração fazendo cócegas em meu pescoço.

— Outra? — Sorri, inclinando-me para ele, meu coração batendo tão ruidosamente que eu tinha certeza de que ele poderia ouvir.

— Esta é para depois do casamento. Gostaria de ir comigo para o continente? Eu poderia lhe proporcionar seu próprio *tour* pela Europa.

Eu não conseguia falar.

— Fique à vontade para rodopiar se precisar — ele disse com uma risada.

— Você não se importa?

Ele sacudiu a cabeça.

— Eu estava morrendo de vontade de ver, na verdade.

Então girei para Philip, com os cabelos esvoaçando ao meu redor, sentindo como se pudesse sair voando a qualquer momento. Ele me agarrou pela cintura quando eu estava perto de colidir com outra árvore.

— Foi uma graça — disse ele, puxando-me para perto. — Mas talvez devesse manter os olhos abertos da próxima vez.

— Boa ideia — murmurei, sorrindo para o meu melhor amigo, que não se incomodava nada com os meus rodopios.

— Acabei de me lembrar — disse Philip, pondo a mão no bolso do casaco. — Esqueci de lhe dar isso.

Era meu medalhão, que Philip tinha exigido de volta do sr. Beaufort. Eu havia me esquecido dele depois do drama dos eventos na estalagem. Philip, então, o prendeu ao redor do meu pescoço, e eu senti o colar se assentar como um encanto em mim. Coloquei a mão sobre o medalhão, pressionando a preciosa lembrança de minha mãe contra meu peito. Meu coração batia forte e seguro abaixo dele, e eu senti que tudo o que estivera ausente estava sendo restaurado e que tudo estava certo no mundo.

Então Philip e eu caminhamos de mãos dadas de volta para casa e fomos para a biblioteca, onde, finalmente, jogamos xadrez.

AGRADECIMENTOS

Comecei a sonhar com Edenbrooke há cinco anos, quando ainda não tinha a primeira ideia de como escrever um romance. O fato de que a história de Marianne tenha chegado até aqui é a realização de um sonho. Devo minha eterna gratidão às muitas pessoas que me ajudaram a fazer isso acontecer.

Em primeiro lugar, quero agradecer à equipe da Shadow Mountain por se apaixonar pela minha história e proporcionar uma casa maravilhosa para ela. Em particular, gostaria de agradecer a Heidi Taylor e Chris Schoebinger por sua visão e encorajamento. Lisa Mangum é uma editora fabulosa e uma pessoa legal de verdade. Heather Ward criou a linda capa da edição original.

Eu não poderia pedir por uma agente melhor do que Laurie McLean. Ela me abençoa todos os dias com seu brilho, seu otimismo contagiante e sua dedicação para fazer coisas incríveis acontecerem.

Tenho que agradecer ao meu melhor amigo e marido, Fred. Se eu sei alguma coisa sobre o amor verdadeiro, aprendi dele e com ele. Ele tem sido um apoio constante para mim e acreditou em mim nas minhas horas de insegurança e decepção. Sou muito feliz por tê-lo ao meu lado e por podermos celebrar a realização de nossos sonhos juntos.

Meus filhos — Adah, David, Sarah e Jacob — são algumas das pessoas com quem mais gosto de ficar. Eles me trazem grande alegria e, no fim das contas, me lembram de que a família é mais importante do que os livros.

Quero agradecer aos meus pais, Frank e Ruth Clawson, por me deixarem crescer com o nariz enfiado em um livro e por me ensinarem a trabalhar duro. Sou grata às minhas irmãs, Kristi, Jenny e Audrey, por rirem, contarem histórias, ficarem acordadas até tarde e assistirem a filmes de menina. Sou grata por Nick ter se juntado à família e ensinado a meus filhos como um esqueitista e motoqueiro pode ser legal.

Quero mandar um salve especial para minha família estendida do lado Donaldson: Christine, Jinjer, Jennie, Sarah, Emma, Heather, Louise, Johanna, Joan e Lavina. Amo todas vocês. (Amo os rapazes Donaldson também, mas este livro é de mulher.) Obrigada ao clã Clawson, ao clã Hinmon, ao clã Donaldson e ao clã Hofheins por se interessarem pelos meus sonhos e por aplaudirem meus sucessos. Uma garota não poderia pedir por uma família melhor.

Devo um obrigada muito especial a minha amiga Jaime Mormann. Ela foi para a Inglaterra comigo, sonhou comigo, conversou comigo quando tive um bloqueio criativo, editou comigo e amou os sotaques comigo. Através de cada alto e baixo, eu sabia que poderia ligar para ela e ela iria rir ou reclamar ou se alegrar comigo, conforme necessário. Sinto-me ricamente abençoada por ter uma amiga tão talentosa e dedicada.

Estou em dívida com minhas colegas escritoras por sua ajuda e seu *feedback*: Julie Dixon, Pam Anderton, Ally Condie, Erin Summerill e Jessie Humphries. Quero agradecer a cada amiga, vizinha e familiar que ajudou a cuidar dos meus filhos para que eu pudesse escrever. Vocês são muito numerosas para listar aqui, mas estão listadas em meu coração! Também sou grata a Tracy McCormick Jackson, que me apresentou o período da Regência e me incentivou a amá-lo. Mudou minha vida.

Por último, mas certamente não menos importante, devo reconhecer que eu não poderia ter escrito este livro sem a ajuda de Deus e de seus dons generosos. Espero que Ele esteja satisfeito.

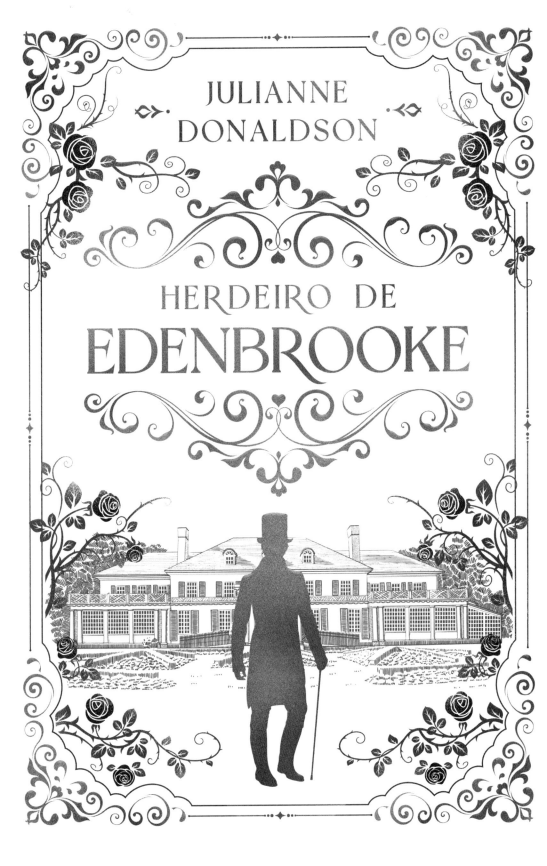

AGRADECIMENTOS

Um grande obrigada ao The Writing Group of Joy and Awesomeness, especialmente a minhas leitoras beta Ruth Josse, Donna Nolan, Christene Houston e Jeigh Meredith, pelos seus inestimáveis comentários e conselhos.

ESPANHA, 1811

— Major Wyndham?

Levantei os olhos do mapa estendido sobre a mesa. Havíamos acabado de concluir a reunião de relatório e estávamos no meio da estratégia para a campanha do dia seguinte. Esfreguei a nuca, dolorida por eu ter me inclinado tanto sobre o mapa, e senti o cansaço nos pés ao mudar o peso de um lado para o outro e me virar em direção à voz. Um soldado estava parado à entrada da tenda e levou a mão à testa em uma saudação firme.

— Uma carta, senhor — disse ele, estendendo-a com uma das mãos enluvadas.

Levei um breve momento para me certificar de que era, de fato, a caligrafia de minha mãe. O alívio trovejou dentro de mim — viva e bem! Ela está viva e bem — resposta típica de um soldado quando se passa tempo demais entre uma carta e outra. Com relutância, guardei a carta no bolso do casaco em vez de abri-la ali mesmo, como queria. Um soldado, mesmo um oficial, faz dezenas de sacrifícios todos os dias. Alguns, eu já mal percebia; mas esse sacrifício eu sentia intensamente.

— Carta de casa? — perguntou o major Colton, observando minha mão pairar sobre o bolso onde estava guardado aquele tesouro inesperado.

Assenti com a cabeça, depois afastei o pensamento da mente, como quem fecha a porta para uma aurora há muito aguardada. Nossa própria e literal aurora logo chegaria, e precisávamos ter a estratégia pronta. Voltei minha atenção para o mapa diante de mim, e as velas tremularam quando uma brisa quente soprou pela tenda, sem fazer nada para aliviar o suor que tinha escorrido pelas minhas costas o dia inteiro. A Espanha tinha suas belezas, mas o clima temperado no fim do verão definitivamente não era uma delas.

Assim que entrei em minha tenda, uma hora depois, tirei a carta do bolso e a coloquei com cuidado sobre o catre. Em seguida, desabotoei o casaco, joguei-o de lado e arranquei a camisa ensopada de suor. Esses dias duros de combate pesado faziam a ferida antiga no ombro arder, lembrando-me de que toda coisa boa tinha seu preço. Porém, não era um preço alto demais. A missão que me rendera aquela cicatriz também me dera a distinção de ser o major mais jovem do exército de Sua Majestade.

Girei os ombros, tentando aliviar a rigidez, e, por um instante, sonhei com o campo inglês, com ventos úmidos, ar frio e chuva gelada despencando pesadamente do céu.

Afastando-me do sonho de casa, inclinei-me sobre a bacia e espirrei água no rosto, deixando que escorresse pelo peito. Passei os dedos molhados pelos cabelos, que cacheavam bem mais naquele país do que na Inglaterra. Suspirei aliviado quando uma brisa suave entrou pela porta aberta da barraca. Por fim, descalcei as botas e me acomodei no catre.

Peguei a carta e a aproximei da vela. Já era noite cerrada, e os sons do acampamento tinham se acalmado em roncos distantes e no compasso firme da patrulha noturna.

Podia adivinhar com facilidade que a carta conteria, antes de tudo, as preocupações maternas com meu irmão mais velho — mimado, arrogante, insuportável — Charles, que herdara tudo com a morte de nosso pai e vivia a vida ostensivamente inútil de um cavalheiro rico e titulado. Eu tinha pouca ou nenhuma simpatia pelos supostos problemas dele. Com sorte, minha mãe mencionaria algo interessante sobre meu irmão mais novo, William, que estudava em Oxford. Louisa provavelmente apareceria como a caçula determinada que estava ficando bonita demais para o próprio bem. Talvez houvesse notícias sobre a propriedade, os arrendatários ou os parentes distantes de minha mãe. Em resumo, aquela carta me levaria para casa e me colocaria ao lado de minha mãe — um lugar de que, como filho favorito, eu sentia falta nesses anos de exército. (Meus irmãos contestariam essa posição, mas minha confiança nunca havia vacilado.)

Rompi o selo e desdobrei o papel, sorrindo em antecipação. Meus olhos percorreram o conteúdo rapidamente e me sentei de súbito. Era curta demais; e cartas curtas traziam apenas más notícias.

Não via a hora de ler; mas, ao mesmo tempo, também não queria ler. Era como ser obrigado a engolir veneno.

Meu querido Philip,
É com o coração pesado que lhe escrevo esta carta. Eu havia esperado não preocupá-lo e, por isso, não mencionei em minha última missiva que Charles estava doente. Era uma enfermidade nos pulmões, e os médicos estavam esperançosos. Não, isso não é verdade. Eu é que tinha esperanças. Mas foram em vão, e meu querido, queridíssimo filho partiu deste mundo. Por favor, venha para casa o quanto antes. Estamos todos arrasados.

Enquanto me sentava sobre meu catre, a quilômetros de casa, incontáveis lembranças passaram por minha mente, mas a que se fixou e se assentou sobre mim foi aquela que eu sempre considerei a última corrida de cavalos.

Nós nos havíamos encontrado logo pela manhã, nos estábulos, e em pouco tempo os cavalos estavam prontos. Eu tinha catorze anos, William, treze, e Charles quase dezessete. William era apaixonado por corridas de cavalos e já fazia tempo que alimentava esse gosto, tanto que nosso pai, por fim, o levara para escolher seu próprio animal. Era um belo cavalo cinzento, um castrado, que William achou ter o melhor potencial dentro do orçamento estipulado por nosso pai. Will o chamou de Eclipse, em homenagem ao famoso cavalo de corrida francês, e o treinou todos os dias durante o verão, fizesse chuva ou fizesse sol, por horas a fio — muito mais tempo do que Charles ou eu já havíamos dedicado a nossos próprios cavalos.

E todo aquele treinamento havia valido a pena. Na manhã da última corrida, o cavalo de William lançou-se por sobre cada sebe e muro de pedra seca como se fosse feito de puro coração, coragem e cascos alados. Galopou pela mata com tamanha agilidade que parecia que árvores, raízes e plantas se afastavam para lhe abrir caminho. E quando William pediu mais, na reta final, o animal respondeu com uma explosão de velocidade que nos deixou, a Charles e a mim, vários quilômetros para trás.

William ergueu os dois braços no ar e gritou:

— O grande cavalo de corrida Eclipse, treinado e montado com maestria por William Wyndham, derrotou todos os outros! Provando, mais uma vez, que Charles não sabe escolher um bom cavalo nem para salvar a própria vida.

Ri, aproximei meu cavalo do de William e dei-lhe um tapinha nas costas em sinal de felicitações. Não me importava em ser vencido por meu irmão mais novo; o que me incomodava era perder para o mais velho.

Charles fez uma careta ao conter seu cavalo. Era naturalmente moreno. Tinha os cabelos quase pretos, os olhos castanho-escuros. Era magro, forte, e carregava no rosto uma arrogância feroz, lapidada ao longo de toda uma vida consciente de sua importância e de seus direitos por ter nascido primogênito e herdeiro de um título, de uma grande propriedade e de uma tremenda fortuna.

— Foi sorte — disse Charles, tirando um pouquinho de lama da calça. — Mas vou provar que você está enganado, irmãozinho. Eu sei escolher um bom cavalo. — Lançou um olhar gélido ao animal de William e declarou: — Escolho este.

William bufou:

— Ele é meu. Você terá de se contentar com seu cavalo covarde e continuar perdendo para mim todas as vezes.

Charles passou a mão pelos cabelos escuros para afastá-los da fronte.

— Basta pedir esse cavalo ao pai, e ele será meu — disse ele, esboçando um sorriso frio e tenso para William. — Então você pode ficar com o covarde, e eu com o vencedor, como deve ser.

A raiva invadiu os olhos de William, e seus punhos se cerraram. Agarrei-lhe o braço para garantir, caso ele decidisse lançar-se do cavalo e atacar Charles.

— Charles — chamei, a voz carregada de advertência —, nem pense nisso.

Charles ergueu o queixo e inclinou a cabeça no ângulo mais arrogante possível — aquele que, ao longo de catorze anos, sempre me dera uma vontade quase incontrolável de quebrar seu nariz.

— Mas seria tão fácil — disse com irritante serenidade. — Pois tudo isso será meu no dia em que papai morrer. A casa. As terras. As obras de arte. A biblioteca com tudo o que há nela. Os estábulos. E aquele cavalo, e aquele outro, e este aqui.

Apontava para a casa atrás de nós, para o pomar, os estábulos, os jardins, dizendo num tom exasperante:

— Meu. Meu. Meu. Meu.

Sorriu.

— Papai já não é jovem. Pode acontecer a qualquer momento. Tudo será meu, e nada será de vocês. Portanto, se pensarem bem, isso já me pertence. E creio que quero... — apontou para nossos cavalos, primeiro o meu, depois o dele, e então o de William: — ... este cavalo.

O rosto de William ficou furioso, os olhos transbordando fúria e impotência.

— Vou odiar você até o fim da vida se ousar tomar este cavalo de mim.

— Oh, que castigo terrível! — zombou Charles.

Soltei o braço de William e movi meu cavalo entre os dois, colocando a mão no peito de Charles.

— William venceu hoje — declarei, empurrando-o —, então aceite como um homem ou vá chorar para papai.

Charles lançou-me um olhar glacial e afastou minha mão com um tapa.

— Tenho uma ideia melhor. Digo que devemos apostar corrida de volta aos estábulos, e o cavalo vencedor será meu.

William franziu o lábio num desprezo evidente.

— Nunca mais apostarei corrida com você.

— Então sou o vencedor por falta de concorrência. — Charles virou o cavalo de forma abrupta e disparou em galope, gritando por sobre o ombro: — Um dia ele será meu, William.

Enquanto o observava afastar-se, correndo de nós — os únicos irmãos que tinha no mundo, mas que naquele momento eram seus inimigos —, fiz a mim mesmo uma promessa: jamais seria como Charles. Jamais desejaria ter o que ele tinha.

William praguejou em voz baixa, com notável criatividade.

— Eu o odeio.

— Eu sei.

Caminhei com meu cavalo em círculo, observando tudo o que Charles havia apontado e declarado como seu. Ele tinha razão, o que tornava tudo ainda mais irritante. Edenbrooke era belíssima. Era nosso lar. Era tudo o que eu mais havia amado na minha infância. E, no entanto, um dia eu seria um estrangeiro ali. Um dia, eu não teria mais direito de cruzar aquelas portas do que um estranho qualquer. E então olhei ao redor — para a casa amada, o pomar, os estábulos, os jardins, o rio, as árvores — e pensei: Não é minha. Não é meu. Não são meus.

Era como arrancar lascas do meu coração.

— Nós sempre vamos perder para ele, não vamos? — disse William.

— Ah, não. Não pretendo perder para ele de novo.

William riu sem humor.

— Essa foi boa. Ele sempre será o primogênito, o herdeiro de tudo, e vai se aproveitar disso para nos rebaixar, usar o poder que tem contra nós. Como não perder para alguém assim?

Olhei para a ponte que atravessava o rio e pensei: Não é minha. E outra lasca de meu coração caiu.

— É simples. Ele só tem poder sobre nós se nos importarmos com tudo isso — fiz um gesto em direção à paisagem a nossa frente, fingindo uma indiferença que eu não sentia. — Se não nos importarmos com nada, se não quisermos essas coisas, ele não poderá se exibir. Se não o invejarmos, ele não poderá nos ferir.

William revirou os olhos e depois abriu os braços, abrangendo a paisagem diante de nós.

— Uma vida de conforto e luxo. Uma vida aqui, em Edenbrooke. Como você pode dizer, honestamente, que não inveja nada disso?

— Pense bem: ele nunca terá escolha de profissão. Vai ser forçado a se casar por interesse, não por amor. Será cortejado por dinheiro, posição e título, e sempre vai duvidar da lealdade de quem estiver ao redor.

William ainda franzia a testa.

— Eu simplesmente não consigo deixar de sentir rancor.

Abri um grande sorriso.

— Bom, não estou dizendo que não sonho, com certa frequência, em quebrar o nariz dele. Imagino tudo em detalhes. Quase consigo sentir o estalo no nó de meus dedos.

A carranca de William se desfez.

— Fica muito feio?

— Jorra sangue. Como uma tremenda cachoeira vermelha.

William sorriu.

— E, claro, depois cicatriza mal, e ele passa o resto da vida com o nariz torto e, por causa disso, ronca tanto que nenhuma mulher suporta dividir a cama com ele.

William riu e disse, com uma intensidade que parecia meio raiva de Charles, meio carinho por mim:

— Seremos nós contra ele, Philip.

— Eu sei.

Ele suspirou, afagou o pescoço de Eclipse e depois passou a mão em uma das orelhas do animal. O gesto era tão suave quanto uma carícia de amante.

— Se fosse qualquer outra coisa — disse —, acho que eu aguentaria. Mas é o meu cavalo, Philip. O mais próximo que talvez eu chegue de ter um puro-sangue de verdade. — A expressão de sofrimento era nítida em seu rosto jovem. — Você sabe tão bem quanto eu que, como pastor, soldado ou seja lá o que eu escolher como carreira, nunca vou poder comprar um cavalo assim.

William dizia a verdade. Nosso futuro seria bem diferente do de Charles.

— Ouça, Will. Se algum dia eu tiver condições de lhe comprar um cavalo de corrida, eu vou comprar. Prometo.

William sorriu.

— Obrigado. Mas acho que você vai ser tão pobre quanto eu.

— Não. Eu sou bem melhor em administrar dinheiro do que você.

William riu, virou o cavalo de volta para a floresta e deixou que ele fosse livre. Fiquei observando os dois, torcendo para que a floresta trouxesse algum consolo a William, e então me voltei novamente ao processo de arrancar, pouco a pouco, os pedaços de meu apego por aquela casa. Se eu conseguisse fazer isso com meu coração, não teria mais nenhum afeto por Edenbrooke quando Charles herdasse tudo. Ou isso, ou enlouquecer de ressentimento e inveja.

Fiquei deitado em meu catre por um longo tempo, ouvindo os sons do acampamento enquanto os pensamentos se atropelavam em minha mente, um turbilhão de memórias e luto. Pensei em minha casa, em Charles, nas promessas que havia feito a mim mesmo anos atrás — de nunca ser como ele, de nunca querer o que ele tinha. Desejei um sono e um esquecimento que não vieram.

O major Colton me esperava na noite seguinte e caminhou comigo até minha barraca depois da reunião de estratégia. A noite sem dormir já pesava sobre mim, e eu mal conseguia colocar um pé diante do outro.

— O que o aflige, Wyndham? — perguntou, com a voz de um amigo, não de um soldado.

Parei em frente a minha tenda, por um momento, lutando comigo mesmo. Uma parte de mim havia decidido, na noite anterior, que se eu não contasse a ninguém a notícia, poderia continuar como se nada tivesse acontecido. Poderia continuar liderando meus homens, lutando por meu país e, quando chegasse a hora, poderia me casar por amor, não por conveniência ou reputação. Poderia conquistar tudo pelo que havia trabalhado a vida inteira. O problema era que meu pai me educara bem demais para seguir esse caminho. Se existia algo que se esperava de um cavalheiro é que ele cumprisse seu dever. E meu dever para com minha família e meu lar vinha antes de qualquer desejo pessoal. Respirei fundo e soltei o ar devagar, liberando naquele momento a indecisão que me consumira o dia inteiro, e disse de forma direta:

— Meu irmão mais velho morreu. Herdei tudo.

Ele soltou um assobio baixo.

— Então não é mais major Wyndham, é? Sir Philip.

Fiz uma careta ao ouvir meu novo título.

— Sinto muito por sua perda. E pela nossa também. Nunca conheci soldado melhor. — O major Colton estendeu a mão.

— Obrigado — respondi com a voz rouca, sentindo a garganta se fechar de repente. Apertei sua mão, e uma sensação de fim se instalou em mim. Eu sentiria muita saudade daquilo tudo. Da terra maravilhosa, do movimento da guerra, da lealdade e camaradagem dos irmãos de armas, da satisfação de trabalhar com determinação por uma grande causa todos os dias e cair no sono, exausto, todas as noites. Minha independência havia acabado. Minha carreira chegava ao fim. Era hora de voltar para casa.

EDENBROOKE

―――― TRÊS MESES DEPOIS ――――

— AINDA ESTÁ REMOENDO AQUELE ASSUNTO, É? – PERGUNtou William, puxando uma cadeira para sentar-se a meu lado.

Ergui os olhos do anel de sinete que eu girava no dedo mínimo. A biblioteca de Edenbrooke estava banhada pela luz dourada do fim da tarde. Eu havia virado minha cadeira de costas para o pomar, emoldurado pela grande parede envidraçada, voltando-a para o retrato de meu pai pendurado acima da lareira.

Voltei a olhar para o anel sem responder. A cada volta, ele parecia mais pesado. Se continuasse assim, eu acabaria arrastado ao inferno por ele. Um pensamento apropriado. Era algo tão pequeno — um dedo. Uma parte minúscula do corpo. Como a doença que invadira os pulmões de meu irmão. Algo tão pequeno, a princípio. Pequeno demais para ser visto a olho nu. Mas quatro meses e meio depois, meu irmão estava morto. E do outro lado do mar, no auge da Guerra Peninsular, quando eu me preparava para liderar meus homens à vitória, essa coisa minúscula mudara tudo. Aquela doença invisível, este anel pequeno, este dedo insignificante, aquela carta terrível — cerrei a mão em punho. E agora esta nova vida indesejada era minha.

— Deixe-me adivinhar — disse ele. — Mamãe lhe falou que você tem um dever com a família, que deve se casar bem, e conseguiu convencê-lo a fazer o que se espera de um cavalheiro: comparecer à temporada em Londres e pedir em casamento alguma jovem de boas conexões. E você está profundamente infeliz por ter de passar os próximos meses cortejando moças lindas. — Ele fez um beicinho exagerado, em falsa piedade.

Ri contra a vontade.

— Ah, pobre de mim.

— De fato! Se eu tivesse nascido como o segundo filho, em vez de você, saberia exatamente o que fazer com toda essa sorte.

Lancei-lhe um olhar preocupado, tentando perceber se havia algo mais por trás das palavras provocativas.

— Diga-me com sinceridade, William. Vai me odiar agora, como odiávamos Charles? Vai guardar ressentimento por eu ter herdado tudo?

Ele bufou e balançou a cabeça.

— Vou lhe fazer uma promessa, Philip. Prometo não guardar ressentimento, se você prometer parar com esse mau humor infernal.

Ele tinha razão. Eu andava soturno demais.

— Trato feito — disse, respirando fundo, tentando afastar as sombras que me perseguiam. Recostei-me na cadeira, entrelacei as mãos atrás da cabeça e deixei o olhar passear pelas estantes que se estendiam do chão ao teto. Charles era exigente com sua biblioteca. Cada livro tinha de estar no lugar certo. Em ordem alfabética, por gênero. Ainda era a biblioteca dele e, no fundo do meu coração já tão mutilado, essa ainda era sua casa. Eu era um estranho ali.

Subitamente, tive uma ideia.

— Está disposto a trabalhar um pouco?

William arqueou uma sobrancelha.

— O que está planejando?

Apontei para os livros.

— Acho que está na hora de reorganizar a biblioteca.

Tiramos cada livro das estantes. Milhares deles. Empilhamos no chão da biblioteca e depois pelo corredor afora. Quando já não havia nenhum livro nas prateleiras, pegamos braçadas aleatórias das pilhas e as devolvemos às estantes da forma mais caótica possível. Levamos horas nesse processo. Mas, ao final, quando William e eu ficamos lado a lado contemplando o resultado, concordamos que havia valido o esforço. Aquela sala, dentre todas as da casa, agora parecia um pouco mais minha.

LONDRES

—— QUATRO ANOS DEPOIS ——

Estava diante do espelho, tentando ajeitar minha quinta gravata do dia. Meu criado, George, esperava ao lado com uma dúzia de outras, recém-passadas e penduradas no braço. Esse maldito nó em cascata estava se mostrando mais difícil do que eu esperava, mas eu não era do tipo que desistia com facilidade. Depois de uma hora tentando, estava mais determinado do que nunca. Com alguns ajustes e torções finais, avaliei o resultado com olhar crítico. Senti a tensão vibrando em George enquanto ele aguardava meu veredicto.

— Está bom o suficiente — murmurei.

Ele largou os lenços restantes, estendeu-me o casaco e me ajudou a vesti-lo.

Uma batida na porta do quarto nos interrompeu. George foi abri-la e deu passagem a minha mãe e à esposa de William, Rachel, ambas já vestidas para o baile daquela noite. Nos últimos três meses, as duas vinham se comportando como gatas curiosas, examinando-me antes de cada evento social, ajeitando meu traje ou penteado sempre que achavam necessário. Certa vez, minha mãe chegou ao ponto de molhar o dedo para alisar um fio rebelde do meu cabelo caído na testa. Deixei bem claro que aquilo nunca mais se repetiria.

— Está muito bem, Philip — disseram as duas, após me analisarem dos pés à cabeça.

— Fico feliz em contar com a aprovação das senhoras — ironizei.

Mamãe uniu as mãos diante do corpo e me lançou um sorriso gentil. Mas eu via o aço por trás da suavidade, mesmo que enganasse todo o resto do mundo.

— O que foi, mamãe? — disse, enquanto encaixava o anel de sinete no dedo mínimo. — Está com alguma coisa na cabeça.

— Philip, estamos preocupadas que você tenha deixado passar excelentes oportunidades nesta temporada. E se não aproveitar uma delas logo, alguém mais o fará.

Sorri.

— Ah. O discurso de encerramento da temporada. Deveria ter previsto.

Mamãe vinha sendo incansável em seus esforços para me empurrar para o altar. Eu havia nutrido alguma esperança de que se distraísse, já que era a primeira temporada de Louisa, minha irmã. Mas com a ajuda de Rachel, ela se mantivera tão determinada quanto nos três anos anteriores a me arranjar um casamento vantajoso.

— Esse discurso pode durar até uma hora, se a memória não me falha — comentei. — Gostariam de se acomodar? Não costumo receber visitas aqui no meu quarto, mas posso mandar subir algum refresco. Talvez um chá?

Rachel revirou os olhos, claramente exasperada. Mamãe nem sequer piscou, mas dispensou George com uma firmeza glacial na voz. Assim que ele fechou a porta atrás de si, ela se virou para mim com um sorriso radiante e disse:

— Chega disso, Philip. Vamos ao que interessa.

Estendeu a mão a Rachel, que lhe entregou uma folha de papel. Parecia conter uma lista de nomes. Tentei esconder minha surpresa diante dessa nova tática.

— Rachel e eu vamos ler esses nomes — disse minha mãe —, e queremos uma razão válida para que você não faça uma proposta a cada uma dessas jovens extremamente elegíveis.

Engoli um suspiro. Antes que pudesse protestar, começaram o interrogatório.

— Srta. Blythe? — perguntou mamãe.

Enfiei as mãos nos bolsos e disse a primeira palavra que me veio à mente:

— Enfadonha.

— Srta. Emily Keane?

— Tediosa.

— Srta. Parham?

— Insossa.

— Lady Sandeford?

— Desinteressante.

— Srta. Sophronia Goodall?

— Cansativa.

Mamãe me lançou um olhar fulminante. Rachel assumiu a leitura.

— Srta. Downing?

— Sem senso de humor.

— Lady Agnes?

— Insípida.

— Srta. Amelia Endicott, srta. Georgiana Endicott e srta. Frederica Endicott?

— Sem graça, vazia e... hum...

Olhei para Rachel com desconfiança, os olhos semicerrados.

— Não conheço nenhuma srta. Frederica Endicott.

Ela pareceu perplexa.

— Ahá! Uma armadilha! E ainda assim, não caí nela. — Sorri, satisfeito. — Bem, está claro que as duas gostariam que eu me casasse com alguém que me entediasse até a morte. E eu me recuso.

— Espere. Há mais um nome na lista. Srta. Cecily Daventry. — As palavras de minha mãe pairaram no ar como o ressoar de um sino. Usei toda a minha educação para não torcer o nariz ao ouvir aquele nome. Filha da melhor amiga de infância de mamãe e atual confidente inseparável de Louisa, a srta. Daventry vinha sendo fortemente recomendada a mim.

— Atirada demais — respondi, cortando as outras palavras pouco elogiosas que me vieram à mente.

Elas deviam ter visto algo em minha expressão, pois nenhuma das duas insistiu. Apenas trocaram um olhar de derrota.

Por um instante, senti uma pontada de culpa.

— Lamento ter sido uma pessoa tão difícil. — Peguei a mão de Rachel e depois a de mamãe, depositando um beijo em cada uma.

— Bem — disse mamãe, com um tom mais leve —, talvez hoje à noite apareça alguma pessoa nova no baile. Sempre podemos ter esperança.

Sorri com carinho.

— De fato. Sempre podemos ter esperança.

Mas as palavras soaram ocas a meus ouvidos cansados. Eu já não tinha esperança de encontrar alguém por quem pudesse me apaixonar entre as jovens de Londres. Se alguma delas tivesse algo de interessante, esse traço já fora eliminado havia tempos por mães ambiciosas que só pensavam em vendê-las ao melhor partido. Uma personalidade sem graça, sem espírito, sem imaginação e sem opinião parecia ser, evidentemente, a mais segura para garantir um bom casamento.

A srta. Cecily Daventry estava sentada num divã da sala de estar, sussurrando atrás da mão enluvada ao ouvido de minha irmã Louisa. Detive-me na porta apenas o tempo necessário para compor o semblante de arrogância educada que costumava usar com jovens como a srta. Daventry — ambiciosas, vaidosas e superficiais. Não me surpreendi ao vê-la ali. Como melhor amiga e sombra constante de Louisa, ela passava mais tempo em minha casa em Londres do que na residência da prima que seria sua patrona naquela primeira temporada.

Assim que entrei, ela ergueu o olhar, emoldurado por longos cílios e grandes olhos azuis. Seus cabelos dourados brilhavam à luz das velas; as joias em seu colo destacavam o pescoço esguio; o branco do vestido de baile era apenas um tom mais claro do que sua pele alva. Era, inegavelmente, uma beldade. E ainda assim, quando seus olhos percorreram meu corpo com inequívoco ar de aprovação, não encontrei nada que despertasse minha admiração.

— Sir Philip — disse ela, com uma voz aveludada e insinuante.

Estendeu-me a mão, o punho frouxo. Peguei-a e levei-a aos lábios — pois não fazê-lo seria contrariar tudo o que me fora ensinado.

— Srta. Daventry — respondi com um sorriso educado. — Que satisfação. Estará conosco esta noite no baile na residência dos Sandeford?

— Não perderia por nada neste mundo — disse ela. — Ainda mais porque lhe dá a chance de garantir uma dança comigo antes que minha caderneta esteja lotada.

Ela sorriu com charme e os olhos brilharam com malícia. Achei que aquele vestido branco era inocente demais para ela. E ela, atrevida demais para ele. Também tinha plena certeza de que não via em mim mais do que o herdeiro de uma grande fortuna.

Mas inclinei a cabeça e disse:

— Seria uma honra ter a primeira dança.

Mamãe se juntou a nós, a carruagem foi anunciada e nós partimos noite adentro, envoltos no frio e na neblina típicos de Londres. Segui em silêncio na carruagem à medida que as rodas sacolejavam sobre as pedras do calçamento, carregando-nos para outra noite frívola. A conversa flutuava ao meu redor, mas não invadia meus pensamentos desgovernados, que eram decididamente sombrios e autoindulgentes. Quando a carruagem parou em frente à casa dos Sandeford, tochas iluminavam a rua apinhada de veículos e criados apressados, todos deixando cavalheiros e damas ricamente trajados. Desci os degraus do coche com o auxílio do lacaio que segurava a porta e logo estendi a mão para minha mãe, depois para Louisa e, por fim, para a srta. Daventry.

Ela segurou minha mão, desceu o primeiro degrau, o segundo... Mas, antes que o pé calçado em cetim tocasse o chão, soltou um leve gritinho e tombou na minha direção. Acolhi seu corpo contra o meu num reflexo, e ela se aninhou ali, agarrando-se às lapelas do meu casaco.

— Oh, céus! — exclamou ela, a voz suave roçando minha face. — Que desastrada eu sou!

— Feriu-se? — perguntei, levando as mãos a sua cintura para ajudá-la a firmar-se sozinha.

Mas, em vez de se afastar, ela se agarrou a mim com mais força, apoiando-se de um modo que, em outras circunstâncias, teria sido indecente.

— Acho que torci o tornozelo. Que azar, justo agora! Sir Philip, creio que terá de me levar de volta à sua casa...

Lancei um olhar por sobre o ombro, em busca de socorro, mas minha mãe e Louisa já atravessavam a rua em direção à casa dos Sandeford. O lacaio ainda estava ali, segurando a porta da carruagem, mas desviou o olhar quando nossos olhos se cruzaram. Eu não podia contar com ele. Queria tirar a srta. Daventry dos meus braços imediatamente. E não cogitava, nem por um instante, entrar sozinho com ela naquela carruagem e voltar para a minha casa acompanhado.

Agarrei seus punhos com firmeza, mas sem rudeza, e afastei suas mãos do meu paletó, colocando-a de pé.

— Acho que ficará bem se tentar caminhar — falei, sem me dar ao trabalho de disfarçar o tom sardônico da voz.

À luz das tochas, vi em seu rosto bonito um lampejo de irritação, logo substituído por um sorriso composto.

— Talvez tenha razão, Sir Philip. Farei o esforço, principalmente pelo bem de nossa dança. Se me der o braço…

Ela estendeu a mão, sorrindo como uma raposa satisfeita. Estava tecendo uma armadilha para mim, fio por fio — uma armadilha dourada, urdida com charme, lisonjas e amizade forjada com minha família. Achava que em breve me colocaria cativo. No entanto, ela não fazia ideia de quem enfrentava se pensava que conseguiria me fisgar algum dia. Ofereci-lhe o braço, que ela segurou com entusiasmo. Fingiu mancar por alguns passos, mas logo desistiu da encenação ao alcançarmos a entrada do baile.

Por toda parte, sedas em tons pastel, penachos, luvas longas, faces ruborizadas, cabelos em cachos e gargantilhas resplandecentes. O salão estava abafado e lotado demais para ser um lugar confortável. Mamãe examinava o ambiente com o olhar arguto de quem tentava casar uma filha e um filho ao mesmo tempo. Pelo andar do baile, eu tinha pelo menos um quarto de hora antes de precisar me apresentar para dançar com a srta. Daventry. E então vi um rosto familiar. Suspirei aliviado.

— Se me der licença, srta. Daventry — disse eu —, avistei um velho amigo com quem desejo muito conversar.

— Claro, Sir Philip. — Sua mão se demorou no meu braço antes de soltá-lo.

Afastei-me, deixando-a com Louisa e minha mãe, e fui abrindo caminho pelo salão entre os convidados. Evitei pensar muito nos olhares que me seguiam, nos sussurros que ouvi — a menção a minha fortuna, minha "grande propriedade" — ou na cobiça que percebia nos olhos de mulheres de todas as idades. Todas pesavam meu valor apenas pela minha herança e pela minha herança apenas. Ignorei-as e segui entre a multidão até o rosto que me trouxera o primeiro sopro de felicidade naquela noite.

O sr. Colton — antes major Colton — estava junto à mesa de ponche. Também fora vítima de uma herança inesperada, embora esta parecesse ter-lhe caído muito bem. Sua fortuna não vinha com um título, tampouco era tão escandalosamente alta quanto a minha.

— Wyndham! — saudou ele, sorrindo. E, com esse sorriso, vieram à minha mente o cheiro de fumaça de acampamento, a brisa morna de um dia úmido na Espanha e os sons secos de batalha. Quase pude sentir novamente a rigidez do catre em que adormecia, exausto, após um bom dia de combate, embalado pelos sons do acampamento e o zumbido preguiçoso dos insetos. Que saudade daquela vida.

— E então, como Londres o tem tratado? — perguntei, apertando-lhe a mão.

— Muito bem. E você? Como vai a caça?

Peguei uma taça de ponche, desejando que fosse algo mais forte.

— Colton, se isso é uma caça, então eu sou a raposa.

Ele riu.

— Sentindo-se caçado, é isso? Pobre diabo, o azar de ter tudo... fortuna, propriedade e título. Vi a beldade com quem entrou. Quem me dera ser tão amaldiçoado assim.

Segui seu olhar, que se detete na srta. Daventry, agora usando com maestria seus talentos de flerte com vários cavalheiros ao mesmo tempo.

Suas faces estavam coradas pelo calor do salão, os cabelos brilhavam como ouro sob a luz das velas, e os longos cílios sombreados se abaixavam graciosamente sobre os olhos vivos. Era fácil entender por que meu amigo apreciava o encanto que ela exibia. Mas depois de muitas noites em sua companhia, incontáveis jantares com minha família e inúmeras tentativas de conversa, eu conhecia a verdade. Sabia que sua beleza era apenas superficial e que as águas que nela corriam eram, no máximo, rasas.

Como se pudesse sentir nossa atenção, a srta. Daventry se virou e encontrou meu olhar. Seus olhos brilharam ao me ver observando-a, e eu me amaldiçoei em silêncio. A última coisa que eu queria era lhe dar qualquer motivo para acreditar que eu estava interessado.

— Ah, lá vem a beldade agora — disse o sr. Colton, enquanto Cecily começava a atravessar a multidão em nossa direção.

Esvaziei meu copo de ponche, questionando por que havia me submetido àquela bebida excessivamente doce, e disse:

— Ficarei feliz em apresentá-la a você.

— Por favor, faça isso.

Deixei o copo de lado e me virei para encarar o inimigo, com um sorriso de cortesia gélida.

— Eu sabia que não esqueceria nossa dança, Sir Philip, mas achei que lhe pouparia o trabalho de me procurar nessa multidão — disse ela, com aquele sorriso tímido e insinuante que eu já esperava.

— Srta. Daventry, permita-me apresentar meu amigo. Sr. Colton, esta é a srta. Cecily Daventry.

Ele tomou sua mão e a levou sem hesitar aos lábios.

— Um prazer — murmurou. Ela se iluminou com o olhar de admiração dele.

— Posso ter a honra de uma dança, srta. Daventry?

Ela consultou seu cartão de dança.

— O senhor pode ficar com a quadrilha, sr. Colton.

— Aceito com prazer — disse ele, curvando-se.

Tomei sua mão e a conduzi à pista de dança. Que outros a desejassem, pensei. Ela não era para mim.

Tentei, por minha mãe, encontrar nela algum traço de inteligência, humor ou sagacidade, mas encontrei apenas o mesmo vazio egocêntrico que havia notado em todas as outras jovens de Londres.

— Que aperto! — exclamou ela, referindo-se ao salão lotado.

— De fato — murmurei, entediado, como acontecia sempre que uma jovem dizia aquelas mesmas palavras.

— Viu o vestido que a srta. Endicott está usando esta noite? Aposto que é o mesmo que usou no Almack's há quinze dias!

Suspirei. Aquilo era exaustivo. Eu preferia combate corpo a corpo a suportar mais uma conversa assim.

Pelo bem da minha sanidade, tentei direcionar o diálogo a temas mais interessantes:

— Já viajou para fora da Inglaterra, srta. Daventry?

— Oh, não. Por que eu haveria de querer? Não consigo imaginar lugar melhor que a Inglaterra. — Mordeu o lábio inferior, olhando para mim por entre os cílios espessos, fazendo a covinha na bochecha se aprofundar. Ela conhecia suas armas e as usava bem. — Mas tenho grande interesse em visitar Kent. Ouvi dizer que Edenbrooke é uma propriedade simplesmente espetacular. Diga-me, é muito grande?

Vi a ambição em seus olhos, pronta para calcular meu valor com base na herança.

Sorri — e meu sorriso era tão ferino quanto suas covinhas e seus cílios.

— Que tamanho gostaria que tivesse? O que a satisfaria?

Ela pegou minha mão no movimento da dança.

— Ora! Pelo que ouvi dizer, sua propriedade seria mais que suficiente para minhas necessidades.

— É reconfortante saber que Edenbrooke lhe bastaria — murmurei.

Ela mordeu o lábio, e a graciosa covinha surgiu junto à boca, e disse:

— Tenho certeza de que ficarei mais que satisfeita.

Notei o brilho de animação em seus olhos um instante tarde demais. Achei que ela perceberia o sarcasmo em minha voz. Mas, pelo tamanho do sorriso, pareceu interpretar minhas palavras como encorajamento. Passei o restante da dança me amaldiçoando em silêncio.

Cumpri meu dever com minha mãe e dancei com todas as jovens que ela me apresentou. Mas, ou fiquei de repente desajeitado na pista de dança, ou a moda de fingir uma lesão estava se espalhando como praga. A srta. Goodall simulou um tornozelo torcido, Lady Agnes alegou ter machucado o pé, e a srta. Georgiana Endicott foi acometida por uma súbita dor de cabeça no meio de nossa dança.

Aparentemente, o remédio para cada um desses males era um canto mais reservado, onde podiam me manter cativo em conversas privadas pelo restante do baile — ou além, se eu permitisse.

Entrei no jogo, mas, a cada vez, minha incredulidade aumentava. Seria essa a mais nova moda para fisgar um marido? Havia algum manual de instruções sobre como se fazer de donzela em apuros para chamar a atenção de um jovem rico? Se existia, onde eu poderia encontrá-lo — e como poderia queimá-lo?

E onde estavam as jovens inteligentes? Onde estavam as damas com senso de humor, um toque de espírito e profundidade de caráter? Estariam aqui, mas escondidas? Ou elas não existiam naquele reino de frivolidade?

Quando a srta. Wingrave fingiu tropeçar e depois caiu em cima de mim no meio da dança, fazendo com que eu fosse obrigado a sustentá-la, eu de repente senti que já bastava.

— Permita-me levá-la até sua mãe — eu lhe disse com um sorriso. — Você claramente não está bem.

— Oh, não, Sir Philip. Eu estou bem. Só fiquei um pouco zonza por um momento. — Ela era jovem e boba. Não era culpa dela ter visto o exemplo do comportamento das outras jovens no baile naquela noite.

— Eu ficaria triste se algo acontecesse à senhorita. — Peguei-a pelo cotovelo e a conduzi pela lotada pista de dança, notando, enquanto o fazia, que o sr. Colton sorria como um parvo para a srta. Daventry durante a dança deles. Ela não parecia achar que ele fosse um bom partido, porém, já que não retribuiu o sorriso e deixou seu olhar vaguear para os outros cavalheiros que estavam dançando. Pobre tolo. Mas esse era o risco desse jogo.

A sra. Wingrave lançou olhares fulminantes para a filha quando a entreguei a ela, explicando que a jovem não estava se sentindo bem o bastante para dançar, e me retirei, com a intenção de escapar para o salão de cartas. No entanto, ao me virar para sair, dei de cara com Lady Marsh.

Ela estava me esperando. Percebi pela forma como havia criado espaço na multidão. Era claro pela postura dela, aquela pose autossuficiente de expectativa paciente.

— Sir Philip. — Sua voz era acolhedora e calorosa. Estendeu-me a mão coberta por uma luva. Seu punho estava adornado com as antigas e renomadas joias da família de seu marido, assim como seu pescoço. — Eu estava esperando cruzar seu caminho esta noite.

Ao levar sua mão a meus lábios, murmurei:

— Lady Marsh. — E lhe dei um leve beijo sobre a luva de cetim. — Como vai?

Os lábios dela se curvaram para cima.

— Muito bem, não acha? — Ela colocou as mãos nos quadris, como se me convidasse a examinar sua silhueta. Não aceitei o convite.

Em vez disso, olhei em seus olhos, notando quanto ela parecia menos bonita agora. A expressão de cansaço que ela ostentava não era nem metade tão atraente quanto a felicidade inocente de sua versão anterior, antes de se casar com o conde.

— Claro — murmurei. Eu queria ir embora. Deixei meu olhar vagar por cima da cabeça dela e em direção à porta aberta, que me desafiava com a promessa de liberdade, a apenas meia pista de dança de distância. Respirei fundo para me desculpar, mas ela colocou a mão em meu braço para me impedir e me manter cativo.

— Sabe o que a alta sociedade está dizendo sobre o senhor, Sir Philip?

Suspirei.

— Esclareça-me — disse eu com uma voz entediada.

— "Por que esse solteiro tão cobiçado ainda não se comprometeu?", é o que se perguntam. O boato é que o senhor deve estar esperando por uma rica herdeira.

Levantei uma sobrancelha.

— Por que eu precisaria de uma rica herdeira? Tenho dinheiro de sobra, como bem sabe.

Ela deu de ombros com elegância.

— Outros homens já foram movidos pela ganância. — Ela se aproximou de mim. — Mas quer ouvir outro boato? O que eu acredito?

Não respondi, sabendo que ela me contaria de uma forma ou de outra.

Ela se inclinou contra meu braço, levantou os lábios perto de minha orelha e, em um sussurro sedutor, disse:

— O senhor perdeu seu coração para alguém que não pode ter. É por isso que não considera nenhuma dessas jovens elegíveis.

Havia sido há anos, lembrei-me. Eu era jovem e estúpido. Não conhecia sua verdadeira natureza na época. Graças a Deus, um conde havia aparecido antes que ela decidisse se contentar comigo. Ainda assim, estremeci ao lembrar quanto eu já quisera seu amor um dia. Olhei para ela de forma contemplativa por um momento, depois inclinei a cabeça para lhe falar em voz baixa. Ao tomar fôlego, vi seus lábios se curvarem novamente em um sorriso de triunfo.

— Se está se referindo a si mesma — falei em um tom baixo —, permita-me tranquilizá-la. Meu coração nunca lhe pertenceu, e jamais pertencerá.

Ela congelou, e seu olhar saltou para o meu. Vi um lampejo de fúria em seus olhos. Então, ela se afastou de mim e jogou a cabeça para trás com uma risada alta e falsa. As joias em seu pescoço captaram e refletiram a luz de cem velas.

— Oh, Sir Philip. Como o senhor é engraçado. Como se eu me importasse com o seu coração.

Sorri.

— Ah, que alívio. — Consegui perceber a raiva fervendo sob sua fachada sorridente.

Ela ajustou as luvas.

— Com licença — disse, virando-se de mim com a cabeça inclinada para o ângulo arrogante que ela adotara desde que se tornara condessa.

Inclinei a cabeça e observei-a deslizar pela sala, pronta para tentar uma nova conquista. Minha mãe encontrou meu olhar e começou a caminhar em minha direção, arrastando uma jovem que eu não conhecia. No entanto, balancei a cabeça para ela, virei-me e saí da pista de dança sem um olhar sequer para o lado. Momentos depois, estava caminhando pelas ruas de Londres, finalmente um homem livre.

Na manhã seguinte, bati à porta do quarto de minha mãe, segurando a bandeja de café da manhã que havia pegado com a criada dela, depois de vir em disparada pelo corredor para alcançá-la antes que chegasse ao quarto de minha mãe.

— Eu levo — eu disse a ela com um sorriso. Ela se assustou, mas me entregou a bandeja e fez uma reverência antes de sair às pressas.

— Entre! — minha mãe chamou após meu toque.

— Que surpresa agradável — disse ela, enquanto eu colocava a bandeja sobre a cama e abria as cortinas de seu quarto. Era uma manhã nublada, e a pouca luz que passava pelas janelas deixava o recinto banhado em uma luz fraca e cinzenta. Ela segurava uma carta, que estava dobrando e escondendo debaixo dos lençóis.

— A que devo esta honra? — perguntou.

Sentei-me na cama dela, tomando cuidado para não derrubar a bandeja e estragar seu chocolate quente.

— Que touca charmosa a senhora está usando, mãe — elogiei, tocando a renda que emoldurava seu rosto enquanto me inclinava para beijar sua bochecha suave. Ela ainda era bonita, mesmo com a idade avançando.

Ela pegou a xícara de chocolate e me olhou com astúcia por cima da borda.

— Oh, veio com elogios, é? Deve ter alguma notícia terrível para me dar. Ou então você quer algo. Qual dos dois?

— Eu sempre elogio a senhora — respondi, pegando um pedaço de torrada e passando manteiga antes de oferecer-lhe.

Ela pegou a torrada com um olhar afetuoso.

— Você costumava me elogiar o tempo todo. Também costumava me provocar e correr pela casa com seus irmãos, quase fazendo o ambiente tremer com o som de suas risadas. — Ela fez uma pausa, e seu olhar se tornou um pouco mais penetrante do que o conforto permitia. — Mas aquele Philip eu não vejo desde a morte de Charles.

Não pude dizer a ela para onde aquele Philip tinha ido. Eu mesmo não sabia. Tampouco sabia como trazê-lo de volta. Só sabia que ele me abandonara no dia em que recebi a carta informando que Charles morrera e que eu havia herdado tudo em seu lugar.

— Então, rapaz lisonjeiro — disse ela, deixando a comida de lado e limpando as mãos dos farelos. — O que é que você quer?

Lancei-lhe o meu sorriso mais encantador e disse, com uma voz casual:

— Pensei em voltar para Edenbrooke um pouco mais cedo. Tenho trabalho a resolver em casa. Tenho certeza de que o administrador gostaria de ter uma chance de se reunir comigo, além do conserto do telhado e do problema com a cerca ao longo...

Ela levantou uma das mãos, interrompendo-me. Pensei por um breve momento em como, mesmo aos vinte e cinco anos, eu ainda era um menino aos olhos de minha mãe. E me dei conta de que ali estava eu, tentando conquistar sua permissão em vez de reivindicar minha própria independência. Mas esses eram os laços de afeto, lealdade e respeito.

— Que ótima ideia — disse ela.

Abri a boca e depois a fechei, surpreso com quanto tudo estava caminhando muito mais fácil do que eu imaginava.

— Então a senhora não vai insistir para que eu fique até o fim da temporada? — perguntei, com uma sobrancelha erguida.

— Não sou uma tirana, Philip — disse afagando minha mão com um tapinha. — Eu vejo como você está infeliz aqui. Vamos partir no final da semana.

— Oh. — Estava duplamente surpreso. — A senhora também vai?

— Sim, já vi o suficiente dessa atribulação toda. Não sou mais tão jovem quanto antes. Creio que posso deixar Louisa com William e Rachel. Ela ainda está se divertindo e, além disso, ela e a srta. Daventry estão muito ansiosas para o baile de máscaras daqui a quinze dias. Será bom nós dois voltarmos uma semana antes. Não lhe contei que minha irmã e o marido dela virão ficar conosco?

Eu balancei a cabeça.

— Eu poderia jurar que já tinha contado. Eles estão fazendo alguns reparos na casa deles, sabe, e temos espaço de sobra. Eu sabia que não seria nenhum incômodo.

— Claro que não — respondi, procurando em seu rosto algum sinal de engano e depois afastei minhas dúvidas. Eu tinha me tornado excessivamente desconfiado no geral. Minha mãe não teria razão para armar algo contra mim, seu filho favorito.

Edenbrooke não ficava longe de Londres. Teríamos feito a viagem em pouco mais de meio dia, se não fosse por dois casos de donzelas em apuros ao longo do nosso caminho. A srta. Sandeford e Lady Agnes, com suas respectivas mães, haviam sentido um grande desejo de visitar o campo de

Kent, mas cada uma delas sofrera um acidente que deixara suas carruagens inutilizáveis na beira da estrada.

— Que coincidência! — exclamaram todas. — Que sorte encontrar vocês neste mesmo caminho, na hora exata para nos ajudar!

O esforço para não revirar os olhos foi tão grande que meu rosto começou a doer. Eu estava tentando escapar dessas mulheres, e não havia percorrido oitenta quilômetros antes de que me pegassem novamente.

— Ah, não aceitaremos de maneira alguma que mudem seus planos por nossa causa! — Foi a frase seguinte que me disseram quando sugeri acompanhá-las de volta para a capital. — Achamos melhor simplesmente nos juntar a vocês em sua viagem. Sabemos que há espaço em sua carruagem, mesmo que seja um pouco apertado. Além disso, nos dará a oportunidade de aproveitar e conhecer sua propriedade. Não será divertido? Nossa própria reuniãozinha particular em Edenbrooke.

Elas ficaram tão felizes com Edenbrooke que não conseguiram se afastar para voltar à cidade antes de passarem três dias lá. As duas jovens senhoritas e suas mães dedicadas disputavam minha atenção com tanto fervor competitivo que eu me sentia como uma raposa sendo despedaçada por cães famintos. Meu sorriso tornou-se uma coisa congelada, rígida, beirando a falta de educação. Eu andava pela sala de estar dos meus aposentos à noite por horas antes de conseguir dormir. Na sexta-feira, nossas visitantes esperaram até o meio-dia para entrar em suas carruagens recém-reparadas, e eu fiquei na calçada de cascalho com minha mãe, despedindo-me delas com uma impaciência quase incontrolável.

Pareceu uma eternidade até todas as damas se despedirem, nos agradecendo pela hospitalidade, elogiando a linda propriedade e soltando indiretas de como mal podiam esperar para nos visitar novamente no futuro. Olhei para o ângulo do sol no céu, perguntando-me quanto mais de meu tempo na Terra elas iam desperdiçar. Quando finalmente partiram, olhei para minha mãe e disse:

— Por favor, me diga que isso não foi ideia sua.

Os olhos dela brilharam de surpresa.

— O quê? A visita delas? De jeito nenhum, Philip. O que o fez pensar uma coisa dessas?

Balancei a cabeça.

— Não se finja de inocente. A senhora é tão ardilosa quanto aquelas duas mães.

Ela sorriu de forma travessa e passou a mão pelo meu braço.

— Não, querido. Sou muito *mais ardilosa do que essas duas mães.*

Eu ri com relutância.

— Bem, fico aliviado por finalmente terem ido embora. — Respirei fundo e expirei, aliviando um pouco da impaciência que queimava mais e mais dentro de mim. — Eu estava ansioso para ver como está indo meu novo cavalo de corrida.

Mas, exatamente naquele momento, o som das rodas da carruagem no cascalho chegou aos meus ouvidos. Olhei para cima e gemi de desânimo. Eram nossas vizinhas mais próximas, a sra. e a srta. Fairhurst. Minha mãe apertou meu braço e disse encorajando-me:

— Será apenas uma visita curta, tenho certeza.

Minha mãe estava errada. A ambiciosa sra. Fairhurst estava tão encantada por me ver voltar da capital ainda desacompanhado e, portanto, em sua mente, ainda disponível para sua insípida filha, que ela e a moçoila ficaram por duas horas. O sol ia baixo no céu quando finalmente partiram. Os estábulos me chamavam, mas antes que eu pudesse empreender minha fuga, minha mãe colocou a mão no meu braço e disse:

— Dê-me alguns minutos de seu tempo, Philip. Tenho algo para conversar com você.

Olhei para ela surpreso.

— Claro.

Mas antes que ela pudesse dizer o que estava pensando, outra carruagem entrou na trilha de cascalho. Olhei na direção, incrédulo.

— Eu juro, se for outra jovem senhorita, vou fugir e nunca mais voltar.

Minha mãe me fez sinal para eu ficar quieto.

— Bobagem, Philip. Olhe, são só sua tia e seu tio.

Na confusão dos últimos dias, eu havia me esquecido completamente de que eles viriam nos visitar. Bem, eu ainda teria de fazer as vezes de anfitrião, mas ao menos eles não estavam atrás de meu título e fortuna. Coloquei novamente um sorriso educado no rosto enquanto cumprimentava o sr. e a sra. Clumpett, sabendo que parecia artificial e forçado, mas eu era incapaz de transformá-lo em algo genuíno. Perguntei-me se ainda seria capaz de sorrir de forma genuína ou de ter uma expressão verdadeira.

Minha mãe e sua irmã não poderiam ser mais diferentes. Minha mãe era alta, elegante e linda. A sra. Clumpett era pequena, arredondada e parecia mais bondosa do que bonita. As irmãs se abraçaram enquanto eu apertava a mão de meu tio, recebia-o e o convidava para entrar.

— Agradeço, mas ficamos sentados naquela carruagem por horas. — Ele descansou as mãos na parte inferior das costas e se inclinou para a frente e para trás. Um homem alto e anguloso, ele também era o mais dedicado zoólogo amador que eu poderia imaginar. — O que eu preciso agora é de uma caminhada rápida pelo bosque. Estou ansioso para conhecer suas criaturas. — Com isso, pegou seu bastão de caminhada e seguiu apressadamente para a floresta. Minha mãe e a sra. Clumpett estavam ocupadas uma com a outra. Essa era minha chance. Fui embora sem ser notado e me dirigi para os estábulos.

Coloquei um pé calçado com botas sobre uma tábua da cerca que separava o campo de treino dos estábulos. Apoiei os cotovelos sobre a tábua superior e observei o treinador fazer Meg passar pelos exercícios. Nada estava mais presente em minha mente durante a temporada de Londres do que o projeto secreto no qual eu estava trabalhando para surpreender William. Enquanto a observava, a luz do sol atravessou uma camada espessa de nuvens, iluminando seu pelo e dando-lhe um brilho acobreado. Ela balançou a cabeça, sua crina brilhou naquela estreita faixa de luz, e eu a vi tentar se afastar de seu cavaleiro. Sorri. Sua beleza era secundária em relação ao verdadeiro traço que eu havia procurado quando a comprei: o espírito. Ela parecia querer voar. Chamei o treinador após ele terminar os exercícios com ela.

— O que acha? — perguntei, sabendo o que ele pensava, mas eu não era o especialista em cavalos de corrida. Na verdade, eu havia iniciado recentemente na compra de cavalos com a intenção de levá-los às corridas.

Uma excitação silenciosa iluminou seus olhos.

— Acho que ela pode ser a certa, mestre Philip.

Não o corrigi. Ele era velho e estava conosco havia décadas. Se eu ainda era mestre Philip para ele, como um garoto, tanto melhor para mim. Eu gostaria que houvesse mais pessoas em minha vida que me conhecessem desde criança e soubessem meu verdadeiro lugar no mundo.

Apertei sua mão.

— Continue com o bom trabalho. Mal posso esperar para mostrá-la a William quando ele chegar.

— Quando será isso, senhor?

— Na próxima semana.

Ah, ter meu irmão William em Edenbrooke comigo e depois ver as corridas em Newmarket juntos. Era o ponto alto de todo o ano. Eu o havia visto em Londres, claro, mas lá era diferente. Não era nosso lar. Não era nossa infância e nossas lembranças. Olhei de volta para a casa e então parei, vendo a luz do sol cortar as nuvens e iluminar a casa da mesma forma que iluminava Meg. Parei para admirar a visão — a simetria da casa, como as pedras que pareciam douradas sob a luz do final da tarde, as janelas refletindo a luz rosada, as flores e os arbustos cercando a casa com tons de azul e amarelo, vermelho e laranja, castanho-escuros e verdes vibrantes. Ao redor da casa, o céu estava cinza, com nuvens pesadas, fazendo com que a casa parecesse um farol em um mar tempestuoso. Era irreal tanto quanto era bela. Novamente, bateu-me a sensação de que aquilo nunca tinha sido feito para ser meu e, de alguma forma que eu não conseguia identificar, ainda não era meu. Era quase como olhar o rosto de um tio ou uma tia, tão parecido com o de meus pais, mas tão diferente ao mesmo tempo, que o erro do rosto era mais perturbador que a semelhança familiar.

Essa sensação peculiar de estranheza me seguiu até dentro da casa, onde vi minha mãe descendo as escadas.

— Ah, aí está você! Eu o estava procurando. — Ela me fez sinal. — Venha para a biblioteca. Preciso falar com você.

Ela parou em frente à lareira, sob o retrato de meu pai, sua boca apertada em um sorriso encorajador, suas mãos unidas em uma atitude de súplica e esperança.

— Tenho uma novidade — ela começou.

A sensação de estranheza se transformou em uma sombra de presságio. Meu coração acelerou, meus sentidos se aguçaram. Eu estava novamente em um campo de batalha, enfrentando um inimigo formidável, e instintivamente girei os ombros, sentindo o estiramento da cicatriz e a leve dor da antiga ferida.

— Convidei a srta. Daventry para ficar conosco durante o verão.

Foi um golpe fatal. Fiquei olhando para ela, atônito.

— E isso não é tudo — continuou, seu sorriso mais brilhante do que nunca. — Você se lembra de que ela tem uma irmã gêmea? Marianne? Pois bem, também a convidei para ficar conosco. Ela tem vivido com a avó em Bath e não teve muito contato social nesta temporada. — Minha mãe fez uma pausa, mordeu o lábio inferior e acrescentou: — Ela chega hoje à noite.

Não consegui encontrar palavras.

— Você não se importa, não é, Philip? Prometi à mãe delas, sabe? Quando éramos jovens, fizemos promessas uma à outra, e agora que ela se foi e aquelas pobres meninas estão sem mãe e quase sem pai também... o pai delas está na França desde a morte da mãe... sinto muita compaixão por elas. Não posso deixá-las se virarem sozinhas, não quando posso ser uma segunda mãe para elas e ajudá-las nesse momento difícil. Sei, meu querido, sei o que pedi de você recentemente, mas também sei o bom coração que você tem e que entenderia minhas intenções. Espero que não fique zangado comigo.

Minha mãe estava tagarelando. Minha mãe nunca tagarelava. Ela estava nervosa com a coisa toda. E com razão. Duas senhoritas Daventry? Uma já era mais do que eu poderia suportar. Duas delas — gêmeas! Duas irmãs ambiciosas, vaidosas, superficiais, impertinentes, ambas se digladiando pela minha atenção. Dois sorrisos astutos e grandes olhos azuis. Duas mentes calculistas focadas em um título, uma grande propriedade e uma vida de luxo. Dois corações frios que não se importariam comigo, mas apenas com o que minha herança poderia fazer por elas.

Tomei uma decisão repentina. Sorri de forma tão convincente que quase enganei a mim mesmo. Disse gentilmente:

— A senhora sabe que esta é a sua casa, mãe, e tem o direito de convidar quem quiser para cá.

Ela sorriu aliviada.

— Estou muito feliz por ouvir isso.

Uma lâmina de culpa atravessou minha consciência, mas não me desviou de meu caminho.

Quando o sol mergulhou abaixo do horizonte e o céu cinza se tornou primeiro de ferro e depois de carvão, joguei uma bolsa arrumada às pressas no meu *fáeton*, ordenei aos criados que não dissessem nada sobre minha partida a minha mãe e chicoteei os cavalos para um galope. Corri para longe de minha casa e de tudo o que ela continha, sem plano algum de para onde ir. Sabia apenas que sentia como se o próprio diabo estivesse me perseguindo e que, se eu não fugisse, ele me devoraria, corpo, mente e alma.

Quase uma hora depois, eu corria a grande velocidade, fugindo do destino e sentindo pela primeira vez em anos que finalmente tomara controle de minha vida. A lua estava cheia, mas se escondia frequentemente atrás das nuvens espessas que cobriam o céu e ameaçavam chuva. De repente, o *fáeton* deu um solavanco para o lado, quando a roda traseira direita se soltou do eixo. Sem aviso, as rédeas foram arrancadas de minhas mãos, e eu fui lançado ao ar. Caí pesadamente de lado, perdendo o fôlego, e rolei duas vezes antes que um arbusto parasse meu movimento. Fiquei ali, atordoado, lutando para respirar por um momento doloroso, até que finalmente meus pulmões voltaram a funcionar. Virei-me de costas e avaliei meus ferimentos. Costelas e ombros roxos, certamente; mas, ao me levantar e me mover, não pensei que tivesse quebrado nada.

Meus cavalos estavam por perto, relinchando de nervosismo, mas incapazes de correr, pois o eixo do *fáeton* estava enterrado na lama à beira da estrada. A roda estava atrás de mim, em uma vala. Arrastei-me até os pés, escovei minha roupa e caminhei até meu veículo quebrado e cavalos assustados. Falei com eles calmamente enquanto os desengatava e depois os conduzia cuidadosamente por um curto trecho da estrada. Um deles mancava da perna dianteira esquerda, e o outro se esquivou quando passei as mãos por sua perna traseira direita. Praguejei em voz baixa e então voltei minha atenção para o *fáeton* danificado, perplexo com seu estado. Estava em perfeitas condições quando saí. Não havia razão concebível para que a roda houvesse se soltado como se soltou. Mesmo que meus cavalos não estivessem feridos, não havia nada que eu pudesse fazer para consertar o *fáeton* sem ferramentas e sem luz suficiente. Eu estava encalhado.

Peguei os cavalos pelas rédeas e os conduzi até um grande carvalho, logo além da estrada, no meio de um campo. Era alto e largo o suficiente para abrigá-los se chovesse. Prendi-os ao tronco e então comecei a caminhar pela estrada.

Uma coruja piou em algum lugar próximo, como se comentasse com diversão minha situação.

— Sim, ria de mim, mensageiro sombrio do destino — murmurei. — Ria de meus esforços para me libertar. Ria da futilidade de meus esforços.

Como se tivesse ouvido e entendido, a coruja respondeu com um grito estridente que fez os pelos de minha nuca se arrepiarem. A noite de repente se tornou preta como nanquim, e eu olhei para cima, vendo nuvens de chuva espessas obscurecendo a lua. Que venha, pensei, desafiando o destino a piorar aquela noite. A chuva veio de imediato, como se em resposta a meu desafio, em uma garoa fria.

Acolhi o frio e desejei que ele me entorpecesse até o coração, para que eu não tivesse de sentir essa amargura e frustração avassaladoras. Eu nunca havia fugido de uma batalha. Nunca havia desertado de meu posto. E, no entanto, havia fugido de casa como um covarde, e não entendia essa grande tolice dentro de mim. Só sabia que estava pronto para me despedaçar e que nunca, em toda a minha vida, estivera tão perdido, ou tão sozinho, ou tão cheio de amargura e ressentimento.

A estrada estava vazia. Eu não fazia ideia de para onde estava indo ou se encontraria alguém para me ajudar em meu caminho. Só caminhei e amaldiçoei o destino, afundando no maior grau de autocomiseração que já permitira a mim mesmo.

Andei por quilômetros. Horas. Meus pés haviam se tornado macios nos últimos anos de luxo. Não tinham mais a resistência de quando eu era soldado.

— Você ficou mole, major — repreendi-me após minha segunda hora de caminhada. Dias demais passando a atender damas com título haviam me tornado fraco. Quanto mais eu caminhava, mais sentia os hematomas e a dor da queda do *fáeton*. A chuva, felizmente, durou pouco, embora eu ainda estivesse úmido e gelado.

Quando finalmente vi a luz ao longe, foi a visão mais bem-vinda que eu poderia imaginar. A Rosa e a Coroa era uma pequena estalagem, mas teria o que eu precisava — um garoto que levaria uma mensagem a meu cocheiro em Edenbrooke para buscar os cavalos feridos e cuidar deles, algo quente para eu comer, uma lareira e um cavalo que me levaria de volta a meu caminho de fuga. Eu continuava sem um plano de para onde ir. Sabia apenas que precisava ficar mais distante de Edenbrooke e de tudo o que me aguardava lá. Especialmente das duas senhoritas Daventry.

A sala de jantar da estalagem estava vazia, exceto por um homem robusto e careca que limpava uma mesa quando entrei. Ele olhou para cima com um brilho intenso e avaliador nos olhos quando perguntou:

— O que posso fazer pelo senhor, milorde?

Eu estava cansado demais para ser excessivamente educado.

— Preciso de um cavalo, um pouco de comida para levar comigo e um mensageiro, se tiver um disponível. O mais rápido possível.

Ele assentiu rapidamente.

— Agora mesmo, milorde.

Ele colocou os dedos nos lábios e soltou um assobio agudo. Momentos depois, um menino apareceu correndo.

— Vá preparar o melhor cavalo — disse o estalajadeiro, e o menino correu para fora. O estalajadeiro atravessou uma porta em direção à cozinha, deixando-me esperando na sala de jantar vazia. Apoiei-me no balcão, tentando afastar uma sensação quase esmagadora de cansaço e desânimo.

O destino me atingira, mas eu poderia me recuperar, disse a mim mesmo. Eu poderia pegar esse cavalo, cavalgar para bem longe e, de alguma forma, escapar da vida que nunca havia pedido. Só por um tempo. Eu voltaria em algum momento e cumpriria meu dever para com minha família. Entretanto, só por um tempo eu escaparia disso e encontraria algum consolo em algum lugar. Não sabia como encontraria o que buscava. Sabia apenas que precisava fazer algo diferente, ou nunca mais encontraria a mim mesmo. Já não sabia mais como rir. Quase não sabia o que era um sorriso verdadeiro. Fechei os olhos e forcei-me a ter esperança, mas por dentro eu estava entorpecido.

De repente, a porta da pousada se abriu com força, fazendo-me saltar. Virei-me e vi uma jovem entrar. Ela me olhou, atravessou rapidamente a sala em minha direção e disse:

— Preciso de ajuda no pátio. Imediatamente.

Fiquei olhando para ela, sem palavras. Ela estava desarrumada, mas claramente era uma jovem de boa família. Quem seria ela e como havia me encontrado ali? Essa tática de dama em apuros havia se tornado uma epidemia. Agora estavam me perseguindo nas pousadas?

Meu disfarce de arrogância caiu sobre mim como que por instinto, e percebi que era ainda mais fácil usá-lo com a indiferença e o desespero que preenchiam meu coração. Olhei-a com uma frieza distante.

— Receio que tenha se enganado quanto à minha identidade — disse eu, surpreso com a rudeza de minha voz. — Creio que vai encontrar o estalajadeiro na cozinha.

Na luz fraca da pousada, vi suas bochechas ficarem vermelhas e seus olhos se iluminarem com um brilho de orgulho ou humilhação — eu não soube dizer qual. Então ela ergueu o queixo, e sua expressão se fez cortante, com desdém, enquanto dizia em voz arrogante:

— Perdoe-me. Estava sob a impressão de que me dirigia a um cavalheiro. Posso ver agora que estava, como o senhor disse, enganada.

Recuei diante da força de suas palavras.

Ela se virou para a porta aberta atrás do balcão e gritou:

— Olá! Estalajadeiro!

O estalajadeiro apareceu, limpando as mãos na camisa. Ela repetiu:

— Preciso de ajuda no pátio imediatamente!

Desta vez, eu ouvi a urgência em sua voz. Desta vez, vi a mancha de sangue em suas mãos. Desta vez, vi o medo em seu rosto jovem.

Evidentemente o estalajadeiro percebeu também, pois correu atrás dela, e eu fiquei ali, paralisado, sentindo como se tivesse sido jogado outra vez do *fáeton*, incapaz de respirar, sentindo a cabeça girar, meu mundo posto de cabeça para baixo.

O estalajadeiro voltou, carregando um homem ferido. A jovem o seguiu, apoiando uma garota que parecia pálida e abatida. A dama lançou um rápido olhar em minha direção antes de se voltar para as escadas e desaparecer.

E eu só pude ficar ali enquanto seu insulto perfeitamente direcionado e maravilhosamente entregue corria pela minha mente, repetindo-se sem parar. Eu não fora tão humilhado desde meus primeiros dias como soldado.

O insulto feito a mim foi como uma besta de dentes afiados que rasgou meu entorpecimento. Destruiu minha máscara e revelou a parte mais vulnerável de mim. Rasgou meu coração. Depois ergueu um espelho para me mostrar o que eu me tornara por baixo da fachada que usava. Mostrou-me a imagem de meu irmão Charles.

Agarrei o balcão de madeira, apoiando-me pesadamente nele. Não. Eu não era Charles. Não era como ele. Eu havia jurado nunca ser como ele. A maneira como eu tinha falado com a moça — a arrogância, o desprezo, a impaciência — tudo isso fazia parte do espetáculo, parte de quem eu precisava ser por causa do que herdara, por causa de como havia sido caçado, perseguido e atormentado. Mas não era eu. Aquele homem — aquele arrogante, rude, desdenhoso homem que acabara de recusar ajuda a uma dama em apuros — não era eu. Era a farsa que eu representava. Era Sir Philip. Não Philip. Não major Wyndham. A forma como eu agira não indicava meu coração.

Mas através da minha negação, veio a voz de meu pai. Veio suave e baixa, como se através de uma cortina — uma fina barreira que separava os vivos dos mortos. De uma memória esquecida, sua voz sussurrou no meu ouvido:

"Mas o que é o coração de um homem senão suas ações? Suas palavras? A maneira como interage com o mundo a sua volta? Esse é o verdadeiro valor de um homem. Por isso, um cavalheiro deve ser sempre educado, prestativo e respeitoso, honrado e verdadeiro. Um cavalheiro é julgado por um padrão mais alto no mundo porque recebeu tanto. É dever do cavalheiro melhorar o mundo ao seu redor, torná-lo um lugar melhor por sua influência."

    A revelação causou vergonha no meu coração. Vi-me como havia visto Charles — desdenhoso, arrogante e egoísta. Eu me tornara tudo o que jurei nunca ser. O choque da revelação me abalou, meus pensamentos se dispersaram, meu coração pulsava com uma vida repentina e com um medo, uma dor e uma tristeza surda, sabendo que, se meu pai me visse ali naquela noite, teria vergonha de me chamar de filho.

    O perfeito insulto se repetia incessante em minha mente: "Perdoe-me. Estava sob a impressão de que me dirigia a um cavalheiro. Posso ver agora que estava, como o senhor disse, enganada".

    Eu estava tão absorto com a consciência de ter caído em desgraça (pois o que é um cavalheiro, senão a personificação da graça?) que não prestei atenção na agitação ao meu redor, até que uma mulher se aproximou de mim apressada. Era uma mulher grande, com aspecto rude e sobrecarregado, que falava com autoridade (claramente a esposa do estalajadeiro) quando disse:

— Se ainda está com pressa, milorde, posso lhe dar uma torta de carne para levar na viagem. Como pode ver, estamos com as mãos cheias aqui esta noite, mas meu filho já selou seu cavalo, e ele está esperando lá fora. E ele pode levar uma mensagem para você depois que voltar de buscar o médico.

    Olhei para as escadas, na direção de onde a jovem havia subido. A jovem da ofensa perfeita. A repreensão devastadora. A jovem que rasgara minha máscara e me mostrou o que eu me tornara. E, sem entender o porquê, soube que não poderia ir embora sem vê-la novamente.

— Obrigado, mas acho que ficarei e verei se posso ser de alguma ajuda.

    Ela deu de ombros como quem diz "o que lhe convier", e se apressou a sair.

    Desci até a base da escada e olhei para cima a tempo de ver a jovem sentar-se abruptamente em um degrau, fechar os olhos e esticar a mão em direção à parede. Corri pelas escadas, subindo dois degraus por vez, meu coração batendo tão forte quanto se estivesse em batalha outra vez, e alcancei-a, segurando seu braço acima do cotovelo.

Seus olhos se abriram rapidamente. Permaneceram abertos apenas o tempo o bastante para me olhar com desdém frio, e então ela os fechou com força mais uma vez.

— Acho que a senhorita está prestes a desmaiar — disse eu, notando o leve balançar de seu corpo.

Ela sacudiu a cabeça de modo fraco e sussurrou:

— Eu não desmaio.

Não tive tempo para discutir com sua óbvia teimosia; pois, no instante seguinte, seu corpo ficou mole e ela desabou em minha direção. Eu a segurei contra meu peito, então deslizei um braço por trás de suas costas e o outro por debaixo de suas pernas. Logo, carreguei-a com cautela pelas escadas estreitas. Ela era uma criatura esguia, quase frágil em meus braços, e senti uma estranha sensação de proteção por essa jovem que eu nem conhecia.

Ajustei-a em meus braços para abrir a porta do salão, onde uma lareira ardia. Um longo banco acolchoado estava encostado em uma das paredes. Eu a deitei cuidadosamente no banco, movendo uma almofada para que descansasse sob sua cabeça. Antes de tirar meu braço debaixo de seus ombros, olhei para seu rosto, vendo-o sob a verdadeira luz pela primeira vez. Algo que eu não soubera nomear mexeu-se em minha mente. Havia algo familiar em seu rosto, mas ao mesmo tempo era completamente novo. Era o oposto do que eu havia sentido ao olhar para Edenbrooke mais cedo. Em vez de uma casa que parecia estranhamente estrangeira, aquele rosto estrangeiro parecia, de alguma forma, um pedaço de casa.

Passos soaram atrás de mim. Tirei o braço de debaixo dos ombros dela enquanto a esposa do estalajadeiro entrava no quarto e dizia, com sua voz áspera:

— Oh, ela desmaiou, foi? Achei que fosse acontecer. Bem, vou ficar de olho nela até que acorde. O médico está lá em cima agora.

Senti relutância em deixar a dama da ofensa perfeita enquanto ela estava ali, imóvel e vulnerável, sua pele pálida como luz da lua, mas senti que minha obrigação era verificar o homem ferido.

O estalajadeiro e o médico ergueram os olhos quando entrei no quarto. O dr. Nutley era um velho amigo da família. Ele olhou para mim por cima dos óculos.

— Sir Philip? O que faz aqui?

— Parei aqui depois de um acidente com meu *fáeton*. — Acenei para o homem ferido. — Como ele está?

— Veja por si mesmo — disse ele, afastando-se e segurando a vela próxima ao ombro do homem para que eu pudesse olhar mais de perto.

Era um tiro limpo, alto no ombro, sem risco de atingir algo importante como pulmões ou coração. O médico já tinha as pinças preparadas e estava prestes a retirar a bala do músculo. Meu próprio ombro doía em memória.

— A aparência é boa — disse eu. — De fato, só há o risco de infecção com que se preocupar.

O dr. Nutley me lançou um olhar rápido de aprovação e estendeu as pinças.

— Gostaria de fazer as honras?

Levantei as duas mãos, balançando a cabeça.

— Não, obrigado. Muitas memórias.

Fiquei o tempo suficiente para vê-lo remover a bala com sucesso e depois pedi para ele me esperar quando terminasse de tratar o paciente. Ao voltar para o salão, encontrei a mesa coberta de comida, mas a jovem ainda estava deitada, inconsciente no banco. A esposa do estalajadeiro estava perto, chupando os dentes e murmurando algo que soava como:

— Eu tenho coisas demais a fazer para ficar aqui esperando essa senhorita acordar.

Com as palavras, um pequeno suspiro se ouviu, e a mulher disse, com sua voz áspera:

— Então? Está recobrando a consciência, enfim? Achei que a senhorita fosse desmaiar, e, com certeza, foi o que aconteceu.

Eu me movi para atravessar a sala e ajudar a jovem a se sentar, mas a esposa do estalajadeiro me antecipou, rápida na impaciência, pegando a jovem pelos braços e arrastando-a para seus pés. Ela a empurrou até a mesa e disse:

— Sente-se e coma.

Logo, a esposa do estalajadeiro olhou para cima e, parecendo perceber minha presença pela primeira vez, perguntou:

— Algo mais, senhor?

— Não, obrigado — respondi, mal percebendo quando ela deixou o ambiente, tão distraído estava com a maneira como a jovem pressionava as mãos contra a testa e se apoiava na mesa. Ela ainda parecia excessivamente pálida e, pela primeira vez, percebi que poderia também estar ferida — que o sangue que eu tinha visto em seus braços pudesse ser o dela. Preocupado que ela fosse desmaiar novamente ou precisasse de atenção do médico, aproximei-me e perguntei:

— Está ferida?

Ela me olhou com uma avaliação silenciosa. Senti-me exposto, vulnerável de uma maneira que não sentia há anos. Ela havia devastado minha máscara. Tinha arrancado toda a pretensão de mim. Havia me mostrado o reflexo do meu coração e revelado quanto eu havia me distanciado do homem que eu esperava ser. Ela apenas disse "não", em uma voz suave e arrastada. Depois, desviou o olhar, descartando-me por completo. Senti-me invisível enquanto a observava deixar os olhos vagarem pela mesa até que parassem no copo cheio a seu lado. Ela o pegou e bebeu, então alcançou um prato de comida e começou a se servir.

Pela primeira vez em cinco anos eu estava em terreno incerto com uma jovem mulher. Antes daquela noite, nunca teria questionado se uma jovem desejava minha companhia ou não. Mas eu sabia, tão bem quanto sabia qualquer coisa sobre meu mundo, que essa jovem não era como todas as outras que eu conhecera desde ter herdado Edenbrooke. E eu queria muito ficar naquela sala e aprender algo sobre ela.

Então, caminhei até a mesa, posicionei-me atrás da cadeira oposta à dela e perguntei:

— Se importa se eu me sentar com a senhorita?

Seus olhos se levantaram para os meus novamente, mas eu não consegui decifrar sua expressão além da dor de cansaço. Após um longo momento, ela assentiu de forma quase imperceptível com a cabeça e olhou de volta para seu prato. Foi então que notei a porta fechada da sala e a abri ligeiramente antes de me sentar a sua frente. Meu apetite havia me abandonado. Eu mal conseguia pensar em outra coisa além da ofensa que ela me fizera.

Ela comeu algumas mordidas, lançando olhares rápidos para mim de vez em quando, mas não disse uma palavra. Fiquei ali, igualmente em silêncio, lutando comigo mesmo. Eu era o solteiro mais cobiçado da temporada. Jovens senhoritas vinham até mim todas as noites — literalmente até — durante os últimos três meses, e eu detestava isso. Agora, não sabia como fazer essa jovem olhar para mim, falar comigo e me dar uma chance de conhecê-la.

Após vários minutos de silêncio, enquanto eu a observava comer e ela me ignorava de forma evidente, eu estava pronto para sair de lá e me chicotear pela minha estupidez. Fale, homem! Diga algo a ela! Levantei os olhos para fazer exatamente isso e encontrei seus olhos fixos nos meus. Era um olhar avaliador outra vez. Ela estava medindo-me, e eu voltei a sentir insegurança, como quando sua ofensa atravessava minha mente, como um cão me perseguindo em círculos em torno de uma árvore. Seus olhos tinham uma cor que eu não conseguiria descrever — azul-aço e verde misturados, claros e belos de uma maneira incomum. Eu mal tinha registrado a cor quando seus olhos se iluminaram com raiva e ela desviou o olhar. Suas bochechas repentinamente coraram, tingindo seu rosto com um delicado tom rosado.

Ela ergueu o olhar, por baixo de seus cílios escuros, e me disse:

— Obrigada pela refeição, senhor.

Eu me sobressaltei, surpreso. Ela havia adotado um sotaque grosseiro de criada, completamente em desacordo com a maneira como falara comigo antes.

— Às ordens. Espero que tenha sido do seu gosto. — Minha testa se franziu em confusão enquanto eu a observava.

— Ah, sim, está. Palavra de honra, nunca fiz uma refeição tão boa quanto esta em casa. — Um lampejo astuto iluminou seus olhos por um breve instante.

Reclinei-me na cadeira, tomando um momento para controlar minhas feições.

— E onde é a sua casa?

Eu não fazia ideia de por que ela estava jogando aquele jogo comigo, mas eu definitivamente entraria nele.

— Ah, é apenas uma pequena fazenda ao norte do condado de Wiltshire — disse ela, girando o copo com dedos finos.

Seu cabelo estava escapando do penteado em longas mechas que se curvavam suavemente ao redor de seus ombros e desciam pelas costas. A luz do fogo a iluminava com reflexos de âmbar e dourado. Lembrei-me de como os fios haviam sido macios contra meu queixo enquanto a carregava escada abaixo.

— Mas agora estou a caminho da casa da minha tia — ela continuou —, onde ela vai me ensinar a ser a criada de uma dama, o que acho que vai ser muito melhor do que ordenhar vacas.

Ela levantou a xícara até os lábios, olhando para mim por cima da borda com um desafio nos olhos. Lutei para não soltar um sorriso. Uma leiteira? O que diabos essa garota estava aprontando? Se ela fosse qualquer coisa parecida com uma pastora, eu era filho de um pobre fazendeiro.

— Então a senhorita... é uma leiteira? — perguntei, depois de controlar meu divertimento.

— Sim, senhor. — Uma ponta de ressentimento brilhou em seus olhos, e eu pensei ter entendido.

Lembrei-me do lampejo de raiva e embaraço que tinha visto em seu rosto mais cedo, quando ela entrara na estalagem e eu me recusara ajudar. Será que ela achava que eu a considerava de classe inferior e não a tinha ajudado porque supunha que ela estava abaixo de mim? E essa seria sua vingança — brincar comigo para provar a si mesma que eu era tão estúpido quanto arrogante? Bem, eu tinha sido arrogante, mas não era estúpido. E decerto não era estúpido o suficiente para interromper esse jogo antes de vê-la chegar a seu objetivo. Na verdade, fiquei tão curioso para saber o que ela diria em seguida que decidi tomar a ofensiva.

— Quantas vacas a senhorita tem? — perguntei.

Ela me observou com atenção.

— Quatro.

— Como elas se chamam?

— Quem?

Era um truque antigo de interrogatório que eu havia aprendido no Exército. Você precisava fazer suas perguntas rápido e sem ênfase para tentar pegar o inimigo desprevenido.

— As vacas — disse eu, sem emoção. — É certo que elas devem ter nomes.

Ela hesitou. Foi só por um segundo, mas tempo o bastante para eu perceber a incerteza em seus olhos. Ela provavelmente estava se perguntando se as pessoas de fato davam nomes às vacas.

— É claro que elas têm nomes — desdenhou ela.

— Que são...?

Eu a encarei, desafiando-a, e vi sua expressão de surpresa no momento em que ela percebeu que eu estava jogando o mesmo jogo que ela. Tentei moldar minha expressão em uma de inocência, mas vi que ela não se deixou enganar.

Seus olhos brilharam com um desafio frio, e ela respondeu de maneira rápida e tranquila:

— Bessie, Daisy, Ginger e Annabelle.

Eu estava ganhando. Ela havia esquecido seu sotaque simples na pressa de responder a minha pergunta. Passei o dedo sobre o lábio, contendo um sorriso.

— E quando as ordenha, a senhorita canta para elas, não?

— Naturalmente. — Ela levantou o queixo e me encarou, desafiando-me a continuar.

Era a melhor diversão que eu tinha tido em anos, e não ia parar agora. Assim, eu me inclinei sobre a mesa, olhei aqueles olhos claros e lindos e disse:

— Eu *adoraria* ouvi-la cantar o mesmo que canta para as vacas.

Ela arfou de surpresa. Eu estava certo de que tinha vencido.

Mas então ela levantou a mão e começou a bater na mesa. Tumm. Tumm. E então, com uma voz baixa, sem melodia e com uma qualidade engraçada e vacilante, ela cantou:

— Grandes vacas — *tum* —, pedaços de carne. — *Tum*.

Meus olhos se arregalaram. Fiquei admirado e impressionado.

— Dê-me leite — *tum* — quente e doce. — *Tum*.

Ela apertou os lábios com firmeza, o último tum ecoando pela sala a nosso redor, e eu a fitei enquanto ela me fitava, nenhum de nós disposto a ceder, mas a diversão que eu tentava conter era demais. Eu ia perder, e meus lábios estavam tremendo, minha barriga sacudindo, e eu perderia esse jogo todos os dias pelo resto de minha vida se significasse olhar para esses olhos tão cheios de travessura, inteligência, risos e constrangimento. E então o queixo dela tremeu, meu sorriso se alargou, e com uma quebra de controle, ela soltou uma risada forte e nada feminina.

Joguei a cabeça para trás e rugi de tanto rir. Ouvi sua risada se juntar à minha, e não consegui parar até minha barriga doer tanto que precisei segurar os braços sobre o estômago. Eu não ria assim havia anos e anos — não desde antes de Charles falecer. Meu riso se suavizou para risadinhas, e quando finalmente pude falar, disse:

— "Pedaços de carne"?

Ela estava enxugando o rosto com um guardanapo, seus olhos cheios de lágrimas, a boca curvada em um sorriso deslumbrante.

— Eu estava improvisando — disse com uma voz defensiva.

Eu balancei a cabeça, maravilhado. Ela havia vencido. Com certeza, ela havia vencido.

— Isso foi… incrível.

— Obrigada — disse ela, inclinando a cabeça com um gesto gentil e refinado.

Sorri para ela por trás da mesa e então, de repente, pensei sobre meu silêncio anterior e minha própria estupidez. Eu não poderia deixar mais um momento passar sem consertar as coisas entre nós. Inclinei-me para a frente e perguntei:

— Agora podemos ser amigos?

Ela prendeu a respiração, e enquanto eu aguardava sua resposta me senti sem fôlego.

— Podemos — ela disse enfim.

Graças a Deus.

— Então, como amigos — disse eu, — peço desculpas pelo meu comportamento de hoje mais cedo. Foi além de grosseiro: imperdoável. Estou completamente envergonhado de mim mesmo por isso. Imploro que me perdoe.

— Claro, vou perdoá-lo se também me perdoar pela minha grosseria. Nunca deveria ter insinuado que o senhor não era… — ela olhou para baixo, limpou a garganta e disse, com voz suave — … um cavalheiro.

— Isso foi uma insinuação? — levantei uma sobrancelha, incrédulo.

— Sinto pena da pessoa que a senhorita decidir insultar.

Ela fez uma careta e olhou para o lado. Seu rosto ficou vermelho de vergonha. Ela não entendia, no entanto. Eu não estava arrependido do insulto.

— Mas eu mereci a repreensão — disse eu —, e a senhorita teve razão em desferi-la.

Eu queria que ela me olhasse novamente, que me medisse outra vez... e me desse uma nova chance. Eu queria que ela soubesse que estava certa sobre mim, mas que o homem que ela havia conhecido uma hora atrás não era o homem que eu realmente era. Eu queria que ela me visse como meu pai me enxergava e como meus homens na Espanha me viam, antes que minha herança tivesse arruinado tudo.

— Como um cavalheiro — disse eu, com voz calma e sincera —, eu deveria ter vindo em seu auxílio, não importava que tipo de necessidade fosse. Se posso oferecer minha defesa, no entanto, devo esclarecer que minha grosseria não tinha nada a ver com a senhorita, foi simplesmente o resultado das... — meus pensamentos retornaram para aquele dia de frustrações, de visitantes indesejados, da sensação de ser perseguido pelo diabo em minha própria casa, de ser jogado de meu *fáeton*, de caminhar por quilômetros na chuva fria enquanto os mensageiros do destino riam de minha miséria — ... circunstâncias desafiadoras desta tarde — concluí, sem graça. — Seu pedido, infelizmente, acabou sendo a gota d'água. — Respirei fundo, balançando a cabeça. Não era isso. Não era seu pedido. Era quem eu tinha permitido me tornar. — Mas isso não é desculpa, e sinto que contribuí para sua angústia esta noite.

O rosto dela suavizou, e seus olhos brilhavam com uma emoção suave. Ela olhou para baixo e murmurou:

— Obrigada.

Vi o brilho de lágrimas em seus olhos e me lembrei de que ela tinha passado por muita coisa naquela noite. Não queria sobrecarregá-la.

Reclinei-me e disse em tom leve:

— E fique sabendo, por mais divertida que tenha sido a encenação, ninguém teria acreditado que a senhorita é uma leiteira.

Ela inalou um fôlego rápido de indignação.

— Meus dotes de interpretação são assim tão ruins?

Sorri.

— Eu não estava me referindo a seus dotes de interpretação.

— Então a que estava se referindo? — perguntou ela, com um olhar de confusão no rosto.

— A senhorita deve saber — insisti. Toda jovem de boa família que eu conhecia tinha plena noção de suas armas.

— Não, eu não sei — disse ela, de forma franca, desafiando-me com aquele olhar ao qual estava ficando impossível resistir.

— Muito bem — disse. — Começando por cima: sua fronte é marcada de inteligência, seu olhar é direto, suas feições são delicadas, sua pele é alva, a voz é refinada, seu discurso reflete educação... — Pausei, observando o lindo arco do seu pescoço, e acrescentei: — Até mesmo o jeito como a senhorita sustenta a cabeça é elegante.

Seu rosto se tornou escarlate, e ela baixou os olhos. Se esse fosse um novo jogo, então eu definitivamente estava ganhando.

— Ah, sim — disse eu em tom suave. — E há o seu pudor. Nenhuma leiteira ficaria ruborizada assim.

Ela não levantou os olhos para os meus. Observei enquanto as pontas de suas orelhas ficavam vermelhas.

— Devo continuar? — perguntei, e, embora não gostasse de sua vergonha, estava me divertindo bastante ao ver sua reação a meu flerte.

— Não, é suficiente, obrigada — disse ela, com tanta firmeza na voz que quase ri. Encontrar essa timidez no coração da jovem animada que primeiro me entregara o insulto mais perfeito de minha vida e depois me divertira com um jogo de inteligência que havia me deixado com dores de tanto rir... ela era nada menos que inesperada, surpreendente e genuína. E eu estava desesperadamente desejando conhecê-la melhor.

— Então posso fazer algumas perguntas?

Ela acenou com a cabeça. Levantei-me e caminhei ao redor da mesa, puxando a cadeira para ela e apontando para a lareira acesa.

— Creio que ficará mais confortável perto do fogo.

Ela afundou na cadeira mais macia com um pequeno suspiro de alívio, e, quando me virei de volta para olhar as chamas da lareira, encontrei-a me observando novamente com aquele olhar avaliador. Pela primeira vez, sua avaliação não parecia totalmente negativa. Meu coração se elevou com esperança. Olhei para seus olhos, e ali, à luz do fogo, eles estavam aquecidos e tão iluminados com reflexão, inteligência, curiosidade, que me disseram que, se eu não tomasse cuidado, logo me veria apaixonado por uma jovem cuja identidade eu nem sabia.

— Agora que concordamos que a senhorita não é uma leiteira — disse eu —, poderia me dizer quem é?

Ela sorriu e disse sem hesitar:

— Srta. Marianne Daventry.

Fiquei olhando para ela. Essa era a outra srta. Daventry? A convidada de quem eu estava fugindo? Claramente, ela e a irmã não eram gêmeas idênticas. Mas agora, à medida que eu procurava semelhanças entre elas, conseguia vê-las de formas sutis. Seria essa a familiaridade que eu havia sentido nela mais cedo? Um parentesco com a irmã que eu tinha começado a não suportar tanto em Londres? Um pressentimento inquietou meus pensamentos. E se ela fosse, no fundo, igual à irmã Cecily?

— O que foi? — perguntou ela. — Pareço pior à luz da lareira?

Sorri um pouco com sua pergunta.

— Não, muito pelo contrário. É um prazer conhecê-la, srta. Daventry. — Mas voltei o olhar para as chamas, com os pensamentos desgovernados, tentando decidir o que fazer em seguida. Só porque ela era espirituosa, engraçada, absurda, bonita, sincera e tinha me feito rir, e só porque ela era a jovem mais interessante e surpreendente que eu já conhecera, não significava que ela não fosse também ardilosa e ambiciosa como a irmã. Mas isso importava? Eu me importaria com uma jovem ardilosa e ambiciosa se ela fosse tão interessante assim? Que pergunta. Claro que me importaria. Eu me importaria ainda mais, porque, se eu fosse me apaixonar por essa moça — e isso já estava se tornando uma possibilidade muito real em minha mente —, eu gostaria que ela me amasse em troca. Somente a mim. Não a minha herança. Não a minha propriedade ou ao meu título ou às minhas conexões.

— O senhor pretende me dizer seu nome? — perguntou ela.

Respirei fundo, segurei a respiração, debati rapidamente comigo mesmo sobre o melhor curso de ação e, por fim, disse:

— Não, prefiro não dizer.

Ela pareceu surpresa, aparentemente sem palavras.

— Oh. Está bem...

— Agora me diga o que a traz a esta região — continuei eu, decidido a discernir seu verdadeiro caráter o mais rápido possível.

Ela afastou uma mecha de cabelo do rosto e disse com um ar de ofensa:

— Não acredito que eu deveria confiar no senhor.

Suspirei. Ela não estava tornando nada disso fácil para mim.

— Pensei que tivéssemos concordado em ser amigos.

— Sim, mas isso foi antes de eu saber que o senhor se recusaria a me dizer seu nome. Não posso fazer amizade com alguém que não tenha nome.

Contive um sorriso e balancei a cabeça enquanto a observava. Ela era perfeitamente irritante e imensamente divertida, e uma grande parte de mim queria que essa noite nunca terminasse. Mas eu precisava de algumas respostas.

— Muito bem — disse eu. — Como minha amiga, pode me chamar de Philip.

Sua testa se franziu em consternação.

— Eu não posso chamá-lo pelo nome de batismo.

Senti uma rebeldia travessa tomar conta de mim.

— Você se sentiria mais confortável se eu a chamasse de Marianne?

— O senhor não chamaria — zombou ela.

— Sim, Marianne. — Disse isso só para ver ela corar novamente, e ela me obedeceu no mesmo instante. Sorri.

— O senhor é muito impróprio — disse ela em tom repreensivo.

Eu ri, sentindo-me não como eu mesmo e, ainda assim, mais eu mesmo do que me sentira em anos.

— Normalmente, não. Só esta noite.

— Se quer saber — disse ela, com um tom muito dignificado —, fui convidada para visitar uma amiga de minha mãe.

— Por que ela a convidou a fazer uma visita? — perguntei, forçando minha voz a soar casual. O que ela responderia? Para tentar fisgar um marido muito adequado?

— Minha irmã foi convidada primeiro, e lady Caroline teve a bondade de estender o convite a mim.

Não ouvi nenhum vestígio de engano em sua voz, nem vi nada disso em seu rosto. Eu havia estudado o rosto dela o suficiente naquela noite para saber que sua expressão revelava cada emoção. Soltei um pequeno suspiro de alívio. Talvez sua vinda até ali não fosse uma farsa, então. Não uma armadilha para tentar me apanhar.

— E o que aconteceu com seu cocheiro? — perguntei em seguida.

Ela pareceu subitamente abalada.

— Ele foi baleado quando fomos assaltadas por um bandido.

— Um bandido? Nesta estrada? Tem certeza? — Era uma estrada afastada, no interior. Um salteador teria pouca chance de negócios em uma estrada como aquela. Não havia razão para desperdiçar tempo abordando carruagens ali, onde a maioria dos ocupantes seriam agricultores e comerciantes.

— Se um salteador é alguém que cobre o rosto com uma meia e exige que você "se renda e se entregue", depois toma seu colar à força, então, sim, eu tenho certeza.

Sua voz falhou, e ela levou a mão até a pele nua do pescoço. Seus lábios tremiam com emoção reprimida. Virou o rosto, olhando para o fogo, e eu vi uma linha vermelha e irritada em seu pescoço.

— Ele machucou você? — perguntei com a voz suave.

Uma lágrima escorreu por sua pálida face, iluminada pela luz das chamas, e ela a enxugou rapidamente.

— Não. — Ela respirou com dificuldade. — Ele tentou me arrancar da carruagem, mas minha criada atirou nele com uma pistola. Ele fugiu a cavalo, porém, naquele momento, já havia atirado em meu cocheiro. — Ela levou a mão trêmula à testa e disse com a voz quebrada: — Sinto-me horrível. Eu nem estava pensando em James. Ele poderia estar morrendo lá, e seria tudo minha culpa. — As lágrimas caíram rapidamente por suas bochechas, e ela as enxugou com as duas mãos.

Comecei a me aproximar dela, mas recuperei a razão a tempo e me detive. Eu mal conhecia essa jovem. Não poderia limpar as lágrimas de seu rosto.

Clareei a garganta, mantive as mãos afastadas e disse em voz calma e objetiva:

— Não seria culpa sua, e não acredito que seu cocheiro vá morrer da ferida. Eu mesmo a vi. Foi no alto do ombro e não atingiu nenhum órgão, e o médico é muito capaz.

Ela assentiu e ficou quieta por um momento, fungando, enquanto as lágrimas continuavam a escorrer por suas lindas bochechas. Eu mal suportava aquilo. Passei-lhe meu lenço, que ela pegou sem olhar nos meus olhos. Depois de mais alguns fungados, disse:

— Perdoe-me. — E enquanto secava as bochechas com o lenço, completou: — Normalmente, não sou uma manteiga derretida, eu garanto.

— Tenho certeza de que não é — murmurei, mas eu não me importaria nem um pouco se fosse. Estava rapidamente perdendo o coração para essa doce, vulnerável e genuína moça.

Ela virou-se para mim de repente.

— Acha que seria possível esquecer que tudo isso aconteceu?

— Por que a pergunta?

— Estou bastante envergonhada pelo meu comportamento esta noite — disse ela com um suspiro desapontado.

Seu tom era franco, e não pude deixar de sorrir em resposta enquanto perguntava:

— Qual comportamento?

Ela suspirou novamente.

— Sim, há muitos comportamentos entre os quais escolher. Eu o insultei, desmaiei, fingi ser uma leiteira, cantei uma música ridícula, chorei e, ainda por cima, estou relativamente certa de que... — Olhou para os braços e vestido, cobertos de manchas de sangue seco. — Não, tenho *certeza* de que não estou absolutamente nada apresentável.

Ri, quase não acreditando na minha sorte de estar sentado ali, participando daquela noite incrível. Eu achava que o destino era meu inimigo, que frustrava minhas tentativas de fuga, quando na realidade ele estava me conduzindo a esse tesouro.

Inclinei-me sobre o braço da cadeira e olhei nos olhos mais bonitos que eu já tinha visto.

— Creio que nunca conheci uma dama como você, srta. Marianne Daventry, e eu lamentaria muito esquecer qualquer detalhe sobre esta noite.

Observei o rubor dela tomar conta novamente de suas bochechas, deixando-as tão rosadas quanto o nariz tinha ficado quando ela chorara. Ela prendeu a respiração. Esperei por seu sorriso encantador; mas, em vez disso, ela se afastou de mim e olhou como se fosse saltar da cadeira e fugir da sala. Claro, não se tenta fazer amizade com um animal selvagem enquanto ele está preso em uma armadilha, lembrei-me. Marianne era jovem, estava sozinha e presa em uma estalagem estranha com um homem estranho que se recusava a dizer seu nome completo. Não era o momento para cortejá-la. Era o momento de cuidar dela e protegê-la.

— O que vai fazer agora? — perguntei.

Ela franziu a testa e tirou uma mecha de cabelo do rosto.

— Creio que vou precisar arranjar alguém para cuidar de James e, depois, encontrar uma pessoa que me leve a Edenbrooke. Oh, e devo notificar lady Caroline de que minha chegada será atrasada. Mas tudo o que realmente quero fazer é dormir e tentar esquecer que esse dia aconteceu.

Sua exaustão era evidente na curva suave de seus ombros e na maneira como seu corpo parecia se moldar à cadeira. Não eram cadeiras muito confortáveis, mas ela parecia ser capaz de ficar na sua a noite toda. Não havia nada que eu quisesse mais naquele momento do que carregar o peso de suas responsabilidades por ela.

— Por que não me deixa tomar conta de tudo? — ofereci.

Ela me olhou rapidamente.

— Não posso deixar o senhor fazer isso.

— Por quê não?

— É demais. Mal o conheço. Eu não poderia abusar da sua boa vontade.

Pensei em todas as jovens que mal me conheciam em Londres mas que não hesitavam em abusar da minha boa vontade. Eu era, sem dúvida, um dos solteiros mais solicitados da Inglaterra no momento. No entanto, eu queria todo abuso da minha boa vontade que Marianne me permitisse receber.

— Não é demais, e você não abusaria — disse eu. — Como poderia fazer isso sozinha? Imagino que nem saiba onde esteja, sabe?

Ela balançou a cabeça.

— Deixe-me ajudar — insisti, tentando convencê-la, desejando poder alcançar e suavizar as linhas preocupadas em sua testa.

— Eu me viro. — Seu tom era firme e desdenhoso.

Ah. Então ela não era tão jovem e indefesa quanto eu pensava. Meu respeito por ela aumentou, mas a frustração também. Essa discussão poderia durar a noite toda, ao que parecia. No entanto, por mais que eu gostasse da troca de palavras, seria melhor para ambos desistirmos desse ponto para que pudéssemos seguir em frente.

— Não tenho dúvidas de que conseguiria, Marianne, considerando o que vi de você esta noite. Mas gostaria de ser útil. — Eu adorava dizer seu nome, e desta vez ela não fez cara feia para mim. Isso já era um progresso.

— Por quê? — Ela franziu a testa, intrigada.

Por quê? Porque apenas olhar para ela, cansada, machucada e pálida, frágil, suave e feminina despertava todos os sentimentos nobres dentro de mim. Eu havia sido criado para resgatar donzelas em apuros. Isso era tão parte de minha herança quanto meu título e minhas terras — mais até, pois estava incorporado na essência de meu ser, tanto como um Wyndham quanto como um cavalheiro. E aqui estava uma donzela em apuros que eu realmente queria ajudar, uma angústia real, não fabricada. Em suma, servir à srta. Marianne Daventry era minha missão de nascimento.

— Não é isso que faz um cavalheiro? — perguntei. — Resgata uma donzela em perigo?

Qualquer outra jovem teria sorrido e concordado. No entanto, Marianne riu e, com um gesto desdenhoso, disse:

— Não sou uma donzela em perigo.

— Mas eu estou *tentando* provar que sou um cavalheiro. — Queria que ela me deixasse provar que seu insulto estava errado, que o coração que eu havia mostrado a ela não era o meu verdadeiro coração, que eu era melhor do que ela pensava.

Ela olhou em meus olhos por um momento, como se procurasse algum sinal ali, e então a compreensão apareceu em seu rosto. Com um olhar de suave compaixão, disse:

— Não precisa me provar nada.

Ela era impossível. Ela rasgaria meu coração, me mostraria a besta que eu me tornara, se recusaria a me permitir provar que era um cavalheiro, e ainda assim pareceria completamente doce e compassiva ao fazer tudo isso. O destino de fato havia me amaldiçoado esta noite, afinal.

Olhei para o céu e suspirei em resignação.

— Você é sempre assim tão teimosa?

Depois de uma pausa, ela respondeu com um tom de surpresa na voz:

— Sim, acho que sou.

Olhei para ela, com as bochechas sujas de terra, o cabelo dourado e bagunçado e o engraçado sorriso de surpresa. O fogo iluminava suas longas pestanas, delineava a curva de sua testa e deixava entrever uma covinha escondida em sua bochecha. Eu queria rir com ela de novo. Queria pegá-la em meus braços e beijar aqueles lábios irritantes. Queria discutir com ela a noite toda. Queria me jogar a seus pés e implorar pelo privilégio de servi-la, mesmo que de alguma forma pequena.

No final, não fiz nada disso. Apenas ri, relutante, e disse:

— Desisto. Você nunca vai dizer nada previsível, mas concordo com o seu plano. Deveria dormir um pouco e se preocupar com tudo isso pela manhã. Tudo pode esperar.

Ela suspirou.

— Acho que tem razão. Creio que vou aceitar seu conselho.

— Que bom. — Sorri para ela e fiz a pergunta que vinha me fazendo há uns vinte minutos. — Consegue subir as escadas sozinha?

— É claro — disse com um leve ar de zombaria. Mas, em vez de se levantar, ela disse: — Eu desmaiei na escada antes, não foi?

Assenti.

— E depois, o que aconteceu? — ela perguntou, os olhos grandes e preocupados.

— Eu a peguei e a trouxe para cá. — Mal pude conter um sorriso diante de seu desconforto. Que inocente! Eu podia ver sua batalha interna, tentando se escandalizar por um homem estranho tê-la carregado. Eu queria tanto provocá-la e ver suas bochechas corarem outra vez. E então percebi que ela estava olhando para meus ombros e peito por entre as pestanas baixas, e seu rosto ficou corado sem que eu precisasse dizer uma palavra.

— Oh, bem, então, obrigada — disse ela com uma voz desconfortável.

Meu rosto doía de tanto me esforçar para esconder o sorriso.

— O prazer é meu — murmurei.

— Acredito que consigo subir as escadas sozinha — insistiu ela. — Não vou mais precisar dos seus serviços esta noite.

Eu estava bem cético.

— Levante-se, então.

Ela fez um pequeno esforço para se mover na cadeira e, depois, afundou novamente no estofado, derrotada.

— Tal como eu suspeitava — disse, rindo. Levantei-me e estendi a mão. Ela colocou a dela na minha, e antes que eu tivesse tempo de considerar fazer algo impensado, como beijá-la, puxei-a para ajudá-la a se levantar.

Sua mão se contraiu entre meus dedos, e ela deu um suspiro de dor ao se erguer. De imediato, afrouxei minha pegada, virei-lhe a mão e a inclinei para a luz do fogo. Sua palma estava marcada de vermelho, esfolada e ferida. Por um longo momento, a raiva queimou forte dentro de mim, e foi difícil respirar. Ninguém deveria ter tido a oportunidade de machucar essa jovem. Ela era preciosa e merecia ser protegida como tal.

— Pensei ter ouvido de você que ele não a tinha machucado — disse, minha voz áspera de emoção. Eu estava tentado a deixar a pousada naquela noite, encontrar o bandido que havia feito aquilo e castigá-lo com minhas próprias mãos.

— Ele não me machucou — disse ela, esfregando a outra mão nos olhos. — Foram as rédeas, principalmente. Os cavalos se assustaram, e eu não estou acostumada a controlar quatro deles. Depois caí quando estava tentando correr, e James era tão pesado… — Sua voz sumiu enquanto ela me olhava.

Eu mal conseguia acreditar no que acabara de ouvir. Na verdade, devia ter entendido errado.

— Você ergueu o cocheiro? — perguntei, incrédulo.

— Bem, minha criada ajudou — ela disse, dando de ombros, como se isso explicasse tudo. Como se explicasse como uma mulher tão pequena e delicada, que certamente nunca fizera um trabalho pesado na vida e não tinha força para levantar um homem daquele tamanho, poderia ter realizado tal feito, mesmo com a ajuda de outra moça de porte e tamanho semelhantes.

— Eu o vi — disse eu, ainda atordoado. — Ele é mais do que duas vezes o seu tamanho. E também vi sua criada. Eu não acharia possível.

Ela deu de ombros novamente.

— Tinha que ser feito. Eu não poderia deixá-lo lá.

Olhei nos olhos dela e vi mais força, coragem e convicção moral nas profundezas deles do que eu já havia visto em qualquer outra mulher. E misturados a essa força havia inocência, inteligência, perspicácia, vulnerabilidade, humor e muito mais que eu nem sequer havia imaginado. Uma armadilha se fechou ao redor do meu coração e, naquele momento, eu me vi indefeso. Se ela me amava por meu dinheiro ou por mim mesmo, se ela me amava de fato, se seu coração estava disponível para ser conquistado... nada disso importava. Eu estava completamente apaixonado.

Olhei para sua mão, ainda repousando na minha. Era uma mão tão pequena. Passei levemente o dedo sobre a palma machucada, desejando que meu toque pudesse curar, e murmurei:

— Garota corajosa.

Ela retirou a mão da minha e olhou ao redor, completamente exausta, ao ponto de parecer confusa.

— Você deve estar exausta — continuei. — Venha. — Peguei seu cotovelo e a conduzi até a porta aberta, percebendo, ao fazer isso, que o topo de sua cabeça nem alcançava meu ombro. Ela tropeçou mais do que andou, e várias vezes precisei me controlar para não simplesmente levantá-la em meus braços e carregá-la escada acima. Quando a vi segura na porta de seu quarto, desejei-lhe boa-noite.

— Boa noite — ela disse, balançando de leve. — E muito obrigada. Por tudo. — Seu sorriso era doce. Eu não conseguia tirar os olhos dela até que ela se virasse e abrisse a porta de seu quarto.

— Tranque sua porta antes de ir para a cama — avisei, com a onda avassaladora de proteção que vinha crescendo em mim por toda a noite.

Então desci para começar a fazer os preparativos necessários. Era preciso pagar o médico e o estalajadeiro. Eu precisaria encontrar alguém para cuidar da saúde do cocheiro. E depois, ainda havia o transporte para organizar, tanto para ela quanto para sua criada. Uma hora depois, escrevi uma carta detalhando tudo o que eu fizera para ajudá-la e sorri para mim mesmo ao assiná-la como "Seu criado obediente". Eu adoraria ver sua reação quando ela a lesse, depois de toda sua teimosa discussão contra minha ajuda. Então, passei uma noite sem sono vigiando a porta do quarto dela e saí da pousada pouco antes do amanhecer.

Eu deveria estar exausto enquanto galopava de volta para Edenbrooke, mas meu coração estava vivo com um amanhecer brilhante e inesperado. Sorri por todo o caminho até em casa.

FIM.

PERGUNTAS E RESPOSTAS COM

JULIANNE DONALDSON

P: O QUE FEZ VOCÊ SE INTERESSAR EM ESCREVER UM ROMANCE SITUADO NO PERÍODO DA REGÊNCIA?[1]

R: Quando tinha dezessete anos, contraí pneumonia e passei um mês na cama. Uma grande amiga me salvou do tédio, dando-me uma pilha de romances da Georgette Heyer para ler. Eu devorei cada um deles e depois os li de novo e de novo. Tenho paixão pelo período da Regência desde então. Estudei literatura inglesa na faculdade, assisti a todos os filmes já produzidos que retratam o período da Regência e sonhei com homens vestidos de calções. Quando decidi tentar escrever um romance, minha mente se voltou automaticamente para o período da Regência e se recusou a sair dele. Era como a terra natal da minha imaginação.

P: COMO FORAM AS PESQUISAS PARA *EDENBROOKE*? ENVOLVERAM VIAGENS?

R: Pesquisar para *Edenbrooke* foi muito divertido. Senti fortemente que precisava ver os lugares sobre os quais estava escrevendo. Então sonhei grande, chamei uma amiga, e passamos uma semana na Inglaterra. Passamos um dia em Bath, onde encontrei o caminho de cascalho por onde Marianne caminha na primeira cena, e o Royal Crescent, onde ela mora com a avó. Minha amiga e eu passamos um dia dirigindo pelo interior, em Kent, onde um rio chamado Eden, de fato, corre. (Embora eu não soubesse na época em que imaginei e batizei Edenbrooke; foi uma coincidência cósmica, eu suponho.) Também passamos um dia em Wilton House, que é perto de Salisbury. Lá, vi a ponte que inspirou a cena do rodopio e os jardins pelos quais Marianne e Philip passeiam. Voltei para casa ainda mais apaixonada pela Inglaterra do que estava antes.

---

[1] A Regência Britânica compreende um período político entre fins do século XVIII e início do século XIX, com marcas distintas na arquitetura, literatura, moda e cultura de modo geral, na Grã-Bretanha. É o período de Jane Austen. (N. T.)

P: COMO VOCÊ CONHECE OS PERSONAGENS DE UM PERÍODO DE TEMPO DIFERENTE?

R: Na realidade, eu não conhecia muito meus personagens até começar a ouvir suas conversas. Eles conversavam uns com os outros na minha mente, o que irritava um pouco quando eles interrompiam conversas reais que eu estava tendo com pessoas reais. No início, meus personagens eram imitações de outros personagens que eu tinha lido e amado em outras histórias. Mas, ao longo do tempo, eles se mostraram indivíduos distintos que me cutucavam se eu escrevia uma cena errada ou colocasse palavras na boca deles que eles não queriam dizer. Quando minha imaginação me levava perto demais do mundo moderno, eu parava e pensava no que eu sabia sobre o momento histórico e o mundo em que meus personagens viviam para me colocar de volta na direção certa.

P: QUANTO OS LIVROS DE JANE AUSTEN E GEORGETTE HEYER A INFLUENCIARAM?

R: Jane Austen e Georgette Heyer são, sem dúvida, as mestras dos romances de Regência. Eu devorei suas histórias, saboreei-as, estudei-as e até escrevi trabalhos de faculdade sobre elas. É claro que sua escrita influenciou a minha ao longo do caminho. O que temos em comum são essas pessoas sobre as quais escrevemos. Eu adoro as heroínas de Austen e os dilemas que elas enfrentam, as escolhas difíceis que fazem e o crescimento que demonstram no espaço de suas histórias. Adoro a sagacidade de Heyer, seus heróis e a maneira como ela tece uma boa dose de intriga. No entanto, por mais que eu adorasse o trabalho delas, sabia que desejava que minha escrita fosse diferente. Eu queria manter o sabor do período de Regência, mas deixar minha história acessível para uma leitora moderna. Então, intencionalmente, deixei minha linguagem um pouco menos formal e toquei meu enredo com maior velocidade.

P: QUAIS FORAM SEUS MAIORES OBSTÁCULOS AO ESCREVER ESTA HISTÓRIA?

R: A parte mais difícil foi deixá-la original ao mesmo tempo que mantinha um ar crível da Regência. Era uma época muito restritiva para se viver, especialmente para uma moça. Tive que considerar tudo: da linguagem à geografia, dos costumes sociais de distinção de classes às damas de companhia. Muitas vezes, sonhei em escrever uma fantasia em vez disso, para que pudesse moldar um mundo imaginário em torno de meu enredo, em vez de tentar trabalhar dentro da caixa apertada de um mundo da Regência.

P: O QUE VOCÊ ACHA QUE JANE AUSTEN DIRIA SOBRE O GÊNERO ROMANCE DE HOJE EM DIA?

R: Acho que ela ficaria chocada com o que pode ser escrito e publicado em um livro hoje em dia, considerando a natureza inocente de seus romances. Também acho que ela ficaria surpresa de saber que sua escrita motivou a criação de um gênero inteiro da literatura. E — isso é estritamente minha opinião, é claro — imagino que ela desejaria histórias de amor mais elevadas e menos focadas no amor carnal, como nos romances de hoje.

P: QUAL É SEU LIVRO FAVORITO E POR QUÊ?

R: Isso é como me perguntar qual dos meus filhos é meu favorito. Há tantos livros que eu amo que é impossível escolher só um. Mas tenho uma prateleira especial para meus livros mais amados, e o destaque são livros de Eva Ibbotson, Mary Stewart, Scott Westerfeld, Martine Leavitt, Nancy E. Turner, Megan Whalen Turner e Kate Morton. Eu adoro histórias envolventes, bem escritas e edificantes, com um retrato comovente de amor e um final feliz.

P: QUAL VOCÊ ACHA QUE É A COMIDA FAVORITA DE MARIANNE? QUAL É SUA COMIDA PREFERIDA?

R: Imagino que Marianne gostaria de alimentos frescos — qualquer coisa que ela pudesse colher de um arbusto ou de uma árvore enquanto está passeando tranquilamente pelo campo. Eu amo qualquer coisa feita em uma confeitaria.

P: QUAL É SEU FILME FAVORITO?

R: Sou fanática por espartilho. Eu teria que listar um *top* 5 de favoritos, porque não consigo escolher apenas um: *Jane Eyre* (2006), *North and South*, *Emma* (a versão de Romola Garai), *Orgulho e preconceito* (a versão do A&E, claro) e *Bleak House*.

P: SE *EDENBROOKE* FOSSE TRANSFORMADO EM FILME, QUEM VOCÊ VERIA INTERPRETANDO MARIANNE E PHILIP?

R: Há uma jovem atriz britânica chamada Imogen Poots que eu consigo ver como Marianne. Meus homens favoritos agora são Jake Gyllenhaal e James McAvoy. Eu pagaria um bom dinheiro para ver qualquer um deles interpretando o Philip dos sonhos.

P: ONDE É SEU LUGAR FAVORITO PARA ESCREVER?

R: Ao lado de uma janela, de preferência em algum lugar onde ninguém me interrompa. Geralmente, posso ser encontrada na minha biblioteca local, mas adoraria ter um quarto silencioso de escrita em casa.

P: DIGA UM ITEM DA SUA LISTA DE COISAS PARA FAZER ANTES DE MORRER.

R: Eu adoraria aprender a tocar violoncelo.

P: PODE NOS DAR UMA DICA SOBRE O TEMA DA SUA PRÓXIMA HISTÓRIA?

R: Minha próxima história, que também se passa no período da Regência, é sobre uma jovem que sonha em ir para a Índia. Há também uma grande propriedade com muitos segredos, um contrabandista, um cavalheiro e uma chantagem.